La Reine de la Baltique

Viveca Sten

La Reine de la Baltique

ROMAN

Traduit du suédois par Rémi Cassaigne

Titre original : *I de lugnaste vatten*
Publié par Forum, Stockholm

Édition du Club France Loisirs,
avec l'autorisation des Éditions Albin Michel

Éditions France Loisirs,
123 boulevard de Grenelle, Paris
www.franceloisirs.com

Le Code de la propriété intellectuelle n'autorisant, aux termes des paragraphes 2 et 3 de l'article L. 122-5, d'une part, que les «copies ou reproductions strictement réservées à l'usage privé du copiste et non destinées à une utilisation collective» et, d'autre part, sous réserve du nom de l'auteur et de la source, que les «analyses et les courtes citations justifiées par le caractère critique, polémique, pédagogique, scientifique ou d'information», toute représentation ou reproduction intégrale ou partielle, faite sans le consentement de l'auteur ou de ses ayants droit ou ayants cause, est illicite (article L. 122-4). Cette représentation ou reproduction, par quelque procédé que ce soit, constituerait donc une contrefaçon sanctionnée par les articles L. 335-2 et suivants du Code de la propriété intellectuelle.

© Viveca Sten, 2008
Publié avec l'accord de Stilton Literary Agency AB, Suède, et Pontas Literary & Film Agency, Espagne
© Éditions Albin Michel, 2012, pour la traduction française

ISBN : 978-2-298-05648-8

Prologue

Tout était absolument silencieux, paisible comme l'archipel l'est seulement en hiver, quand il appartient encore aux insulaires, avant que la foule bruyante des estivants prenne les îles d'assaut.

La surface de l'eau était lisse et sombre, écrasée par le froid hivernal. Sur les rochers, quelques touches de neige qui n'avait pas encore fondu. Quelques canards ponctuaient le ciel où le soleil était encore bas.

«Aidez-moi! cria-t-il. Aidez-moi, pour l'amour du ciel!»

L'amarre qu'on lui lança formait une boucle. Dans l'eau glaciale, il se la passa gauchement autour du corps.

«Remontez-moi!» haleta-t-il en s'agrippant au bord du bateau de ses doigts déjà gourds.

Quand l'ancre attachée à l'autre bout de la corde fut jetée par-dessus bord, il eut surtout l'air étonné, comme s'il n'avait pas compris que son poids allait bientôt l'entraîner par le fond.

Qu'il n'avait plus que quelques secondes à vivre avant que son corps suive la lourde masse d'acier.

La dernière chose qu'on vit de lui fut sa main qui battit la surface, emmêlée dans le filet. Puis l'eau se referma sur lui avec un imperceptible bruit de succion.

On n'entendit plus que le bruit du moteur tandis que, lentement, le bateau faisait demi-tour et reprenait la direction du port.

Lundi, première semaine

1

« Au pied, Pixie ! Au pied ! »

L'homme regardait d'un œil irrité sa chienne teckel gambader le long de la plage. Elle avait beau avoir passé plusieurs jours enfermée à bord du bateau, un peu de discipline n'aurait pas fait de mal : en principe, il aurait dû la tenir en laisse. Ici, à Sandhamn, dans l'archipel de Stockholm, c'était obligatoire pendant l'été. Mais il n'avait pas le cœur de se conformer à ce règlement en voyant sa chienne si heureuse de courir librement.

D'ailleurs, on ne voyait presque personne sur la plage, de si bon matin. Les habitants des rares maisons en bord de mer étaient à peine réveillés. On n'entendait que les cris des mouettes. L'air était clair et pur et la pluie de la nuit avait laissé une impression de propreté. Le soleil déjà chaud annonçait encore une magnifique journée.

Le sable était ferme, agréable sous le pied. Les pins bas du littoral cédaient la place au seigle de mer et à l'absinthe, mêlés à des touffes de fleurs jaunes. Des écharpes de varech trempaient éparses à la lisière de l'eau et, du côté de Falkenskär, un voilier matinal faisait route solitaire vers l'est.

Mais où était encore passé ce maudit chien ?

Il se guida à l'oreille. La chienne excitée aboyait tant qu'elle pouvait en agitant frénétiquement la queue. Près d'un rocher, elle avait flairé quelque chose, mais il n'arrivait pas à distinguer quoi. Il s'approcha pour voir et sentit alors une odeur désagréable. Quand il fut tout près, une puanteur aigre le prit à la gorge, presque insupportable.

À terre gisait ce qui ressemblait à un vieux tas de loques.

Il se pencha pour chasser la chienne et vit que c'était un vieux filet de pêche rempli d'algues et de varech. Soudain, il comprit.

Le filet se terminait par deux pieds nus. Il manquait à chacun plusieurs orteils. Seuls des moignons d'os pointaient de ce qui restait de peau fripée et verdâtre.

Sans crier gare, son estomac se retourna. Il vomit un flot rosâtre. Ça éclaboussa ses chaussures, mais il n'y prêta pas attention.

Quand il parvint à se redresser, il alla prendre un peu d'eau de mer dans le creux de sa main pour se rincer la bouche. Il sortit alors son téléphone portable et composa le numéro des secours.

2

L'inspecteur de la criminelle Thomas Andreasson attendait ses vacances avec impatience. Quatre semaines dans sa maison de Harö, dans l'archipel de Stockholm.

Trempette le matin. Kayak. Barbecue. Faire un tour à Sandhamn pour voir son filleul.

Thomas aimait partir tard : l'eau était plus chaude, le temps souvent meilleur. Mais maintenant, juste après la Saint-Jean, comment ne pas vouloir à tout prix quitter la ville et gagner le bord de mer ?

Depuis un an qu'il travaillait à la section Violences de la police de Nacka, il n'avait pas arrêté. Il avait eu beaucoup à apprendre, malgré ses quatorze années de police, dont les huit dernières dans la police maritime.

À l'époque, il avait pratiqué toutes les embarcations dont disposait la police, vedettes, hors-bord et Zodiac. Il connaissait l'archipel comme sa poche. Il savait l'emplacement précis des écueils qui ne figuraient pas sur les cartes et quels hauts-fonds pouvaient être particulièrement dangereux à marée basse.

Dans la police maritime, il avait tout vu : des explications abracadabrantes des chauffards naviguant en état d'ivresse aux vols de bateaux et actes de vandalisme, en passant par les étrangers égarés et les ados échoués dans l'archipel. La population locale se plaignait régulièrement du braconnage dans les zones de pêche privées. La police n'y pouvait pas grand-chose, à part fermer les yeux quand le propriétaire lésé récupérait les filets clandestins et les gardait en compensation.

Dans l'ensemble, il s'y plaisait beaucoup et, sans l'arrivée de la petite Emily, il n'aurait jamais envisagé de demander un poste à terre.

Après, quand tout était devenu vain, il n'avait plus eu la force de changer. Il arrivait à peine à vivre au jour le jour.

Mais le rythme du travail était intense à la police de Nacka, et cette nouvelle forme de travail lui avait parfaitement convenu même si, parfois, il regrettait sa liberté de policier de l'archipel.

Sa collègue Margit Grankvist, inspecteur criminel nettement plus expérimenté, pointa à sa porte ses cheveux courts et interrompit le cours de ses pensées :

« Thomas, viens avec moi chez le Vieux. On a trouvé un mort à Sandhamn. »

Thomas leva les yeux.

« Le Vieux » désignait le chef de l'unité criminelle de la police de Nacka, Göran Persson. Homonyme du Premier ministre social-démocrate, ce qu'il n'appréciait pas du tout. Il ne manquait pas une occasion de préciser qu'il n'était pas du même bord – sans vouloir cependant s'étendre sur ses convictions politiques. Comme il avait en outre un embonpoint qui correspondait à la corpulence de l'homme politique, il était d'autant moins enclin à s'amuser des comparaisons que ses collègues bien intentionnés n'arrêtaient pas de faire circuler.

C'était un policier à l'ancienne, rude et taciturne. Mais il savait créer une bonne ambiance autour de lui et on l'appréciait. Il était méticuleux, compétent et très, très expérimenté.

En entrant chez le Vieux, Thomas trouva Margit déjà installée devant une de ses innombrables tasses de café. Le distributeur du bureau produisait un breuvage qui aurait été fatal à la plupart, un vrai poison. Comment Margit parvenait à en ingurgiter tant restait incompréhensible. Quant à lui, pour la première fois de sa vie il s'était mis au thé.

« On a donc trouvé un homme mort sur le rivage nord-ouest de Sandhamn, dit le Vieux. Le corps est visiblement en très mauvais état, il a l'air d'avoir séjourné un bon moment dans l'eau. »

Margit finit de noter dans son carnet avant de lever la tête :

« Qui l'a trouvé ?

— Un plaisancier. Le pauvre, il est apparemment très secoué. Ce n'était pas beau à voir. Il a donné l'alarme voilà tout juste une heure, un peu avant sept heures ce matin. Il promenait son chien quand il est plus ou moins tombé sur le corps.

— Est-ce que ça pourrait être un meurtre ? demanda Thomas en sortant à son tour son carnet. Des traces de violences ?

— Il est trop tôt pour le dire. Le corps était semble-t-il pris dans une sorte de filet. En tout cas, la police maritime est en route pour voir ça et on a prévu un transport pour la levée du corps. »

Le Vieux regarda Thomas d'un air entendu : « Tu as une maison sur Harö, si je me souviens bien. C'est bien à côté de Sandhamn ? »

Thomas hocha la tête.

« On met dix minutes en bateau pour aller d'une île à l'autre.

— Parfait. Connaissance du terrain. Tu vas aller à Sandhamn jeter un coup d'œil. Et comme ça, tu pourras en profiter pour saluer tes vieux copains de la police maritime. »

Un sourire malicieux passa sur les lèvres du chef de la police.

« Y a-t-il lieu d'ouvrir une enquête pour meurtre ? demanda Thomas en regardant le Vieux.

— Pour le moment, on traite ça comme un décès de cause inconnue. Si ça devient une enquête criminelle, Margit prendra les commandes. Mais pour le moment, c'est toi qui t'en occupes.

— Ça me va très bien, dit Margit. Je suis jusqu'au cou dans les rapports à remettre avant l'été. Vas-y, pas de problème ! »

Elle hocha la tête avec insistance. Le compte à rebours avant ses vacances avait très clairement commencé. Encore quelques jours de paperasse, puis ce serait la liberté, sous la forme d'une location d'un mois en famille sur la côte ouest.

Le Vieux regarda sa montre.

« J'ai parlé avec l'hélico. Il est en ville, il peut t'emmener avec les gens du labo d'ici une vingtaine de minutes. Il faut juste rejoindre la plate-forme de Slussen. Tu rentreras en stop avec la police maritime. Ou avec les bateaux de la Waxholm. » La dernière phrase avec un petit sourire.

« Je n'ai rien contre, dit Thomas. Pour une excursion en hélicoptère, je suis toujours partant. »

Le Vieux se leva pour marquer la fin de la réunion.

« Bon, on fait comme ça. Viens me voir une fois rentré, que je me fasse une idée de la situation. »

Il s'arrêta à la porte en se grattant le menton.

« Écoute, Thomas. Du doigté. On est en pleine saison touristique. Je ne veux pas de hordes de vacanciers en transe ni de journalistes en quête de scoop. Tu sais comment sont les journaux du soir. Ils ne demanderaient qu'à troquer leurs articles de sexologie usés jusqu'à la corde contre un beau meurtre dans l'archipel. »

Margit adressa à Thomas un sourire d'encouragement.

«Tu vas très bien t'en tirer. Appelle-moi si tu as une question. Et surtout, pense bien à ne tirer aucune conclusion avant le rapport des techniciens du labo.»

Thomas enfila son blouson de cuir, qu'il portait par tous les temps.

«Tu crois que l'hélico pourra me déposer à Harö, quand on aura fini? lâcha-t-il avant de partir.

— Bien sûr. Si un avion du gouvernement peut déposer un ministre sur une île grecque pour ses vacances, l'hélico de la police de Stockholm peut bien transporter Thomas Andreasson à sa résidence secondaire.»

Le Vieux ricana à son propre mot d'esprit.

Margit secoua la tête mais ne put s'empêcher de sourire.

«À cet après-midi. Bonjour à l'archipel.»

Elle leva la main pour le saluer.

3

«Allô?»

Nora Linde répondit automatiquement avant de voir que c'était l'alarme de son portable, pas un appel. Bien sûr, elle avait un magnifique réveil, mais c'était plus simple de programmer son téléphone, qui faisait ainsi double emploi. Nora s'étira. Elle se retourna et observa son mari, couché à ses côtés.

Henrik avait un sommeil de bébé. Nora lui enviait cette capacité à continuer à dormir quoi qu'il arrive. Seul le réveillait son bipeur de l'hôpital – alors il pouvait être debout en quelques secondes.

Il n'avait presque pas changé depuis l'époque de leur mariage, bientôt douze ans plus tôt. Cheveux brun foncé, ventre et bras sculptés par des années de régates, belles mains de médecin, sensibles, avec de longs doigts. Nora ne crachait pas non plus sur son profil stylé au nez élégant, presque grec – mais elle trouvait ça superflu chez un homme. En tout cas, elle avait pris l'habitude de le dire pour se consoler de son propre nez, trop court et mal taillé à son goût. Quelques touches grises saupoudraient les cheveux d'Henrik, rappel qu'il venait d'avoir trente-sept ans, comme elle.

Le portable vibra à nouveau.

Nora soupira. Se lever tous les jours à huit heures moins le quart, du lundi au vendredi, elle n'appelait pas ça des vacances… Mais à Sandhamn, l'été, les enfants allaient au cours de natation. Aux horaires disponibles.

Elle enfila en bâillant son peignoir et entra sur la pointe des pieds dans la chambre des garçons. Simon, six ans, dormait effondré dans une posture bizarre, la tête enfouie dans l'oreiller. Elle n'arrivait pas à comprendre comment il pouvait respirer.

Adam, qui venait d'avoir dix ans, s'était dégagé de la couverture et s'étalait en travers du lit. Ses cheveux blond pâle étaient humides de sueur et bouclaient un peu sur sa nuque.

Ils dormaient tous deux profondément.

Le cours de natation de Simon commençait à neuf heures. Celui d'Adam à dix heures et demie : elle arrivait tout juste à rentrer avec Simon pour s'assurer qu'Adam prenne bien son petit déjeuner avant de partir à vélo.

Bref, un timing serré.

Elle regretterait la compagnie des autres parents le jour où Simon serait lui aussi assez grand pour y aller tout seul à vélo : c'était quand même bien agréable de faire un brin de causette sur le bord de la piscine pendant que les enfants travaillaient leurs mouvements.

Parmi ces parents, beaucoup, enfants, étaient d'ailleurs allés aux cours de natation avec elle, et elle les connaissait bien pour la plupart. À l'époque, pas de piscine chauffée avec sauna. Avant la construction de la piscine, les cours avaient lieu à Fläskberget, la plage sur la face nord de l'île. On y grelottait.

Elle se souvenait encore de ce froid atroce : elle avait obtenu toutes ses médailles – elle devait les avoir encore quelque part – dans de l'eau à seize degrés. Probablement dans la maison de ses parents, à quelques centaines de mètres de là.

Nora alla à la salle de bains pour se préparer. Tout en se brossant les dents, à moitié endormie, elle s'examina dans le miroir. Cheveux ébouriffés, blond cuivré, coiffés au bol. Nez mal taillé. Yeux gris. Silhouette sportive, presque garçonne, pourrait-on dire.

Elle était assez satisfaite de son apparence. Dans l'ensemble, en tout cas. Elle aimait surtout ses longues jambes athlétiques, résultat d'années de jogging. Elle avait les idées si claires quand elle courait. Côté seins, il n'y avait pas de quoi pavoiser, surtout après deux grossesses, mais bon, de nos jours il y avait les *push-up*. Ça arrangeait bien les choses.

Tandis qu'elle prenait sa douche, elle songea à tout ce qui avait changé à Sandhamn depuis son enfance. Avec l'afflux des estivants, le trafic maritime vers l'île avait augmenté. Il y avait même aujourd'hui des baptêmes de l'air d'une demi-heure au-dessus de l'archipel et un service d'hélicoptère qui amenait les affamés jusqu'au *Restaurant des Marins*. Le centre de conférences installé dans les locaux historiques du club nautique KSSS, construits en 1897 en style romantique national, restait désormais ouvert toute l'année. On pouvait en outre louer kayaks et pédalos pour faire le tour de l'île.

Le beau monde aimait venir se montrer quand avaient lieu les régates et les courses internationales. La concentration en Gucci augmentait alors considérablement, comme Henrik se plaisait à le dire lorsque le grand ponton du club se couvrait d'élégantes en tenues coûteuses et de messieurs dans la force de l'âge, affichant avec la même évidente satisfaction leur embonpoint et leur portefeuille bien garni.

Certains grognaient contre cette augmentation du trafic maritime et l'afflux de touristes sur l'île mais les insulaires qui dépendaient de ces emplois pour survivre considéraient pour la plupart cette évolution comme positive.

Le contraste ne pouvait cependant pas être plus grand entre les mois d'été, avec deux à trois mille estivants et cent mille visiteurs, et l'hiver avec ses cent vingt insulaires installés à demeure.

Thomas avait beau avoir passé tous les étés de sa vie dans l'archipel de Stockholm, il le trouvait toujours d'une beauté extraordinaire dans l'air pur du matin.

C'était un privilège inattendu de pouvoir se rendre à Sandhamn en hélicoptère. La vue était unique. Dispersées dans l'eau scintillante, les îles aux contours ciselés semblaient flotter au-dessus de la surface.

Ils avaient survolé Nacka, puis mis le cap sur Fågelbrolandet. Une fois dépassé Grinda, ils étaient arrivés au-dessus de l'archipel extérieur, au paysage bien différent. La douce végétation de feuillus et les champs ouverts de l'archipel intérieur cédaient la place à des îles rocheuses où des pins bas tordus par le vent s'accrochaient au bord de falaises abruptes.

À la hauteur de l'île de Runmarö, la très caractéristique baie de Sandhamn se profila devant eux – une concentration de maisons rouges et jaunes à l'endroit précis où commençait le détroit séparant Sandhamn de Telegrafholmen.

Thomas ne se lassait jamais de contempler la silhouette familière de la petite localité tournée vers le large. Un poste de douane et une station de pilotage en mer y existaient depuis la fin du XVIe siècle, bravant les attaques russes et les rudes hivers, les débuts de la navigation à vapeur et l'isolement des années de guerre. C'était toujours une localité bien vivante, aux confins de l'archipel extérieur.

Thomas plissait les yeux derrière ses lunettes de soleil en regardant vers le sol.

Le long des pontons goudronnés s'alignaient hors-bord et voiliers et, derrière, se dressait l'ancien phare, sur le point culminant de l'île. Des bouées blanches dansaient devant les pontons, tandis que des rouges et des vertes balisaient les chenaux. Il était encore tôt, mais une multitude de voiles blanches voguaient entre les îles.

Une minute plus tard tout au plus, ils survolèrent Sandhamn. Le pilote contourna l'imposante bâtisse des douanes, datant du XVIIIe siècle, et la plate-forme d'atterrissage apparut juste à côté. Par une manœuvre minutieuse, il posa doucement l'hélicoptère au milieu de la croix, à quelques mètres seulement du bord du quai.

«Je peux attendre environ une demi-heure, après je dois filer», dit le pilote, en regardant Thomas d'un air interrogatif.

Thomas jeta un coup d'œil à sa montre et réfléchit.

«Je ne crois pas qu'on en aura fini aussi vite. Allez-y tout de suite. On trouvera bien le moyen de rentrer.»

Il se tourna vers les deux hommes du labo qui avaient déchargé leurs valises noires.

«Allons-y. Direction la plage est, au nord de Koberget. La police maritime est déjà sur place. Il n'y a pas de voitures sur l'île, on va couper à travers bois.»

4

En traversant le port avec Simon sur le porte-bagages de son vélo, Nora vit un hélicoptère de la police posé sur la plate-forme d'atterrissage. De l'autre côté de l'embarcadère des ferries, une grosse vedette de la police était amarrée à l'emplacement réservé pour le bateau ambulance. Un homme dans l'uniforme caractéristique de la police maritime était sur le pont. On n'avait pas l'habitude de voir tant de policiers de si bon matin.

Il devait s'être passé quelque chose.

Nora longea l'allée d'échoppes qui proposaient à l'envi vêtements marins, accessoires et équipements pour la voile, et passa derrière le bâtiment du club nautique. Elle s'engagea alors dans la zone portuaire et prit le long du minigolf et de la piscine. Elle gara son vélo près du kiosque à glaces et descendit Simon du porte-bagages. Tenant d'une main son fils et de l'autre son sac de piscine, elle se glissa sous la chaîne où pendait la pancarte FERMÉ pour entrer dans l'école de natation.

Dans un coin, quelques parents conversaient, sous le choc, tandis que leurs enfants couraient dans tous les sens en attendant le début du cours. Nora posa le sac sur une chaise longue et s'approcha du groupe, l'air interloqué :

« Il s'est passé quelque chose ?

— Tu n'as pas vu l'hélicoptère de la police ? répondit une autre maman. Ils ont trouvé un cadavre échoué sur la plage ouest. »

Nora eut le souffle coupé.

« Un cadavre ?

— Oui, pris dans un filet, tu imagines ? Le corps était apparemment juste devant chez les Åkermark. »

Elle désigna une maman dont le fils suivait le même cours de natation que Simon.

« Ils ont bloqué toute la plage de ce côté-là. Lotta a failli ne pas pouvoir amener Oscar.

— C'est un accident ? demanda Nora.

— Aucune idée. La police n'a pas voulu lui dire grand-chose. Mais en tout cas, ça a l'air macabre.

— C'est quelqu'un de l'île ? Qui serait tombé à l'eau en pêchant ? »

Nora regarda les autres, effrayée. Un des pères prit la parole :

« Je crois que personne ne sait vraiment. Difficile de voir grand-chose. Mais Lotta était assez choquée en arrivant. »

Nora s'assit sur un banc au bord de la piscine. Dans l'eau, Simon s'agrippait à sa planche orange en s'efforçant de battre des jambes comme il fallait. Elle tenta de se défaire de cette sensation désagréable, en vain.

Malgré elle, elle imaginait un homme en train d'étouffer tandis qu'un filet l'enserrait de plus en plus et le tirait lentement vers le fond.

Sur la face ouest de l'île régnait un calme presque irréel. Aucune brise matinale ne ridait la surface de l'eau. Même les mouettes avaient interrompu leurs cris.

Sur la plage, la patrouille de police maritime avait déjà clos le périmètre où le corps avait été trouvé. Quelques curieux s'étaient attroupés en silence derrière le ruban bleu et blanc.

Thomas salua ses collègues et s'approcha du paquet qui gisait à terre.

Ce n'était pas beau à voir.

Le filet à moitié déchiré avait été en partie dégagé et laissait deviner la dépouille d'un homme. Il portait encore les restes d'un pull et d'un pantalon effiloché. Une des oreilles semblait avoir été rongée : il n'y avait plus que quelques lambeaux de peau.

Le haut du corps était pris sous les aisselles dans la boucle d'un cordage en mauvais état, comme ceux qu'on utilise pour amarrer les petits bateaux. Des restes d'algues séchées au soleil pendaient à la corde.

Par cette chaleur, la puanteur était presque insupportable : Thomas eut un mouvement de recul instinctif quand les effluves montèrent à ses narines.

Il y a certaines choses auxquelles on ne se fait jamais.

Il réprima son haut-le-cœur et contourna le corps pour le regarder sous un autre angle. Difficile de dire quoi que ce soit de l'apparence de l'homme. Des mèches de cheveux bruns tenaient encore au crâne, mais on ne distinguait plus grand-chose. Le visage était gonflé, la peau gorgée d'eau. Le corps était bleuâtre et couvert de moisissures, il semblait fait d'argile humide.

Autant que Thomas pouvait en juger, il était de taille moyenne, entre un mètre soixante-dix et un mètre quatre-vingt. L'annulaire gauche était intact et ne portait pas d'alliance – mais elle avait aussi bien pu glisser.

Les techniciens du labo avaient déballé leur matériel et s'affairaient. Un homme dans la force de l'âge était assis un peu plus loin sur un rocher. Appuyé au tronc d'un arbre, il fermait les yeux. Un teckel le flairait, inquiet. C'était lui qui avait fait la découverte macabre en promenant son chien et qui avait donné l'alarme.

Le pauvre diable doit avoir attendu là plusieurs heures, se dit Thomas en s'approchant de lui pour se présenter.

« C'est vous qui avez trouvé le corps ? »

L'homme hocha la tête sans un mot.

« J'aurais besoin de vous parler. Mais avant, je dois juste finir quelque chose. Vous aurez le courage de rester encore un peu ? Je sais que vous êtes ici depuis un bon moment, et je vous remercie de nous avoir attendus. »

L'homme hocha la tête en silence.

Il n'avait pas l'air dans son assiette. Sous son bronzage, son visage était blême, presque verdâtre. Des éclaboussures malodorantes souillaient ses chaussures.

Sa journée avait mal commencé, songea Thomas en allant échanger quelques mots avec les techniciens.

«Mais qui voilà ? Salut, Thomas, tu es venu nous rendre visite ? »

Nora fit un grand sourire quand, en rentrant de la piscine, elle aperçut un de ses plus anciens et meilleurs amis devant l'épicerie Westerberg. Elle effectua un dérapage contrôlé sur le gravier et sortit Simon du porte-bagages.

«Regarde qui c'est, Simon ! Fais un gros bisou à ton parrain. »

Elle dut le lever à bout de bras pour qu'il arrive à sa hauteur. Elle avait beau être un peu plus grande que la moyenne, ce n'était rien à côté du mètre quatre-vingt-quinze de Thomas. Il était en outre large d'épaules, après des années de handball. C'était vraiment le policier modèle, grand, rassurant, blond aux yeux bleus.

«Ils devraient t'utiliser comme mascotte de l'école de police», avait-elle l'habitude de dire pour le taquiner.

Les parents de Thomas vivaient sur l'île voisine, Harö et, depuis qu'à neuf ans ils avaient fait ensemble le stage de voile de l'amicale de Sandhamn, Nora et Thomas étaient devenus les meilleurs amis du monde.

Ils renouaient chaque été et leurs parents avaient eu beau soupçonner un flirt, ils étaient restés amis, et rien d'autre.

La première fois que Nora avait bu à en être malade, il l'avait aidée à se nettoyer et l'avait ramenée chez elle sans que ses parents ne remarquent rien. Du moins personne n'avait fait de réflexion. Quand, alors adolescent, son grand amour l'avait largué, Nora l'avait consolé de son mieux, en le laissant ressasser tout son saoul. Ils avaient passé une nuit entière sur les rochers, le temps qu'il déballe ce qu'il avait sur le cœur.

Quand Henrik avait manifesté son intérêt en l'invitant au bal des étudiants en médecine, elle avait appelé Thomas pour lui raconter. Elle était folle de Henrik : son charme naturel avait fait des ravages. Comme d'habitude, Thomas l'avait écoutée, énamourée, lui raconter tout ça en long et en large.

À quatorze ans, ils avaient passé l'été à préparer ensemble leur confirmation à la chapelle de Sandhamn. Ils avaient fait le tour de tous les jobs d'été : ils avaient tenu le kiosque, aidé à la boulangerie, travaillé à la caisse de l'épicerie Westerberg et comme gardien sur le port du club nautique. Ils avaient aussi connu les boums surchauffées du *Restaurant des Marins*, qui finissaient en baignade au lever du soleil.

Thomas avait toujours voulu être policier et Nora toujours voulu faire du droit. Elle avait l'habitude de plaisanter : quand elle serait ministre de la Justice, elle le nommerait chef de la police.

À la naissance d'Adam, Nora considérait Thomas comme un parrain allant de soi, mais Henrik avait préféré demander à son meilleur ami et à sa femme. Pour Simon, elle avait insisté : Thomas était tout à fait le genre de personne à qui on pouvait faire confiance si quelque chose lui arrivait, à elle ou à Henrik.

« Je suis ici pour le travail, dit Thomas d'un air sérieux. Tu es au courant qu'on a retrouvé un cadavre de l'autre côté de l'île ? »

Nora hocha la tête.

« Ça a l'air horrible. Je reviens juste du cours de natation de Simon et les gens ne parlaient que de ça. Que s'est-il passé ? »

Elle regarda Thomas avec inquiétude.

« Pour le moment, je n'en ai aucune idée. C'est un homme, emmêlé dans un vieux filet, c'est tout ce que nous savons. C'était assez laid à voir, il a dû rester à l'eau un bon moment. »

Nora frissonna malgré le soleil éclatant.

« Que c'est horrible ! Mais c'est forcément un accident, non ? Je n'arrive pas à imaginer que quelqu'un se fasse assassiner, ici, à Sandhamn.

— On verra. Il faut attendre l'autopsie pour dire quoi que ce soit. Le gars qui a trouvé le corps n'avait pas grand-chose à raconter.

— Il est sous le choc ?

— Oui, le pauvre. Personne ne s'attend à tomber sur un cadavre pendant sa promenade du matin », dit Thomas avec une grimace.

Nora réinstalla Simon sur le porte-bagages.

« Passe donc quand tu auras fini, si tu as le temps. Tu auras bien mérité un café. »

Thomas sourit.

« Ce n'est pas une mauvaise idée. Je vais essayer. »

5

Nora rentra, perdue dans ses pensées. Le mort était-il un insulaire ou un parfait inconnu ? S'il était de Sandhamn, elle aurait dû entendre parler de sa disparition. L'île n'était pas si grande, tout se savait. Mais elle n'avait rien entendu.

Tandis qu'elle faisait descendre Simon et appuyait son vélo à la clôture, elle aperçut sa plus proche voisine, Signe Brand, qui arrosait ses rosiers. Sa façade sud croulait littéralement sous les roses les plus magnifiques, rouges et roses pêle-mêle. Les rosiers avaient plusieurs décennies, leurs tiges étaient épaisses comme le poignet.

Signe, ou plutôt Tante Signe, comme Nora avait l'habitude de dire quand elle était petite, habitait la villa Brand, une des plus belles de l'île, située sur les hauteurs de Kvarnberget, à la pointe ouest de l'île. Quand le vieux moulin qui donnait son nom au promontoire avait été déplacé au XIXe siècle, le maître pilote Carl Wilhelm Brand, grand-père paternel de Signe, avait pu acquérir le terrain. Plusieurs années plus tard, il avait fini par s'y faire bâtir une maison cossue au sommet des rochers.

Contrairement à la tendance de l'époque de serrer les maisons les unes contre les autres pour se protéger du vent, il avait choisi de construire la sienne à l'écart, dans un superbe isolement. La villa Brand était la première qu'on voyait en arrivant à Sandhamn. Un point de repère pour tous les visiteurs de l'île.

Le maître pilote n'avait pas rechigné à la dépense. On n'avait utilisé que les meilleurs matériaux. Un concentré du style national romantique : corniches courtes aux larges parements, courbes douces des greniers et encorbellements. On trouvait à l'intérieur de luxueux poêles en faïence spécialement commandés à l'usine de porcelaine de Gustavsberg et une grande baignoire montée sur pattes de lion dans une salle de bains à l'équipement étonnamment moderne pour l'époque. Il y avait même des toilettes à l'intérieur de la maison, ce qui avait ébahi tout le voisinage, habitué à l'inconvénient d'avoir à utiliser des cabinets extérieurs.

On avait jasé, moqué ces mœurs venues de la grande ville, mais le bon maître pilote ne s'était pas démonté. « Je chie où je veux », avait-il éructé quand les ragots étaient revenus à ses oreilles.

Bien sûr, après avoir longtemps résisté, Signe avait fini par acheter une télévision, mais c'était la seule entorse au style de la maison. Les meubles étaient tous d'origine, vieux de plus d'un siècle, mais tellement bien conservés qu'on avait du mal à le croire.

Signe y habitait désormais seule avec son labrador Kajsa. Il lui arrivait de se lamenter de ses frais mais, chaque fois qu'un étranger venait lui faire une offre astronomique pour ce qui devait être l'une des plus belles bâtisses de Sandhamn, elle l'éconduisait en ricanant.

« Je suis née ici, je mourrai ici, avait-elle l'habitude de dire sans le moindre sentimentalisme. Moi vivante, aucun Stockholmois plein aux as ne franchira ce seuil. »

Signe adorait la villa Brand, et Nora la comprenait bien. Quand elle était petite, Signe avait été pour elle comme une autre grand-mère, et elle s'y sentait autant chez elle que chez ses parents.

« Tu as entendu ce qui s'est passé ? cria Nora à Signe.

— Non, quoi ? » répondit-elle en posant son arrosoir. Elle se redressa et s'approcha de la clôture.

« Ils ont trouvé un noyé sur la plage ouest. La police est sur le pied de guerre. »

Signe la regarda d'un air étonné.

« J'étais avec les parents du cours de natation, tu imagines le tintouin, continua Nora.

— Un mort, tu dis ?

— Oui. Je suis tombée sur Thomas devant l'épicerie Westerberg. Il est ici pour enquêter. »

Signe lui jeta un regard interrogatif :

« Est-ce qu'on sait qui c'est ? Est-ce que tu l'as reconnu ?

— Je n'y étais pas. Thomas m'a dit que c'était un homme, mais le corps est dans un sale état. Il a visiblement séjourné plusieurs mois dans l'eau.

— C'est donc Thomas qui mène l'enquête de police… Qu'est-ce qu'il a grandi ! s'exclama Signe.

— Moi aussi. N'oublie pas que nous avons le même âge, répondit Nora en souriant.

— Ça alors. Ça passe si vite. » Signe semblait mélancolique. « J'ai du mal à croire que tu as une famille, des enfants. Hier encore tu n'étais pas plus grande qu'Adam et Simon… »

Nora sourit et rentra chez elle. Elle aimait beaucoup sa maison, qu'elle avait héritée de sa grand-mère maternelle plusieurs années plus tôt. Pas très grande, mais avec du charme et très fonctionnelle pour une construction de 1915. Il y avait au rez-de-chaussée une cuisine spacieuse et une grande pièce à vivre, salle de jeux, salle télé ou séjour.

Le petit poêle en faïence d'origine, avec un très fin décor floral, avait été conservé. Il avait beaucoup servi et pouvait en hiver chauffer tout le rez-de-chaussée. Comme les coupures de courant n'étaient pas rares dans l'archipel, il reprenait parfois du service.

Il y avait à l'étage deux chambres, une pour Henrik et elle et une pour les garçons. En s'installant, ils s'étaient offert une rénovation complète de la cuisine et des sanitaires, qui en avaient vraiment besoin. Rien de luxueux, mais ce qu'il fallait pour rendre la maison confortable.

Le clou, c'était la grande véranda à l'ancienne, ensoleillée, aux rebords de fenêtres garnis par ses soins de géraniums de Mårbacka. L'exposition plein ouest permettait en se démanchant le cou d'entrevoir la mer. Mais on voyait d'abord la villa Brand, sur son promontoire, qui par comparaison faisait ressembler la maison de Nora à une petite cabane.

« Ohé ! On est rentrés ! »

Nora appela Henrik, à l'étage, mais pas un bruit. Elle avait nourri le vague espoir qu'il se serait levé pour s'occuper d'Adam pendant qu'elle était partie avec Simon, mais ils dormaient apparemment encore tous les deux. Henrik avait beau réussir sans peine à dormir très peu quand il était de garde à l'hôpital, il aimait faire la grasse matinée en vacances. Ceci expliquait peut-être cela.

Elle poussa un soupir et gravit l'escalier.

« Ouuuuuh ! »

Nora sursauta quand Adam bondit de derrière la porte de la salle de bains.

« Tu as eu peur ? dit-il avec un grand sourire. Papa dort toujours. Mais j'ai fait mon lit. »

Nora l'embrassa. Elle sentit ses côtes sous son T-shirt. Où était passé son bébé tout potelé, d'où sortait cette créature maigrichonne ?

« Viens, il faut que tu manges quelque chose avant ton cours de natation. »

Elle le prit par la main et descendit avec lui à la cuisine. Tandis qu'elle déballait les petits pains tout frais qu'elle avait achetés en route, Adam mit le couvert.

« N'oublie pas ton insuline, maman », lui rappela-t-il.

Nora lui sourit en essayant de l'embrasser encore par surprise. C'était un grand frère typique, qui se sentait responsable des autres. Depuis qu'il avait l'âge de comprendre combien il était important pour une diabétique de prendre son insuline avant chaque repas et à heures fixes, il se faisait un devoir de le lui rappeler. Si elle manquait un peu de rigueur, surtout quand ils prenaient leur goûter hors de la maison, il s'inquiétait énormément et ne manquait jamais de gronder sa mère avec le plus grand sérieux.

Elle ouvrit le réfrigérateur et sortit la rangée d'ampoules. D'un geste emphatique, elle en prit une qu'elle montra bien à Adam.

« Voilà, mon général, à vos ordres ! »

D'une main sûre, elle aspira le contenu de l'ampoule dans une seringue, qu'elle s'injecta dans un pli du ventre, juste au-dessus du nombril. À son grand soulagement, ni Simon ni Adam ne montraient de signes de diabète, mais on ne pouvait pas en être vraiment certain avant l'âge adulte.

D'une oreille, elle entendit que Simon s'était précipité à l'étage et faisait tout ce qu'il pouvait pour réveiller Henrik en sautant à pieds joints sur le lit.

Elle n'avait rien contre. Elle s'était occupée de Simon, il pouvait bien prendre le relais jusqu'à ce qu'Adam parte à son cours de natation. Et puis Thomas devait passer prendre le café.

6

L'antenne de police de Sandhamn partageait avec la poste un bâtiment jaune semblable aux autres maisons de vacances de l'archipel et situé juste en bas de l'ancienne carrière de sable.

Les locaux abritaient une dizaine de bureaux modernes et une salle de réunion. Une quinzaine de personnes travaillaient là, surtout des femmes, qui s'occupaient de tout, des agressions et vols à la tire aux téléphones ou vélos volés. Ouvert tôt le matin, le bureau ne fermait qu'à dix heures du soir.

L'antenne étant connectée au réseau de la police, Thomas alla y rédiger son rapport sur l'homme retrouvé mort. Il n'avait pas grand-chose à en dire. Cause du décès inconnue.

Puisqu'il était là, il en profita pour jeter un œil dans le registre des personnes disparues.

Dans la région de Stockholm, il y en avait deux. L'un était un retraité, soixante-quatorze ans, sénile. La disparition remontait à deux jours.

Le pauvre diable est certainement perdu dans une clairière, quelque part en forêt, pensa Thomas. S'il n'était pas bientôt retrouvé, il mourrait d'épuisement et de déshydratation. Ce n'était hélas pas si rare.

L'autre était un homme d'une cinquantaine d'années, Krister Berggren, employé au Systembolaget, le magasin d'État qui a le monopole de vente d'alcools. Son employeur avait alerté la police début avril, après dix jours d'absence. Il avait donc disparu depuis le week-end de Pâques, c'est-à-dire la dernière semaine de mars. Krister Berggren était de taille moyenne, cheveux blond foncé, et travaillait au Systembolaget depuis 1971, directement après le collège, si Thomas calculait bien.

Thomas sortit son mobile et composa le numéro de Carina, la fille du Vieux, qui travaillait comme assistante administrative à la police de Nacka tout en préparant le concours d'entrée à l'école de police. Étonnamment mignonne, vu son père.

«Salut Carina, c'est Thomas. Pourrais-tu appeler les légistes pour leur dire que le corps correspondrait assez bien au signalement d'un certain Krister Berggren, de Bandhagen, porté disparu depuis quelques mois?»

Thomas lui communiqua le numéro de sécurité sociale et l'adresse.

«Tu peux du même coup rechercher les personnes à contacter, comme ça ce sera fait. Avec un peu de chance, on va trouver sur lui un permis de conduire ou une carte d'identité dès l'examen préliminaire.»

Il se tut. Son regard se reporta vers le signalement de Krister Berggren affiché sur l'écran de l'ordinateur. Par la fenêtre, il entendit les rires d'enfants qui passaient à vélo. Nouveau rappel que c'était l'été et qu'il retournerait bientôt sur Harö, le seul endroit où il trouvait un sentiment de paix depuis la mort d'Emily. Soudain, il éprouva une envie terrible d'être là-bas, assis sur son ponton, et qu'on le laisse tranquille.

«Ce serait bien qu'on arrive à résoudre cette affaire assez simplement, vite fait, bien fait avant les vacances», dit-il à Carina.

Jeudi, première semaine

7

Quand Thomas entra au commissariat de Nacka jeudi matin, Carina l'attendait. Elle lui tendit le rapport des légistes.

« Tiens, Thomas, ça vient d'arriver. Le cadavre de Sandhamn est bien celui de Krister Berggren, comme tu le pensais. Il avait son portefeuille dans la poche et on a pu déchiffrer son permis de conduire malgré son long séjour dans l'eau. »

Tandis que Thomas parcourait le rapport, Carina l'observa à la dérobée. Depuis qu'il était arrivé à la police de Nacka, elle le regardait souvent en douce. Il y avait en lui quelque chose qui l'attirait, elle n'arrivait pas bien à savoir quoi.

Il avait des cheveux blonds épais comme du crin, coupés très courts. Elle devinait qu'ils poussaient dans tous les sens s'il n'y faisait pas attention. À son allure générale, on voyait qu'il aimait le plein air. Ses yeux étaient entourés d'une multitude de petites rides, à force de se plisser dans le soleil. Il était athlétique et très grand. Elle était bien plus petite que lui.

Il avait la réputation d'être un bon policier, attentif aux autres et juste. Un homme droit, un bon collègue. Ses manières sympathiques le faisaient apprécier au sein du groupe, même s'il gardait ses distances. Il ne se confiait réellement à personne.

D'après ce que Carina avait entendu dire, un an plus tôt, il avait perdu un enfant. Son couple n'y avait pas résisté, ils avaient divorcé. On avait beaucoup parlé dans les couloirs de cette petite fille, victime de la mort subite du nourrisson, mais personne ne connaissait les détails.

Thomas avait longtemps été déprimé mais, ces derniers temps, il semblait reprendre goût à la vie. En tout cas si l'on se fiait aux bruits de couloir.

Depuis un an, elle n'avait fréquenté personne en particulier, juste quelques histoires sans lendemain. Des garçons de son âge, dont elle se lassait très vite. Thomas, qui approchait la quarantaine, était différent. Non seulement il était beau, mais c'était un homme, pas un petit mec immature. Et puis il y avait chez lui quelque chose qui touchait en elle une corde sensible. Quoi ? Peut-être justement cette tristesse à fleur de peau. Ou peut-être le fait qu'il ne semblait pas l'avoir particulièrement remarquée, ce qui ne faisait qu'attiser son intérêt.

Elle savait qu'elle n'était pas mal : menue, bien faite, avec une charmante fossette à la joue gauche. Elle était habituée à recevoir des témoignages d'intérêt de la part de la gent masculine, mais Thomas la traitait exactement comme n'importe quelle autre collègue, malgré ses discrets appels du pied.

Carina avait commencé à trouver des prétextes pour entrer dans son bureau. Parfois, elle lui apportait une viennoiserie ou une brioche pour le café du matin. Elle essayait de s'asseoir près de lui lors des réunions et s'efforçait d'attirer son attention. Mais jusqu'à présent, peine perdue.

Elle s'attarda sur le seuil tandis qu'il lisait le rapport d'autopsie. Son regard se fixa sur sa main qui tenait les papiers. Il avait de jolis doigts, longs et fins, avec des ongles bien arrondis. Parfois, il lui arrivait d'imaginer la sensation d'être touchée par ces doigts-là. Avant de s'endormir, elle pouvait fantasmer sur ses mains qui la caressaient sur tout le corps. Ce que ça ferait de se coucher contre lui, tout contre, peau contre peau…

Sans se douter des pensées de Carina, Thomas se plongea dans le rapport. Il était rédigé dans un style clinique et froid, sans la moindre inflexion subjective qui aurait dévoilé quelque chose de la personne qui faisait l'objet de l'investigation. Des phrases courtes, hachées, qui résumaient efficacement ce que l'autopsie avait révélé.

Mort par noyade. Présence d'eau dans les poumons. Les blessures constatées sur le corps étaient postérieures. Plusieurs doigts et orteils manquaient. Pas de traces d'alcool ni de substances chimiques dans le sang. Le vieux filet était en fibres de coton, comme la plupart des filets de pêche en Suède. La boucle autour du torse était une amarre ordinaire. Un objet semblait avoir été accroché à l'autre bout du cordage, qui s'était effiloché et où des traces de rouille indiquaient le contact avec du métal.

Rien dans le rapport n'indiquait que cette mort ait été provoquée par quelqu'un.

Donc un suicide ou un accident.

Seule chose étrange, cette corde autour du corps. Thomas réfléchit un moment. Pourquoi aurait-on une boucle passée autour du corps si on s'était noyé accidentellement ? Krister Berggren avait-il tenté de remonter à bord après être tombé à l'eau ? Ou bien, s'il s'agissait d'un suicide, avait-il maladroitement tenté de se pendre avant de se jeter à l'eau ? N'aurait-il pas alors ôté la corde ? Pourquoi la passer autour du corps ? Peut-être que ces questions ne se posaient pas pour quelqu'un sur le point de se suicider.

Le filet pouvait être dû au hasard. Le corps pouvait tout simplement avoir dérivé et s'être pris dans un quelconque filet. La boucle autour du corps était plus difficile à expliquer. D'un autre côté, ses années dans la police lui avaient enseigné que tout n'était pas toujours explicable, et qu'il ne fallait pas pour autant en tirer de conclusions.

Sans cette corde, l'affaire aurait été classée sans suite comme un accident ou un suicide, mais elle tracassait à présent Thomas, agaçante comme un caillou dans une chaussure.

Il décida d'aller jeter un coup d'œil au domicile de Krister Berggren. Il y trouverait peut-être une lettre d'adieu ou toute autre information permettant de clarifier la chose.

L'appartement de Krister Berggren était situé à la périphérie de Bandhagen, dans la banlieue sud de Stockholm.

Thomas gara sa vieille Volvo 945 le long du trottoir. Alentour, des immeubles typiques des années 1950, briques jaunes, quatre étages sans ascenseur, s'alignaient à perte de vue. Peu de voitures garées. Un petit vieux à casquette avançait péniblement derrière son déambulateur.

Thomas ouvrit la porte vitrée et entra dans le hall. Sur sa droite, un tableau affichait la liste et l'étage de tous les locataires. Krister Berggren vivait au deuxième. Sur chaque palier, trois portes en bois brun clair, rayées à la longue. Les murs étaient d'une nuance gris beige indéfinissable.

Sous le nom K. Berggren, un papier écrit à la main : pas de pub. Une grosse liasse de prospectus bourrait pourtant la fente de sa boîte aux lettres.

Quand le serrurier arrivé quelques minutes avant lui ouvrit la porte, l'odeur le prit à la gorge. Un mélange de nourriture moisie et de renfermé.

Thomas commença par la cuisine. Sur le plan de travail, quelques bouteilles de vin vides et un paquet de pain rassis. Dans l'évier s'empilaient des assiettes sales. Quand il ouvrit le réfrigérateur, des effluves de lait tourné montèrent d'un berlingot ouvert. À côté, du fromage et du jambon moisis. De toute évidence, personne n'était entré ici depuis des mois.

Dans le séjour, pas de surprise. Canapé en cuir noir, papier peint intissé qui avait vécu. Les divers ronds de verres et de bouteilles qui constellaient la table basse en verre témoignaient d'une prédilection pour les alcools mais d'un manque d'intérêt pour le ménage. Aux fenêtres, quelques plantes mortes dans leur pot. Il était clair que Krister Berggren avait vécu seul depuis des années : pas le moindre indice qu'une femme ait partagé son existence.

Dans une bibliothèque, un fouillis de cassettes vidéo et DVD variés. Thomas remarqua une étagère entière de films avec Clint Eastwood. Peu de livres, certains semblaient hérités, avec leurs dos de cuir élimés et leurs titres en lettres d'or. Sur un mur, une affiche représentait des voitures de Formule 1 alignées sur la ligne de départ.

Sur la table, une pile de catalogues divers, un exemplaire d'*Auto Magazine* et un programme télé. Dans le tas, également, une brochure des ferries Silja Line. Thomas l'ouvrit et l'examina de près. Krister Berggren était peut-être tout simplement tombé d'un bateau en partance pour la Finlande ? Les ferries des principales compagnies passaient tous à la pointe ouest de Sandhamn chaque soir vers neuf heures.

Il gagna la chambre. Le lit était fait, mais du linge sale traînait un peu partout. Sur la table de nuit, un vieux numéro du quotidien *Aftonbladet*. Thomas regarda la date : vingt mars. Est-ce que c'était le dernier passage de Krister chez lui ? Cela concordait avec la date de péremption du berlingot de lait tourné.

Sur un bureau, la photographie en noir et blanc d'une fille en jumper, avec une coupe années 1950. Thomas la retourna. Une écriture chantournée : *Cecilia – 1957*. Une beauté à l'ancienne, démodée. Rouge à lèvres clair, beaux yeux perdus au loin. Un rayonnement sage, propre sur soi. Probablement la mère de Krister. D'après l'état civil, elle était morte au début de l'année.

Thomas continua de chercher une lettre d'adieu ou quoi que ce soit qui puisse apporter une explication, mais en vain. Il retourna dans l'entrée et inspecta rapidement la pile de courrier. Surtout de la publicité, quelques lettres qui semblaient des factures. Une carte postale avec la photo d'une plage de sable blanc et, écrites au-travers, les trois lettres *KOS*.

Appelle-moi sur mon portable, il faut qu'on parle ! Bises. Kicki.

Thomas se demanda s'il s'agissait bien de Kicki Berggren, la cousine de Krister, seule proche en vie qu'on ait identifié. Il avait déjà essayé de lui téléphoner, chez elle et sur son mobile, mais il était à chaque fois tombé sur un répondeur.

Un rapide coup d'œil dans la salle de bains ne donna rien de plus.

La lunette des toilettes était levée, comme il se doit chez un célibataire. Quelques gouttes jaunes d'urine séchée constellaient la porcelaine blanche.

Thomas fit un dernier tour de l'appartement. Il ne savait pas trop à quoi il s'était attendu. À défaut d'une lettre, au moins quelque chose qui prouve que Krister Berggren avait essayé de se suicider un jour froid de mars dans l'archipel.

À moins qu'il ne s'agisse plutôt d'un accident.

Mardi, deuxième semaine

8

Avec un soupir, Kicki Berggren composa le code de son immeuble de Bandhagen. Enfin rentrée. Comme elle avait attendu ce moment ! Retrouver son lit, son appartement. *Home, sweet home*, songea-t-elle avec une expression de soulagement. C'était bien vrai, il n'y avait rien de tel.

Quand son ancienne copine du lycée Agneta l'avait persuadée de l'accompagner à Kos pour travailler comme serveuse dans un restaurant tenu par des Suédois, cela lui avait semblé paradisiaque : des vacances payées sur une île grecque. Nourrie, logée, un salaire certes faible, mais que viendraient arrondir de généreux pourboires. Tel était en tout cas le tableau qu'on lui avait brossé. Chaleur et soleil plutôt que neige fondue et obscurité.

C'était trop beau pour être vrai. Effectivement.

Kicki Berggren avait vite déchanté. L'atterrissage avait été brutal. Après trois mois de clients ivres, trop souvent des Suédois qui commandaient des plats bon marché et plus d'ouzo qu'ils n'étaient capables de tenir, elle en avait vraiment soupé de ce paradis grec. Elle ne rêvait à présent que d'une chose, revenir à sa vie normale. C'est-à-dire sa vie de célibataire travaillant comme croupier pour le principal groupe suédois de casinos. Elle avait presque hâte d'être à nouveau à sa table de jeu en train de distribuer des cartes de black-jack dans le brouhaha.

Elle ouvrit sa porte et posa ses valises dans l'entrée.

L'appartement sentait le renfermé. On voyait qu'elle avait été longtemps absente. Elle alla droit dans la cuisine. Là, elle alluma une cigarette et s'assit. Les bagages attendraient demain. Elle sortit une bouteille d'ouzo qu'elle avait rapportée et s'en servit un verre. Pas mal, cet ouzo, se dit-elle. Avec un glaçon. Elle songea à relever ses mails, mais elle décida que ça attendrait aussi. Sur Kos, elle était de temps en temps passée au cybercafé, il n'y avait donc pas urgence.

Elle décrocha son téléphone et composa le code pour écouter ses messages. Y en avait-il seulement ? La plupart de ses amis savaient qu'elle était partie, mais on pouvait toujours vérifier. Pour en avoir le cœur net. Et puis, comme son téléphone portable s'était cassé la semaine précédente, elle était restée un moment injoignable.

Les premiers messages n'étaient que de la publicité.

Souhaitait-elle des conseils financiers ? Mauvaise pioche. Qu'en ferait-elle ? De toute façon, elle n'avait pas le sou.

Le dernier message la fit sursauter :

« Bonjour, Thomas Andreasson au téléphone, disait une voix de basse profonde. Unité criminelle, police de Nacka. J'aimerais vous poser quelques questions au sujet de votre cousin, Krister Berggren. Pourriez-vous me contacter au plus vite ? » Après avoir donné un numéro de téléphone, il raccrochait.

Kicki écrasa sa cigarette.

Pourquoi la police l'appelait-elle au sujet de Krister ? Elle composa son numéro, mais personne ne répondit.

Krister ne s'était jamais donné la peine d'installer un répondeur. L'appel sonna dans le vide.

Elle essaya le numéro du policier. On la transféra au standard, où une voix de femme l'informa que Thomas Andreasson serait à nouveau joignable à huit heures le lendemain.

Kicki alluma une nouvelle cigarette et se cala au fond de la chaise de la cuisine. Un peu de cendre tomba sur le tapis de lirette bleu ciel, mais elle n'y fit pas attention.

Que pouvait-il bien être arrivé à Krister?

Après l'enterrement de sa mère, ils avaient eu une violente dispute. Puis ils ne s'étaient plus parlé et n'avaient plus eu aucun contact pendant plusieurs mois. D'abord, elle s'était dit que c'était bien fait pour lui si elle partait pour Kos. Mais en voyant qu'il n'appelait pas et ne répondait pas à ses SMS, elle s'était vraiment vexée. Elle lui avait même envoyé une carte postale pour le supplier de téléphoner, en vain.

Tant pis, avait-elle pensé. Il pouvait bien rester à patauger dans la neige pendant qu'elle profitait du soleil grec. Les mecs, tous pareils, toujours à bouder dans leur coin, de vrais gosses.

Et pourtant il lui manquait, elle aurait voulu lui parler.

Elle n'avait plus que Krister, désormais. C'était son plus proche parent: une sorte de frère, par défaut. Elle avait beau parfois le trouver simplet et manquant totalement d'ambition, c'était sa famille, et il lui tenait compagnie.

À dire vrai, c'était parfois sa seule compagnie.

Ils n'avaient ni l'un ni l'autre d'enfant ni de partenaire stable. Il travaillait comme cariste au Systembolaget. Souvent, après avoir vidé ensemble une ou deux bouteilles tombées du camion, elle s'était demandé s'ils continueraient ainsi jusqu'à la retraite : des losers, seuls, passés à côté de leur vie. Des petits vieux aigris qui tueraient le temps à se lamenter sur leur sort.

Aussi, quand la possibilité d'une nouvelle existence s'était tout à coup présentée, elle avait eu du mal à y croire. Pour la première fois s'ouvrait la chance d'une autre vie, tranquille, loin des entrepôts et des tripots enfumés. Un gros paquet d'argent pour eux deux.

Mais Krister n'avait pas eu le courage. Elle n'arrivait pas à le comprendre. C'était pourtant tellement simple, elle savait exactement quoi faire et quoi dire.

Il avait quand même une preuve. Une preuve écrite.

Ils étaient ensemble chez lui, dans le séjour. Vautré sur le canapé, il la regardait, paupières lourdes. Sa chemise à demi déboutonnée avait plusieurs taches. Il avait passé la main dans ses cheveux sales, en secouant la tête :

«Toi et tes idées. Tu vois quand même bien que ça ne marchera jamais.» Il avait rempli son verre. «Tu en veux?»

Il agitait la bouteille dans sa direction.

«Non, plus de vin. Je veux que tu m'écoutes.»

En colère, elle avait allumé une autre cigarette. Après une profonde bouffée, elle s'était tournée vers lui. Décidément, l'endroit n'était pas reluisant. Intérieur typique de célibataire endurci.

«Au moins, tu peux quand même m'écouter», avait-elle encore essayé.

Mais il avait refusé de prendre sa proposition au sérieux, et avait éludé chaque fois qu'elle l'avait remise sur le tapis. Elle avait même convoqué sa mère pour appuyer son raisonnement : Cecilia aurait voulu qu'il le fasse. Et elle avait argumenté, encore et encore.

Elle avait fini par vraiment se fâcher.

«Eh bien reste dans ton trou, pauvre crétin! C'est ta seule chance d'avoir une vie convenable, et tu n'as même pas le cran d'essayer!»

Elle l'avait regardé avec mépris. Elle bouillait de colère.

«Putain, quel lâche! Tu vas croupir dans ce foutu gourbi jusqu'à ce qu'on t'en sorte les pieds devant!»

Puis elle avait pris la porte et, deux jours plus tard, elle partait pour Kos sans lui avoir reparlé.

Maintenant, elle le regrettait.

Krister n'avait pas eu une vie facile. Ses grands-parents maternels avaient coupé les ponts quand leur fille était tombée enceinte à dix-huit ans. Sa mère l'avait élevé toute seule en travaillant au Systembolaget. Être mère célibataire au milieu des années 1950 n'était pas une partie de plaisir, et Krister n'était pas un enfant facile. Vu ses mauvaises notes à la sortie du collège, elle l'avait fait embaucher au Systembolaget, où il avait fait son trou.

Il n'avait jamais rencontré son père. Ni ses grands-parents maternels : ils étaient morts sans même l'avoir vu, aigris jusqu'au bout par le scandale.

Le père de Kicki avait fait son possible pour aider sa sœur, mais il ne roulait pas sur l'or. Quand les deux parents de Kicki étaient morts dans un accident de voiture à la fin des années 1990, Cecilia avait tenté d'épauler Kicki, mais elle n'avait pas été d'un grand secours.

Puis tout était allé très vite : en caisse, Cecilia s'était mise à avoir du mal à attraper les bouteilles. Son pouce gauche se recroquevillait. Elle avait commencé à faire tomber des bouteilles et s'était mis son chef à dos. Inquiète, elle mettait ça sur le compte de l'âge : la retraite approchait et elle était usée après toute une vie à soulever de lourdes charges au Systembolaget.

Ses collègues avaient fini par réussir à l'envoyer consulter la médecine du travail. Après de longues analyses et tergiversations, le verdict des médecins était tombé : elle souffrait de sclérose en plaques, cette maladie rampante, incurable, qui paralyse lentement les nerfs et les muscles les uns après les autres. Quand la paralysie atteint l'appareil respiratoire, on meurt.

Dans le cas de Cecilia, il ne s'était pas écoulé un an entre le diagnostic et l'enterrement. Elle avait baissé les bras. Elle s'était couchée pour attendre la mort. Pétrifiée en position fœtale, elle avait dépéri sous leurs yeux. Elle n'avait plus la force de se battre. Ni la volonté.

Krister avait eu du mal à faire face. Il ne supportait pas de voir sa mère s'éteindre ainsi. Il avait l'air de croire que tout s'arrangerait, qu'il suffisait de faire comme si de rien n'était. Il refusait de parler de la maladie de Cecilia et avait attendu la toute fin pour aller la voir à l'hôpital.

Après l'enterrement, il avait tellement bu que Kicki avait pris peur. Il avait pleuré et sangloté, une bouteille dans chaque main, et fini par s'effondrer dans le canapé, tout habillé, le visage rouge, bouffi d'alcool. Comme s'il venait seulement de comprendre que sa mère était vraiment morte.

Kicki se resservit un verre d'ouzo. Elle reposa la bouteille d'une main tremblante. Où était passé Krister ? L'inquiétude lui nouait le ventre. Demain, il fallait qu'elle appelle ce policier pour voir ce qu'il lui voulait.

Mercredi, deuxième semaine

9

Thomas aperçut Kicki Berggren avant même d'être arrivé en bas des marches, derrière l'accueil du commissariat de Nacka.

Elle portait une veste de jean blanche à rivets brillants. Un jean délavé, un top rose moulant et des sandales à talons complétaient le tableau. De derrière, elle avait une allure juvénile – mince, des hanches de garçon. Quand elle se retourna, il vit qu'elle était pourtant dans la force de l'âge, plus proche de cinquante ans que de quarante. Ses cheveux blonds étaient trop longs pour lui aller. Leurs racines plus sombres trahissaient la fausse blonde. Un fin réseau de rides sur la lèvre supérieure annonçait une grosse fumeuse. Elle était très bronzée, presque tannée.

Il se demanda si elle avait pu bronzer ainsi en Suède. Il remarqua aussi qu'elle tapotait nerveusement un sac à main en toile de jean. On voyait bien qu'elle brûlait d'envie d'allumer une cigarette, mais le panneau au mur était très clair : INTERDIT DE FUMER.

Thomas s'approcha de Kicki Berggren et lui tendit la main.

«Bonjour, je suis Thomas Andreasson. C'est bien que vous ayez pu venir si vite. Vous étiez en voyage, si j'ai bien compris ? Où ça ?

— En Grèce », murmura Kicki. Elle avait l'air nerveuse, sans doute se demandait-elle ce qu'il lui voulait.

« Un café ? »

Il remplit deux tasses du breuvage noirâtre. Une bonne façon de briser la glace.

« Ce n'est pas très bon, ça sort de la machine, mais c'est tout ce qu'on a. Asseyez-vous. »

Il lui indiqua un fauteuil en face de son bureau.

Kicki Berggren s'installa en croisant les jambes. Une de ses sandales pendait et menaçait de tomber.

« On peut fumer, ici ? » demanda-t-elle à tout hasard, de l'espoir dans la voix.

Elle avait déjà commencé à fouiller dans son sac pour en extraire un paquet de Prince et un briquet avant même de poser la question.

« Désolé, tout le commissariat est non-fumeur. Mais vous allez pouvoir vous en passer, n'est-ce pas ? »

Kicki Berggren hocha la tête en refermant son sac. Thomas lisait l'inquiétude dans ses yeux.

« Qu'est-ce que vous vouliez me dire ? Mon téléphone portable s'est cassé il y a tout juste une semaine et ce n'est qu'en trouvant votre message sur mon répondeur, à la maison, que j'ai compris qu'il s'était passé quelque chose. J'ai sans arrêt essayé de joindre Krister, mais personne ne répond. Ce n'est rien de grave, au moins ? Il a fait quelque chose ? »

Les questions se bousculaient.

Thomas tarda à répondre. C'était ce qu'il y avait de plus dur dans le métier de policier. Comment annoncer la mort d'un proche ? Il choisit de commencer par une question :

« Êtes-vous proche de votre cousin ? »

Kicki hocha énergiquement la tête.

« Je n'ai pas d'autre famille. Sa mère était ma tante paternelle. Nous nous voyons souvent, depuis l'enfance. Il a juste un an de moins que moi. On passe tous nos Noëls ensemble. »

Elle essaya de sourire en disant la dernière phrase, mais cela ressemblait davantage à une grimace.

Thomas prit son élan :

« Je dois malheureusement vous informer du décès de votre cousin. Son corps a été retrouvé à Sandhamn, dans l'archipel, voilà environ une semaine. Il s'est noyé, et son corps a échoué sur une plage de l'île. »

Le sac à main de Kicki Berggren tomba par terre. Sa bouche s'ouvrit, mais rien n'en sortit avant plusieurs secondes.

« Il est mort ?

— Oui, je suis désolé. »

Les yeux de Kicki Berggren se remplirent de larmes. Thomas sortit d'un tiroir une boîte de mouchoirs, qu'il lui tendit. Elle en prit un et se moucha.

« Voulez-vous boire quelque chose ? Je vais vous chercher un verre d'eau ? » demanda Thomas avec sollicitude.

Kicki Berggren déclina l'offre en secouant la tête. Elle se pencha doucement pour ramasser son sac. Elle le posa sur ses genoux et s'y accrocha des deux mains. Sa bouche tremblait et elle leva un regard tendu vers Thomas qui reprit la parole :

« Nous pensons qu'il est mort au début du printemps. Quand lui avez-vous parlé pour la dernière fois ?

— Pas depuis mars. J'ai été absente trois mois. Pour travailler dans un restaurant suédois à Kos.

— Vous aviez une raison particulière de partir ?

— J'ai suivi une copine qui avait déjà travaillé là-bas. Je suis rentrée hier soir et j'ai entendu votre message sur le répondeur. J'ai appelé aussitôt.

— Vous vous parliez souvent ? » demanda Thomas en lui tendant de nouveau la boîte de mouchoirs.

Kicki Berggren se tortilla nerveusement.

« Ça dépendait. »

Elle baissa les yeux sur ses ongles rose vif.

« Mais vous étiez en contact régulier ?

— Absolument. Nous n'avions pas d'autre famille. »

Kicki lui raconta l'enfance de Krister, seul avec sa mère : Thomas constata que rien dans son passé ne pouvait expliquer pourquoi il se serait rendu à Sandhamn.

« Avez-vous la moindre idée de ce qu'il faisait dans l'archipel ? demanda-t-il après un temps. Savez-vous s'il connaissait quelqu'un, là-bas, qu'il serait allé voir ? »

Thomas l'observa avec attention.

Kicki Berggren regardait toujours par terre.

Sans lui laisser le temps de répondre, il continua :

« Savez-vous s'il lui arrivait de prendre les ferries pour la Finlande ? Le week-end ? »

Kicki Berggren commença à mordiller un de ses faux ongles. On voyait qu'elle avait vraiment envie d'une cigarette : elle tapotait la table du bout des doigts et semblait maudire en silence l'interdiction de fumer au commissariat.

« Oui, de temps en temps. Pourquoi ?

— Une de nos théories est qu'il serait tombé d'un de ces ferries. Ils passent tous les soirs devant Sandhamn. S'il était passé par-dessus bord, cela pourrait expliquer pourquoi son corps a échoué sur cette plage.

— Krister n'a jamais été tellement doué en natation. Il n'aimait pas l'eau, en général. Mais il lui arrivait de prendre les ferries pour la Finlande, surtout quand il y avait des offres spéciales. Nous sommes allés ensemble à Mariehamn il y a deux ans.»

Thomas nota rapidement: *mauvais nageur*. Il décida de changer de sujet.

«Et l'alcool? Selon vous, il buvait beaucoup?»

Kicki hocha la tête en mordillant son ongle de plus belle. Le mouchoir que Thomas lui avait donné était en lambeaux. Ça faisait comme un duvet au pied du fauteuil.

«Oui, il buvait pas mal. C'est qu'il travaillait au Systembolaget, alors il n'avait qu'à se servir. Et puis il n'avait pas beaucoup de centres d'intérêt ni d'amis, d'ailleurs. Il se trouvait très bien tout seul, pourvu qu'il ait quelque chose à boire et un bon programme à la télé.»

Thomas se gratta la nuque en réfléchissant.

Si Krister était très éméché, il pouvait très bien être monté prendre l'air sur le pont et être passé par-dessus bord. Cela se produisait bien plus souvent qu'on ne le pensait, mais les armateurs ne tenaient bien sûr pas à ce que cela s'ébruite.

«Y a-t-il une raison d'imaginer qu'il ait pu se jeter à l'eau volontairement? Qu'il se soit suicidé?»

Il songea à l'amarre passée autour du corps en observant Kicki d'un air pensif. Sa question flotta un moment dans l'air. Ce n'était pas facile, mais il fallait qu'il la lui pose. Si son cousin était suicidaire, ce pourrait être une explication.

Kicki Berggren ouvrit la bouche comme pour dire quelque chose, puis se ravisa et se tassa sur son siège. Son mascara avait coulé. Elle prit un autre mouchoir en papier et s'essuya les yeux de son mieux.

Thomas la regarda, l'air interrogatif.

« Vous vouliez dire quelque chose ?

— Sa maman est morte en février. Il a accusé le coup. Même s'il n'est pas souvent allé la voir pendant sa maladie, il a été très triste après. Déjà à l'époque, il levait pas mal le coude.

— Au point de ne plus avoir envie de vivre ? »

Kicki baissa les yeux.

« J'ai du mal à l'imaginer sauter d'un ferry. Je ne l'ai jamais entendu parler de se suicider, même s'il trouvait que la vie ne lui avait pas fait de cadeau. Il estimait qu'il n'avait jamais vraiment eu sa chance. »

Ses yeux se remplirent de larmes et un nouveau mouchoir en papier s'émietta entre ses doigts.

Thomas la plaignait. C'était évident, la nouvelle l'avait prise complètement au dépourvu.

« C'est peut-être un simple accident. Je voulais juste savoir si vous pensiez qu'il pouvait avoir des tendances suicidaires. Il n'est absolument pas certain qu'il ait voulu se tuer. Il peut s'agir d'un malheureux concours de circonstances, l'alcool aidant. »

Thomas termina l'entretien en invitant Kicki à l'appeler si quelque chose lui revenait. Une fois seul, il rassembla ses notes et en imprima un exemplaire qu'il glissa dans le dossier.

Kicki sortit du commissariat les idées confuses. Elle avait été tellement fâchée contre Krister. Elle comprenait à présent de quoi il retournait. Elle n'avait pas osé expliquer au policier pourquoi ils n'avaient plus eu de contacts ces derniers mois. Elle n'avait pas eu le courage de raconter leur dispute, lors de leur dernière rencontre. Elle avait tellement honte de la scène qu'elle lui avait faite, elle ne savait plus où se mettre. Ses mots durs avaient donc été le dernier souvenir que Krister avait gardé d'elle. Pourquoi les choses avaient-elles tourné ainsi ?

Elle s'arrêta en pleine rue et sortit son paquet de cigarettes. Enfin. Tandis que la nicotine se répandait dans son corps, elle se demanda s'il ne pouvait pas y avoir malgré tout un lien. Krister aurait-il décidé de mettre en œuvre l'idée qu'elle avait eue ? Sans rien lui dire ?

C'était peu probable. Il n'aurait pas osé se lancer là-dedans tout seul, surtout pendant qu'elle était à l'étranger. Ou bien si ?

Elle haussa les épaules pour chasser ces spéculations en tirant à nouveau sur la cigarette tant désirée.

Il était sûrement parti pour le week-end à Helsinki et avait trop bu. Elle pouvait l'imaginer : l'alcool ne coûtait rien à bord, il avait bu un coup de trop au bar. La soirée s'avançant, complètement saoul, il avait dû tituber jusqu'au pont pour prendre l'air et avait perdu l'équilibre, comme le pensait la police.

Un simple accident.

Kicki sentit ses yeux s'emplir à nouveau de larmes.

Pauvre Krister. Vie ratée, mort ratée.

Comme sa mère.

10

«Je me disais qu'on pourrait faire griller une rouelle de porc ce soir. Qu'est-ce que tu en dis ?»

Nora se tourna vers son mari, assis dans le fauteuil de jardin, occupé à faire une épissure sur une amarre. L'art presque oublié de réparer les cordages effilochés. La version masculine de la dentelle au fuseau, si l'on veut. Une activité qu'on n'associait pas forcément à un radiologue de l'hôpital de Danderyd, mais à laquelle Henrik s'adonnait pourtant volontiers pendant les rares moments où il se trouvait dans son jardin sans rien avoir à faire. Sa concentration était totale.

Nora en profita pour enlever quelques feuilles sèches aux géraniums qui encadraient le portail, en attendant sa réponse.

Qui n'arriva pas.

«Henrik, répéta-t-elle en sentant monter une irritation sourde. Tu pourrais au moins répondre. On pourrait faire un barbecue, ce soir ?»

Henrik leva les yeux de son bout de corde et la regarda, étonné.

«Hein ?

— Barbecue. Rouelle de porc. Ce soir. Ce serait bien de décider ce qu'on mange ce soir avant que la boutique ferme.»

Une ombre de remords passa dans son regard.

«J'ai promis d'aller boire une bière avec les gars.»

Nora soupira.

Henrik devait passer toute la semaine suivante en mer à concourir dans le championnat d'Europe de voile des 6 mètres. Cette compétition faisait partie de la régate de Sandhamn, manifestation annuelle organisée par le club nautique KSSS, avec des courses pour diverses catégories de bateaux.

Henrik était barreur sur un voilier de six mètres, avec un équipage de quatre à six personnes. Un type d'embarcation de classe olympique. Participaient toujours à la course de vénérables six mètres en acajou, maintenus en parfait état par leurs propriétaires. Les bateaux de nos jours étaient bien sûr fabriqués dans des matières plastiques, à la pointe de la technique. C'était le cas du voilier de Henrik.

Le père de Henrik avait lui aussi navigué en six mètres et remporté à plusieurs reprises le championnat de Suède en compagnie d'un ancien président du KSSS : la voile était une activité prioritaire dans la famille Linde.

Pour Nora cela revenait à se retrouver veuve de marin, ou mère célibataire – pour utiliser une expression moderne – toute la durée de la régate.

Cette soirée était une des dernières occasions de dîner en famille avant le début des courses : ils avaient des invités le lendemain, puis Henrik prendrait la mer.

Elle prit sur elle pour ne pas montrer sa frustration et demanda, d'une voix plus douce :

« Tu ne trouves pas que ce serait bien de dîner ce soir avec les enfants, juste en famille ?

— Mais j'ai promis aux copains. Et puis il faut qu'on discute tactique. Avant la compétition. »

Il posa l'amarre sur la table et la regarda d'un air contrit :

«Allez, quoi. Ce n'est pas le bout du monde. Tu sais bien comment c'est.»

Nora décida de ne pas insister. Se fâcher pour un dîner ne rimait à rien.

«Bon, ça va. Je prépare à dîner pour les garçons et moi.»

Elle tourna les talons et rentra chercher un arrosoir. Les fleurs avaient soif. Il y avait eu du soleil toute la journée, la terre était toute sèche dans les pots.

«Au fait, cria Henrik dans son dos. Maman a appelé. Ils aimeraient bien venir lundi pour voir les régates. Je leur ai dit qu'ils étaient les bienvenus. Ça va de soi.»

Nora sentit une vague de découragement.

Une visite des parents de Henrik était une occupation à plein temps. Ils s'attendaient à ce qu'on leur serve de bons petits plats et à ce qu'on s'occupe d'eux toute la journée. Henrik en mer, elle les aurait du matin au soir sur le dos, tout en continuant à devoir gérer les enfants. Et il faudrait faire le ménage à fond.

La fois où elle avait tenté d'expliquer à sa belle-mère qu'elle n'avait pas le temps de tout astiquer impeccablement, elle s'était entendu répondre qu'il n'y avait qu'à trouver une petite Polonaise et tout irait bien.

«De mon temps, ma chère, on n'avait pas de mal à trouver du petit personnel», avait l'habitude d'asséner sa belle-mère, en agitant d'un air entendu ses mains bien manucurées. «Je ne comprends pas les mères d'aujourd'hui, qui s'obstinent à vouloir tout faire elles-mêmes. Imagine comme ce serait pratique d'avoir une nurse pour s'occuper des enfants. Il faut apprendre à se détendre, mon petit.»

Le père de Henrik ayant été diplomate jusqu'à sa retraite, la famille avait vécu à l'étranger d'ambassade en ambassade, avec tous les domestiques imaginables.

Cela avait laissé des traces.

La première fois que le père de Henrik, Harald Linde, avait rencontré Thomas, il l'avait toisé, puis avait demandé d'un ton hautain : « Je connais votre père ? » en haussant un sourcil.

Malgré cette attitude plus que dédaigneuse, Thomas lui avait tendu la main avec un grand sourire.

« Je ne crois pas, sauf si vous avez travaillé au lycée de Vårby où il était prof de maths. »

Nora s'était dépêchée d'expliquer que Thomas était un de ses meilleurs amis d'enfance. Puis elle avait discrètement changé de sujet. Elle trouvait son beau-père d'une suffisance vraiment insupportable. Mais pas question de le faire remarquer à Henrik.

Mais il était pourtant un cran en dessous de son épouse, une femme de soixante-dix ans maigre comme un clou et dont la plus grande joie était de se montrer en société.

Monica Linde était une snob prétentieuse qui ne laissait pas passer une occasion de parler des dîners prestigieux où on l'invitait et des personnalités de premier plan qu'elle y croisait. Elle monopolisait toujours la conversation et ne laissait personne en placer une.

Comment le père de Henrik l'avait supportée tant d'années, c'était pour Nora un mystère. Et pour les autres aussi, d'ailleurs. Quand on en venait à parler de Monica Linde, la mère de Nora se contentait d'un sourire las en murmurant quelque chose comme : les gens sont différents, il faut voir leurs bons côtés.

Monica Linde adulait son fils unique et rappelait sans cesse à Nora la chance qu'elle avait eue de lui mettre le grappin dessus.

Que l'inverse ait pu également être vrai ne lui venait pas un instant à l'esprit.

Nora avait depuis longtemps abandonné toute tentative de rapprochement avec sa belle-mère. Elle se contentait désormais de cultiver une relation polie mais froide, qui convenait à tout le monde. Ils dînaient régulièrement en famille le dimanche ou pour les fêtes. Le reste du temps, Nora évitait Monica autant que possible.

Heureusement, ses propres parents étaient presque toujours là quand elle avait besoin d'aide avec les enfants. Et enthousiastes. Sans eux, Henrik et elle ne s'en seraient pas sortis. Mais chaque fois que les garçons voyaient leurs grands-parents paternels, Monica Linde leur reprochait de n'être pas assez polis ou bien élevés.

L'idée de passer son lundi à s'occuper de ses beaux-parents lui arracha un soupir muet.

« Ce ne serait pas mieux qu'ils viennent un jour où tu es là ? tenta-t-elle. Comme ça ils te verraient, toi aussi. »

Elle regarda son mari, pleine d'espoir.

« Mais ils veulent voir les régates. »

Henrik ne la comprenait pas. Il ne captait aucune de ses allusions à ses difficultés avec sa belle-mère.

Nora capitula.

« Bien sûr. Ils seront les bienvenus, lâcha-t-elle d'une voix blanche en se dirigeant vers la maison. Appelle-les pour confirmer. »

Jeudi, deuxième semaine

11

Comme souvent, Kicki Berggren était devant son ordinateur. Elle l'avait acheté d'occasion sur Internet : malgré ses heures de vol, il fonctionnait très bien. Kicki aimait surfer sur Internet. Elle pouvait chatter pendant des heures. Cela l'aidait à se détendre quand elle revenait de son travail au casino.

Même fatiguée au point de tenir à peine debout, elle n'avait jamais sommeil en rentrant de ses longues soirées passées devant la table de black-jack. Après s'être concentré des heures durant sur les cartes, son cerveau avait besoin de ce temps devant l'ordinateur pour décompresser. Parfois, elle allait visiter les sites de personnalités connues. Juste pour rêver à ce que pourrait être une tout autre vie.

Sur un coup de tête, elle se rendit sur le site de la compagnie maritime Waxholm. Elle entra comme destination « Sandhamn » et vit s'afficher les horaires de tous les bateaux qui s'y rendaient depuis le port de Stavsnäs Vinterhamn.

Le vendredi, il y avait un bateau toutes les heures. À onze heures dix, on pouvait prendre au centre de Stockholm un bus pour Stavsnäs. De là, un bateau permettait d'arriver à Sandhamn un peu après une heure. C'était un trajet rapide.

Elle se replongea dans ses réflexions au sujet de cette lettre. Toute la semaine, elle y avait songé. Il y avait là cette information qui était la clé de l'avenir.

Aurait-elle le courage de s'en servir ?

Krister disparu, il n'y avait plus qu'elle. Mais c'était pourtant sa chance. Sa seule chance, en fait. Et elle avait le droit de son côté. Sans aucun doute.

Tout en allumant avec application une nouvelle cigarette, elle prit sa décision : elle irait à Sandhamn. De toute façon, elle ne reprenait le travail qu'après le week-end. Si elle y allait demain, elle pouvait très bien y rester jusqu'à dimanche. Ça devrait suffire pour ce qu'elle avait à y faire.

Vendredi, deuxième semaine

12

Le bateau de la compagnie Waxholm était plein à craquer. C'était la haute saison touristique. Des familles avec enfants et paquets de couches, des retraités chargés de paniers à pique-nique, des estivants qui transbahutaient leur énième cargaison vers leur maison de vacances.

Kicki Berggren n'avait jamais vu autant de sacs Ikéa à la fois. On aurait dit que toute la population de l'archipel avait décidé de transporter ses affaires dans les fameux sacs bleus. Dans le local des bagages, des plantes en pots cohabitaient avec des sacs en papier du discount alimentaire Willys. Vélos et poussettes s'empilaient.

Elle finit par trouver une place assise sur le pont extérieur. Il y avait un peu de vent, mais comparé à la chaleur étouffante qui régnait à l'intérieur du bateau, c'était le paradis. Elle s'assit avec un soupir et alluma une Prince. Elle balaya du regard Stavsnäs, nœud du trafic desservant tout le sud de l'archipel. Les bateaux blancs s'alignaient à quai. Plus loin, au niveau de la station-service, une queue s'allongeait devant le kiosque qui vendait glaces et hot-dogs. Son estomac gargouillait. Si seulement elle avait pris quelque chose à manger !

Du coin de l'œil, elle aperçut un autre bus rouge qui arrivait de Stockholm, bondé de passagers qui se déversèrent en direction des bateaux.

Mon Dieu, que de monde en partance pour l'archipel !

Une fois le bateau accosté à l'embarcadère de Sandhamn, elle mit une éternité à descendre. Avec une lenteur d'escargot, la queue des passagers se traînait sur le pont puis débarquait par la passerelle. Kicki présenta son billet au contrôle et descendit à terre d'un pas hésitant au milieu de tous les habitants de Sandhamn venus accueillir des passagers.

Au bout du quai, une camionnette chargeait des caisses de produits alimentaires et de boissons qui s'empilaient les unes sur les autres. Partout, des gens en mouvement et, au-delà, le port grouillant de voiliers et de bateaux à moteur. Beaucoup d'enfants couraient, une glace à la main. Quelle animation ! L'île tout entière semblait en ébullition.

Kicki alla consulter le plan général. Le port avait vraiment belle allure. Droit devant, une rangée de maisons de deux étages avec, sur la gauche, un magasin de vêtements.

De ce côté, une promenade menait le long de la plage vers le bâtiment du club nautique KSSS. Elle avait entendu parler de l'endroit dans un journal people. Il y avait eu là un grand bal après une régate. Le roi et la reine y avaient bien sûr participé, la princesse Victoria également.

Entre le quai des bateaux de ligne et le club, les pontons où les bateaux se serraient les uns contre les autres. De toutes sortes et de toutes tailles. Vers la droite, le port s'arrondissait en demi-cercle bordé de boutiques et de restaurants. Tout au bout dominait un grand bâtiment jaune avec, inscrit sur toute la largeur de la façade, Auberge de Sandhamn. On y trouvait apparemment un pub, une terrasse et un restaurant.

Kicki décida de chercher d'abord un endroit où passer la nuit.

Elle alla au kiosque acheter des cigarettes et demanda à la vendeuse où on pouvait trouver à se loger pas trop cher. Elle n'avait pas envie de se ruiner pour juste une nuit.

« La Mission, répondit l'adolescente blonde de l'autre côté du comptoir. C'est une sorte de bed & breakfast. C'est correct. Et le petit déjeuner est très bon. Sinon, je ne vois pas, difficile de trouver un endroit qui ne coûte pas la peau des fesses. À l'*Hôtel des Marins*, c'est les mêmes prix qu'à Stockholm. Mais c'est chic, bien sûr. Très chic. »

Kicki remercia d'un sourire la fille, qui se pencha hors du kiosque pour lui indiquer la direction, au-delà d'une boutique d'alimentation que Kicki avait remarquée en arrivant.

« C'est à cinq cents mètres, au maximum, vous en avez pour cinq minutes à tout casser » précisa-t-elle avec un sourire aimable.

Kicki prit son sac et se mit en route. Ses sandalettes se couvrirent tout de suite de poussière. Pas de doute, comme son nom l'indiquait, cette île était sablonneuse.

13

«Henrik, dépêche-toi! cria Nora dans l'escalier. Ils vont arriver et les pommes de terre ne sont pas encore grattées!»

C'était vendredi soir, ils avaient invité deux couples de Sandhamn et Thomas.

Nora avait songé à inviter aussi une célibataire, mais elle sentait que ce n'était pas le moment.

Depuis que Thomas et Pernilla s'étaient séparés cet hiver, incapables de se retrouver après avoir perdu leur fille, Thomas n'avait pas regardé d'autres femmes, et encore moins tenté d'entamer une nouvelle relation.

Nora eut un frisson involontaire en pensant à Thomas et à sa petite Emily. Quel événement affreux! Ils avaient une merveilleuse enfant de trois mois et, un instant après, elle n'était plus là.

Emily était décédée dans son sommeil, pendant la nuit.

Quand Pernilla s'était réveillée au matin, les seins gonflés – elle n'avait pas allaité pendant la nuit –, la fillette était froide et sans vie dans son berceau à côté du lit. Pernilla et Thomas avaient sombré dans le désespoir, mais c'était pire pour elle. Elle se sentait tellement coupable.

«J'étais tellement fatiguée, avait-elle sangloté, j'ai dormi toute la nuit plutôt que de m'en occuper. Si je m'étais réveillée, elle aurait peut-être vécu. Une bonne mère aurait senti que quelque chose n'allait pas, au lieu de dormir.»

Ces reproches ressassés et ce sentiment de culpabilité avaient fini par briser leur couple. Thomas avait cherché une consolation dans son travail, Pernilla n'en trouvait aucune.

La séparation était inévitable.

Nora avait tenté de les soutenir de son mieux, sans parvenir jusqu'à Thomas. Il s'enfermait dans son mutisme, partait s'isoler sur Harö.

Ce n'était que depuis le début de l'été que Nora avait l'impression de retrouver le bon vieux Thomas, son ami d'enfance à la tignasse blonde rebelle. Mais elle décelait chez lui de nouvelles petites rides autour des yeux – et ses cheveux se teintaient de reflets argentés. Ses yeux se voilaient d'une ombre nouvelle.

« Qu'est-ce que je peux faire ? »

Henrik était arrivé en douce dans son dos. Nora se tourna vers lui avec un grand sourire. Il était de bonne humeur. La soirée serait agréable. Elle décida de ne plus penser à ses beaux-parents qui débarquaient lundi.

« Qu'est-ce que tu dirais de faire cuire les pommes de terre, fumer les perches, cueillir une salade et préparer une sauce à la vanille pour la tarte à la rhubarbe ? »

Elle lui posa un rapide baiser sur la joue et lui tendit le sac de pommes de terre nouvelles et les gants de crin pour les gratter.

« Ah oui, et ce serait bien si tu pouvais aussi repeindre le toit et installer une clôture avant l'arrivée des invités. »

Henrik rit.

Il était très sociable et aimait recevoir. Personne n'avait comme lui l'art de se mêler aux conversations lors d'un cocktail. Quand ils s'étaient rencontrés, Nora avait été impressionnée, elle qui n'était pas aussi ouverte vers les autres. Henrik était toujours prêt à accepter une invitation à une fête et à inviter spontanément des amis. Fils unique d'une famille de diplomates, il était plus qu'habitué à participer à toutes sortes de réceptions en usant de son charme. Qui n'était pas insignifiant.

Nora, qui était plutôt pour les soirées tranquilles à la maison, avait un peu protesté par la suite. Les invités, très bien, mais on pouvait aussi parfois se retrouver juste en famille. Surtout quand les enfants étaient plus petits : épuisée par l'allaitement et les veilles, elle n'aspirait souvent qu'à se vautrer dans le canapé devant la télévision.

Mais Henrik insistait. Quoi de plus agréable que de voir ses amis ? On peut bien en inviter quelques-uns. Pas besoin qu'ils soient nombreux. Allez, ce n'est pas le bout du monde.

Elle se sentait alors rabat-joie, toujours à casser l'ambiance. Pas la peine de discuter avec lui quand il ne voulait pas comprendre. Alors elle se forçait à recevoir un peu plus souvent. Pour sauver la paix du ménage. Et c'était vrai qu'avoir du monde n'était pas désagréable, si on faisait un petit effort.

Ce soir, elle se sentait en pleine forme.

« Je n'arriverai peut-être pas à faire tout ça, mais si je te sers un verre de vin avant de m'y mettre, peut-être que je serai pardonné de n'en faire que la moitié ? » dit-il en adressant un clin d'œil à Nora.

Il alla chercher une bouteille de chardonnay au réfrigérateur, remplit deux verres à vin et en tendit un à Nora avant de prendre une bassine et une planche à découper pour s'occuper des pommes de terre et des perches.

Pendant ce temps, Nora alla mettre le couvert. Ils avaient prévu de dîner dehors pour profiter de la belle soirée. Avec les filets de perche, elle servirait une sauce à la moutarde et des petits pains maison avec du beurre persillé. Elle avait cueilli de la rhubarbe au potager pour faire un crumble à l'ancienne, selon la recette de sa grand-mère.

Ce serait vraiment un dîner très agréable.

De retour à la Mission, Kicki Berggren était encore secouée. Son corps était courbaturé, comme si elle avait couru un marathon.

Elle essaya de ne plus penser à cette voix glaciale qui lui avait demandé si elle avait bien réfléchi à ce qu'elle demandait. Et aux conséquences.

Kicki serra les lèvres. Elle avait décidé de ne pas se laisser intimider.

Si la vie avait été un peu plus généreuse avec elle, elle n'aurait peut-être pas été là aujourd'hui, mais le vin était tiré. Elle détestait le désarroi causé par le manque d'argent. Détestait devoir sourire et payer de sa personne tous les soirs au casino. Faire comme si de rien n'était avec ces clients éméchés qui ne perdaient pas une occasion de la peloter avec leurs mains moites. Elle désirait autre chose, une autre vie offrant d'autres opportunités.

À présent si proche, à portée de la main.

Elle n'avait demandé que ce qui lui revenait de droit. Ni plus ni moins. Elle savait ce qu'elle savait et demain elle y retournerait. Il faudrait bien arriver à se mettre d'accord. Elle n'avait pas dit son dernier mot…

Elle tira nerveusement une bouffée de sa cigarette. Il lui avait fallu trois allumettes. Il était sans doute interdit de fumer dans la chambre, mais elle s'en fichait. Dents serrées, elle essaya de chasser l'image d'elle-même qui s'était reflétée dans les yeux de cette personne.

Une femme d'âge mûr avec un jean trop moulant et des cheveux trop longs dont la teinture cachait mal les mèches grises. Qui voulait paraître trente-cinq ans alors qu'elle en avait quinze de plus.

Tout lui rappelait qu'elle était une des plus âgées à faire son travail de croupier : elle aurait pu être la mère des autres filles qui tenaient la roulette. Des collègues qui clamaient haut et fort que ce n'était pour elles qu'un job passager, pour quelques années seulement. On ne pouvait pas gâcher plus longtemps sa vie avec ces sales types qui flambaient plus d'argent qu'ils n'osaient l'avouer à leur femme.

Elle n'avait pas eu de mal à trouver la Mission, qui jouxtait le bâtiment jaune de l'école. Il lui avait fallu cinq minutes, à peine. Comme l'avait dit la fille du kiosque.

La gérante lui avait bien signifié la chance qu'elle avait, de trouver une chambre sans avoir réservé : une annulation de dernière minute venait de libérer une des cinq chambres.

Clé en main, Kicki en avait pris possession, au deuxième étage. Un mobilier à l'ancienne, agréable, avec des rideaux en dentelle. Elle avait défait ses quelques affaires puis s'était allongée sur le lit pour rassembler ses idées. Couchée là, elle avait répété encore et encore ce qu'elle allait dire. Elle avait beau avoir décidé de franchir le pas, elle se sentait nerveuse et inquiète à l'approche de cette confrontation.

Au moment d'y aller, elle avait cherché la gérante pour lui demander le chemin, mais la femme était nouvelle sur l'île et n'avait pas pu la renseigner. Kicki ne s'était pas trop inquiétée : elle trouverait sûrement. L'île n'était pas si grande que ça.

Mais cela n'avait pas été aussi facile qu'elle le pensait. Une ado, devant la boulangerie, avait fini par lui expliquer comment y aller. Il était déjà trois heures.

Elle avait frappé à la porte et, après un long moment, alors qu'elle s'apprêtait à renoncer, on lui avait ouvert. Elle s'était présentée et on l'avait laissée entrer.

Elle n'était clairement ni attendue ni bienvenue.

Son affaire exposée, le silence s'était installé. Braqué sur elle, un long regard froid qui avait fini par se détourner. Les yeux gris n'avaient manifesté aucune réaction à sa demande. Au lieu de quoi le silence était retombé comme un couvercle sur la pièce. Il s'était étalé jusqu'à devenir poisseux et étouffant.

Kicki avait dégluti plusieurs fois en se passant la langue sur les lèvres. Un moment, elle s'était demandée si elle n'était pas allée trop loin. Cet intérieur si peu familier la mettait mal à l'aise. Le mobilier n'était vraiment pas à son goût, elle ne se sentait pas à sa place.

Puis elle avait pensé à son cousin.

«Krister est mort, je veux ma part.»

Elle avait regardé fixement devant elle, bien décidée à ne pas paraître nerveuse et à ne pas montrer sa gêne. Elle serrait le poing si fort que ses ongles lui rentraient dans la peau. La douleur l'avait fait cligner des yeux, mais elle avait essayé de faire comme si de rien n'était.

Soudain, son hôte s'était levé. Ce mouvement brusque était si inattendu que Kicki avait sursauté.

«Nous n'allons pas nous fâcher. Laissez-moi vous offrir quelque chose à boire et nous discuterons.»

Kicki Berggren s'était retrouvée seule. Le bruit d'une porte de placard dans la cuisine. Tintement de porcelaine posée sur un plateau.

Du regard, elle avait balayé la pièce, qui jouxtait une grande salle à manger où on apercevait une immense table. Au moins douze chaises tout autour, et quatre encore le long des murs. La vue sur la mer était extraordinaire. On pouvait presque toucher l'eau.

En relevant la tête elle avait retrouvé le regard inquisiteur de ces yeux gris.

« Voulez-vous du thé ? »

On lui avait alors tendu une tasse remplie à ras bord.

« Vous ne voulez pas réfléchir encore une fois à ce que vous demandez ? » avait dit la voix calme et maîtrisée. « Avant qu'il ne soit trop tard ? »

14

Le visage que Thomas vit dans le miroir de la salle de bains était las et usé. Pas du tout prêt à passer une soirée sympathique chez les Linde qui l'avaient invité à dîner.

Il était arrivé sur Harö un peu avant six heures. Dans une heure, il était attendu à Sandhamn. D'ici là, il fallait qu'il se rase et prenne une douche.

La maison de Thomas était au nord de l'île de Harö. Ses parents avaient acheté le terrain dans les années 1950, bien avant que la propriété d'une maison dans l'archipel devienne à la mode. Voilà quelques années, ils avaient divisé la parcelle en deux pour leurs deux fils.

Sur le terrain de Thomas, il y avait une vieille grange. Elle était assez décrépite, mais très bien située, au bord de l'eau, avec un bouleau pleureur juste à côté.

Pernilla et Thomas avaient consacré beaucoup de temps à la transformer en vraie maison de vacances.

Une maison parfaite pour une famille avec des enfants.

Les travaux finis, la vieille grange était devenue une belle résidence secondaire, avec de grandes baies vitrées et de vastes volumes ouverts. Les chambres avaient été aménagées sur une spacieuse mezzanine pour profiter de la hauteur sous le toit. De la porte d'entrée, un étroit sentier de gravier conduisait au ponton. Ils l'avaient aménagé pour pouvoir y loger une table les soirs d'été.

La maison avait absorbé tout leur temps libre et toutes leurs économies, mais le résultat était à la hauteur de leurs attentes.

Puis ils s'étaient séparés.

Ils avaient à peine pu en profiter un été avant de se quitter.

Comme la maison de vacances était l'héritage de Thomas, le partage au moment du divorce avait été simple. Pernilla avait pris l'appartement en ville, et il avait gardé Harö. C'était clair et net, logique.

Et déchirant.

Après le divorce, il avait trouvé un deux-pièces à Gustavsberg, fonctionnel et situé à seulement vingt minutes de son travail, mais il ne s'y sentait pas chez lui. Chez lui, c'était Harö. Et encore.

Thomas sortit le rasoir et la mousse du placard de la salle de bains, puis fit couler de l'eau chaude.

À vrai dire, il n'avait aucune envie de sortir le bateau pour se rendre à Sandhamn. Mais Nora l'avait invité voilà plusieurs semaines. Il ne voulait pas la décevoir. Surtout à la dernière minute.

«Allez, Thomas, lui avait-elle dit. Ça te fera du bien de sortir un peu de ta coquille. Tu ne peux pas juste travailler et rester sur Harö. Il faut que tu recommences à voir des gens.»

Bien sûr, elle avait raison. Mais c'était tellement pénible.

Il se laissa tomber sur la lunette des toilettes, rasoir à la main. Parfois, ses forces l'abandonnaient complètement, il ne pouvait plus faire un pas.

Les quinze derniers mois avaient été les pires de sa vie, il ne souhaiterait même pas à son pire ennemi de vivre la même chose. Ces nuits hantées par des cauchemars, Emily, son incapacité à lui sauver la vie. Ces jours où il osait à peine aller au commissariat, de peur de craquer devant ses collègues. Et le lent naufrage de son mariage qu'il n'avait rien pu faire pour empêcher.

Depuis son divorce, six mois plus tôt, il avait évité toute relation sociale. Il n'avait pas besoin de la compagnie des autres. Il désirait juste rester tranquille, tout seul dans son coin.

Il passait presque tout son temps au travail. Il ne savait pas combien de soirs il était resté au commissariat. Ces couloirs sombres et déserts, une fois tout le monde parti, avaient quelque chose d'apaisant. La solitude lui plaisait. Il aimait s'attarder à son bureau. Dans le silence.

Le travail avait été un filet de secours.

Sans ses collègues, s'en serait-il sorti? Il en doutait. Se lever chaque matin avait été une lutte. Pourtant, il avait pris tout le travail qu'il pouvait. S'était porté volontaire pour tout ce qu'on voulait. Avait passé des heures et des heures à des affaires dont il n'était même pas tenu de s'occuper.

Comme si chaque affaire élucidée l'aidait à se reconstruire.

Peu à peu, la douleur s'était estompée, laissant place à une immense lassitude. Il en était submergé. Thomas ne savait qu'en faire. Les journées, il y arrivait encore, mais le soir venu, il était au bout du rouleau.

Il avait davantage dormi ces six derniers mois qu'au cours de toute sa vie. Chaque soir, il n'aspirait qu'à se coucher pour fuir sa vie dans le sommeil. Comme si cette perte de conscience était devenue une drogue.

Ce n'était qu'en avril, avec le retour de la lumière, qu'il avait retrouvé un peu de son ancienne énergie. Il passait les longs soirs d'été à se reposer. À son grand étonnement, il respirait mieux désormais.

Pourtant, le fossé entre le policier qui accomplissait consciencieusement son travail et le Thomas qui voulait juste qu'on le laisse tranquille ne s'était pas réduit.

Assis dans la salle de bains, il essayait à présent de rassembler ses forces. Le dîner approchait. Il se leva et attrapa la bombe de mousse. Il adressa un sourire figé à son reflet et commença d'un geste décidé à faire glisser le rasoir sur sa joue.

Kicki Berggren regarda le port, presque à moitié dans l'ombre à présent. Elle avait toujours dans la bouche le goût fade du thé. On ne lui avait même pas proposé un café. Juste ce thé dégoûtant.

Elle avait essayé de se reposer un moment dans sa chambre, mais elle était trop énervée. Au bout d'une heure, elle avait abandonné. Elle avait pris sa veste et était descendue sur le port. Elle avait besoin de boire un coup. Quelque chose de fort. Et manger un morceau ne gâcherait rien. Elle était descendue sur la pointe des pieds pour éviter cette pipelette de gérante. Elle n'avait pas la force de subir son bavardage. Elle avait trop de choses en tête.

La terrasse du *Bar des Plongeurs* avait l'air agréable mais, en s'approchant, elle vit que toutes les places étaient occupées par des jeunes. Des jeunes filles arborant décolleté et grosses lunettes de soleil étaient attablées avec des garçons en shorts rouges, cheveux tartinés de gel plaqués en arrière.

Le rosé était visiblement à la mode, car sur chaque table trônait un seau à glace avec le slogan : *Think pink, drink pink!*[1]

Pour elle, le rosé, c'était le Matteus, un vin portugais qui se buvait dans toutes les arrière-cours quand elle était au lycée. Elle frissonna. À l'époque, elle ne trouvait pas ça bon, et pas tellement plus aujourd'hui. Quant aux enfants gâtés éméchés, elle avait eu sa dose sur l'île de Kos. Elle ne voulait pas remettre ça ici.

Elle chercha une alternative.

À l'autre bout du port, il y avait l'*Auberge de Sandhamn*. Qui semblait nettement plus engageante. Elle se dirigea vers la partie pub de l'établissement.

Une fois entrée, elle se retrouva dans la pénombre, puis ses yeux s'accommodèrent et elle découvrit une grande salle lambrissée de bois sombre, à l'atmosphère chaleureuse.

Au bar, un jeune homme blond avec un catogan tapait une commande sur sa caisse enregistreuse. Des silhouettes

---

1. « Voyez la vie en rose, buvez du rosé ! »

clairsemées étaient attablées devant des verres à moitié vides. Le local était presque désert, mais un pub sombre n'est pas le premier endroit où viennent les touristes par beau temps.

Par la fenêtre, elle aperçut la queue de ceux qui attendaient patiemment une table en terrasse. Être à l'intérieur lui allait très bien. Elle avait besoin d'un peu de tranquillité. Et puis il fallait qu'elle mange quelque chose pour s'ôter ce goût infect qu'elle avait dans la bouche.

Le menu était affiché au mur sur un tableau noir. Tout avait l'air appétissant. Elle opta pour un œuf accompagné de pommes de terre sautées et une pinte.

Sa bière à la main, elle alla s'installer dans un coin, loin du bar. Elle enleva sa veste, qu'elle plia sur la chaise voisine. Elle fouilla dans son sac, d'où elle sortit un miroir de poche et un peigne, qu'elle passa dans ses longs cheveux. Elle rangea ensuite le peigne dans la poche de sa veste et, par habitude, sortit son paquet de cigarettes avant de se raviser, se souvenant qu'il était désormais interdit de fumer dans les lieux publics en Suède.

Du coin de l'œil, elle vit un homme entrer et commander une bière au bar. Une fois servi, il se dirigea vers la partie de la salle où elle se trouvait.

Automatiquement, elle lui sourit.

Des années passées à accueillir des inconnus au casino en avaient fait un réflexe.

Le type avait l'air gentil, elle lui aurait donné la quarantaine. Assez mince, un T-shirt bleu délavé et un jean, des tennis. Il avait besoin d'une coupe, mais ses cheveux étaient propres.

Soudain, elle eut envie d'un peu de compagnie. Quand leurs regards se croisèrent, elle s'humecta les lèvres et ouvrit la bouche.

« Vous pouvez vous mettre là, si vous voulez », dit-elle en désignant la chaise en face. Elle lui sourit d'un air engageant tandis qu'il s'asseyait.

« Vous habitez ici ? » demanda-t-elle.

Il leva le nez de sa bière et hocha la tête.

« Mmh, j'ai une maison.

— Une maison de vacances ?

— Non, je vis ici toute l'année. Je suis né sur l'île. J'y ai toujours habité. » Il porta son verre à ses lèvres.

Kicki s'approcha un peu.

« Moi, c'est Kicki.

— Jonny. »

Il tendit la main pour la saluer, mais se ravisa et se contenta de hocher la tête.

« Et vous faites quoi, dans la vie ? demanda Kicki.

— Un peu de tout. Je suis menuisier et je fais aussi un peu de peinture. J'aide les estivants en bricolant. »

Il but une grande gorgée et s'essuya la bouche du revers de la main. En reposant le verre, il renversa un peu de bière, mais parut ne pas y faire attention.

« Et qu'est-ce que vous peignez ? »

Kicki était intéressée. Elle avait besoin de se changer les idées. Et puis elle était curieuse de la vie sur l'île.

« Ça dépend. Surtout des motifs naturels. »

Il eut un rire gêné. Il sortit alors un crayon de sa poche arrière et attrapa une serviette en papier.

En quelques traits rapides, il avait dessiné le profil de Kicki. C'était peu de chose, mais la ressemblance était frappante. Il avait réussi à saisir aussi bien ses traits que l'expression de son visage. En seulement quelques secondes.

Il lui tendit le dessin. «Tenez. Vous pouvez le garder.

— Vous êtes doué, fit Kicki, impressionnée. C'est votre activité principale ?

— Pas vraiment, non. L'été, je fais surtout de la menuiserie. Il y a toujours des trucs à bricoler et quand les gens sont en vacances, ils ne veulent pas avoir à s'en occuper. Et puis ils paient bien, au noir, bien sûr, mais ça va. Qu'est-ce qu'on ferait d'une facture ? »

Il sourit de biais pour souligner ses paroles.

Une serveuse blonde arriva avec le plat de Kicki. Elle posa l'assiette et les couverts roulés dans une serviette. Ça avait l'air vraiment appétissant, avec une portion généreuse de betteraves et un œuf au plat pour couronner le tout.

La serveuse enleva le verre vide de Kicki d'un geste habitué et demanda, avec un sourire aimable :

«Autre chose ? »

Kicki regarda son convive d'un air encourageant. Il avait l'air sympathique, un peu timide, mais pas du tout inintéressant. Il y avait chez lui quelque chose d'un chiot qui lui plaisait.

Elle se pencha en ôtant une mèche de ses yeux. Elle lui adressa un clin d'œil malicieux.

«Alors, tu m'offres une bière ? Il faut que tu me dises ce qu'on peut faire à Sandhamn un vendredi soir en plein été. C'est la première fois que je viens ici. »

15

C'était ce que Nora appelait une soirée parfaite à Sandhamn. Dans les jardins alentour, on entendait les voisins qui eux aussi dînaient dehors. De très loin parvenaient quelques notes de Dinah Washington qui chantait *«Mad about the boy»*. Tout était si calme qu'on entendait les bourdons voler. Les hirondelles volaient très haut, un bon signe, l'anticyclone se maintenait. Il était presque neuf heures, mais il faisait encore doux. Les filets de perche avaient été parfaits et l'ambiance était excellente. Au moment de passer au dessert, la conversation roula sur le corps trouvé sur la plage.

«Comment va l'enquête? demanda Henrik.

— Eh bien, dit Thomas, on dirait bien que c'est une mort naturelle. Sans doute un accident. Il est peut-être tombé d'un ferry pour la Finlande. Ils passent par ici tous les soirs, non?» Il se servit une part de tarte à la rhubarbe avant de continuer: «C'était un solitaire. Pas de famille, pas de parents en vie, pas d'amis que nous ayons pu identifier. Tout ce qu'il avait, c'était une cousine, avec qui il était d'ailleurs en contact régulier. Triste destin, en tout cas.»

À la seconde où il finissait sa phrase, il la regretta. Le parallèle avec sa propre vie était trop évident.

Pas de famille, pas d'enfants, il approchait la quarantaine et vivait seul dans un deux-pièces, exactement comme le mort.

Qui était-il pour qualifier de triste la vie de Krister Berggren?

« Qu'est-ce qui te fait dire que c'est une mort naturelle ? » demanda Henrik en faisant passer la crème anglaise.

Sa question ramena Thomas à la réalité. Il fit un effort pour se ressaisir.

« Rien ne suggère autre chose. Il s'est noyé. La seule chose bizarre, c'est ce nœud coulant qu'il avait autour de la taille. Mais ça ne veut pas forcément dire grand-chose. Parfois, on ne peut pas tout expliquer.

— Un nœud coulant ? »

Henrik regarda Thomas, interloqué.

« Oui, une sorte de corde en boucle passée autour de son corps. Ça ressemblait à une amarre très ordinaire. Impossible d'en déterminer l'origine, le matériau n'a rien d'inhabituel.

— Avait-il des raisons de se suicider ? » demanda Henrik.

Thomas secoua la tête.

« Je ne crois pas. Nous n'avons pas trouvé la moindre lettre. Mais c'est difficile d'être sûr.

— Et le filet, on en sait davantage ? demanda Nora.

— Non. Rien. Dans un coin, il y avait encore accroché une longue aiguille à ramender. Mais ça ne nous apprend pas grand-chose, pour être honnête. D'ailleurs le corps s'est probablement pris dans le filet après la mort. Il y a tellement de monde qui jette des filets dans l'archipel, ce n'est pas bien étonnant. »

Henrik, très intéressé, se pencha en avant, sa bouchée à peine avalée :

« Et il y avait quelque chose sur cette aiguille ?

— Juste deux initiales. G. A. Difficile d'en tirer la moindre piste. »

Nora essaya de réfléchir.

«Est-ce qu'on connaît quelqu'un sur l'île avec ces initiales?»

Thomas haussa les épaules.

«Je ne sais pas si ça a tellement d'importance. Le filet peut appartenir à n'importe quel pêcheur de cette zone de l'archipel. En tout cas, la thèse de l'accident semble l'emporter.

— Et que va-t-il se passer? demanda Nora.

— L'affaire va être classée. Il n'y a aucun soupçon de meurtre, alors nous allons clore l'enquête.

— Tu vas avoir des vacances, alors?» glissa sa voisine pendant qu'elle vidait dans son verre le fond de la bouteille.

Thomas hocha la tête.

«Très bientôt, heureusement. Je vais boucler tout ça la semaine prochaine. Après, direction Harö.

— Tes parents sont là-bas? demanda Nora.

— Bien sûr. Ils s'y sont installés début mai. Depuis qu'ils sont à la retraite, je pense qu'ils passent plus de temps sur Harö qu'en ville.»

Le visage de Thomas s'illumina en parlant de ses parents.

«Ils me tannent pour que je prenne mes vacances plus tôt, mais j'aime bien être là quand la saison touristique se calme un peu. J'arrive quand je veux.»

Il leva son verre en direction de Nora.

«Merci pour ce délicieux dîner.»

Samedi, deuxième semaine

16

C'était vraiment une soirée réussie, songea Nora en préparant un plateau pour le café. Les convives étaient d'excellente humeur. Tout le monde avait l'air de passer un bon moment et ils étaient restés dehors jusqu'à minuit sans avoir froid.

Comme c'était samedi, jour béni sans cours de natation, ils avaient pu faire la grasse matinée, autant qu'il était possible avec un garçon de six ans plutôt matinal.

« Venez, les gars, lança-t-elle à Simon et Adam qui jouaient au jardin. On va faire une surprise à Papa en lui portant son café au ponton. »

Henrik était parti s'occuper des filets, ce qui pouvait prendre un certain temps : un petit café serait certainement le bienvenu.

Avec les garçons, elle avait fait presque un quart d'heure de queue pour acheter des brioches. À croire que la moitié des habitants de Stockholm avait débarqué dans l'archipel pour profiter de la belle journée d'été.

D'un autre côté, ce n'était pas si grave de rester à bavarder dans la file d'attente devant la pittoresque boulangerie où avaient été installées des tables et des chaises en fonte peintes en blanc pour les clients qui souhaitaient déguster une pâtisserie sur-le-champ.

Au bord de l'eau, Henrik était très occupé.

De part et d'autre du ponton s'alignaient de longs pieux terminés par des crochets. Les filets y étaient pendus l'un après l'autre. On utilisait alors des branches écorcées pour en ôter les restes d'herbe de mer et le varech. Une vieille méthode utilisée dans tout l'archipel.

Henrik avait nettoyé environ la moitié de ses filets. Le varech formait des petits tas à ses pieds. Il avait enlevé son T-shirt et n'avait plus que son short. Son dos ruisselait pourtant de sueur.

Adam accourut pour l'aider. Henrik le prenait souvent avec lui quand il allait poser ses filets, et le laissait conduire un peu le bateau. Adam adorait accompagner son papa et Henrik ne se faisait jamais prier.

À la tête du ponton, il y avait juste la place pour un banc de jardin, une table et deux chaises pour s'asseoir au bord de l'eau.

Au ponton était amarré le bateau de la famille, un hors-bord baptisé *La Toupie*. Il avait juste la bonne taille pour aller se baigner sur les rochers ou, si nécessaire, aller chercher à Stavsnäs quelqu'un qui aurait raté le dernier ferry.

«Voilà le casse-croûte!» lança Nora à Henrik.

Elle s'assit à la table et commença à sortir les tasses et les brioches. Pour les garçons, il y avait du sirop dans des gobelets en plastique aux couleurs vives.

Sans qu'elle y prenne garde, elle vint à repenser à une conversation qu'elle avait eue la veille. Son portable avait sonné alors qu'elle attendait au bord de la piscine la fin de la leçon de natation de Simon.

C'était le DRH de la banque. La récente réorganisation interne avait entraîné un découpage de l'activité en quatre zones : nord, sud, centre et ouest. À chaque région serait attaché un juriste dépendant de la direction régionale.

Nora serait-elle intéressée par le poste de juriste de la zone sud ?

L'activité était basée à Malmö, il fallait qu'elle soit prête à déménager. En revanche, son salaire serait nettement réévalué et ce serait un pas important dans sa carrière au sein de la banque.

Nora avait été à la fois flattée et curieuse. Le poste semblait passionnant. Cela lui ouvrait en outre la perspective de changer de chef, ce qu'elle désirait depuis longtemps.

Elle aimait beaucoup son travail, mais elle ne supportait plus ce type qui, à ses yeux, n'était pas à la hauteur.

À un âge inhabituellement jeune, il était devenu chef du service juridique central de la banque, lorsque le chef de l'époque était passé sans prévenir à la concurrence. Ragnar Wallsten était nonchalant et suffisant, et il aimait dire du mal de ses collègues, toujours dans leur dos bien sûr.

Pendant qu'avec les autres juristes du service elle travaillait dur, il lisait le journal derrière la porte close de son bureau. Comme sa pièce avait des cloisons en verre, on voyait bien ce qu'il faisait. Nora avait appris par des voies détournées qu'il était lié par son mariage à une famille très connue du monde de la finance. Cela pouvait peut-être expliquer son complexe d'infériorité, mais décidément pas excuser un mauvais leadership.

Comment quelqu'un comme lui avait-il pu être nommé à un poste de ce niveau dans une aussi grande banque, cela demeurait pour elle un mystère. Elle ne comprenait pas que sa nullité n'éclate pas au grand jour.

L'idée de pouvoir aller dans son bureau lui annoncer qu'elle avait obtenu cette promotion qui lui permettait de ne plus être sous ses ordres était assez tentante.

Le DRH l'avait informée qu'une agence de chasseurs de têtes externe à la banque, Sandelin & Partner, avait été chargée d'auditionner tous les candidats. Si elle était intéressée, ils la contacteraient pour convenir d'un rendez-vous.

Elle réfléchit à la manière d'en parler à Henrik. Un déménagement à Malmö, ce n'était sans doute pas ce dont il rêvait. En même temps, elle avait dû effectuer son stage au barreau de Visby parce que c'était là qu'il faisait son internat. Et elle avait pris un congé parental maximal pour les deux enfants pendant qu'il finissait sa spécialisation. Elle trouvait que c'était un peu son tour, à présent.

Elle fut tirée de sa rêverie par les algues mouillées que Simon lui jetait sur les jambes.

«Arrête! cria-t-elle, c'est froid!»

Simon riait à gorge déployée et se penchait déjà pour ramasser un autre paquet d'algues.

Nora mit les deux mains en l'air. Mieux valait battre en retraite.

«Je me rends, je me rends sur-le-champ», supplia-t-elle son fils qui s'apprêtait à la bombarder.

Soudain, elle entendit un bruit de moteur qui se rapprochait. Elle se protégea les yeux du soleil pour mieux voir. Ça ressemblait au Buster en aluminium de Thomas. En effet, comme le bateau s'approchait, elle distingua Thomas derrière le volant. Après un large virage, il diminua sa vitesse et vint se ranger au bout du ponton.

«Salut! dit Henrik en lui serrant la main. Te revoilà déjà?

— Tu arrives juste à temps pour le café, ajouta Nora. Viens t'asseoir, j'apporte une autre tasse.

— Désolé, je ne peux pas.»

Thomas avait l'air contrarié.

«Je voulais juste vous demander si je pouvais laisser mon bateau ici quelques heures. Le port est plein et le ponton des secours est déjà occupé par le bateau de la police et l'ambulance.»

Nora le regarda de plus près. Ses yeux trahissaient sa préoccupation.

«Qu'est-ce qui s'est passé?

— On a retrouvé un nouveau cadavre. Je vais voir de quoi il retourne.»

Le sang de Nora se glaça.

«Où?

— À la Mission. C'est la femme de ménage qui l'a trouvé au moment de faire la chambre. Visiblement, le corps est dans un sale état. Alors, c'est d'accord pour le bateau? Je ne sais pas trop quand je viendrai le reprendre.

— Bien sûr. Tu peux toujours accoster ici, tu le sais bien.»

Les regards de Nora et Henrik se croisèrent. Presque en même temps, ils se tournèrent vers les enfants qui jouaient sur la plage. Nora avait peine à le croire. Deux morts à Sandhamn en une semaine. Cela semblait irréel.

Et elle qui ne fermait jamais à clé quand elle sortait de la maison…

Nora eut soudain envie d'aller serrer ses enfants contre elle pour ne plus les lâcher.

Comment cela finirait-il ?

17

Thomas se dirigea à grandes enjambées vers le bâtiment blanc de la Mission. Il était situé en bas de la colline de la chapelle, tout contre l'école. À peine à cinq cents mètres du ponton de Nora, et encore. Sans les autres maisons, on aurait pu voir la Mission depuis la fenêtre de sa cuisine.

Lors de la vague de ferveur évangélique qui avait déferlé sur l'archipel à la fin du XIXe siècle, on s'était rassemblé dans cette bâtisse aux allures d'église. C'était le premier bâtiment à caractère religieux de l'île, les demandes des habitants de Sandhamn d'avoir leur propre église se voyant constamment rejetées depuis le XVIIIe siècle. La communauté évangélique n'avait jamais compté plus de quatorze ou quinze membres enthousiastes.

Depuis quelques années, la Mission faisait office de pension et de salle de conférences occasionnelle pour les événements organisés par l'*Auberge de Sandhamn*. La grande salle de prière servait désormais pour les petits déjeuners et parfois pour des fêtes. C'était une belle maison, simple et paisible. On y respirait le charme d'une époque révolue.

Et voilà qu'il y avait un cadavre à l'étage.

Thomas salua de la tête le policier en uniforme qu'il connaissait de vue et ouvrit le portail de la clôture blanche qui entourait la Mission. Au pied du perron, plusieurs fauteuils et tables de jardin. Des pots de pensées jaunes et bleues ajoutaient une touche de couleur à un terrain plutôt sablonneux que ne couvraient que de rares touffes d'herbes, comme ailleurs à Sandhamn.

C'était ouvert. Thomas gravit rapidement le perron et entra.

De la grande salle lui parvenaient des sanglots et des voix tremblantes d'émotion. Il aperçut une femme en pleurs assise dans un coin. À côté d'elle, une femme plus âgée qui essayait de l'apaiser, alors qu'elle pleurait elle aussi. Il y avait un autre policier dans la pièce.

Ils levèrent les yeux vers Thomas.

« C'est Anna qui a trouvé le corps. » La femme plus âgée désigna d'un geste théâtral la femme effondrée sur sa chaise.

« Quand elle s'apprêtait à faire la quatre », ajouta-t-elle.

Thomas s'approcha de la femme de ménage qui se balançait d'avant en arrière en se tordant les mains. On voyait qu'elle avait pleuré longtemps. Ses yeux étaient rouges et gonflés de larmes. Il se demanda s'il allait parvenir à l'auditionner. Impossible d'en tirer rien qui vaille si elle ne commençait pas par se calmer un peu.

Il se tourna vers l'autre femme, qui semblait mieux se contrôler.

« Thomas Andreasson, de la police de Nacka. Vous travaillez ici ? »

La femme hocha la tête, tout en continuant à donner des petites tapes consolatrices sur le dos de la femme en pleurs.

«Je suis Krystyna, la gérante.» Il eut le temps de remarquer son fort accent slave avant que sa voix se brise. Sa lèvre inférieure tremblait un peu, mais elle respira à fond et reprit d'une voix haut perché : «C'est la pire chose que j'aie jamais vue. C'est terrible. Comment cela a-t-il pu nous arriver, ici?» Elle se détourna, cachant sa bouche dans ses mains.

Thomas sortit son carnet et un stylo. Les sanglots de la femme de ménage se calmèrent un peu et devinrent un murmure sourd.

«Pouvez-vous me dire à quelle heure le corps a été retrouvé?» demanda-t-il à la gérante.

Elle se tourna à nouveau vers lui et jeta un regard incertain vers l'horloge pendue au mur au bout de la pièce lumineuse.

«Nous avons aussitôt appelé la police, pleurnicha-t-elle à moitié. C'était il y a trente ou quarante minutes au plus. Anna avait frappé plusieurs fois pour savoir si elle pouvait faire la chambre, mais personne ne répondait. À la fin, il ne restait plus que la quatre.

— La porte était-elle fermée?» demanda Thomas à la femme assise.

La femme de ménage en pleurs hocha la tête.

«Oui, murmura-t-elle, j'ai dû utiliser ma clé.

— Reste-t-il d'autres clients?»

La gérante hocha la tête, angoissée. «Nous sommes complet, mais il n'y a personne en ce moment. Ils restent tous pour le week-end, ils reviendront ce soir.»

Elle portait un tablier rayé aux couleurs vives, sans doute était-elle en train de faire du pain : elle avait de la farine sur les mains et le tablier. À l'autre bout de la grande salle, il aperçut la cuisine par une porte entrouverte à la poignée imposante, à l'ancienne.

Thomas décida de monter voir sans plus tarder, avant de continuer à interroger les deux femmes. Comme ça, ce serait fait. Il se tourna vers son collègue, qui semblait avoir la trentaine.

« Vous pouvez me montrer le chemin ? »

Le policier le précéda dans l'escalier, jusqu'à la chambre au bout du couloir.

La porte de la chambre quatre était entrebâillée.

En entrant, il vit le dos d'une personne recroquevillée sur le lit dans une position qui n'était pas naturelle. Il y avait dans l'air une odeur désagréable et douceâtre, l'odeur du sang et du cadavre qui n'a pas encore vraiment commencé à sentir mauvais.

Thomas balaya du regard la chambre meublée en style romantique, avec lambris de sapin et rideaux en dentelle. Sur le bureau, un bouquet dans un petit vase et, au mur, une marine dans un cadre doré.

La lumière du soleil se déversait par la fenêtre.

Le contraste entre cette pension idyllique et ce cadavre ne pouvait pas être plus grand.

Il s'approcha du corps et nota une grosse contusion à la tempe droite : la peau tout autour était sillonnée de profondes marques bleues et rouges. Un peu de sang avait séché au-dessus de l'oreille et dans les cheveux. Il fit alors le tour du lit pour regarder le visage de plus près.

Soudain, il comprit qui c'était.

Kicki Berggren, la cousine de Krister Berggren était étendue morte devant lui sur le lit.

Il se pencha. Ses yeux le fixaient sans le voir. Elle ne portait qu'une culotte rose. Sa poitrine pendait sur le matelas. La couverture était rejetée de côté, ses vêtements éparpillés dans la chambre. Aucune autre personne ne semblait avoir séjourné là.

Dans le sac à main en jean, à terre, il trouva un portefeuille et, dedans, un permis de conduire qui identifiait formellement Kicki Berggren.

Il sortit vite son téléphone portable et appela le commissariat.

« C'est Thomas. J'ai examiné le corps. Faites en sorte que les légistes le prennent en priorité. Il nous faut reconsidérer le cas de Krister Berggren. C'est sa cousine qui est là. Et méchamment brutalisée, par-dessus le marché. »

Quand l'équipe technique arriva à la Mission, il était déjà midi. Entre-temps, le périmètre avait été bouclé dans les règles de l'art. La gérante lui avait fourni la liste des clients. Il avait même eu le temps d'auditionner brièvement ceux qu'il avait pu trouver. Personne n'avait rien de particulier à raconter.

La gérante n'avait pas été ravie d'apprendre que le bâtiment de la Mission dans sa totalité était considéré comme une scène de crime et allait faire l'objet d'un examen approfondi. Il ne fallait toucher à rien et surtout pas faire le ménage dans la chambre où Kicki Berggren avait été trouvée.

Le reste de la journée était ensuite passé à toute vitesse, les techniciens de la criminelle avaient fait de leur mieux pour relever autant d'empreintes biologiques que possible.

Comme la porte était fermée de l'intérieur et qu'il n'y avait pas de traces de lutte dans la chambre, il y avait beaucoup de questions en suspens. Cela pouvait entre autres signifier qu'elle n'avait pas été tuée là où on l'avait trouvée. Mais Thomas essaya d'éviter les conclusions hâtives.

Il avait convenu avec le responsable de l'antenne de police de Sandhamn d'utiliser une de leurs pièces pour y établir un QG provisoire. Il lui fallait un local sur place. L'enquête venait de changer radicalement de nature.

18

Putain de bordel de merde, songea Jonny Almhult. On continuait à frapper à la porte. Sa tête était une brique et sa langue râpeuse comme de la toile émeri.

Habillé comme la veille, il était vautré sur la couverture. Lever la tête de l'oreiller était une torture. Il n'avait aucune idée de l'heure. Il savait à peine où il était.

En cherchant le réveil à tâtons, il renversa une canette de bière à moitié pleine. Le liquide brunâtre se répandit par terre, vite absorbé par le tapis. Il jura à nouveau en se laissant retomber sur l'oreiller.

On frappait toujours à la porte, impitoyablement.

« C'est bon, stop, j'arrive ! » croassa-t-il.

« Jonny, Jonny ! »

La voix de sa mère.

«Tu es là?
— Du calme, maman, j'arrive.»

Avec un gémissement, il se redressa et fit pendre ses jambes au bord du lit. Il se leva tant bien que mal et tituba jusqu'à la porte. Il ouvrit et se trouva confronté au regard inquisiteur de sa mère. Il ne put s'empêcher de passer la main sur ses joues mal rasées, l'air penaud.

«Pourquoi tu n'ouvres pas? Ça fait une heure que je frappe!»

Sans laisser à Jonny le temps de répondre, elle continua:

«Tu sais l'heure? Deux heures passées. Je ne comprends pas comment tu fais pour dormir. Toute l'île est retournée.»

Jonny la fixa, les yeux vides. Il n'y comprenait rien. Tout ce qu'il voulait, c'était qu'on le laisse dormir.

Ellen Almhult continua, bouleversée.

«Tu n'as pas entendu? Ils ont trouvé un autre mort. Une femme, à la Mission.»

Jonny déglutit. Si seulement il n'avait pas ce fichu mal de crâne!

Il s'appuya au cadre de la porte pour ne pas perdre l'équilibre, sentant la sueur perler dans son cou.

«À quoi elle ressemblait?»

Sa voix était rauque, à vif.

«J'ai un peu parlé avec Krystyna, tu sais, la nouvelle, qui a repris la Mission ce printemps. Elle était dans tous ses états.»

Jonny prit sa mère par le bras avec une force inattendue.

«Du calme! Pas besoin de me serrer comme ça! Elle avait presque cinquante ans, elle était arrivée hier après-midi. Longs cheveux blonds, d'après Krystyna. Un physique assez passe-partout, j'imagine.»

Jonny soupira intérieurement.

Mon Dieu.

«Écoute, Maman, je ne me sens pas très bien. Il faut que je me recouche.

— Tu es bien comme ton père.»

Ellen ne cachait pas sa désapprobation. Ses lèvres serrées formaient un trait étroit.

Jonny connaissait bien cette expression. Il l'avait vue depuis qu'il était petit. Chaque fois que papa ou lui faisait quelque chose qui la contrariait. Son père avait vécu toute sa vie dans l'ombre de la déception de sa femme.

Jonny ne pouvait rien y faire pour le moment.

«On parlera une autre fois, dit-il d'un ton brusque.

— Je ne te comprends pas, se lamenta Ellen. Pas du tout.» Le trait de ses lèvres devint encore plus fin.

«Maman, sois gentille. Laisse-moi un peu tranquille.

— Cet alcool va te rendre malade, tu sais?»

Elle agita en l'air un index osseux. Il vit ses lèvres bouger en silence et prit son élan avant le flot de paroles qu'il savait sur le point de déferler.

«Va-t'en, je t'ai dit. On parlera plus tard.»

Il la poussa pratiquement dehors et referma derrière.

Jonny se laissa tomber à terre.

Il pouvait sentir sa propre haleine. Vieille bière aigre. Trop de cigarettes. La peur formait une boule au travers de sa gorge. Sa langue lourde et gonflée encombrait sa bouche. Il fallait qu'il boive quelque chose pour se calmer et rassembler ses esprits.

Il alla dans la cuisine prendre une bière au réfrigérateur. Debout près de l'évier, il vida la boîte. Il l'aplatit ensuite pour la jeter à la poubelle. Péniblement, il tenta de se souvenir de la soirée de la veille. Les images étaient vagues et floues.

Il avait rencontré cette nana au pub. Il s'était mis à sa table, ils avaient bu quelques bières ensemble. Au bout d'un moment, il lui avait proposé de venir chez lui prendre une bière ou deux. Ils avaient pris leurs vestes et payé. Le soleil s'était couché, mais il ne faisait pas encore nuit.

Ils étaient allés chez lui, à peine à dix minutes à pied de l'auberge. Il avait ouvert, elle était entrée. Elle avait inspecté son intérieur et dit quelque chose à propos de ses fleurs. Il était allé chercher quelques bières à la cuisine et ils s'étaient installés dans le canapé devant la télé. Elle avait allumé une cigarette et lui en avait proposé une.

Elle avait fumé sans arrêt, en se plaignant d'avoir mal au ventre. Elle n'arrêtait pas de geindre, il en avait mal aux oreilles.

Ils avaient fini tous les deux assez bourrés.

Au bout d'un moment, il s'était rapproché d'elle sur le canapé. Il pensait qu'elle le voulait aussi.

Si seulement elle l'avait écouté, tout se serait bien passé. Ça aurait été si simple de faire comme il voulait. Putain, si simple !

19

Y avait-il une meilleure façon de passer la soirée d'un beau samedi d'été qu'une réunion dans un commissariat fermé pour le week-end? songea Thomas.

Il regarda fixement ses notes en se disant que pour lui, le week-end était cuit.

Pendant les constatations sur le lieu du crime, il avait appelé Margit pour l'informer des derniers développements.

Elle avait moyennement apprécié.

Le Vieux avait décidé qu'ils se retrouveraient à dix-neuf heures samedi soir. Thomas avait eu le temps de finir ce qu'il avait à faire à Sandhamn avant de revenir sur le continent.

Il était assis au bout de la table de réunion, Margit à sa droite et à gauche, Carina. Deux policiers plus jeunes, Kalle Lidwall et Erik Blom, avaient eux aussi dû faire une croix sur leur week-end.

Le Vieux résuma la situation.

«Nous avons donc une victime qui semble être morte suite à de violents coups à la tête. C'est la cousine de celui qu'on a retrouvé échoué sur une plage de Sandhamn il y a à peine deux semaines. Nous ne pouvons pas encore en être certains, mais rien n'indique que Krister Berggren avait l'intention de se suicider. D'un autre côté, nous n'avons rien trouvé qui laisse penser qu'on l'ait tué intentionnellement. Il faudra attendre quelques jours avant de connaître la cause exacte du décès de Kicki Berggren.

Les légistes ont promis de faire de leur mieux, mais ils manquent d'effectifs, à cause des vacances.

— Les deux cousins ont-ils un lien avec Sandhamn? demanda Margit. Avaient-ils l'habitude d'y aller en été?»

Elle avait clairement besoin de vacances. Elle paraissait fatiguée et n'avait pas encore eu le temps de prendre le soleil. Elle dégageait une impression d'impatience, comme s'ils n'avaient pas deux morts inexpliquées sur les bras. Tout ce qu'elle voulait, c'était une solution rapide, qu'elle puisse enfin partir en congé.

Thomas passa distraitement une main dans ses cheveux ras avant de répondre.

«Pas que je sache. Dans l'état actuel des choses, il n'y a pas de lien évident entre Krister et Kicki Berggren et Sandhamn. Mais il faut une sacrée dose de hasard pour que deux cousins soient retrouvés morts sur la même île de l'archipel à moins de deux semaines d'intervalle. Il faut examiner toutes les pistes possibles. On va voir ce qu'on trouve chez Kicki Berggren. D'après ce que nous savons de Krister Berggren, rien ne le rattache à l'île.»

Le Vieux se racla la gorge.

«Maintenant, en tout cas, on a une enquête pour meurtre sur les bras. Margit, tu prends la direction des investigations. Thomas, tu l'assistes. Erik et Kalle servent d'auxiliaires. Carina donne un coup de main là où c'est nécessaire.

Carina se tourna vers Thomas.

«Tu n'as qu'à demander, tu sais.»

Elle arrangea ses cheveux avec un geste coquet. Elle était la seule de la pièce à sourire.

Margit poussa un profond soupir, la mine sinistre.

«Mes vacances commencent lundi. Tu as oublié? On a loué une maison sur la côte ouest.

— Margit, on a deux morts, dont l'un est très probablement un meurtre.»

Margit était sur le sentier de la guerre. Elle se rendait rarement du premier coup. Elle se battait à présent pour son congé comme si sa vie en dépendait, et non pour quatre petites semaines en juillet dans un pays où la température estivale culminait à vingt degrés.

«Et j'ai deux ados et un mari dont je dois m'occuper. L'équilibre dans la vie, ça te dit quelque chose? J'ai besoin de ces vacances. J'ai trimé dur toute l'année, tu le sais très bien.»

Elle toisa le Vieux en agitant son stylo. Il la toisa à son tour.

«Je peux proposer quelque chose?» dit Thomas.

Le Vieux et Margit interrompirent leur combat de coqs pour le regarder.

«Margit pourrait rester en stand-by au téléphone pendant que je commence l'enquête. Si ça chauffe, elle n'aurait qu'à prendre sa voiture, non? Je connais Sandhamn comme ma poche et je peux sans problème décaler mes vacances d'une semaine ou deux.»

Margit pressa du regard le Vieux, qui soupira bruyamment avant de prendre la parole.

«Quand j'ai commencé dans la police, il n'y avait pas tout ce fichu bla-bla sur l'équilibre dans la vie. De mon temps, on travaillait jusqu'à ce que l'affaire soit résolue, point barre.»

Il réfléchit un instant, avant de se résigner devant le regard noir dont Margit le bombardait.

« Bon, OK pour la proposition de Thomas. Margit, tu peux y aller, à condition de venir s'il y a besoin. À toi de voir, c'est toi la responsable. En attendant, Thomas et toi vous vous arrangez au téléphone. »

Margit sembla soulagée.

« Bien sûr. Thomas, tu peux m'appeler n'importe quand. Je vais aussi te donner le portable de mon mari, au cas où. Viens avec moi, on va réfléchir à ce qu'il faut faire. »

Elle lui adressa un clin d'œil reconnaissant en se levant avec ses affaires.

« Tout va très bien se passer », dit-elle à l'intention du Vieux en tournant les talons pour quitter la pièce.

Quand Margit et Thomas eurent défini les lignes directrices de l'enquête, il était déjà tard.

Kalle Lidwall et Erik Blom se rendraient dès le lendemain matin à Sandhamn pour commencer les recherches. Thomas les rejoindrait plus tard dans la journée. Au cours de la soirée, ils avaient parcouru tout ce dont on disposait sur les deux cousins. Carina s'était mise à son ordinateur pour chercher dans tous les fichiers possibles de quoi compléter le tableau.

Comme plus de quatre-vingts pour cent des meurtres et tentatives de meurtres en Suède étaient commis par quelqu'un que la victime connaissait, il fallait se faire une idée aussi claire que possible de la vie et du travail des deux cousins. Passer méthodiquement en revue les gens qu'ils côtoyaient et que la police devrait contacter. Assembler les pièces du puzzle pour voir apparaître des gens avec un mobile possible.

Dès la fin du week-end, ils se procureraient toutes les données économiques utiles, comptes en banque et autres. Il était surprenant de voir tout ce qu'on pouvait apprendre de quelqu'un rien qu'en examinant son relevé de carte bleue.

Les recherches à Sandhamn se concentreraient sur la reconstitution des dernières vingt-quatre heures de la vie de Kicki Berggren. À quelle heure elle était arrivée sur l'île, où elle était allée, si on l'avait vue en compagnie de quelqu'un.

Il fallait rassembler tout ce qu'on pouvait sur les gens qu'elle avait rencontrés durant son séjour à Sandhamn. Il fallait aussi vérifier avec la compagnie Waxholm : peut-être un membre d'équipage se rappellerait-il l'heure de son arrivée, où elle était allée ? Tout témoignage, même insignifiant en apparence, pouvait contribuer à résoudre l'affaire.

Avant toute chose, Thomas voulait inspecter son appartement.

Un logement est l'histoire muette de son propriétaire. En le visitant, on apprend beaucoup de son existence, de son caractère, de ses amis et de ses ennemis. Peut-être trouverait-on la preuve d'un lien de Kicki avec Sandhamn ?

Thomas avait en outre besoin d'une meilleure photo de Kicki que celle de son passeport où elle avait l'air très empruntée. Elle servirait pour le porte-à-porte qu'il fallait commencer au plus vite à Sandhamn.

Après réflexion, Thomas décida de demander à Carina de l'accompagner. Dans ce genre de cas, avoir une fille avec soi pouvait être un plus. Elle verrait forcément dans l'appartement des choses qui lui échapperaient. Il était le premier à reconnaître ne pas être un excellent connaisseur de la gent féminine.

Pernilla le lui avait clairement signifié lors de leur toute dernière dispute avant leur séparation.

Il avait trouvé Pernilla dans la salle de bains, une petite couche à la main. Elle avait été oubliée quand ils avaient fait disparaître toutes les affaires de bébé, après la mort d'Emily.

«Ce n'était pas ma faute», lui avait-elle dit, en insistant sur «ma». Son regard brûlait, comme si en cet instant elle le haïssait.

Ce qui était peut-être le cas.

Thomas était tombé des nues.

«Mais je n'ai jamais dit ça», avait-il fini par lâcher.

Elle l'avait alors regardé, la bouche tremblante.

«En six mois, tu ne m'as pas adressé un mot de plus que nécessaire. Tu ne me touches même plus. Les rares fois où tu me regardes, je vois des reproches dans tes yeux. Tu crois que je ne comprends pas ce que tu penses?»

Ses larmes avaient commencé à couler. Elle les avait essuyées d'un geste las.

«Ce n'était pas ma faute, répéta-t-elle à voix basse. Je n'y pouvais rien.»

Le gouffre qui les séparait était trop profond pour être comblé par des mots. Thomas n'en trouvait d'ailleurs aucun. Il n'avait jamais été à l'aise pour parler de ses sentiments, et à présent il se fermait complètement. Ne serait-ce qu'essayer était au-dessus de ses forces. Et chaque fois qu'il ouvrait la bouche pour dire à Pernilla qu'il ne lui faisait aucun reproche, les mots lui restaient coincés en travers de la gorge.

Au fond, il était convaincu que quelqu'un devait bien être responsable de la mort d'Emily. Chaque fois qu'il revoyait l'image de son petit corps sans vie, le besoin de pouvoir imputer sa mort à quelqu'un le submergeait. Et si ce n'était pas la faute de Pernilla, alors de qui d'autre ?

Le doute qui le rongeait ne lui laissait aucun répit. Il ne pouvait s'empêcher de se demander ce qui se serait passé si Pernilla s'était réveillée spontanément au cours de la nuit. Elle allaitait, quand même. N'aurait-elle pas dû sentir que quelque chose n'allait pas ? Il se rendait compte que son raisonnement n'était pas logique, mais il était incapable de sortir de là. Pourquoi avait-elle continué à dormir, quand son bébé mourait juste à côté d'elle ?

C'était la dernière fois qu'ils avaient parlé d'Emily. Quelques semaines plus tard, il avait déménagé. Le divorce avait été très rapide. Le délai de réflexion ne concernait que les parents d'enfants de moins de seize ans.

Ce n'était plus leur cas.

Thomas se leva brusquement. Il se passa la main sur le front, comme pour effacer ces souvenirs. À quoi bon ressasser le passé ? Il avait tant de fois repensé aux dernières heures de la vie d'Emily. Et à chaque fois, cela lui faisait aussi mal. Il fallait qu'il tourne la page.

Avec un soupir las, il alla s'étirer le dos devant la fenêtre. Par la vitre, il vit une vedette de la police maritime quitter son ponton de Nacka Strand. Il en vint à souhaiter être lui-même aux commandes, sans autre préoccupation que de patrouiller dans l'archipel.

Puis il quitta le bateau des yeux. Il fallait s'occuper de l'enquête.

Dimanche, deuxième semaine

20

En arrivant sur Sandhamn le dimanche, Thomas avait une photo de Kicki Berggren. Trouvée dans son appartement, le matin même. C'était d'ailleurs tout ce que Carina et lui avaient rapporté.

Kicki Berggren vivait près de chez son cousin, à Bandhagen. Son trois-pièces n'était pas grand, mais bien agencé et nettement plus habité que l'appartement où avait vécu Krister. Il y avait une chambre, un séjour et une petite salle à manger.

Dans le séjour, un ordinateur cohabitait avec un téléviseur, un canapé et une table basse. Des revues s'empilaient ici et là. Surtout des magazines people, où Thomas avait reconnu entre autres la famille royale, David Beckham et sa femme. Un placard Ikea — il avait le même, dans une autre couleur. Comme chez Krister Berggren, il était plein de journaux et de films, mais il y avait aussi quelques livres sur l'étagère du haut.

On voyait que Kicki avait été absente. Une valise était toujours dans l'entrée, et une fine couche de poussière recouvrait tous les meubles.

Thomas avait regardé s'il trouvait quelque chose d'intéressant dans son ordinateur. Sa boîte mail contenait surtout des discussions avec des copines et des blagues qui circulaient sur Internet. Il en avait reconnu quelques-unes qu'il avait aussi reçues.

Plusieurs sites étaient marqués comme favoris. Thomas les fit défiler, et remarqua qu'elle était récemment allée sur celui de la compagnie Waxholm. Sans doute pour trouver les horaires des bateaux vers Sandhamn.

Aucun des autres sites visités ne donnait le moindre indice de ses liens avec Sandhamn. Aucun document, aucune donnée pouvant aider l'enquête. Rien dans l'ordinateur de Kicki Berggren n'éclairait son voyage sur l'île.

Mais pourquoi y est-elle donc allée ? se demanda Thomas tout en s'asseyant au bord de son lit. Le dessus-de-lit était vert clair, avec quelques coussins de la même couleur. Sur la table de nuit, un cendrier avec un mégot.

Quand il l'avait vue au commissariat, elle n'avait pas mentionné Sandhamn. Et pourtant, deux jours après, elle avait décidé d'y aller. Il devait donc y avoir une raison dont elle ne lui avait pas parlé. Et vraisemblablement aussi quelqu'un qu'elle avait décidé d'aller voir. Mais pourquoi ne pas en avoir parlé au commissariat ? Avait-elle déjà compris alors ce que cachait la mort de Krister Berggren ?

Carina avait inspecté la garde-robe et la salle de bains. Beaucoup de prêt-à-porter, H & M, KappAhl. Quelques tailleurs sombres et chemisiers blancs qui rappelaient son métier de croupier.

Dans la salle de bains s'alignaient des crèmes pour le visage et divers produits de beauté. Un panier à linge sale bien rempli était posé sur la machine à laver – elle avait visiblement remis la lessive à plus tard. Dans l'armoire à pharmacie, un paquet de préservatifs avec des boîtes d'Alvedon et de Strepsil.

Il y avait plusieurs flacons de gouttes pour le nez. Carina s'était demandé si c'était l'air vicié des casinos qui se traduisait par un nez bouché en permanence. Elle ne connaissait pas vraiment les conditions de travail d'un croupier de casino, mais avait dans l'idée que ce n'était pas un environnement professionnel particulièrement sain. Thomas n'avait pas d'opinion.

Au bout d'un moment, Carina avait rappelé Thomas pour lui montrer un carton qu'elle avait trouvé dans un placard.

«Regarde, de vieux albums photo.»

Thomas s'était penché pour inspecter le contenu du carton. Il était plein de vieilles photos, certaines en noir et blanc. Il les avait feuilletées un peu au hasard.

«Tu sais qui c'est?»

Il montrait à Carina la photo d'une jeune femme.

«Non.

— C'est la mère de Krister Berggren, la tante de Kicki.»

Carina avait pris le cliché pour l'examiner de près.

«Qu'est-ce qu'elle était belle... On dirait une star du cinéma des années 1950.»

Carina avait tiré une autre photo, un couple de mariés.

«Ça doit être les parents de Kicki. On voit que le marié est de la même famille que la fille de l'autre photo, non?»

Thomas s'était penché pour mieux voir.

Le marié n'avait pas du tout l'air à l'aise dans son costume solennel, mais la mariée semblait heureuse et amoureuse. Elle avait une coiffure typique des années 1950, boucles coquettes avec beaucoup de laque. Sa robe était assez simple, mais jolie. Elle tenait un petit bouquet de roses.

Thomas avait emmené le carton à la cuisine pour continuer son examen.

On voyait Kicki et Krister Berggren à différents âges, de l'enfance à l'âge adulte. Aucun des deux n'avait très bien vieilli. Krister enfant était assez renfrogné, il regardait le plus souvent par en dessous. Il avait rarement l'air content.

Adolescente, Kicki était assez mignonne, avec de longs cheveux noirs en queue-de-cheval, un peu trop maquillée. Mais les photos plus récentes montraient une femme qui n'était pas heureuse. Ses joues étaient devenues flasques et, au lieu de rides de joie autour des yeux, deux profonds plis s'étaient formés de chaque côté du nez.

Kicki Berggren semblait depuis longtemps célibataire : ni ses mails ni son appartement ne trahissaient la moindre liaison un peu stable. Dans son réfrigérateur, des portions individuelles Weight Watchers. L'équipement de la cuisine était minimal.

Un intérieur typique de célibataire, comme il y en avait tant à Stockholm, où soixante pour cent des habitants vivaient seuls.

Comme lui.

Il se revoyait avec Pernilla, à l'époque où ils étaient heureux. Quand ils attendaient Emily, pleins de projets d'avenir.

Il n'aurait pas cru alors qu'il approcherait la quarantaine divorcé, tandis que tous ses amis étaient chargés de famille.

Ni qu'il se rendrait régulièrement devant une petite tombe, se demandant ce qu'il avait fait de mal.

Ou à qui la faute.

Une fois encore, il s'était dit qu'il était temps de tourner la page et de se prendre en main. Pour la énième fois il s'était répété qu'il fallait laisser le passé derrière lui. Il ne savait juste pas comment faire.

Carina lui avait doucement touché le bras. Elle le regardait, soucieuse.

«Viens, on y va. On a fini.»

Aussitôt arrivé à Sandhamn, Thomas fit un point rapide avec Kalle et Erik. Puis ils se partagèrent le travail.

Pendant qu'Erik continuerait le porte-à-porte, Thomas et Kalle commenceraient par faire la tournée des boutiques et des restaurants. Ils décidèrent de commencer à la pointe nord de l'île et de terminer au *Restaurant des Marins*.

À l'*Auberge de Sandhamn*, le patron les reçut avec un geste d'impuissance. Il était incapable de dire si Kicki Berggren était venue au pub. Le barman et la serveuse qui travaillaient ce vendredi soir étaient des extras qui venaient juste le week-end. Ils ne reviendraient pas sur l'île avant le vendredi suivant. Thomas nota leur numéro de portable, mais se dit qu'il fallait de toute façon les voir, pour pouvoir leur montrer la photo de la victime. Avec un peu de chance, ils habitaient Stockholm et pourraient venir au commissariat.

Ils continuèrent la tournée des commerces. Thomas dénombra pas moins de onze établissements, boutiques et restauration confondus. Pas mal pour une petite île aux confins de l'archipel.

En sortant du *Restaurant des Marins*, il réalisa qu'il en avait oublié un: le vieil hôtel du port qui avait été réhabilité voilà quelques années sous le nom d'*Hôtel des Sables*, sur la hauteur, derrière l'épicerie.

Il se tourna vers Kalle.

« Écoute, on a raté un endroit. Il faut retourner parler aussi avec les gens de l'*Hôtel des Sables*. »

Kalle se pencha pour vider ses chaussures, sûrement pour la dixième fois.

« Il y a beaucoup trop de sable à mon goût, sur cette île ! grommela-t-il. Je pensais que l'archipel de Stockholm, c'était des rochers et des pins, pas un Sahara miniature.

— Arrête de râler, tu pourrais être en train de cuire au commissariat, alors profite de la balade au grand air.

— Tu peux parler. Toi, tu t'es entraîné à crapahuter dans ces dunes chaque été depuis tout gosse. »

Thomas ignora la remarque et se mit en route vers l'hôtel.

« On en profitera pour casser la croûte. »

Après un café agrémenté d'une viennoiserie, histoire de bien se caler, il fallut se mettre au porte-à-porte. C'était toujours la même routine : frapper, se présenter, montrer une photo de Kicki Berggren, répéter toujours la même question.

Après une trentaine de maisons, Thomas commença à se décourager. Personne ne reconnaissait Kicki Berggren. On aurait dit qu'elle n'avait jamais mis le pied à Sandhamn. Beaucoup de gens n'étaient pas chez eux, ce qui n'avait rien d'étonnant par une si belle journée d'été, mais rallongeait d'autant le travail : il fallait noter les absents pour repasser plus tard.

Thomas se rendit compte qu'ils y passeraient encore toute la journée du lendemain. Il aurait aimé pouvoir appeler des renforts, mais hélas tout le monde était en vacances. Moralité : évitez de tomber malade ou de vous faire assassiner en juillet, songea-t-il amèrement. C'était la triste vérité : pas un infirmier, pas un policier. Tous ceux qui le peuvent sont partis. Sauf peut-être les journalistes.

Le Vieux avait annoncé une conférence de presse lundi. Le directeur général de la police s'intéressait désormais beaucoup à l'affaire et serait présent. Les journalistes étaient survoltés : un meurtre, en plein été, dans une station balnéaire fréquentée, c'était du pain bénit !

Les médias avaient évidemment fait le rapprochement entre les deux morts. Les spéculations allaient bon train sur le double meurtre de Sandhamn, comme l'affaire avait été baptisée par les journaux. Peu importait pour eux que l'hypothèse de la mort naturelle de Krister Berggren n'ait pas été écartée.

Thomas fit la grimace. Sur l'île, les journalistes se voyaient comme le nez au milieu de la figure. Quand ils ne s'attroupaient pas devant la Mission, toujours bouclée, ils grouillaient sur le port. Bientôt, il serait impossible de trouver quelqu'un qui n'ait pas été interviewé pour dire son sentiment sur cette affaire.

21

Jonny Almhult avait envie de vomir. Il avait des renvois aigres, une soudaine sueur froide coulait dans son cou et sur son front.

Quand la police était venue frapper chez lui pour demander s'il avait été en contact avec Kicki Berggren, il avait été à un doigt de perdre le contrôle.

Il était déjà à moitié fait, alors qu'il n'était que deux heures et demie, dimanche après-midi.

Depuis que sa mère l'avait réveillé samedi pour lui dire qu'on avait retrouvé une femme morte à la Mission, il avait bu bière sur bière.

Il n'osait pas dessaouler.

Étendu sur le canapé du séjour, il ressassait, s'assoupissant parfois. À son réveil, il calmait son angoisse avec davantage d'alcool.

Il sentait par bouffées sa propre odeur corporelle. Ce n'était pas flatteur.

Il s'inquiétait : le flic avait-il pu voir qu'il lui mentait sans vergogne ? Il lui avait mis sous le nez une photo de la femme du pub, en lui demandant s'il l'avait déjà rencontrée.

Jonny avait nié catégoriquement en croisant les bras, pour que le policier ne voie pas que ses mains tremblaient.

Il avait l'impression qu'il était écrit en gros sur son front qu'elle était venue chez lui. Mais la police s'était contentée de s'excuser pour le dérangement, en lui souhaitant une bonne journée.

Sa bonne journée, il pouvait se la mettre quelque part.

Jonny retourna en titubant dans le séjour et s'affala dans le canapé. Il tendit la main vers une bière tiède qui attendait sur la table. Que dirait-il si les flics revenaient ? Continuer à nier ? Inventer une salade ?

Inger, la serveuse du pub, avait certainement vendu la mèche, raconté qu'il avait été avec cette fille.

Putain, ça ne servait à rien.

Il voulait juste causer un peu avec elle. Rien d'autre. Et puis ça avait déraillé. Tout ça parce qu'elle n'avait pas pigé. La connasse.

Bordel, comment elle s'était démerdée pour crever comme ça?

Il se repassa à nouveau le film. Ils étaient assis là, dans le canapé, quand elle avait commencé à faire des manières. Il avait été forcé de faire quelque chose. Forcé.

Il n'avait pas tapé tellement fort. Pas fort du tout, en fait. Juste histoire qu'elle comprenne. Il n'était pas du genre violent.

Il but la fin de la bière et laissa tomber la boîte par terre. Elle roula sous le canapé avec un faible bruit métallique. Pourquoi n'avait-elle pas pu faire comme il disait? Dès le début?

Dans quel foutu merdier il s'était mis.

Il déglutit encore plusieurs fois. Il ne pouvait pas rester là. Ce n'était qu'une question de temps avant que la police revienne à la charge. Il n'avait pas l'intention de porter le chapeau. Ce n'était pas sa faute, quand même.

Il n'avait jamais voulu la tuer. Ce n'était pas du tout l'idée.

Sans perdre davantage de temps en spéculations, il se décida. Il allait filer en ville. Il jeta en vitesse un jean et quelques T-shirts dans un sac. Il était quasi certain qu'il y avait un bateau à trois heures. S'il se grouillait, il l'attraperait.

Dans la cuisine, il prit une bouteille de lait et but directement au goulot. En la reposant, il vit deux bières au frais. C'était aussi bien de les embarquer. Il avala ensuite un Alvedon avec la fin du lait et sortit de chez lui.

Il songea à écrire un mot à sa mère, mais se dit que ce serait plus simple de lui téléphoner un peu plus tard. S'il en avait le courage.

Jonny gagna aussi vite qu'il put l'embarcadère des ferries.

Le *Cinderella* était à quai, bourré de touristes qui rentraient après une journée sur l'île. Poussettes et sacs à dos à foison. Il se retint de grimper au pas de course sur la passerelle.

Du calme, tout va bien, songea-t-il. Ce n'est pas le moment d'attirer l'attention.

Il était essoufflé de s'être dépêché, mais s'efforça de ne pas respirer trop fort, pour qu'on ne le remarque pas. Il monta à bord en baissant la tête et alla s'installer tout au fond. Rabattit sa capuche et fit semblant de dormir.

Quand enfin il entendit les trois coups de sirène familiers annonçant le départ, le soulagement l'envahit. Puis il dut filer aux toilettes pour vomir. Il en mit la moitié à côté de la cuvette, mais n'y prêta pas attention. C'est à peine s'il réussit à s'essuyer.

Il passa le reste du voyage dans son coin, évitant de croiser les regards. Il avait très envie de chiquer, mais n'osait pas aller acheter une boîte de tabac à la cafétéria. Il s'assoupit parfois, mais d'un sommeil inquiet et léger, qui ne lui apportait aucun repos. Il lui rappelait juste que son corps n'aspirait qu'à disparaître dans un monde où les événements des derniers jours n'auraient pas eu lieu.

Le capitaine du *Cinderella* navigua comme à l'accoutumée vers Stockholm. Après le détroit de Stegesund, où les villas des gros négociants du siècle passé avaient été récemment ravalées à coup de profits boursiers, le bateau accosta à Vaxholm, où descendit une partie des passagers. Puis il contourna le sud de Lidingö, fit un bref arrêt à l'embarcadère de Gåshaga avant qu'apparaisse la silhouette bien connue du centre-ville de Stockholm.

De là où il était assis, tout à l'arrière du bateau, Jonny vit qu'ils passaient entre Djurgården et Nacka Strand avant d'arriver finalement à destination, au quai de Strandvägen.

Il fouilla dans la poche de son sac pour trouver le ticket qu'il fallait montrer à la descente. Puis se dépêcha de quitter le bateau.

Pour aller où ?

22

Les manchettes des journaux firent frissonner Nora des pieds à la tête.

MEURTRE SEXUEL À SANDHAMN
UNE FEMME NUE RETROUVÉE MORTE.

Les deux quotidiens du soir avaient eu tôt fait d'extrapoler en faisant de cette femme retrouvée morte la victime d'un meurtre sexuel en pleine idylle estivale, trop contents d'avoir de quoi remplir leurs colonnes désespérément vides en cette période de vacances. Pour un rédacteur habile, il y avait là tous les ingrédients pour faire vendre.

Nora songea à boycotter les journaux, mais ne put s'empêcher de les acheter. Un peu honteuse, elle les prit tous les deux.

Elle rentra lentement chez elle, les journaux sous le bras. Là, elle s'installa dans un fauteuil du jardin. Elle cueillit quelques feuilles de menthe qu'elle mit dans sa tasse. Elle aimait le goût que cela donnait au thé bien chaud.

Les rires des garçons arrivaient du jardin de la voisine. Ils étaient les champions pour se faire offrir du sirop de cassis et des brioches maison en lui faisant des yeux doux d'épagneul. Signe confectionnait aussi d'inimitables cakes à la framboise que les enfants adoraient, surtout Adam.

Elle avait beau essayer, Nora n'arrivait pas à faire d'aussi bons gâteaux que Signe. Il fallait peut-être être née pendant la guerre, s'était-elle dit la dernière fois que ses efforts n'avaient pas trouvé grâce aux yeux d'Adam.

« Ce n'est pas qu'ils ne soient pas bons, lui avait-il dit en la regardant de ses yeux bleus, mais ils ne sont juste pas aussi bons que ceux de Tante Signe. Mais je t'aime quand même, Maman », avait-il conclu, avec un baiser mouillé.

Sa tasse dans une main, elle ouvrit le premier journal du soir. Deux doubles pages étaient entièrement consacrées au meurtre. Sur une page, un article sur la pauvre femme de ménage qui avait trouvé le corps. Elle avait été interviewée sans ménagement, et avait dû répondre à des questions sur les moindres détails.

On s'étendait complaisamment sur l'apparence du corps à demi nu et les réactions de la femme de ménage. À cela s'ajoutaient les spéculations de la gérante sur la vie de la victime et les raisons de sa venue à Sandhamn.

On avait déterré une vieille photo d'identité où Kicki Berggren, avec une coiffure démodée, fixait l'objectif d'un air figé. Nora se demanda pourquoi les gens avaient toujours l'air horribles sur leurs photos d'identité. Quelle image voulait-on donner des Suédois ?

Il y avait également un encart sur l'augmentation de la violence sexuelle en Suède, avec la liste des cas des derniers mois. On suggérait que la police ne parvenait pas à assurer la sécurité des femmes dans le pays. Un homme politique faisait une déclaration soulignant combien il était important que les femmes se sentent partout en sécurité, surtout l'été.

La description qui était faite de Sandhamn laissa Nora stupéfaite. C'était incompréhensible : elle ne reconnaissait pas le lieu où elle avait passé tous ses étés depuis l'enfance. Soudain, on faisait de son île un symbole de l'insécurité et des violences faites aux femmes.

L'autre journal s'efforçait de trouver un lien avec le club nautique KSSS et les régates régulièrement organisées à Sandhamn.

« *Le roi s'amuse sur les lieux du crime* », clamait un gros titre. Dessous, une photo de Sa Majesté sur un bateau devant le *Restaurant des Marins* occupait la page entière. Suivait un compte rendu de toutes les régates auxquelles le roi avait participé, puis l'article passait insensiblement au meurtre qui venait d'être commis.

Beaucoup des membres de la direction du KSSS étaient des personnalités connues. On s'était débrouillé pour obtenir de plusieurs d'entre eux des commentaires creux. Tous exprimaient leur préoccupation avec le plus grand sérieux.

Que des hommes, bien entendu !

Nora resta là, le journal ouvert sur les genoux. Elle réfléchit au lien possible entre Kicki Berggren et la mort de son cousin. Pourquoi aurait-on voulu les tuer tous les deux, et précisément à Sandhamn ? L'aiguille à ramender dont avait parlé Thomas lui revint à l'esprit. Elle portait les initiales G. A.

Sur un coup de tête, Nora alla chercher à la cuisine l'annuaire de l'île publié par les Amis de Sandhamn. Elle commença à chercher dans les noms commençant par la lettre A. Il y en avait une trentaine. Elle les passa soigneusement en revue pour voir si l'un d'eux avait un prénom en G. Puis elle fit pareil pour les noms en G. Il y en avait un peu moins, et elle y chercha des prénoms en A.

Au bout d'un moment, elle avait établi une liste d'abonnés dont les initiales contenaient G et A. Il y avait en tout cinquante-quatre personnes dans ce cas.

Elle en connaissait beaucoup, au moins de nom. Sandhamn n'était pas si grand. Dès qu'elle recroiserait Thomas, elle lui donnerait cette liste. Il n'avait sans doute pas songé qu'il existait cet annuaire spécial des habitants de l'île.

Nora revint au jardin et aux journaux avec leurs spéculations sur le meurtre. Elle était tellement absorbée par un article qu'elle n'entendit pas Henrik rentrer de son jogging. Elle sursauta quand il s'assit sur le fauteuil en face d'elle.

« Tu lis ces torchons ?

— Je n'ai pas pu m'en empêcher. C'est si horrible. » Elle lui tendit un des deux journaux. « On se croirait sur une autre planète. »

Henrik se pencha pour examiner les articles. Il secoua la tête avec une grimace. Son T-shirt et ses cheveux étaient trempés de sueur. Il s'essuya le front avec la serviette qu'il avait autour du cou. Puis il ôta son T-shirt qu'il mit à sécher sur la clôture.

« Je suis passé devant la Mission. Tout le périmètre est bouclé avec ces espèces de rubans bleus et blancs de la police. L'établissement est fermé jusqu'à nouvel ordre. En pleine saison touristique, ça tombe mal. En même temps, si ça continue, je ne sais pas si les touristes vont continuer à venir. J'imagine que les gens préféreront aller ailleurs. » Il lui adressa un clin d'œil. « Que ferais-tu si tu n'étais pas ici ? »

Henrik continua à feuilleter son journal. Il siffla en reconnaissant certains membres de la direction de KSSS.

« Ça grouille de journalistes au *Bar des Plongeurs*. Des caméras partout. Une occasion en or pour tous ceux qui veulent se montrer à la télé. »

Il se leva pour rentrer se doucher. Nora le retint. Elle avait réfléchi toute la journée au coup de téléphone de la banque et au meilleur moment d'en parler à Henrik. Elle avait très envie de savoir ce qu'il en penserait. Elle espérait qu'il se réjouirait pour elle.

« Attends, il faut que je te raconte quelque chose. »

Elle lui rapporta sa conversation avec le DRH et le poste dont il s'agissait.

« Ça a l'air passionnant, non ? Imagine, travailler à Malmö. Et les conditions sont avantageuses. »

Henrik la regarda, interloqué. Il avait toujours sa serviette autour du cou et épongeait les gouttes de sueur qui lui coulaient du front.

« Mais on ne peut quand même pas déménager à Malmö. Je travaille ici », dit-il spontanément.

Nora sourit.

«Tu peux certainement trouver un nouveau poste à Malmö, objecta-t-elle. Il y a beaucoup de bons hôpitaux dans la région de l'Öresund. Et puis c'est une chance énorme pour moi.

— Mais notre vie est ici. Tu n'imagines quand même pas qu'on va déplacer toute la famille?»

Il fit quelques pas vers la porte. Elle reconnut le pli de son front. Il se formait toujours quand quelque chose l'irritait.

«On en reparlera. Il faut que j'aille me doucher. Les régates commencent demain, il faut que je descende au port régler des trucs avec l'équipage.»

Nora se tut. Pour elle, c'était la douche froide. Elle imaginait qu'il allait s'asseoir pour en parler avec elle. Et non. Il était parti de son côté.

Ils s'étaient enterrés plusieurs années à Visby parce que son travail l'exigeait. À l'époque, il n'y avait pas eu à discuter, il avait fallu qu'elle trouve une solution. Aujourd'hui qu'on lui proposait un poste de rêve, il n'avait même pas l'air de vouloir envisager la question.

Ce n'était pas juste.

23

Les deux adolescents étaient profondément absorbés par l'exploration de leurs corps. Ils s'étaient retirés sur le pont central, derrière les canots de sauvetage. Une des mains du garçon s'était glissée sous le T-shirt de la fille. Ses mains à elle lui caressaient le dos. Seul un léger chuchotement trahissait leur présence.

Les cheveux châtains bien coupés qui encadraient le visage bronzé de la fille bouclaient dans l'air marin. Elle était encore en sueur après s'être déchaînée sur la piste de la discothèque.

«Robin, doucement, chuchota-t-elle dans ses cheveux. Si quelqu'un venait.»

Les cocktails roses ingurgités au cours de la soirée commençaient à faire sentir leur effet: elle titubait un peu et on ne comprenait pas tout ce qu'elle disait.

Le garçon n'avait pas l'air d'entendre.

Sa main continuait à chercher ses seins tandis qu'il lui posait de petits baisers en remontant le long de la clavicule.

La fille se dégagea et s'approcha du bastingage.

«Doucement, j'ai dit. On a toute la soirée. Regarde plutôt le paysage.»

Il essaya de la prendre dans ses bras, mais elle se déroba.

«Regarde, Sandhamn! J'ai une camarade de classe qui habite là. Je suis allée la voir l'an dernier. C'est trop top là-bas, l'été. Sauf qu'ils vérifiaient genre la carte d'identité à l'entrée de la boîte. Mais il y en avait quand même plein en dessous de vingt ans. N'importe quoi!»

La conversation n'intéressait pas du tout le garçon, mais la fille continua à scruter l'île.

«Je me demande si on peut voir chez Ebba depuis le bateau? C'est drôlement bien situé, juste au bord de l'eau. C'est dans un coin comme ça qu'il faut passer l'été.»

Le garçon l'attira à lui pour l'embrasser encore. Il la caressa doucement autour du nombril qui apparaissait sous le court T-shirt, qui n'avait même pas la prétention de couvrir le ventre. Ses mains remontèrent alors doucement vers ses seins doux et appétissants.

Juste au moment où il approchait ses lèvres des siennes, elle vit le corps tomber à bâbord. Le grondement des moteurs fit qu'elle n'entendit d'abord rien.

Le bruit du cri arriva alors qu'ils l'avaient déjà dépassé.

« Robin, haleta-t-elle. Tu as vu ? Quelqu'un est passé par-dessus bord. »

Ses yeux étaient écarquillés. Sous le choc, des larmes commençaient à y briller.

« J'ai vu une personne tomber à l'eau. Il faut prévenir quelqu'un. »

Le garçon regarda la fille, hésitant.

« Prévenir qui ? Tu es sûre que c'était un homme ? Dis, tu n'aurais pas rêvé ? »

Elle le regarda, du désespoir dans les yeux.

« Il faut prévenir quelqu'un, répéta-t-elle. N'importe qui. Il faut qu'ils arrêtent le bateau pour partir à sa recherche. »

Elle prit le garçon par la main.

« Dépêche-toi ! »

Il ne bougeait toujours pas. Il ne cachait pas son scepticisme. Il l'attira à lui. Ses lèvres cherchèrent à nouveau sa bouche.

« Laisse tomber, murmura-t-il. Tu te fais des idées. Ce n'était sûrement rien. »

Inquiète, elle tenta de se dégager.

« Robin, et si quelqu'un l'avait poussé ? objecta-t-elle. Et si c'était un meurtre ? »

Il continua comme si de rien n'était.

« Ce n'était sûrement qu'un oiseau. De toute façon, c'est trop tard pour faire quoi que ce soit. »

Ses mains caressaient de plus belle sa peau toute chaude. Il pressa son bas-ventre frémissant contre le sien.

« Allez, lui souffla-t-il à l'oreille. Détends-toi. »

Elle résista encore quelques secondes, désemparée. Puis son corps s'adoucit. Elle tourna sa bouche vers la sienne. Et ne pensa plus à cet inconnu passé par-dessus bord.

Lundi, troisième semaine

24

Le bateau de Stockholm avait quelques minutes de retard. Il aurait dû arriver à onze heures, mais il n'était pas encore en vue. Sur le ponton s'attroupait une foule en shorts et robes légères. Certains avaient des diables pour transporter les bagages.

«Ils arrivent quand, grand-père et grand-mère? demanda Simon pour la troisième fois.

— Très bientôt, mon chéri. On attend juste le bateau.

— Je veux une glace!» dit Adam avec un regard plein d'espoir en direction du kiosque où la queue s'allongeait.

Nora secoua la tête.

«Pas maintenant. On va déjeuner dès que grand-père et grand-mère seront là. Ça va te couper l'appétit.

— Mais je veux une glace, maintenant. S'il te plaît, maman!»

Simon ne tarda pas à s'y mettre.

«Moi aussi. S'il te plaît, allez, quoi, allez...», la supplia-t-il avec de grands yeux, en joignant les mains dans un geste théâtral.

Nora scruta le détroit. Pas de *Cinderella* en vue. Les retards étaient rares sur la ligne, mais quand cela se produisait, ils étaient généralement conséquents. Nora capitula. De toute façon, il faudrait un moment pour que tout le monde ait débarqué.

« Bon, d'accord. Mais seulement une petite chacun. Promis ? »

Elle fit les gros yeux aux garçons et sortit son portefeuille. Adam se vit confier un billet de cinquante.

« Ça ne doit pas dépasser quinze couronnes. Je vous attends ici. »

Elle s'assit sous le tableau des petites annonces et regarda autour d'elle.

Le port était très animé. La camionnette du *Restaurant des Marins* était en train de charger des marchandises arrivées avec le bateau du matin. Un des artisans de l'île passa en pétaradant sur sa mobylette dont le plateau croulait sous des sacs divers.

Devant l'épicerie Westerberg, le stand des primeurs avait ouvert. L'appétissant étalage de tomates bien mûres et autres légumes voisinant avec melons et nectarines évoquait un marché provençal.

À un bout du stand, une petite vieille se servait dans le bac des pommes de terre nouvelles, en choisissant d'une main sûre les plus petites et les meilleures. Elle les prenait une à une et les examinait sous toutes les coutures dans le soleil avant de leur accorder l'asile dans son sac. La fille qui tenait la caisse soupira en levant les yeux au ciel, mais la vieille ne se laissa pas démonter.

Une petite fille attendait que sa mère ait fini ses courses en salivant devant les barquettes de fraises et de framboises serrées les unes contre les autres.

Quel paradis ! songea Nora. S'il n'y avait pas ces meurtres.

Le *Cinderella* finit par arriver. Au moment même où Harald et Monica Linde descendaient à terre, les garçons revinrent avec chacun leur cornet de glace.

La belle-mère de Nora était comme d'habitude élégamment vêtue, joli short blanc et espadrilles à talons compensés, grand chapeau de paille blanc. Elle avait davantage l'air partie pour un déjeuner chic sur la Riviera que pour rendre visite à ses petits-enfants dans l'archipel. Derrière elle apparut le beau-père de Nora, une valise à la main.

En voyant Nora, elle se fendit d'un sourire forcé. Puis elle aperçut les garçons.

« Mes chéris ! s'exclama-t-elle si fort que tout le monde se retourna. Les chéris de grand-mère. Mes petits amours ! »

Elle fit un pas en arrière et regarda les cornets de glace d'un œil critique.

« Comment, vous mangez de la glace, maintenant ? On ne va pas bientôt déjeuner ? Vous allez vous couper l'appétit ! C'est maman qui vous a donné la permission ? »

Nora étouffa un soupir et alla saluer poliment ses beaux-parents.

Monica Linde lui appliqua un baiser sur chaque joue, à la française. Qu'est-ce qu'elle a contre la bonne vieille accolade suédoise ? pensa aigrement Nora. Elle salua de meilleur gré son beau-père et s'offrit pour porter la valise.

À la maison attendait le déjeuner : saumon mariné et pommes de terre. Pour le dessert, elle avait acheté une tarte aux amandes. Elle n'avait pas eu le courage de passer la matinée à faire la cuisine pour ces invités qui s'imposaient. De toute façon, faire des efforts ne servait à rien. Comme d'habitude, sa belle-mère les abreuverait quand même de ses innombrables histoires de dîners fins dans telle ou telle ambassade, où elle avait soi-disant tout préparé elle-même alors qu'il y avait des douzaines d'invités.

Par mesure préventive, Nora avait invité Signe à déjeuner. Même Monica Linde ne pouvait pas marcher sur ses plates-bandes. Ses yeux d'ordinaire si doux devenaient froids comme l'acier à la moindre tentative. Ce que détestait Signe, c'était qu'on se fasse mousser. Et elle comprenait très bien pourquoi on lui avait demandé de venir. Nora n'avait pas eu à lui expliquer.

Monica Linde lui adressa un regard où brillait la curiosité. Elle glissa familièrement son bras osseux sous celui de Nora.

« Maintenant, je veux tout savoir de ces horribles meurtres. Mais que se passe-t-il donc sur l'île, enfin ? Depuis toutes ces années que je viens ici, on n'y a jamais fait de mal à une mouche. Il y a un étranger, là-dessous ? Forcément, on les connaît, ces gens-là. »

Sa belle-mère assénait ses préjugés comme allant de soi. Nora n'arrivait pas à s'y faire.

Patiemment, elle essaya d'expliquer qu'elle n'en savait pas plus que ce qu'on lisait dans les journaux — que Monica Linde avait sans aucun doute déjà lus dans les moindres détails.

Mais Monica ne lâcha pas si facilement le morceau.

« Mais votre élégant ami policier, là, Torben, il doit bien savoir ce qui se passe, lui ?

— Thomas », rectifia prudemment Nora.

Monica Linde continua, sans se démonter.

« Il est forcément au courant. Vous pensez que c'est toute une bande qui a fait le coup ? Vous fermez bien les portes, la nuit, j'espère ? »

Elle jeta un regard inquiet en direction d'Adam et Simon qui finissaient leur glace. Le T-shirt d'Adam avait déjà de grandes taches de chocolat. Nora étouffa son irritation en constatant qu'il n'avait plus qu'à se changer aussitôt arrivé à la maison.

«Est-ce sage de garder les enfants ici tant que la police n'a pas éclairci ces meurtres? ajouta Monica Linde. Il faut penser avant tout à leur sécurité, Nora.»

Sans attendre de réponse, elle rajusta son chapeau et entreprit de raconter une longue histoire de cambriolage chez des bons amis de Båstad, que la police avait été incapable d'élucider.

On ne voyait pas vraiment où elle voulait en venir, mais tout ce qui était exigé de Nora était de hocher ici et là la tête en signe d'acquiescement. Un prix acceptable pour éviter le conflit avec sa belle-mère.

25

Après presque dix heures de porte-à-porte, Thomas passa lundi soir voir comment allait Nora.

Il avait décidé de rester la nuit sur l'île, à l'antenne de police. Comme ça, il pourrait prendre le premier bateau pour Stockholm le lendemain. Une réunion générale avait été décidée pour mardi matin.

Il poussa la porte d'entrée tout en frappant et entra dans la cuisine sans attendre de réponse. Il trouva Nora en pleins préparatifs du dîner.

Elle lui adressa un sourire pâle.

Nora et les garçons venaient tout juste de raccompagner leurs visiteurs au bateau. Henrik ne rentrerait de la régate que plus tard. Thomas était le bienvenu à dîner : elle pourrait à l'envi se répandre sur sa belle-mère. Elle lui sortit une bière bien fraîche et se servit un verre de vin. Tandis qu'elle se lamentait sur Monica Linde, il s'assit à la table de la cuisine.

Une fois calmée, Nora sortit un papier couvert de noms. Elle s'assit à côté de Thomas pour lui montrer.

« Je t'ai fait cette liste. J'ai parcouru hier l'annuaire de Sandhamn pour chercher des abonnés avec G ou A comme initiales. Comme sur cette aiguille à ramender que tu pensais impossible à identifier. Il y a en tout cinquante-quatre personnes, mais seulement trois avec les deux lettres. »

Thomas sourit.

« C'est le détective Linde qui parle ? »

Nora le regarda, vexée.

« Je voulais juste donner un coup de main.

— Mais je blague, tempéra-t-il. Toutes les aides sont les bienvenues. Margit est partie en vacances sur la côte ouest, elle dirige l'enquête à distance. La plupart de ceux que j'aurais besoin de voir sont déjà partis, et Kalle et Erik sont entièrement occupés à chercher des témoins. Allez, ne le prends pas mal. »

Nora sourit, un peu gênée de s'être montrée susceptible.

«Le problème est de retrouver ces gens, dit-elle en buvant une gorgée de vin. Il n'y a pas d'adresse associée à chaque numéro.»

Thomas joignit les mains derrière sa nuque et réfléchit.

La liste de Nora était une bonne idée. Il aurait dû y penser lui-même, plutôt que d'écarter d'emblée cette aiguille à ramender. Surtout maintenant qu'il s'agissait d'une enquête pour meurtre. Mais comment retrouver les personnes qu'elle avait identifiées ?

Sur Sandhamn, les habitations étaient concentrées autour du port et dans le lotissement de vacances de Trouville, sur la face sud-est. Mais il y avait aussi un certain nombre de maisons dispersées sur le reste de l'île. Bref, on pouvait trouver un peu partout des propriétés sans adresse précise. Il y avait en revanche quantité d'allées anonymes et des lieux-dits aux appellations historiques, Mangelbacken ou Adolfs Torg, baptisés le plus souvent d'après d'anciens habitants de l'île. Bref : pas de système d'adresses clair permettant des vérifications efficaces. On pouvait bien sûr enquêter par téléphone, mais alors impossible de montrer la photo de Kicki Berggren.

Thomas finit sa bière. Il fallait qu'il mange quelque chose pour pouvoir continuer à réfléchir.

Deux heures plus tard, ils prenaient le café dans le jardin.

Ils avaient dégusté des pâtes fraîches agrémentées de parmesan râpé, de demi-tomates cerises et de basilic. Une fougasse aux olives noires faite maison semblait tout juste sortie du four après cinq minutes au micro-ondes. La bouteille de rioja n'avait pas fait long feu.

Les garçons s'étaient endormis directement après le dîner.

C'était le résultat des longues journées en plein air au bord de l'eau. Ils avaient eu beau affirmer ne pas avoir sommeil, ils s'étaient effondrés d'un bloc. Avoir supporté toute la journée les remontrances de leur grand-mère avait sans doute contribué à les épuiser.

Thomas avait lu une longue histoire aux enfants. Adam avait tenu à souligner que c'était uniquement pour Simon. Lui, il avait dix ans, et il pouvait très bien lire tout seul. Ce qui ne l'avait pas empêché d'écouter avec la plus grande attention.

Depuis la mort d'Emily, Thomas avait passé plus de temps que jamais avec Simon, qui était très attaché à son parrain. Il semblait avoir instinctivement senti le grand chagrin qu'il portait, même s'il n'en avait jamais parlé.

« Tu as eu des nouvelles de Pernilla ? demanda prudemment Nora.

— Pas beaucoup. Une carte de Halmstad pour la Saint-Jean. Son seul signe de vie depuis des mois. Nous n'avons presque plus aucun contact.

— Elle te manque ? »

Thomas appuya le menton sur une main. Son regard se perdit au loin. Il mit une bonne minute à répondre.

« La vie avec elle me manque. Le partage, le sentiment d'être ensemble. Des riens qui rassurent, savoir par exemple que quelqu'un s'inquiète si on rentre tard du boulot. Aujourd'hui, je pourrais tout aussi bien dormir au commissariat. »

Il porta sa tasse à ses lèvres tandis qu'une ombre passait sur son visage.

« De toute façon, personne ne remarque si je rentre tard. Je devrais peut-être prendre un chien, ajouta-t-il ironiquement.

— Tu penses souvent à ce qui s'est passé ? »

Nora sentit à son corps défendant ses yeux se mouiller de larmes. Elle avait presque autant souffert de la mort d'Emily que Thomas. L'idée de retrouver à son réveil sa petite fille morte et froide était intolérable.

Elle déglutit et se dépêcha de boire une gorgée de vin pour retenir ses larmes. Thomas n'eut pas l'air de remarquer quoi que ce soit. Il continua à parler, comme pour lui-même :

« Parfois, je me demande à quoi ressemblerait Emily aujourd'hui. Quand je l'imagine, je vois un bébé, mais elle serait devenue une petite fille, qui marche, qui parle… » Il secoua doucement la tête. « Et voilà. Emily ne devait pas grandir. »

Sa voix s'altéra un peu. Il but une gorgée de café, puis une autre.

« Quand je vois tes garçons, il m'arrive d'être jaloux. Ils sont si beaux. Simon est fantastique. »

Nora posa sa main sur la sienne pour le consoler.

« Tu auras une autre occasion de fonder une famille. Tu es un chic type, crois-moi. Tu vas forcément rencontrer quelqu'un avec qui tu auras des enfants. »

L'affirmation de Nora lui arracha un sourire amer. Puis il haussa les épaules.

« Pour le moment, ce n'est pas très important. Je me contente de ma propre compagnie. Je me débrouille. Et puis toi et ta famille, vous m'avez beaucoup soutenu, sache-le. J'apprécie beaucoup.

— Tu seras toujours le bienvenu chez nous, dit Nora d'un ton encourageant en partageant le fond de la bouteille. Et sinon, comment va l'enquête?

— Rien, soupira Thomas. Pas le moindre poisson dans nos filets – excuse l'image.

— Tout ça semble tellement étrange. Deux personnes assassinées en quelques semaines. Comme si un de ces polars anglais qui passent à la télé était soudain devenu réalité. Tout ce qui manque, c'est un commissaire avec sa pipe.»

Thomas rit, mais retrouva vite son sérieux.

«Nous ne savons pas s'ils ont été assassinés tous les deux. C'est seulement Kicki Berggren qui a été tuée. Tout ce que nous savons de son cousin, c'est qu'il s'est noyé. Il s'agit de ne pas tirer de conclusions hâtives.»

Nora ne se laissa pas démonter.

«Il y a forcément un lien. Mais pourquoi voudrait-on supprimer deux cousins originaires de Bandhagen? Ils ont dû être mêlés à quelque chose d'illégal, tu ne crois pas?»

Nora gesticula avec sa cuillère de façon démonstrative.

«Je n'arrête pas de penser à ce filet. Comment arrive-t-il dans le tableau?

— Aucune idée. Ça peut être un pur hasard. Il n'est absolument pas certain qu'il appartienne à quelqu'un de Sandhamn. Ça pourrait aussi bien être un pêcheur des îles voisines.»

Nora hocha la tête.

«Au fait, comment était ce filet?

— Déchiré, usé. Mais il était resté des mois dans l'eau, pas étonnant.

— Et s'il était vieux ? On peut utiliser un filet des années, si on en prend soin et qu'on le répare, dit Nora, songeuse. Il appartient peut-être à l'ancienne génération. »

Une idée lui vint à l'esprit. Elle se pencha vivement vers Thomas.

« Mais oui, il y avait à Sandhamn quelqu'un qui avait G. A. comme initiales. Je ne l'ai pas mis sur la liste. Tu te souviens de Georg Almhult, le père de Jonny Almhult, tu sais, le menuisier qui peint des tableaux ? Il nous a aidés la semaine dernière à changer quelques planches de la clôture. Les initiales de son père étaient G. A. Et si c'était un de ses filets qu'on avait utilisé, après sa mort ?

— Tu veux dire que Jonny aurait quelque chose à voir avec cette histoire ? »

Nora se défendit d'un geste.

« Je n'en sais rien, mais si tu réussissais à identifier le filet, ce serait déjà quelque chose. Ça vaut peut-être la peine d'essayer. Non ? »

Elle le regarda et se cala au fond de son fauteuil de jardin blanc, tout en resserrant sa veste. La fraîcheur du soir arrivait de la mer.

Nora songea à Jonny Almhult.

Quand elle avait une douzaine d'années, Jonny était un des ados les plus cools sur le port. Il avait des dons artistiques : en un clin d'œil, il pouvait crayonner une esquisse d'une ressemblance saisissante. Des années durant, il avait peint des aquarelles, et rêvé d'aller se former en ville. Il y avait une longue tradition artistique à Sandhamn. Les peintres Bruno Liljefors et Anders Zorn avaient séjourné sur l'île, et Axel Sjöberg s'y était installé.

Mais Jonny n'était jamais parti. Il était resté à Sandhamn, chez ses parents. Avec les années, il s'était enlisé dans l'existence, s'était mis à boire trop, comme tant de jeunes célibataires, et n'avait jamais trouvé de fille stable. Il gagnait sa vie comme menuisier et homme à tout faire auprès des vacanciers. De temps à autre, il vendait une toile avec un paysage de l'archipel. Nora se rappelait bien son père, Georg, le maçon. Il ressemblait à son fils : mince, taille moyenne, physique passe-partout.

Il aimait lui aussi la bouteille.

À sa mort, sa veuve, Ellen, n'avait plus eu que Jonny. Il avait aussi une sœur plus âgée, mais qui avait depuis longtemps quitté Sandhamn. Elle avait épousé un Américain et vivait à l'étranger, si Nora se souvenait bien.

Thomas interrompit le cours de ses pensées. Lui aussi avait eu l'occasion de rencontrer Jonny.

«J'ai du mal à imaginer Jonny comme le cerveau d'une entreprise criminelle, dit-il, hésitant.

— Mais comme exécutant? objecta Nora. Moyennant rémunération. Pour le compte de quelqu'un qui aurait eu besoin qu'on l'aide à éliminer des personnes gênantes? Il s'agissait peut-être de faire taire quelqu'un?

— Tu n'aurais pas regardé trop de polars à la télé, toi?

— Sérieusement, dit Nora. Tout le monde sait qu'il a un faible pour l'alcool. Peut-être aussi dans d'autres domaines? Et s'il y avait malgré tout un lien? Ça vaut peut-être la peine d'aller lui parler? Lui, au moins, tu sais où il habite, non?»

Thomas réfléchit. Puis il regarda sa montre.

«D'accord, pouce. Je fais un saut chez lui. Si je n'y vais pas tout de suite, il sera trop tard.»

Il embrassa rapidement Nora.

«Merci pour ce dîner. Je t'appelle.»

26

Quand Thomas arriva devant la maison de Jonny Almhult, tout semblait désert. Pas une lampe allumée.

Il décida d'aller frapper chez Ellen Almhult, qui habitait une grande maison juste à côté. Il n'était pas inhabituel dans l'archipel de construire plusieurs maisons sur un même terrain, à mesure que la famille s'agrandissait.

La mère de Jonny lui ouvrit, vêtue d'un peignoir en flanelle rose. Elle sembla surprise en le voyant.

«Bonjour, Ellen, vous vous rappelez de moi? Thomas Andreasson. De la police de Nacka», ajouta-t-il pour clarifier les choses.

Elle le regarda sans rien dire. Il continua:

«Excusez-moi de vous déranger si tard. J'aimerais échanger quelques mots avec Jonny, mais il n'a pas l'air d'être chez lui.»

Ellen semblait toujours étonnée, mais plus aussi effrayée.

«Il est peut-être au pub, dit-elle. Ou alors il dort. Il est difficile à réveiller, mon garçon. Vous voulez que j'aille voir?

— Ce serait vraiment très aimable, maintenant que je suis là.»

Ellen prit une clé et se dirigea vers l'autre maison.

Thomas la regarda. Elle n'était pas bien grande. Peinte au rouge de Falun, comme tant d'autres dans l'archipel. Angles blancs et façade en bois. Un reste de planches s'entassait à côté de moteurs de bateaux destinés à être prochainement réparés.

Devant la porte, deux pots de géraniums magnifiques. Un autre pot était suspendu à un bouleau, avec des pétunias mauves.

« C'est vous qui vous occupez des fleurs ? demanda Thomas.

— Non, c'est Jonny, répondit Ellen. Il a la main verte, croyez-le ou pas. Figurez-vous qu'il lit même des revues de jardinage. À son âge ! »

Elle secoua la tête.

Thomas n'arriva pas à savoir si elle était fière ou inquiète au sujet de son fils.

Ellen ouvrit la porte.

« Jonny ! Jonny, tu es là ? »

Ils entrèrent. Un intérieur typique de vieux garçon de l'archipel.

Du sable sur le sol de l'entrée, un ciré pendu au mur. Une cuisine des années 1950. D'autres magnifiques géraniums aux fenêtres. En effet, Jonny savait s'y prendre avec les fleurs.

Un téléviseur vraiment très grand, peut-être quarante-deux pouces, dominait le séjour. Sans doute de quoi occuper les longues soirées d'hiver quand l'île restait sombre et vide, depuis longtemps désertée par les estivants. Quelques belles aquarelles aux murs. Probablement de la main de Jonny : elles étaient signées J. A.

Sur la table du séjour, une rangée de canettes de bière vides et un cendrier plein de mégots. Thomas nota que plusieurs d'entre eux portaient une marque de rouge à lèvres.

La maison sentait l'aigre et le renfermé. Personne ne semblait s'être soucié d'aérer depuis plusieurs jours. Quelques bouteilles de bière vides étaient posées au bord de l'évier et d'autres canettes vides s'entassaient dans un sac en papier au pied du réfrigérateur.

Ellen disparut dans une pièce en face de la cuisine.

« Il n'est pas dans sa chambre, dit-elle en revenant. Alors il est sûrement au pub. Il traîne souvent là-bas quand il n'est pas à la maison. Vous avez essayé de l'appeler sur son portable ?

— Je n'ai pas son numéro, mais je le veux bien. »

Thomas sortit son carnet pour noter le numéro.

« Vous lui avez parlé, aujourd'hui ?

— Non. Il n'était pas trop en forme, alors je n'ai pas voulu le déranger. »

On voyait qu'Ellen était gênée : elle cherchait ses mots et détournait le regard.

« Qu'est-ce que vous voulez dire par "pas trop en forme" ? »

Ellen semblait désolée. Elle resserra la ceinture de son peignoir et enfonça les mains dans ses poches. Honteuse, elle répondit à voix basse :

« La dernière fois que je suis venue frapper à sa porte, il avait bu.

— Quand était-ce ?

— Samedi.

— À quelle heure ?

— Je ne sais plus exactement. Ça devait être au milieu de la journée, vers midi, peut-être.

— Et à cette heure-là, il était ivre ?

— Oui, mais pas tant que ça. Il avait en tout cas bu quelques bières. » Ellen serra soudain les lèvres. « Je sais bien comment ils sont, les gars, quand ils ont bu.

— Jonny a-t-il une petite amie ? demanda Thomas.

— Pas que je sache, répondit Ellen à voix basse. Il n'a jamais vraiment eu de succès avec les filles. Il est timide, son père tout craché. » Elle hésita un instant. « Mais il est gentil, très gentil. Il ne ferait pas de mal à une mouche. »

Thomas regarda le mur de l'entrée : parmi les vêtements de pluie était accrochée une veste de jean blanche avec des rivets brillants.

« C'est à vous ? demanda-t-il à tout hasard.

— Non, quelle idée ! » dit Ellen en le regardant d'un air offusqué. « De quoi j'aurais l'air, habillée comme ça, à mon âge ?

— À qui est-ce, alors ? »

Elle sembla interloquée.

« Je ne l'ai jamais vue. »

Thomas attrapa la veste et fouilla prudemment les poches. Il revit Kicki Berggren quand il était descendu la chercher à l'accueil du commissariat. Elle portait une veste de jean blanche du même genre.

Ça ne pouvait pas être un hasard.

Dans une poche, il trouva un paquet de cigarettes Prince à moitié vide. La même marque que celui qu'elle avait sorti nerveusement de son sac à main au cours de leur entretien. Dans la poche de devant, un peigne avec quelques longs cheveux clairs. En quantité suffisante pour une analyse ADN, le cas échéant.

Il fit un pas vers la porte, puis retourna dans le séjour. Quelque chose avait retenu son attention. Pensif, il laissa son regard glisser le long des murs. Observa attentivement le canapé, le téléviseur et la chaîne stéréo.

Alors il trouva ce que c'était.

Sous la fenêtre du séjour, il y avait un radiateur. Ordinaire, gris et moche, comme il y en a des milliers dans les foyers suédois. Rectangulaire, avec un bouton tout en bas à droite pour régler la chaleur. Dans un coin, on voyait une tache brune séchée.

Un cheveu blond semblait collé dedans. La tache n'était pas bien grande, mais elle était là.

Il prit soin de ne pas y toucher.

« Ellen, je dois faire venir des techniciens pour examiner la maison. D'ici là, vous ne devez pas y entrer. »

Elle sembla effrayée.

« Quoi ? Qu'est-ce que la police aurait donc à faire chez Jonny ? »

Thomas eut pitié de cette vieille femme. Elle s'était campée, bras croisés sur la poitrine, comme pour se protéger de ce qu'elle ne voulait pas entendre. Pour lutter contre l'angoisse, elle serra ses lèvres pâlies par l'âge jusqu'à ce qu'on n'arrive plus à les distinguer.

« J'ai une autre question, continua Thomas. Possédez-vous encore, Jonny ou vous, quelques-uns des filets de Georg marqués à ses initiales ? »

Ellen sembla à peine comprendre la question.

« Des filets, répéta-t-elle d'une voix faible.

— Des filets de pêche, avec des aiguilles marquées G. A. Il vous en reste ?

— Probablement, dit Ellen, mais je ne sais plus combien. Il faut que je vérifie dans le hangar à bateaux. » Elle porta la main à sa bouche, comme si elle venait de comprendre. « Vous ne croyez quand même pas que mon Jonny a quelque chose à voir avec ces deux cousins morts à Sandhamn ?

— Je ne peux pas vous répondre pour le moment. Il faut attendre. Si Jonny téléphone ou rentre chez lui, dites-lui de m'appeler immédiatement. C'est très important. »

Il lui posa une main douce mais ferme sur l'épaule et la conduisit dehors.

« Pouvez-vous maintenant me donner les clés de la maison ? Et aussi celles du hangar à bateaux ? »

Ellen les lui donna d'une main tremblante.

Elle semblait perdue. Elle lui faisait de la peine, mais Thomas n'y pouvait pas grand-chose. Le plus important était de faire venir les techniciens du labo pour déterminer si Kicki Berggren avait ou non séjourné chez Jonny.

Il aurait parié que c'était le cas.

« Auriez-vous du gros Scotch, que je puisse mettre la porte sous scellés en attendant des renforts ? »

Ellen hocha la tête.

« À la cuisine. Chez moi », ajouta-t-elle en sortant de chez son fils.

Thomas la suivit jusqu'à la grande maison.

Pendant qu'elle allait chercher le Scotch, il l'attendit dans l'entrée. Par la porte du séjour, qu'on appelait certainement la grand-salle, comme dans toutes les vieilles maisons de l'archipel, il aperçut dans un coin une horloge peinte de Mora. Les meubles semblaient tous sombres et vieillots.

Thomas bâilla. Il était fatigué de cette longue journée de travail. Devoir se rendre en ville tôt le lendemain matin n'avait rien de réjouissant, mais il fallait se faire à l'idée.

« Allez vous coucher, Ellen, lui dit-il gentiment à son retour. Vous verrez, tout va s'arranger. »

Il sortit en refermant la porte derrière lui. Puis il tira son portable de sa poche arrière pour appeler le commissariat. Avec un peu de chance, ils pourraient faire venir tout de suite une équipe par hélicoptère.

Pas de temps à perdre.

Mardi, troisième semaine

27

Thomas parcourut d'un air sombre le rapport d'autopsie préliminaire transmis ce mardi matin à la police de Nacka.

Il décrivait le corps d'une femme de taille moyenne, sans signes particuliers, dont la mort était survenue samedi matin entre cinq et dix heures.

D'après le rapport, elle avait reçu un coup à la tempe droite. Il avait provoqué des hématomes autour de l'œil, ainsi qu'une écorchure. La partie arrière gauche du crâne avait aussi subi une lésion, provoquée par un objet contondant frappant de bas en haut avec une certaine force. D'où des saignements juste derrière l'oreille, mais moins importants. Une importante hémorragie cérébrale constituait la cause probable de la mort, mais on en constatait plusieurs autres moins importantes dans la cage thoracique, l'abdomen, ainsi que dans la bouche et l'œsophage. On avait trouvé des traces de sang dans les intestins.

Il continua la lecture du texte clinique.

On avait du mal à imaginer qu'il s'agissait d'un être humain, en chair et en os, qui avait ri, aimé et apprécié la vie. Mais était-ce vraiment le cas ? se demanda-t-il en se rappelant le triste appartement de Bandhagen.

En vue des examens toxicologiques, on avait prélevé du sang, de l'urine, du liquide oculaire et un échantillon de foie. Le tout serait envoyé au plus vite au laboratoire médico-légal de Lindköping. Avec demande de traitement prioritaire.

Soudain, il arrêta net sa lecture.

Impossible de déterminer avec certitude la cause exacte du décès. Noir sur blanc. On n'avait pas pu tirer au clair l'origine des hémorragies internes de la victime.

Ce qui avait tué Kicki Berggren était probablement l'hémorragie cérébrale causée par le coup à la tempe ou celui à l'arrière de la tête. Mais on n'avait pas d'explication pour les autres hémorragies internes. Il devait donc y avoir autre chose.

D'expérience, Thomas savait que les légistes répugnaient à laisser tant de points d'interrogation dans leurs rapports. Quand on ne trouvait pas d'explication logique à une lésion donnée, on ne manquait jamais de le souligner.

À la police ensuite de mener une enquête permettant d'en trouver la cause.

Thomas fronça les sourcils. Voilà qu'ils étaient forcés d'attendre de voir ce que Lindköping allait trouver dans les prélèvements. Cela prendrait au moins quatre ou cinq jours.

Dans le meilleur des cas.

Un geste d'agacement lui fit renverser sa tasse de thé. Le liquide brûlant se répandit rapidement sur son bureau. Tandis qu'il tentait d'endiguer l'inondation avec une serviette en papier bien trop petite, il se sentit plus incertain que jamais sur le tour que prenait l'enquête. Et complètement épuisé. Il avait bien sûr dormi un moment sur le bateau, mais il avait eu du mal à se lever à cinq heures et demie pour attraper le premier ferry pour Stockholm.

Il était déjà minuit quand les techniciens du labo avaient fini par arriver au domicile de Jonny. Certes, Thomas n'était pas du genre à avoir besoin de ses huit heures de sommeil, mais il n'en avait eu que quatre et accusait le coup.

Il alla aux toilettes se passer de l'eau sur la figure. Cela ne changeait pas grand-chose, pourtant il se sentit un peu mieux. Le rapport d'autopsie à la main, il gagna la salle de réunion.

Le Vieux était déjà à sa place habituelle. Carina s'était assise à côté de lui. Elle sourit à Thomas quand il lui adressa un bref regard. Il fut frappé de voir combien elle était mignonne dans la lumière qui filtrait de la fenêtre. Elle semblait de bonne humeur, ce qui tranchait avec la mine sinistre de ses collègues, et la sienne. Kalle était à côté d'elle, Erik en face.

Sur la table, un vieux modèle de téléphone à haut-parleur.

Thomas devina que Margit était en ligne, alors qu'elle venait tout juste de commencer ses vacances. Au moins, on l'avait dispensée d'abandonner sa famille pour venir à Stockholm.

Le Vieux but une gorgée de café et se racla la gorge.

«Thomas, à toi l'honneur. Où en est-on?»

Thomas montra le rapport d'autopsie qu'il tenait toujours à la main.

«Nous avons une femme qui a été brutalisée. Elle a reçu un coup à l'arrière de la tête et un autre à la tempe. Celui-ci assez léger, mais comme un hématome superficiel s'est formé autour de l'œil, la blessure semble beaucoup plus grave qu'elle ne l'est en réalité.»

Il se racla la gorge et continua.

«Mais il y a autre chose. Elle a subi plusieurs hémorragies internes. Qui ne semblent pas avoir été provoquées par des coups.

— Qu'est-ce que tu veux dire? De quoi est-elle morte?»

Le Vieux regarda Thomas avec impatience.

«D'après l'autopsie, elle semble avoir eu une hémorragie cérébrale causée à l'arrière de la tête par un objet contondant, à la suite d'une chute ou d'un coup porté. Peut-être la combinaison des deux. Le rapport ne dit pas si la mort est le résultat de violences subies, ou par exemple d'une chute. Et comme je l'ai dit, les hémorragies internes demeurent sans explication. Pour cette raison, une batterie de prélèvements a été envoyée à Lindköping pour analyse.»

Thomas se tut. Il avait essayé de résumer le rapport avec le plus de pédagogie possible. Ce n'était pas si simple.

«Il est très probable que les violences aient eu lieu au domicile de Jonny Almhult, nous y avons trouvé la veste de la victime. Il y avait également chez lui des traces de sang sur un radiateur. Cela pourrait expliquer la blessure à l'arrière de la tête, s'il s'avère qu'il s'agit bien du sang de Kicki Berggren. D'une façon ou d'une autre elle a dû ensuite rentrer à la pension de la Mission, où on l'a retrouvée le lendemain matin.»

Soudain, le téléphone grésilla. Margit essayait de se faire entendre à travers la friture de son mobile.

«J'ai bien entendu? Kicki Berggren a subi des violences, mais nous ne savons pas si elles étaient mortelles? Elle a d'importantes hémorragies internes inexpliquées? Que savons-nous, à la fin?» demanda-t-elle d'une voix impatiente.

Thomas s'efforça de reconstituer la chronologie des faits.

« Kicki Berggren est arrivée à Sandhamn vendredi, probablement peu après une heure de l'après-midi. Nous avons parlé à une des filles du kiosque qui se souvenait d'elle et, d'après la compagnie Waxholm, un ferry est bien arrivé à cette heure-là. Kicki Berggren s'est renseignée sur les hôtels de l'île, elle avait l'air de débarquer du ferry. La fille du kiosque lui a suggéré d'essayer la Mission. Comme les blessures sont postérieures, leur auteur devait lui aussi se trouver sur l'île.

— Y a-t-il un témoin qui l'ait vue avec quelqu'un ? » demanda Margit.

Sa voix fut un instant couverte par des rires d'enfants. Elle se trouvait dehors. Probablement à la plage.

« Nous avons parlé au personnel de tous les restaurants de l'île, et ça n'a rien donné, répondit Thomas. Mais au pub, ce vendredi-là, il y avait deux serveurs qui ne font que les week-ends. Je n'ai pas encore réussi à les joindre au téléphone. Je vais réessayer dès que nous en aurons fini. »

Il étendit son pied gauche, où s'était formée une grosse ampoule, à force de sillonner Sandhamn dans tous les sens.

« Nous avons également frappé à presque toutes les portes de l'île, continua-t-il. Mais nous n'avons trouvé personne qui l'ait croisée. Pas jusqu'à présent, en tout cas. »

Le Vieux se gratta le cou. Il avait une grosse piqûre de moustique juste au-dessus de la clavicule.

« Avons-nous la moindre idée de la raison pour laquelle cet Almhult l'aurait agressée ? » Il adressa à Thomas un regard interrogatif.

«Nous ne savons même pas si c'est bien lui qui a fait ça. Il a disparu et nous n'avons pas réussi à le localiser.»

Thomas sortit une photo de Jonny Almhult, un homme aux traits doux et aux yeux bruns. Il avait un nez large et ses cheveux sombres avaient besoin d'une coupe. Son visage était hâlé et saupoudré de taches de rousseur.

«À notre connaissance, il n'a jamais agressé de femmes auparavant. Il n'a pas de casier. D'après sa mère, c'est un garçon assez solitaire et timide. Elle est désespérée et ne comprend rien. Elle l'a vu pour la dernière fois samedi, visiblement éméché, ou avec une solide gueule de bois.» Thomas marqua une courte pause avant de continuer. «Erik a frappé à la porte d'Almhult il y a deux jours, dimanche après-midi, mais il a affirmé ne pas reconnaître la photo de Kicki Berggren, c'est bien ça?»

Thomas se tourna vers Erik, qui confirma en hochant la tête.

«Exactement. Je n'y suis resté que quelques minutes. Il n'avait pas l'air très frais, une méchante gueule de bois. Quand je lui ai demandé s'il avait croisé Berggren, il a affirmé ne pas savoir qui c'était. Puis il s'est excusé en disant qu'il se sentait mal, et je suis parti.»

Erik semblait contrarié, comme s'il se reprochait de ne pas avoir compris lors de sa visite qu'il aurait dû y regarder de plus près.

«Je connaissais Jonny Almhult ado, dit Thomas, et il n'y avait rien de bizarre chez lui. On se demande bien pourquoi il serait tout d'un coup allé au village agresser une parfaite inconnue.

— Inconnue, il faut voir, nous ne savons pas si ces deux-là se connaissaient ou pas», grommela le Vieux en continuant à gratter sa piqûre de moustique, qui s'était mise à saigner.

Thomas acquiesça.

«Non, bien sûr. Je suis allé jeter un œil au domicile de Kicki Berggren. Rien qui puisse expliquer ce qui s'est passé. Aucun lien avec Sandhamn ou Jonny Almhult, sinon le fait qu'elle a visité le site Internet de la compagnie Waxholm.»

Le haut-parleur grésilla à nouveau. Margit avait une question pour Thomas.

«Avez-vous rencontré ses collègues? Y a-t-il quelqu'un à son travail qui aurait pu lui vouloir du mal?»

Thomas se tourna vers le téléphone.

«J'ai parlé à son employeur, le patron du casino. Elle y travaillait depuis plus de quinze ans. Ils n'ont rien de spécial à dire. Elle faisait bien son travail, n'était pas malade plus souvent que les autres et était considérée comme quelqu'un de fiable et d'honnête.»

Il consulta son carnet, où il avait noté les points principaux de sa conversation avec le chef de Kicki Berggren, un type terne qui n'avait pas eu l'air de se sentir particulièrement concerné.

«La seule chose anormale, d'après ce que j'ai compris, c'est justement qu'elle ait travaillé là si longtemps. La plupart des croupiers arrêtent au bout de cinq ou six ans. Ce n'est pas un métier où l'on fait de vieux os, surtout si on a une famille. Les horaires sont impossibles, le soir uniquement, et très tard. Les conditions de travail ne sont pas non plus formidables.

— Elle a séjourné sur l'île de Kos ces derniers temps, c'est bien ça? demanda le Vieux en se penchant en avant, en profitant au passage pour attraper un autre biscuit.

— Oui, elle a demandé un congé de quatre mois, répondit Thomas. Le casino où elle travaillait devait être rénové pendant cette période, aussi son employeur n'a-t-il pas fait de difficultés pour lui accorder son congé. Autrement, ils auraient été forcés de lui trouver un remplaçant provisoire, car elle est en CDI.

— On peut quand même se demander si l'explication de la mort des deux cousins n'est pas à chercher du côté de leurs lieux de travail. Les casinos et les restaurants ne sont pas les secteurs les plus *clean*», entendit-on dans le haut-parleur.

Thomas se pencha pour qu'on l'entende mieux.

«Qu'est-ce que tu veux dire, Margit?

— Krister Berggren travaillait au Systembolaget. Je me demande s'il n'y aurait pas une piste de ce côté. Ça ne pourrait pas être une histoire de contrebande d'alcool ou de drogue? Liée à la Grèce, éventuellement?

— Ou à l'ex-Yougoslavie.» Kalle tendit le cou, rougissant un peu d'avoir pris la parole. «La mafia yougoslave est peut-être dans le coup.

— C'est un peu tiré par les cheveux, dit sèchement Margit, mais imaginons que Krister Berggren ait été mêlé à une combine illégale au sein du Systembolaget, et que sa cousine l'ait aidé. Il a peut-être été entraîné dans quelque chose. Ou a voulu retirer ses billes. Kicki Berggren était au courant, mouillée jusqu'au cou. Il y a quand même eu un certain nombre de magouilles pas nettes au Systembolaget, ces dernières années.

— Une embrouille illégale qui les a conduits à Sandhamn, lui d'abord, elle ensuite, compléta Kalle.

— Plus ou moins ça, dit Margit. Thomas, toi qui l'as rencontrée, comment était-elle?»

Thomas ferma les yeux et réfléchit.

L'image d'une femme seule, déçue et pleine de bonnes intentions lui revint en mémoire. Ils s'étaient parlé environ une demi-heure. Elle avait semblé sincèrement affectée par la mort de son cousin. Et surprise.

« Ils étaient très proches, à ce qu'elle m'a dit, mais elle n'avait pas parlé à son cousin une seule fois pendant tout son séjour à Kos. Ils n'ont apparemment eu aucun contact pendant son absence. J'ai trouvé chez lui une carte postale où elle lui demandait de l'appeler. »

Thomas feuilleta son carnet pour se rafraîchir la mémoire.

« Elle ne m'a pas donné d'explication claire à cette absence de contact entre eux. Elle s'est mise à me parler du décès de la mère de Krister Berggren. Il l'avait visiblement très mal vécu. Cela semblait une explication plausible pour un suicide. » Il se tut. « J'aurais bien sûr dû insister sur ce point », reconnut-il.

Le Vieux se cala au fond de sa chaise, qui craqua dangereusement. Ses grosses cuisses débordaient de part et d'autre du siège, et son visage rond avait nettement bronzé cet été.

« En supposant un moment qu'il s'agisse bien d'une affaire de contrebande, quel rapport avec Sandhamn ?

— Il n'y a pas eu une histoire de drogue, là-bas, voilà des années ? » demanda Margit.

Thomas balaya ses collègues du regard.

« Si, tout à fait. J'étais gosse, à l'époque. Le *Restaurant des Marins* appartenait alors au sulfureux Fleming Broman. On avait découvert qu'il servait à manger le jour et fabriquait de la drogue la nuit. Ç'avait été un gros scandale, et les stups avaient mis le paquet quand ils avaient fait leur descente. »

Thomas revoyait les manchettes des journaux dans la vitrine du tabac sur le chemin de l'école. L'affaire avait fait les gros titres.

Cette fois-là aussi.

« Tu penses qu'il pourrait à nouveau s'agir de drogue ?

— Plutôt d'alcool, coupa le Vieux. S'il y avait une ouverture du côté du Systembolaget *via* Krister Berggren, sa cousine peut très bien avoir été partie prenante. Mais ça ne nous dit toujours pas le lien avec Sandhamn. »

On entendit à nouveau la voix de Margit dans le haut-parleur.

« Supposons que Kicki Berggren était au courant de l'implication de son cousin dans un trafic d'alcool en provenance ou à destination du Systembolaget. Elle rentre chez elle et apprend sa mort. Si elle connaît l'identité de son contact, elle décide peut-être d'aller le voir, soit pour se venger, soit, plus vraisemblablement, pour lui extorquer de l'argent. Et si cet individu a une résidence secondaire à Sandhamn, quoi de plus logique que de s'y rendre ? On est en plein été, et en plus c'est là que son cousin a été retrouvé mort. Et si ce contact a tué Krister de peur d'être démasqué, il peut très bien avoir tué Kicki Berggren pour la même raison. »

Thomas croisa les mains derrière la tête et réfléchit un moment.

« Peut-être que le séjour en Grèce n'a aucun rapport, et que c'est Sandhamn qui est au centre de tout, dit-il alors. Dans ce cas, si on a retrouvé Krister sur la côte ouest de l'île, c'est parce qu'il était venu retrouver son complice. À Pâques, quand il a disparu.

— Une rencontre qui pour une raison ou une autre a mal tourné », glissa Margit.

Thomas feuilleta son carnet jusqu'au compte rendu de son entretien avec le chef de Krister au Systembolaget, un homme dégarni d'une cinquantaine d'années, Viking Strindberg.

Il n'avait pas grand-chose à dire, malgré les trente ans d'ancienneté de Krister Berggren.

Pour lui, Krister n'était pas spécialement doué, ni vif, plutôt un caractère inquiet, persuadé d'avoir été injustement traité par la vie. Il avait confirmé que Berggren avait très mal vécu la mort de sa mère, à la suite de quoi il s'était mis à sérieusement lever le coude. Sa mère avait elle aussi travaillé toute sa vie au Systembolaget, mais le chef de Krister ne l'avait jamais rencontrée. Elle travaillait au magasin du centre commercial de Farsta, si sa mémoire était bonne.

Thomas reprit la parole.

«J'ai parlé au chef de Krister la semaine dernière. Le travail de Krister consistait principalement à recevoir les livraisons dans leur grand entrepôt en périphérie de Stockholm. Ce n'était pas un poste très qualifié, mais son badge lui donnait accès à l'ensemble des stocks.

— Peut-on imaginer que Berggren vendait du vin et de l'alcool sous le manteau, en faisant passer ça en profits et pertes? demanda Margit.

— La question est plutôt de savoir si soutirer de l'alcool au Systembolaget est rentable au point d'en venir à tuer quelqu'un, ou plutôt plusieurs personnes pour éviter d'être découvert», dit Thomas en fronçant les sourcils.

Le Vieux se frotta le menton, perplexe.

«Les gens commettent des meurtres pour les raisons les plus étranges. Et pour beaucoup moins d'argent qu'on n'imagine. N'allez pas croire qu'on ne puisse pas tuer quelqu'un pour quelques centaines de milliers de couronnes. Nous devons chercher un lien entre Sandhamn et le Systembolaget, la branche de la restauration ou un secteur voisin.

— Cela me semble sage», dit Margit.

Le Vieux se racla à nouveau la gorge.

« On continue les recherches à Sandhamn jusqu'à avoir une image complète du séjour de Kicki Berggren, depuis son arrivée sur l'île jusqu'à ce qu'on la retrouve morte dans son lit d'hôtel. »

Thomas se tut.

C'était exactement ce qu'ils faisaient depuis deux jours.

« Thomas. » Le Vieux se tourna vers lui, en agitant un doigt pour souligner l'importance de ce qu'il disait. « Il faut mettre la main sur ce Jonny Almhult dès que possible. A-t-on lancé un avis de recherche ?

— Je voulais attendre la réunion de ce matin, dit Thomas.

— Lance un appel national. Après tu retourneras à Sandhamn avec Kalle et Erik. Et refouillez le domicile de cet Almhult. Il s'y cache peut-être quelque chose qui va éclairer toute cette histoire. »

Il gratta furieusement sa piqûre de moustique.

« Il fallait vraiment que ça tombe maintenant, en plein milieu des vacances. »

Le haut-parleur grésilla.

« Tu veux que je revienne ? » demanda Margit, visiblement réticente.

Le Vieux secoua la tête.

« Je crois que ça ira comme ça pour le moment. Thomas a l'air de bien s'en sortir. Et sa connaissance du terrain s'affine de jour en jour. »

Il ricana presque.

« Occupe-toi de ton mari et de tes enfants pour le moment. Je te dirai si je change d'avis. »

Il se tourna à nouveau vers Thomas.

« Bon, on a presque fini. Au fait, tu as déjà parlé au procureur ? C'est bien Öhman qui a écopé de l'affaire, non ? »

Thomas hocha la tête.

Charlotte Öhman était le procureur chargé de diriger l'enquête préliminaire. Il ne la connaissait pas personnellement, mais elle avait la réputation d'être pragmatique et facile à vivre. Elle avait sans doute prévu elle aussi un été tranquille avec surtout de la paperasse.

Une de plus qui devra changer ses plans.

« Je vais la voir demain matin. On la tient informée. »

En sortant de la salle, Thomas se souvint qu'il devait contacter l'amie de Kicki Berggren, celle qui l'avait persuadée de la suivre en Grèce. Il fallait qu'il sache qui elle avait rencontré là-bas et si Kicki lui avait dit quelque chose de sa relation avec Krister.

Peut-être Agneta pourrait-elle expliquer pourquoi Kicki avait envoyé cette carte postale à Krister.

Il rattrapa Carina dans le couloir avant qu'elle rentre dans son bureau.

« Tu pourrais m'aider à retrouver cette amie, Agneta Ahlin ? Essaye de dégotter un numéro de téléphone aussi vite que possible et préviens-moi. Même s'il est tard. »

Mercredi, troisième semaine

28

Le procureur Charlotte Öhman avait l'air perplexe. Ses cheveux châtains étaient retenus par une barrette et elle avait remonté ses lunettes sur son front. Elle roulait son stylo entre le pouce et l'index tandis qu'elle essayait de se faire une idée de la situation.

«Si je comprends bien, nous avons un cousin dont nous connaissons la cause de la mort sans savoir si quelqu'un l'a tué. Puis une cousine dont nous soupçonnons que quelqu'un l'a tuée, sans pouvoir déterminer qui.

— Exactement.»

Le procureur nota quelque chose dans son carnet. Elle était gauchère. Elle avait au front une ride soucieuse en forme de huit couché. Thomas n'avait jamais vu ça.

«Et maintenant, comment comptez-vous vous y prendre?»

Charlotte Öhman souleva légèrement un sourcil. Elle n'avait pas l'air particulièrement impressionnée par l'enquête. Pas étonnant, songea Thomas, puisque jusqu'à maintenant elle n'a rien donné.

Thomas rendit compte des discussions qu'avait eues l'équipe et exposa les prochaines étapes envisagées. Il résuma les recherches déjà entreprises et les conclusions qu'on pouvait en tirer.

Il se tut et Charlotte Öhman se cala au fond de son siège. Elle détacha la barrette qui tenait sa queue-de-cheval et la rajusta. Un rituel qui semblait lui servir à prendre le temps de la réflexion.

« Je ne sais pas si cette piste de la contrebande a beaucoup de substance, mais je suis d'accord, il faut l'explorer. Le plus important pour le moment est de déterminer ce que Kicki Berggren venait faire à Sandhamn et qui elle y a rencontré.

— J'ai parlé avec la serveuse qui était au pub vendredi soir. D'après elle, Kicki Berggren y est restée plusieurs heures en compagnie d'Almhult. Ils ont plusieurs fois repris des bières, ils avaient l'air de passer un bon moment ensemble. D'après elle, en tout cas, Kicki Berggren n'avait pas l'air d'avoir peur d'Almhult. »

Charlotte Öhman nota soigneusement en hochant la tête.

« Ça se présente bien, dit-elle. Sandhamn est une petite île, il y a toutes les chances qu'un certain nombre de gens l'aient croisée. » Encore une fois, elle rajusta sa barrette. « Quand pensez-vous recevoir les analyses de Lindköping ?

— Cela peut prendre encore quelques jours. Au plus tôt en fin de semaine, je dirais. Nous avons demandé à être prioritaires, mais ils ont eux aussi du personnel en vacances. »

Le procureur marqua d'un sourire sa connivence.

« Je comprends que ça puisse durer un peu. Il faudra faire avec.

— Bien entendu.

— Tenez-moi informée. » Elle écrivit encore quelques lignes dans son carnet. « Au fait, avez-vous eu le temps de contrôler leur situation financière ?

— Ce n'était pas Byzance. Krister Berggren avait un compte épargne avec quelques milliers de couronnes. Kicki Berggren cotisait tous les mois à un fonds de pension, mais pas des montants mirobolants. »

Öhman hocha la tête.

« Donc s'ils gagnaient de l'argent dans un trafic d'alcool, ça ne se voit pas sur leurs comptes en banque. Avaient-ils des coffres ?

— Nous n'en avons pas trouvé pour le moment. Mais ça ne veut pas forcément dire qu'il n'y en a pas. Nous continuons à chercher. »

Thomas s'arrêta sur les marches devant le bureau du procureur. C'était une journée resplendissante, parfaite pour se prélasser au soleil en suçant une glace. On ne pouvait pas imaginer pire météo pour une enquête criminelle.

Il se protégea les yeux du soleil et regarda sa montre. Il y avait un ferry juste après le déjeuner. Le *Vaddö*, s'il se souvenait bien du nom. Avec un peu de chance, il pourrait l'attraper.

29

Le *Strindberg* où Thomas, Erik et Kalle s'étaient installés devant un café était bondé.

À quelques mètres d'eux seulement, une jeune fille en tablier blanc faisait des gaufres dans de gros moules en fonte noire, à l'ancienne. Elles avaient du succès : chaque fournée disparaissait aussitôt. Devant elle trônaient un grand saladier de crème fouettée et un autre de confiture de fraises rouge sombre qu'elle servait copieusement.

Thomas dut s'avouer que ça donnait envie, malgré la chaleur. Les gaufres dorées lui rappelaient son enfance, quand il venait en bateau d'Harö avec ses parents. Ils allaient souvent au *Café Strindberg*, les bons jours.

Ils s'étaient installés dans un box délimité par une vieille barque placée sur le flanc. Un filet avait été drapé en proue, pour la décoration. Ça ne protégeait pas spécialement du soleil, mais ça créait une ambiance authentique.

Le nom du café venait d'une nuit qu'August Strindberg avait passée là lors d'une visite à Sandhamn, dans sa jeunesse. Quand, plus tard, marié à Siri von Essen, il avait séjourné sur l'île, il logeait ailleurs. Mais depuis, le café portait son nom.

Thomas nota qu'en plat du jour, il y avait des filets de hareng poêlés avec de la purée. Quoi de mieux pour un déjeuner sur l'île ?

Pendant qu'Erik et Kalle discutaient du prochain match de hockey entre Hammarby et Djurgården, Thomas songeait encore à sa conversation avec Agneta Ahlin, l'amie de Kicki Berggren.

En quelques heures, Carina l'avait localisée sur l'île de Kos, où elle était toujours. Elle avait transmis à Thomas un numéro où on pouvait la joindre.

Cet échange n'avait pas particulièrement éclairci les choses. Il l'avait informée de ce qui s'était passé et avait demandé s'il pouvait lui poser quelques questions. Très émue, elle avait pleuré pendant presque tout le coup de téléphone.

Agneta n'arrivait pas à réaliser que Kicki Berggren était morte. Elle ne pouvait pas concevoir que quelqu'un ait pu vouloir tuer son amie ou son cousin, qu'elle n'avait d'ailleurs que très peu rencontré. Tout ce qu'elle avait su dire de la relation entre Krister et Kicki était déjà connu par la police.

En revanche, Agneta avait indiqué que Kicki Berggren l'avait appelée le jour où elle avait appris la mort de son cousin. Elle était dévastée et elles étaient restées longtemps au téléphone. Vers la fin de la conversation, Kicki avait laissé entendre qu'elle se doutait de ce qui était arrivé à son cousin à Sandhamn. Elle avait dit une phrase sibylline, du genre : « C'est là-bas qu'est l'argent. » Mais elle avait ensuite changé de sujet. Elle n'avait pas mentionné à Agneta son intention de se rendre toute seule à Sandhamn deux jours plus tard.

Kicki parlait souvent d'argent, avait raconté Agneta, et se plaignait d'être à sec. Elle n'en pouvait plus de son travail de croupier, mais ne savait pas comment trouver les moyens d'arrêter ou de changer de travail, car elle n'avait aucune qualification. La question revenait souvent dans leurs conversations.

Après ce coup de téléphone, durant lequel Agneta n'avait cessé de sangloter, Thomas n'était pas beaucoup plus avancé.

Mais l'information sur le besoin d'argent de Kicki était tout de même intéressante. Si elle avait connaissance d'activités illégales de son cousin, elle avait peut-être cherché à en tirer profit. Cet argent facile que d'après Agneta elle appelait depuis si longtemps de ses vœux.

«C'est là-bas qu'est l'argent», avait-elle dit à son amie.

Thomas retourna cette phrase dans tous les sens. C'était à Sandhamn qu'était l'argent. Une tentative malheureuse pour récupérer cet argent avait-elle entraîné sa mort ?

Jeudi, troisième semaine

30

C'est fou ce que les enfants peuvent s'amuser dans le sable, songea Nora en étendant son drap de bain sur la plage de Trouville, l'une des plus belles de l'archipel.

Les garçons réclamaient d'y aller depuis plusieurs jours. On aurait pu croire qu'après des semaines de cours de natation ils en auraient eu assez, mais aller à la plage était encore ce qu'ils préféraient.

Dès leur réveil, ils avaient insisté. Adam avait demandé s'ils ne pouvaient pas pour une fois sécher le cours de natation, et elle s'était laissée faire. Une seule fois en trois semaines, ce n'était pas bien grave. Et puis l'eau était particulièrement chaude, vingt-deux degrés. C'était rare dans l'archipel extérieur.

Le petit déjeuner terminé, Nora avait sorti le sac de plage, les maillots et les draps de bain. Simon des pelles et des seaux en plastique multicolore. Ils avaient pris les vélos, longé les tennis, puis traversé la forêt jusqu'à Trouville.

Adam s'était plaint qu'ils ne roulaient pas assez vite, mais Simon pédalait de toutes les forces de ses petites jambes. Nora n'avait pas le cœur de lui demander d'accélérer.

Au bout de deux kilomètres, la route obliquait vers la droite. Deux cents mètres plus loin, on était sur la plage.

Les touristes de Stockholm n'étaient pas encore arrivés. Quand ils débarquaient du direct de onze heures, il y avait foule. Mais comme il était à peine plus de dix heures, ils purent choisir leur emplacement.

Nora ne contestait absolument pas aux touristes leur droit de profiter de l'archipel, mais elle ne pouvait s'empêcher de songer combien c'était agréable quand elle était petite et que les visiteurs arrivaient encore au compte-gouttes, comparé aux flots qui se déversaient aujourd'hui.

En voyant les foules qui débarquaient des ferries en juillet, on se demandait si l'île n'allait pas sombrer sous le poids.

Henrik était rentré tard et s'était levé tôt. Toute la journée il serait occupé à ses régates. Elle avait tenté de reparler de ce poste à Malmö, mais il lui avait clairement fait comprendre qu'il ne voyait pas l'intérêt de revenir sur le sujet.

L'agence de recrutement l'avait contactée, comme le DRH de la banque le lui avait annoncé. Ils avaient convenu d'un rendez-vous à Stockholm la semaine suivante. Nora avait très envie d'en savoir plus sur le poste, mais un entretien supposait que Henrik et elle soient au préalable tombés d'accord sur le principe.

Tandis qu'elle cherchait sa crème solaire et ses lunettes, elle ne put empêcher ses pensées de suivre leur cours. Pourquoi ne pas aller rencontrer ce consultant, Rutger Sandelin ? Comme ça, sans préjugés ni conditions.

Qu'est-ce qu'elle risquait ?

Ce n'était après tout qu'un entretien professionnel, même s'il avait lieu ailleurs qu'au bureau. Son DRH ne comprendrait pas qu'elle ne s'y présente pas. Se voir proposer un poste mirifique et ne même pas aller à l'entretien d'embauche !

Elle se tartina généreusement les épaules et les bras de crème solaire et se frotta frénétiquement, comme si elle risquait sa vie et non un simple coup de soleil.

Elle respira profondément et décida qu'elle s'y rendrait, au moins pour avoir des détails sur le poste qu'on lui proposait. Ses parents pourraient certainement garder les garçons. Elle remettrait le sujet sur le tapis avec Henrik plus tard, quand elle aurait davantage d'éléments concrets. Pour le moment, elle tirait des plans sur la comète. Pas de quoi s'affoler.

Le plus simple était de dire qu'il fallait qu'elle soit au bureau l'après-midi. Ce ne serait pas la première fois qu'elle aurait à intervenir pendant les vacances. Comme elle n'était qu'à quelques heures du centre-ville, on pouvait facilement faire appel à elle en cas d'urgence.

C'était en tout cas l'avis de son affreux bonhomme de chef, qui partait en famille pour toutes les vacances sur l'île de Gotland et ne voulait pas bouger ses fesses pour revenir au bureau, sauf nécessité absolue. C'est-à-dire si le PDG de la banque ou Dieu le convoquaient.

Dans cet ordre.

Au fond d'elle-même, elle entendait une petite voix qui lui demandait ce qui la poussait. Pourquoi ne pas se contenter de ce qu'elle avait ? Apprécier sa vie, qui lui permettait de combiner travail intéressant et vie de famille. Un mariage heureux, des enfants magnifiques et même de quoi se payer une maison à Sandhamn.

Pourquoi mettre fin à tout cela ? Pourquoi défier Henrik au lieu d'écouter les signaux clairs qu'il lui envoyait ?

Elle sortit du sac de plage la Thermos de sirop frais pour la mettre à l'ombre. Son visage reflété par la surface métallique semblait perplexe et inquiet de ce qui les attendait, Henrik et elle.

Brusquement, elle décida d'abandonner. Ça ne mènerait qu'à une crise dans leur couple. Aucun nouveau poste n'en valait la peine. Aucun chef n'était assez nul qu'elle ne puisse se faire une raison et le supporter. Mieux valait rester là où elle était plutôt que de mettre un processus en branle sans savoir où il la mènerait. Tout cela était idiot, une pure lubie. Comment pouvait-elle imaginer aller en ville en douce, dans le dos de Henrik ?

Elle prit son téléphone au fond du sac et composa le numéro de Rutger Sandelin, bien décidée à lui annoncer qu'elle n'avait plus la possibilité de se rendre à l'entretien. Qu'elle avait changé d'idée. Qu'il pouvait prévenir le service du personnel qu'elle n'était pas intéressée.

Occupé.

Elle resta là, le téléphone à la main. Puis réessaya. Toujours occupé. Déjà, elle commençait à regretter sa décision.

Quel mal y avait-il à aller le voir ? Elle n'avait jamais rencontré de chasseur de têtes, elle était curieuse d'en voir un de près. Et puis tout ce qu'elle voulait, c'était des détails sur ce poste, avant d'en reparler avec Henrik. À défaut d'autre chose, ce serait au moins instructif.

Nora se mordit les lèvres. Appeler pour refuser le poste avant même d'avoir rencontré Sandelin était juste idiot. Henrik lui-même serait sûrement d'accord pour qu'elle aille le voir avant de se décider. Elle se faisait des idées.

Doucement, elle reposa le téléphone dans le sac. Juste un rendez-vous, il n'y avait pas mort d'homme.

31

Le soleil cognait alors qu'il n'était que onze heures. Même les mouettes semblaient crier plus mollement dans cette chaleur. Les garçons avaient déballé leurs seaux et leurs pelles pour construire un château fort au bord de l'eau.

Nora s'était placée de façon à pouvoir les garder à l'œil tout en lisant.

C'était le livre d'une Anglaise sur l'art d'élever de jeunes enfants tout en continuant de travailler à plein-temps. Elle était complètement absorbée par un chapitre amusant où la maman du livre réalisait trop tard que sa fille devait apporter un gâteau à l'école le lendemain pour un goûter. En désespoir de cause, elle finissait par acheter des viennoiseries toutes faites qu'elle aplatissait un peu au rouleau à pâtisserie pour qu'elles aient l'air maison.

Nora imaginait très bien la scène.

Elle s'étira au soleil en profitant de la chaleur. Puis elle tassa le sable sous sa serviette pour se faire une sorte d'oreiller. Elle n'était pas là depuis longtemps, mais de fins grains de sable s'étaient déjà incrustés partout dans les plis du tissu.

Simon galopa jusqu'à elle en brandissant son seau.

«Allez, viens jouer au château de sable avec nous!»

Il lui jeta ses bras pleins de sable autour du cou en l'implorant du regard. Nora sourit et l'embrassa sur le front.

«J'arrive.»

Elle posa son livre, prit un seau et une pelle, se leva en rajustant son bikini. En descendant vers le rivage, elle jeta machinalement un œil à la surface de l'eau. Elle aperçut alors une forme bizarre, une sorte de boule allongée qui flottait à bonne distance. On aurait dit un vieux tronc vermoulu qui dérivait, tout raide dans l'eau.

Quelque chose clochait.

« Attendez là, dit-elle aux garçons. Je reviens tout de suite. »

Elle s'avança un peu dans l'eau, mais elle avait du mal à voir avec les reflets aveuglants du soleil à la surface de la mer. Elle essaya de se protéger les yeux d'une main tout en continuant d'avancer dans l'eau. La lumière était si forte qu'elle avait beau plisser les yeux, elle était éblouie. Elle fut bientôt à une trentaine de mètres de la plage. On distinguait mieux.

Alors elle vit ce que c'était.

Terrifiée, elle porta la main à la bouche.

« Ce n'est pas possible, murmura-t-elle. Pas un autre ! »

Elle inspira profondément et s'approcha davantage. Devant elle flottait le corps d'un homme, tête sous l'eau. Il portait un jean et un T-shirt et avait des cheveux bruns assez longs.

Sans pouvoir déterminer s'il était mort ou non, elle commença à courir dans l'eau aussi vite qu'elle pouvait. C'était pénible, et les derniers mètres lui semblèrent prendre une éternité.

Arrivée près du corps, elle lui attrapa le bras. Ça faisait bizarre d'y toucher, mais elle n'eut aucun mal à le retourner. Une fois sur le dos, elle le reconnut sans difficulté.

Jonny Almhult, le fils d'Ellen.

Jonny qui avait réparé leur clôture et habitait à deux pas de chez eux.

Nora sentit la sueur froide perler à son front. C'était la première fois qu'elle touchait un mort. Elle se serait crue dans un film, mais c'était la réalité.

Elle refoula une envie de vomir et serra fort les lèvres. Il fallait ramener le corps de Jonny sur la plage, appeler la police au plus vite.

Elle jeta un coup d'œil en direction d'Adam et Simon. Ils continuaient à jouer, sans se soucier d'elle.

Il ne fallait pas qu'ils voient le cadavre de Jonny.

Nora tenta de faire des signes à des gens sur la plage, mais personne ne sembla la remarquer. Pour ne pas effrayer les enfants, elle renonça à crier. Elle attrapa plutôt Jonny par le T-shirt et entreprit de le rapprocher du rivage. Il fallait tirer de toutes ses forces. Au bout d'une minute à peine, ses bras lui faisaient mal.

Elle traîna pourtant le corps jusqu'à la lisière de l'eau, aussi loin que possible des enfants. Arrivée au bord, elle avait le visage ruisselant de larmes et de sueur.

Ses enfants n'avaient pas prêté attention à l'incident.

Elle courut à son sac et se jeta sur son portable. Elle composa le numéro de Thomas.

« C'est Nora, je suis à la plage de Trouville. Je viens de trouver Jonny Almhult. Il flottait dans l'eau. Comme un tronc d'arbre. Mort. »

Elle se mit à pouffer d'un rire nerveux, qu'elle dut étouffer au creux de son bras.

« Pardon. C'était si horrible. Je suis là avec les enfants. Je ne sais pas quoi faire. »

Elle finit sa phrase dans un sanglot. Elle avait le vertige et tenait à peine sur ses jambes.

La voix familière de Thomas était un soulagement. Pour la première fois, elle l'entendait dans sa fonction officielle. Le seul fait de lui parler la calma.

« Écoute-moi. Respire doucement. Tu es en train de faire de l'hyperventilation, il faut te calmer.

— D'accord. »

Nora entendit sa propre voix comme de très loin. Elle semblait frêle et à bout de souffle.

« Assieds-toi dans le sable. Tu es en train de t'évanouir ?

— Je ne sais pas, dit faiblement Nora.

— Penche la tête en avant, et essaie de ne pas respirer aussi vite, dit Thomas. Tu vas y arriver ?

— Je vais essayer.

— Je suis déjà sur le port, il faut juste que j'emprunte un vélo. Tu vas très bien t'en sortir, je le sais. J'arrive tout de suite. »

Nora replia ses jambes pour les soustraire au soleil brûlant. C'était irréel de voir ce cadavre à seulement quelques mètres.

De loin, elle vit Adam qui regardait avec inquiétude dans sa direction. Il pensait certainement qu'elle était encore une fois en manque d'insuline et faisait un malaise. Il valait mieux ça.

Elle lui fit un signe las de la main.

« Joue avec Simon, cria-t-elle, j'arrive tout de suite. »

32

On transporta dans l'après-midi le corps de Jonny Almhult à l'institut médico-légal de Solna.

Thomas avait ensuite passé quelques heures à l'antenne de police de Sandhamn, où il commençait à se sentir chez lui. Il s'était installé dans la petite pièce d'audition à l'étage, transformée en QG local de l'enquête. Il avait rédigé tous les rapports d'usage et prévenu le Vieux et Margit que Jonny Almhult avait été retrouvé.

Mort. Probablement par noyade.

Non sans mal, il avait convaincu le Vieux de le laisser à Sandhamn plutôt que de le faire revenir en ville participer à la conférence de presse convoquée à la hâte pour dix-sept heures. Dans les temps pour le journal télévisé du soir.

Thomas avait prétexté la nécessité d'informer Ellen Almhult du décès de son fils.

Cette triste tâche ne l'enchantait pas, mais on ne pouvait décemment pas la confier à quelqu'un d'autre. Et puis participer à une conférence de presse ne lui disait rien. On n'aurait pas de mal à trouver des volontaires.

Le Vieux avait grogné pour finalement accepter, tout en se lamentant au sujet de tous ces idiots qui exigeaient de lui des informations qu'il n'avait pas. Le directeur régional de la police voulait être quotidiennement informé de la situation, mais ne cachait pas son agacement d'être dérangé pendant *ses* vacances.

De quoi se plaignait-il ? Au moins, lui, il en avait, des vacances.

Le Vieux n'était pas tendre pour tous ces bureaucrates de la police qui collaient aux basques des gars sur le terrain. Il fallait laisser les enquêteurs travailler en paix : c'était le refrain qu'il rabâchait à tous ceux qui voulaient s'en mêler.

Thomas regarda d'un air sombre le calendrier sur le mur peint en beige.

Dix-huit jours étaient passés depuis la belle matinée d'été où le corps de Krister Berggren avait été trouvé sur la plage ouest de Sandhamn.

Dix-huit jours, soit quatre cent trente-deux heures depuis l'apparition du premier corps. Si sa calculette ne se trompait pas, ils avaient donc disposé de vingt-cinq mille cent vingt minutes pour chercher la cause de la mort de Krister Berggren puis de sa cousine.

S'ils l'avaient trouvée, peut-être Jonny Almhult aurait-il été vivant aujourd'hui, plutôt que de venir s'échouer sur la plage de Trouville.

Et la veuve Ellen Almhult n'aurait pas perdu son seul fils.

Thomas en était intimement convaincu : ces trois-là avaient été assassinés par une seule et même personne. Son instinct lui disait que les trois morts étaient liées. Quelqu'un qui n'hésitait pas à tuer ceux qu'il trouvait sur son chemin se cachait dans l'ombre.

Mais comment le repérer ?

Thomas serra les deux poings à se faire mal.

À dire vrai, il n'avait pas la moindre fichue idée de ce qui avait pu motiver le ou les assassins. Seule certitude : il y avait un meurtrier en liberté à Sandhamn.

Et la police ne savait ni qui c'était ni comment empêcher de nouveaux meurtres.

33

L'ambiance à l'antenne de police était pesante et morne. On recueillait les plaintes distraitement. Les policiers de permanence passaient le plus clair de leur temps à discuter à voix basse en petits groupes. Même ceux qui avaient fini leur journée s'attardaient.

Tous connaissaient Ellen et sa famille.

Le père de Jonny, Georg Almhult, avait été une figure de l'île. Un authentique insulaire, né à Sandhamn. Bien sûr, certains soirs de cuite, on l'avait parfois retrouvé beuglant des chansons devant l'auberge, mais il n'avait jamais eu l'alcool mauvais.

Plus jeune, Ellen Almhult n'avait pas sa langue dans sa poche, ce qui expliquait dans une certaine mesure que son mari se soit tourné vers la bouteille.

Elle avait pu en agacer plus d'un au fil des années, mais dans un moment pareil, on oubliait tous ces vieux griefs.

Le chagrin lié à la perte d'un habitant de l'île se mêlait à l'effroi de ce qui s'était passé et pouvait encore se reproduire. L'inquiétude suintait des façades et se lisait dans tous les regards.

Quelques femmes pleuraient sans bruit tout en discutant. Personne ne laisserait sa porte ouverte ce soir-là.

« Thomas, appela Åsa, une des filles de l'antenne, installée sur l'île depuis quelques années après s'être mise en ménage avec un insulaire. Viens donc prendre un petit café. Tu ne veux pas que je te fasse aussi un sandwich ? Tu as l'air crevé. »

Thomas lui adressa un sourire reconnaissant.

« Ce serait super. Je crois que je n'ai pas eu le temps de manger grand-chose, aujourd'hui. »

Åsa apporta une solide tartine de fromage et une tasse de café dans la salle de repos où Thomas s'était retiré. Elle était sobrement meublée. Une simple table en bois avec deux chaises de part et d'autre était placée devant la fenêtre et, à un bout de la pièce, un lit logeait tout juste.

Quand il était dans la police maritime, Thomas y passait la nuit lorsqu'il n'avait pas la possibilité de rentrer à Harö ou Stockholm.

Affamé, Thomas se jeta sur le casse-croûte en regardant par la vitre l'ancienne carrière de sable où, des siècles durant, les bateaux à voile étaient venus charger du sable comme ballast pour deux öre la tonne. Elle était depuis longtemps désaffectée et clôturée. Seule la pente peu naturelle d'un talus témoignait de l'activité passée.

Åsa rompit le silence.

« C'est bon ? »

Thomas avala encore un bout de la tartine.

« Très bon, ça va beaucoup mieux. Merci. Décidément, j'avais besoin de manger un morceau. »

Le silence se fit. Åsa semblait triste. On voyait qu'elle avait pleuré, elle aussi.

« Je ne comprends pas pourquoi quelqu'un aurait pu vouloir tuer ce pauvre Jonny, dit-elle. Un gars plus inoffensif, on peut toujours en chercher. Qu'est-ce qu'il a fait de mal au cours de sa vie ?

— Je ne sais pas, Åsa. Parfois, il se passe des choses incompréhensibles.

— Et puis je me demande ce qu'il avait à voir avec ces Berggren. Je n'en avais jamais entendu parler. Ce n'était pas des têtes connues sur l'île. »

Åsa renifla.

« Il existe un lien que nous sommes tout simplement incapables de voir pour le moment, essaya d'expliquer Thomas. D'une façon ou d'une autre, Jonny et Kicki Berggren se sont rencontrés, mais nous ne savons pas ni comment ni pourquoi.

— Mais ce serait quoi, ce lien ? Jonny n'avait que peu d'amis, surtout étrangers à l'île. Il ne quittait presque jamais Sandhamn, à moins d'y être forcé. Il détestait aller sur le continent. Impossible d'y respirer, c'est ce qu'il disait toujours. »

Elle secoua la tête, découragée.

Thomas étira ses muscles fatigués et laissa encore son regard se promener sur la carrière. Ça devait être une vie rude que de charger du sable sur les navires de passage qui mouillaient autour de l'énorme ancre enfouie dans le port dès le XVIIIe siècle.

Beaucoup de travailleurs s'usaient vite et mouraient jeunes à l'époque.

Il avala la fin du sandwich et s'essuya la bouche avec la serviette en papier qu'Åsa lui avait montée.

« Merci beaucoup. Bon, je crois que je vais devoir y aller. J'ai encore deux ou trois choses à vérifier. »

Avant de sortir, il précisa :

« Écoute, je reviendrai sans doute dormir ici quelques heures s'il se fait trop tard pour rentrer sur Harö. Je n'aurai de toute façon pas le temps de retourner en ville ce soir. »

Åsa hocha la tête en lui adressant un faible sourire.

« Bien entendu, tu peux utiliser la salle cette nuit. Tu as la clé, n'est-ce pas ?

Thomas ressentit une bouffée de nostalgie au souvenir fugace de ses soirées de policier de la brigade maritime.

« Tout à fait. Ce sera comme au bon vieux temps. Quand nous n'avions que des ados ivres et des vols de hors-bord pour nous inquiéter à Sandhamn. »

Thomas essaya un sourire encourageant, mais le résultat ressemblait plutôt à une grimace. Il ne voulait pas laisser voir l'inquiétude qui le rongeait. Difficile de faire bonne figure devant tous les visages préoccupés qu'il croisait sans arrêt.

Il fallait trouver le motif de ces crimes, sinon ils ne pourraient jamais retrouver l'auteur. Quelque part, un indice leur avait échappé. Forcément.

En sortant de l'antenne de police, Thomas prit à droite la ruelle étroite qui menait à la promenade de la plage. Elle passait entre deux maisons jaunes en bois, bâties au xixe siècle.

Il s'arrêta au kiosque pour regarder les gros titres des journaux, exposés sur des panneaux bien visibles :

Nouveau meurtre à Sandhamn
Encore un homme retrouvé mort

La vitesse à laquelle la presse avait été informée était incroyable, songea-t-il en survolant les articles. Le corps n'avait pas encore été transféré à Solna qu'on imprimait déjà la nouvelle.

Le Vieux n'allait pas aimer ces spéculations de journalistes, c'était sûr.

34

Quand Thomas vint frapper à sa porte, Nora s'était un peu remise. Elle s'était blottie sous une couverture dans le fauteuil en rotin de la véranda. Près d'elle, une grande tasse de thé et une brioche qu'elle avait émiettée en tout petits morceaux.

Ses parents avaient emmené les enfants au port pour qu'elle puisse rester seule.

Un moment de répit pour se remettre du choc.

Nora aurait tellement aimé que Henrik soit là, mais il était encore sur son voilier. La régate durerait au moins jusqu'à cinq heures et il n'était pas question de l'appeler sur son portable en pleine compétition.

Elle en avait tellement assez de ces fichus voiliers qu'elle aurait pu hurler. Où était-il quand elle avait besoin de lui ?

Malgré le soleil éclatant, elle avait froid, tout son corps tremblait. Son cerveau enregistrait qu'il faisait chaud dans la maison, mais la chair de poule qui lui hérissait les bras et les jambes disait tout autre chose.

La vision du corps flottant dans l'eau ne voulait pas la lâcher. Ces yeux aveugles qui l'avaient fixée quand elle l'avait retourné. Une mèche de cheveux qui flottait dans la houle. Les bras ballants à la surface.

Qui oserait encore venir à Sandhamn après ça ? Qui serait le prochain ? Et si un enfant était tué ? Un nouveau frisson la parcourut.

À leur arrivée sur la plage de Trouville, Thomas et ses collègues avaient très vite pris la situation en main.

Les baigneurs avaient été fermement invités à rentrer chez eux. Une zone grande comme la moitié de la plage avait été délimitée par un ruban bleu et blanc.

Un spectacle qui commençait à être familier aux habitants de Sandhamn après les événements des dernières semaines.

Peu après, un bateau de la police maritime était allé mouiller près des rochers. Les mêmes rochers d'où Nora avait jadis plongé pour obtenir ses médailles de natation.

Le bateau avait déposé une équipe de techniciens qui s'étaient vite mis au travail. Une fois la scène photographiée sous tous les angles et tous les indices relevés, on avait procédé à la levée du corps pour le transporter à Stavsnäs où un véhicule de la police attendait.

Thomas avait appelé les parents de Nora qui étaient venus à vélo chercher les enfants. Lars et Susanne avaient regardé la scène d'un air effrayé, mais en faisant de leur mieux pour garder leur calme. Les garçons ne voulaient pas s'en aller. Ce qu'ils voyaient était beaucoup trop passionnant. La plage grouillait de policiers, et Adam brûlait de décrire à ses copains du cours de natation le gros bateau de la police qu'il avait vu.

À la fin, Thomas avait dû prendre sa grosse voix pour les faire obéir. La promesse d'une crème glacée avait sans doute aussi facilité les choses.

Une fois les garçons partis avec leurs grands-parents, Thomas s'était approché de Nora pour lui poser gentiment quelques questions. Puis il lui avait conseillé de rentrer se reposer. Repenser au calme à ce qu'elle avait vu.

Il était convenu que Thomas passerait plus tard, pour qu'elle lui raconte un peu plus en détail comment elle avait trouvé le corps.

En attendant Thomas, elle s'était assoupie. Elle rêvait qu'elle nageait en tentant désespérément de regagner le rivage, tandis que des membres détachés flottaient autour d'elle. L'eau était rouge de sang et tachait son maillot.

« Peux-tu raconter ce qui s'est passé ? » attaqua Thomas.

Il avait refait du thé et s'était installé près de Nora sur la véranda. La maison était parfaitement silencieuse, à part le tic-tac de la pendule dans la cuisine. Il attendit patiemment que Nora trouve les bons mots.

Au bout d'un moment, elle entreprit d'une voix hésitante de retracer l'enchaînement des faits, du moment où elle avait aperçu cette espèce de paquet dans l'eau jusqu'à l'arrivée de Thomas.

« Est-ce que tu as vu si le corps arrivait d'une direction en particulier ? » demanda Thomas.

Nora ferma les yeux, l'air incertain.

« Il flottait juste là. Il n'y avait presque pas de vent.

— Sais-tu s'il y avait d'autres personnes sur la plage, qui auraient pu être venues là le jeter à l'eau ?

— Quand nous sommes arrivés, la plage était presque déserte. Il y avait bien deux ou trois baigneurs à l'autre bout, vers la petite plage de Trouville, mais personne du côté où il flottait.

— Et tu n'as aperçu aucun bateau dans les environs, qui aurait pu larguer le corps ? »

Nora sembla hésiter.

« C'était très calme. Je me suis dit que nous étions arrivés si tôt qu'il n'y avait encore personne. »

Elle se tut, comme pour fouiller sa mémoire. Elle parla ensuite du soleil éblouissant qui l'avait presque aveuglée quand elle avait essayé de distinguer de quoi il s'agissait.

« Non, vraiment, je n'ai rien vu d'autre.

— Est-ce que tu aurais remarqué quelque chose d'inhabituel, n'importe quoi, qui ne collait pas dans le tableau ? » Thomas se pencha vers elle. « Essaie de te souvenir de tout ce que tu peux. Quelqu'un que tu n'as pas reconnu ou dont le comportement sur la plage était bizarre. »

Nora se mit à triturer un mouchoir en papier, qui commença à se défaire en petites miettes de duvet. Le mince papier n'était pas conçu pour résister à une émotion si forte. Le désespoir de Nora l'acheva sur-le-champ.

Thomas revit Kicki Berggren quelques semaines plus tôt, en train d'émietter un mouchoir en papier exactement de la même façon en apprenant de sa bouche la mort de son cousin.

« Désolée, dit Nora, mais je ne me rappelle rien de particulier. Rien qui puisse expliquer comment Jonny a fini à l'eau. »

Elle recommença à pleurer en serrant très fort sa tasse de thé.

« C'est tellement irréel, je n'arrive pas à réaliser que Jonny est mort. »

Thomas lui tapota doucement la main.

« Je suis d'accord avec toi. Ce genre de choses ne devrait juste pas pouvoir arriver ici. »

Il se recala au fond de son siège et croisa les mains derrière la tête.

Nora l'inquiétait. Elle était pâle sous son bronzage et semblait gelée. Ses mouvements engourdis trahissaient son état de choc. Ses yeux étaient rougis de larmes et son nez enflé.

« Quand est-ce que rentre Henrik ? Je ne veux pas que tu restes seule. »

Nora haussa les épaules avec un geste d'impuissance.

« Je dirais dans quelques heures. Mais ne t'inquiète pas, ça va aller. Les garçons sont chez papa et maman. Si j'ai besoin de compagnie, j'irai les retrouver. »

Elle prit un mouchoir neuf et se moucha bruyamment.

« D'ailleurs, je crois que je vais essayer de dormir un peu. Vas-y, toi, je sais que tu as autre chose à faire. »

Thomas l'encouragea d'un signe de tête.

« Quelques heures de sommeil, ça semble une bonne idée. Appelle-moi si quelque chose te revient, ou même si tu as juste besoin de parler. Mon portable est tout le temps ouvert. De toute façon je te rappelle demain. »

Thomas s'arrêta sur le perron. Il soupesa son téléphone en se demandant s'il allait ou non appeler Henrik. Il avait toujours trouvé sympathique de le voir avec Nora mais, dès le début, il avait remarqué une réticence chez Henrik. Quelque chose qui l'empêchait, lui, de se sentir détendu en sa compagnie.

Comme si Henrik n'arrivait pas à se faire à l'amitié évidente et profonde qui existait entre Thomas et Nora. Thomas ne le croyait pas jaloux. Non, c'était plutôt comme si son amitié avec Nora empiétait sur une sphère privée qui pour Henrik devait être réservée au couple.

Une distance étrange persistait entre les deux hommes alors qu'ils se fréquentaient maintenant depuis des années. Que Henrik vienne d'une famille de la haute bourgeoisie aux valeurs très conservatrices n'arrangeait rien.

Et puis, en tant que médecin, il était habitué à ce qu'on l'écoute quand il avait quelque chose à dire. Il y avait chez Henrik un penchant autoritaire qui pouvait parfois irriter Thomas. Sans parler de sa façon d'interrompre parfois Nora au milieu d'une phrase ou de l'agacement qu'il pouvait montrer quand elle n'était pas d'accord avec lui… Thomas s'interrogeait parfois sur l'égalité dans leur couple.

Il décida pourtant d'appeler Henrik et lui laissa un message pour qu'il soit au courant avant de rentrer.

Avec un peu de chance, il comprendrait peut-être aussi qu'il fallait qu'il se dépêche de venir soutenir sa femme.

Vendredi, troisième semaine

35

En arrivant au commissariat de Nacka le vendredi matin, Thomas trouva un calme apaisant. Comme si tous ceux qui n'étaient pas en vacances s'étaient mis d'accord pour arriver tard. Même les plus matinaux de ses collègues brillaient par leur absence.

Thomas appréciait le silence.

La semaine avait été intense. Et ce n'était pas fini. C'était un soulagement de pouvoir s'affaler sur son fauteuil sans avoir à parler à qui que ce soit.

Il gagna la kitchenette, un mug à la main. Marqué de l'emblème de la police.

Différents thés s'alignaient sur une étagère. Après une certaine hésitation, il opta pour un Earl Grey. Pas très original, sans doute, mais bien agréable de si bon matin. Deux morceaux de sucre et un nuage de lait pour compléter le tout.

Une fois son mug rempli, il traversa le couloir jusqu'à son bureau. À part la table de travail, deux chaises en bouleau pour les visiteurs et un placard neutre dans le même bois clair, il était vide.

Sur le bureau, quelques piles de documents. Aucune photo, pas un pot de fleurs pour rendre la pièce agréable ou rappeler une présence humaine.

Autrefois, il avait toujours un grand portrait de Pernilla près du téléphone. Il aimait cette photo. Elle avait été prise au coucher de soleil sur Harö. Ses cheveux pâlis au soleil reflétaient cette lumière particulière qui n'existe que les soirs d'été dans l'archipel.

Elle était assise au bout du ponton, tournée vers la mer, au moment précis où le soleil allait disparaître. Elle n'avait pas remarqué qu'on la prenait en photo et, franchement, le cliché était très réussi. Un moment merveilleux traduit en image.

Après le divorce, il avait enlevé le portrait, mais n'avait pas pu le jeter. Il l'avait gardé au fond d'un tiroir, tout en bas.

Il ne pouvait pas se résoudre à avoir ici une photo d'Emily. C'était trop dur.

Il revit sa petite, si petite main qui reposait dans la sienne. Il était resté des heures à son chevet avant qu'on vienne enlever le corps, caressant inlassablement les petits doigts sans vie dans la grande paume de sa main.

Impossible de croire qu'il ne pourrait plus jamais toucher sa douce joue ou la tenir dans ses bras. À la fin, quand les infirmiers avaient insisté pour emporter Emily, il s'était senti devenir fou. Il l'avait serrée, comme s'il avait pu la faire respirer à nouveau par sa seule volonté.

Il avait hurlé comme un animal blessé au fond des bois.

Quand il avait dû lâcher le corps de sa fille, il avait fondu en larmes.

Rien, ni l'enterrement, avec le petit cercueil blanc posé devant l'autel, ni l'inévitable séparation d'avec Pernilla n'avait été aussi douloureux que le moment où il avait vu l'ambulance partir avec le corps de sa fille.

Sur son bureau l'attendait une enveloppe à son nom.
Il la décacheta et vit aussitôt ce que c'était. Les analyses des prélèvements effectués sur le corps de Kicki Berggren. Le rapport de Lindköping.
En tout cas, ils n'avaient pas perdu de temps.
Il se plongea dans le rapport.
La conclusion lui fit hausser les sourcils. Ce n'était pas exactement ce à quoi il s'attendait. Et ce n'était pas de nature à éclairer ce qui s'était passé sur l'île.
Plutôt le contraire.
Il se gratta la nuque et s'étira. Le Vieux serait furieux. Encore des informations qui ne contribuaient pas à la résolution de l'affaire.
Le mieux était de convier le procureur à leur réunion de coordination. Il fallait la mettre au courant. Elle était chargée de diriger l'enquête préliminaire et donc formellement responsable de l'ensemble des investigations.
Il prit son téléphone pour appeler Margit. Elle aussi devait être informée.

36

La réunion était convoquée à neuf heures trente précises.

Le Vieux n'était pas trop pour le quart d'heure de politesse. Il était de la vieille école, pour qui la ponctualité était une vertu. Celui qui était incapable d'être à l'heure ne pouvait pas valoir grand-chose.

Quand Thomas entra dans la salle de réunion, il trouva le Vieux et le procureur Öhman déjà installés. Kalle et Erik s'étaient mis en face et Carina à côté, le stylo à la main.

Thomas remarqua que quelques mèches s'échappaient de sa barrette. Son corsage rose allait bien avec son visage bronzé, songea-t-il en passant.

Elle lui montra une assiette posée sur la table.

« Prends une brioche à la cannelle, Thomas. Je suis passée devant une boulangerie en venant. On a tous besoin d'un remontant aujourd'hui. »

Thomas apprécia.

« Merci. Tout ce qui peut faire monter le taux de sucre et donner de l'énergie est bienvenu. »

Le Vieux se racla la gorge.

« Très bien. Alors on y va. Margit est avec nous ? »

Il regarda sévèrement le téléphone.

La réponse arriva très distinctement au bout du fil.

« Je suis là. Comment ça va à Stockholm ? Ici, il fait vingt-cinq degrés, et presque autant dans l'eau.

— On ne peut pas se plaindre. Voyons voir, où en est-on ? »

Le Vieux se tourna vers Thomas en se calant au fond de son siège.

« Thomas, tu peux commencer. »

Thomas résuma rapidement les événements des derniers jours, puis sortit le rapport de Lindköping.

« D'après les analyses toxicologiques, Kicki Berggren a été empoisonnée. »

Confusion dans la pièce. Tout le monde se regarda sans savoir comment interpréter cette nouvelle.

« Probablement avec de la mort-aux-rats, continua Thomas. C'est la cause sous-jacente de sa mort. Le rapport établit qu'elle a ingurgité une dose mortelle de warfarine, substance présente dans la mort-aux-rats. Indirectement, c'est ce qui l'a tuée, en provoquant des hémorragies internes dans le cerveau et d'autres organes.

— Comment ça, indirectement ? demanda Erik.

— La warfarine est un anticoagulant. Les coups ou la chute subis par Kicki Berggren l'ont tuée parce que son corps n'a pas pu stopper les hémorragies.

— Sans ça elle ne serait pas morte ? » Kalle regarda Thomas, interloqué.

« Probablement pas. Les violences dont elle a fait l'objet ne lui auraient normalement valu que quelques gros bleus et des hématomes.

— Comment peut-on faire avaler de la mort-aux-rats à quelqu'un ? Personne, dans un état normal, ne pourrait ne pas s'en rendre compte, non ? » dit Margit.

Sa voix trahissait l'étonnement qui se reflétait aussi dans les yeux de ses collègues tout autour de la table.

Comment ne pas être d'accord ? Qui avalerait par erreur des graines empoisonnées, généralement teintes en rouge ou bleu, qui plus est ?

Margit reprit la parole. « Warfarine... Ça me dit quelque chose. On ne l'utilise pas aussi pour les humains ? »

Thomas hocha la tête et parcourut le texte du rapport qu'il avait sous les yeux.

«En effet. La warfarine est également un médicament destiné aux humains, c'est écrit ici, mais dans ce cas plutôt sous le nom de Waran. C'est un traitement courant en cas de crise cardiaque, car il diminue la formation de caillots sanguins. Mais il peut également provoquer des hémorragies internes à trop forte dose. C'est ce qui est arrivé à l'ancien Premier ministre israélien Ariel Sharon. Il a d'abord eu un caillot puis, quand on l'a traité à l'anticoagulant, une hémorragie cérébrale s'est déclarée.

— J'en ai entendu parler à la télé», glissa Carina.

Thomas feuilleta encore un peu le rapport et essaya d'en résumer le contenu.

«Le labo de Lindköping précise qu'ils disposent d'une méthode d'analyse de routine spécifique pour la warfarine. Ils n'ont donc eu aucun mal à en détecter une dose très élevée et à remonter jusqu'à la mort-aux-rats. Cette dose explique également les autres hémorragies internes trouvées lors de l'autopsie.»

Le Vieux tambourinait des doigts sur la table. Son impatience sautait aux yeux.

«Et quand a-t-elle avalé la mort-aux-rats, tu disais ?

— D'après les analyses il faut entre douze et vingt-quatre heures pour que le poison agisse pleinement. Les coups qu'elle semble avoir reçus au domicile d'Almhult ont très vraisemblablement empiré les choses. Elle a été trouvée vers midi samedi dernier. D'après le légiste elle était morte depuis quelques heures. Cela signifie qu'elle doit avoir été empoisonnée dans la journée de vendredi.

— Alors le plus probable est qu'elle a été empoisonnée à Sandhamn, observa Kalle. En effet, elle est arrivée sur l'île le vendredi après déjeuner. C'est en tout cas ce qu'a dit la fille du kiosque qui l'a reconnue sur la photo.»

Kalle semblait content d'avoir le premier tiré cette conclusion. Il regarda autour de lui d'un air satisfait.

On entendit la voix de Margit dans le haut-parleur du téléphone.

« Tu es sûr qu'elle ne peut pas avoir pris le poison ailleurs ? »

Thomas sembla hésiter.

« On ne peut jamais être sûr à cent pour cent, mais l'analyse est assez claire. Un poison de ce type agit dans ce délai. Il ne semble pas très vraisemblable qu'elle ait pu être empoisonnée ailleurs qu'à Sandhamn, mais on ne peut bien sûr pas l'exclure complètement.

— Qui peut se procurer de la mort-aux-rats ? dit Erik.

— Tout le monde, je suppose, répondit Thomas. On en trouve partout. Mais il va falloir vérifier ça. »

Il se tourna vers Kalle.

« Kalle, tu appelleras le centre antipoison dès qu'on aura fini. Demande-leur comment on se procure de la mort-aux-rats, si c'est en vente libre ou si l'on peut retrouver la trace de l'acheteur. Ils ont peut-être un toxicologue spécialisé dans ces questions.

— Essaie aussi la firme Anticimex, proposa Carina, ils doivent sûrement tout savoir sur la mort-aux-rats et les moyens de se la procurer. C'est bien leur métier, non ? »

Le Vieux tendit la main vers le plat et mordit rageusement dans sa troisième brioche à la cannelle. Il lança un regard noir au haut-parleur du téléphone tout en mâchant. Il éructa :

« Pour résumer, nous avons donc une femme qui commence par avaler une dose mortelle de mort-aux-rats, puis elle reçoit des coups non mortels en eux-mêmes mais qui le deviennent à cause de la forte dose de mort-aux-rats. Tout ceci s'est produit à Sandhamn, probablement en compagnie d'une personne qui par la suite a été retrouvée noyée, également à Sandhamn. Ils sont devenus complètement cinglés sur cette île ? Il y a quelque chose dans l'eau, ou quoi ? »

Carina notait fébrilement. L'ambiance autour de la table était pesante. Chacun restait le nez dans ses papiers en évitant de regarder les autres.

Thomas se racla la gorge.

« J'ai autre chose à vous dire. La gérante de la Mission m'a rappelé ce matin. »

Le Vieux leva les yeux du rapport que Thomas lui avait passé.

« Qu'est-ce qu'elle voulait ?

— Il semblerait que Kicki Berggren lui ait demandé le chemin pour se rendre chez une personne résidant sur l'île. La dernière fois que nous lui avons parlé, elle n'arrivait pas à se souvenir. Elle était encore sous le choc. Mais maintenant des détails lui reviennent. Elle m'a appelé ce matin pour me raconter. D'après elle, Berggren lui a parlé de quelqu'un qui s'appelle Fille ou Figge ou peut-être Pigge. »

Le silence se fit dans la pièce.

« Pigge comment ? demanda le Vieux.

— Elle ne se souvient que du prénom. En plus, avec son fort accent, il est possible qu'elle altère la prononciation. Mais c'est une piste qu'il faut absolument suivre.

— Bon, voyons voir, dit le Vieux en se tournant vers Carina. Tu vas vérifier l'identité de tous les habitants de l'île pour voir s'il n'y en a pas un avec un prénom qui ressemble à ça. Essaye de trouver quelqu'un au cadastre au plus vite. J'espère qu'ils ne sont pas fermés le vendredi à cette époque de l'année».

Il engloutit la fin de sa brioche et regarda l'assemblée.

«Et, en sait-on davantage sur Almhult?»

Margit resta silencieuse à l'autre bout du fil et Thomas reprit la parole.

«Rien de plus que les constatations d'hier. Le plus vraisemblable est qu'il s'est noyé. Il avait l'air d'avoir pas mal de bleus mais nous n'aurons pas de certitudes avant d'avoir eu le rapport des légistes. Je les ai appelés deux fois pour leur demander de traiter ce cas en priorité, on verra si ça aura servi à quelque chose.

— Les recherches sur le lieu de la découverte du corps ont-elles donné quelque chose? demanda le Vieux.

— Il a été impossible de trouver la moindre trace sur la plage. Rien qui puisse conduire à un éventuel meurtrier. C'est comme si le corps d'Almhult était remonté à la surface par l'opération du Saint-Esprit.

— Nom de Dieu, ricana le Vieux. Est-ce que tu as une idée de ce qu'Almhult fabriquait avant de faire surface devant la plage de Trouville?

— L'avis de recherche a été lancé mardi matin mais pour le moment il n'a rien donné. Je vais recontacter la police régionale dès que nous aurons fini. À l'heure qu'il est, nous ne savons pas ce qu'il a fait après que sa mère l'a vu pour la dernière fois.»

Le Vieux secoua la tête d'un air sinistre.

«Où en est-on en ce qui concerne le lien entre Sandhamn et le Systembolaget?

— Là non plus, pas grand-chose, reconnut Thomas. Je pensais retourner cet après-midi avec Erik voir le chef de Berggren au Systembolaget, pour essayer d'en tirer quelque chose de plus. » Il rassembla ses papiers. « Il faut reprendre toutes les déclarations que nous avons recueillies cette semaine. Tourner et retourner toutes les données. Kalle se concentrera sur Jonny Almhult, pendant que nous autres nous continuerons les recherches autour des cousins Berggren. »

Le procureur Öhman se racla discrètement la gorge et ouvrit la bouche pour la première fois depuis le début de la réunion. Elle avait comme la dernière fois ses cheveux attachés en queue-de-cheval. Son chemisier blanc et son strict tailleur bleu marine lui donnaient une allure froide et distinguée.

« N'avons-nous pas jusqu'à présent traité un peu à la légère la question du mobile ? Ne devrions-nous pas en l'état actuel des choses ouvrir davantage l'éventail d'hypothèses concernant la cause de ces meurtres ? »

Le Vieux se tourna vers Charlotte Öhman comme s'il venait de remarquer sa présence.

« Vous trouvez que nous n'avons pas assez bien travaillé ? Nous en sommes toujours à enquêter sur les victimes. Et dans ce cadre, il va de soi que nous nous préoccupons aussi de la question du mobile. »

Le procureur rougit légèrement, mais ne se laissa pas démonter.

« C'est justement la raison pour laquelle il faut réfléchir à plusieurs motivations possibles. C'est comme ça qu'on trouvera le meurtrier. » Elle regarda le Vieux droit dans les yeux. « Ou les meurtriers. On ne peut pas exclure qu'il y en ait plusieurs. »

Elle ôta ses lunettes et balaya la pièce du regard. « À moins que quelqu'un ici n'ait une meilleure idée ? »

Le Vieux dévisagea le procureur d'un air fâché.

«Ma longue expérience m'a au moins appris une chose, c'est qu'on peut commettre un, voire deux meurtres sans motivation logique. L'homme n'est pas aussi rationnel qu'on le croit souvent.»

Thomas tenta un compromis.

«Nous avons bien entendu songé à différents mobiles pour tenter d'établir un lien entre les trois victimes. Le problème, c'est que le seul lien tangible est celui entre les deux premiers morts, qui étaient cousins. Nous n'avons pas pu établir de lien entre eux et la mort de Jonny Almhult. Ni leur passé, ni leur mode de vie n'indiquent de lien particulier. En tout cas pour le moment.

— Très bien. Mais dans notre situation, tous les scénarios sont à prendre en compte. L'affaire doit être prise très au sérieux, cela va sans dire. Nous ne pouvons pas risquer un nouveau meurtre», conclut-elle.

«Margit», dit le Vieux en se penchant vers le téléphone et en tendant machinalement la main vers sa quatrième brioche à la cannelle. Il retint son geste en voyant le regard impérieux de Carina. Pas étonnant qu'il soit si gros, songea Thomas.

«Il faut que tu rentres lundi pour prêter main-forte à l'équipe, et que le procureur ne s'inquiète pas. Thomas pourrait avoir besoin d'assistance et je crois qu'Öhman apprécierait que tu sois présente pour la suite de l'enquête.

— Je comprends. Je rentre.»

37

Erik et Thomas entrèrent dans les entrepôts du Systembolaget. Il y avait des bouteilles à perte de vue. Le long des murs s'alignaient les palettes chargées de cartons de vin et d'alcool.

« Je n'ai jamais vu autant d'alcool de ma vie, s'exclama Erik. Si on ne devient pas alcoolique dans un endroit pareil, on est vacciné pour la vie. »

Il s'approcha d'un des cartons et regarda les bouteilles avec curiosité.

« Dis donc, un Dom Pérignon, un des champagnes les plus chers du monde. Une bouteille comme ça coûte plus de mille couronnes, je crois. Pas mal, pour remplir seulement cinq verres, non ? »

Il fit semblant de prendre une bouteille et de la boire au goulot.

Thomas éclata de rire. Il était presque inconcevable qu'on puisse concentrer autant d'alcool dans un seul et même entrepôt. Il se demanda combien pouvait valoir un tel stock. Sûrement beaucoup d'argent. Il fallait espérer que le Systembolaget avait une bonne assurance incendie. Si le feu se déclenchait là-dedans, ce serait probablement le plus gros feu d'artifice depuis l'an deux mille.

Le chef de Krister se présenta à Erik, qui eut tout le mal du monde à ne pas sourire en entendant son nom : Viking Strindberg.

Ce nom évoquait un grand et fort gaillard, mais ce Viking Strindberg était en réalité un petit homme frêle, des lunettes rondes posées au bout du nez. C'était le gratte-papier par excellence, qui ne semblait pas du tout à sa place au milieu de toutes ces bouteilles.

Il leur demanda s'ils voulaient un café en leur indiquant un distributeur automatique dans un coin.

Thomas déclina l'offre aussi poliment que possible. La machine à café du Systembolaget rappelait dangereusement celle du commissariat de Nacka. Erik, en revanche, capable de boire de l'huile de vidange si on lui en proposait, n'hésita pas à en prendre une tasse.

Ils suivirent Viking Strindberg dans une salle de réunion tout en longueur située à l'extrémité de l'entrepôt. Au milieu de la pièce, une table ovale était entourée de six chaises bleues. Contre un mur, une longue table étroite où s'alignaient diverses bouteilles de vodka Absolut. Erik et Thomas s'installèrent face à Viking Strindberg.

«Je pensais avoir répondu à toutes vos questions la dernière fois, commença Viking Strindberg en jetant un regard à Thomas.

— Pas complètement, nous en avons encore quelques-unes», répondit Thomas tout en réfléchissant à la manière de formuler sa première question. Autant aller droit au but. «Avez-vous quelque raison de croire que Krister Berggren puisse avoir été mêlé à une forme de criminalité organisée en rapport avec le Systembolaget?

— Absolument pas, répondit-il aussitôt. C'est inimaginable.

— Comment pouvez-vous en être si certain? dit Thomas.

— Si vous aviez rencontré Krister, vous comprendriez. Ce n'était pas son genre. Je ne crois pas qu'il aurait jamais pu se lancer dans une chose pareille. Il ramenait certainement chez lui quelques bouteilles de temps en temps, mais je n'ai jamais vraiment cherché à savoir. Ça n'en valait pas la peine, ajouta-t-il avec un haussement d'épaules.

— Si je travaillais ici, je pourrais certainement être tenté de revendre de l'alcool de mon côté. Ça ne se verrait pas, n'est-ce pas ? dit Thomas en jetant un regard entendu à Erik.

— Nous avons d'excellentes mesures de sécurité, je peux vous l'assurer.

— Vous venez de dire qu'il arrivait parfois à Krister de ramener chez lui des bouteilles : n'est-ce pas le genre de choses que des mesures de sécurité devraient détecter ? » remarqua Thomas.

L'homme en face de lui s'étira le cou et but une gorgée de café. À tout hasard, il en but encore une avant de reposer la tasse. Il ne semblait pas ravi du tour qu'avait pris la conversation.

« Je vous ai déjà parlé de Krister Berggren. Je ne comprends pas ce qu'il y a à ajouter.

— Il y aurait beaucoup à dire, dit Erik. D'après vous, il n'y aurait donc aucun « coulage » ici ?

— Bien sûr que oui il y en a, mais je ne vois pas le rapport avec la mort de Berggren.

— Cela dépend de l'ampleur de ce coulage. »

Thomas se pencha en avant. L'arrogance de ce petit homme l'agaçait. La moindre des choses était qu'il collabore avec la police dans le cadre d'une enquête sur la mort d'un employé.

« J'ai lu que l'an dernier le Systembolaget avait vendu autour de deux cents millions de bouteilles. Voyons voir, dit-il, réfléchissant tout haut. Si je compte bien, un pour cent de ce volume correspond à deux millions de bouteilles. Un demi pour cent en représente déjà un million, et la plupart des entreprises de commerce de détail ont un coulage nettement supérieur. »

Viking Strindberg le fusilla du regard.

« Je ne peux pas vous communiquer exactement à combien s'élève le coulage, ni de quelles sommes il s'agit. C'est confidentiel. Mais je ne pense pas qu'il y ait de quoi fouetter un chat. Vraiment pas. »

Il frappa la table du plat de la main pour donner du poids à ses propos.

Thomas n'était pas impressionné. Il n'y avait pas de donnée confidentielle qui tienne face à une enquête criminelle.

« Rappelez-vous que vous êtes en train de parler à la police. Je repose ma question : avez-vous ou non du coulage ? »

Viking Strindberg ne semblait plus aussi sûr de lui. Il ôta ses lunettes pour aussitôt les remettre, puis il tira nerveusement sur les quelques cheveux gris qui lui restaient sur le crâne.

« Naturellement nous avons un certain coulage, c'est inévitable. Surtout dans notre branche. Mais nous avons d'excellentes procédures pour y faire face.

— Si quelqu'un pouvait vendre cent mille bouteilles sous le manteau, combien gagnerait-il ? »

Erik posa la question comme une simple formalité.

Viking Strindberg tarda à répondre. Il se passa une nouvelle fois la main sur le crâne avant de reprendre la parole.

« C'est difficile à dire, cela dépend de ce qu'on se fait payer. Cela pourrait bien entendu représenter des sommes considérables.

— Assez pour tuer quelqu'un ? » demanda Erik.

Du côté de Viking Strindberg, le malaise semblait patent, comme s'il venait de sentir quelque chose de malodorant, peut-être une crotte de chien, qu'il avait d'abord prise pour autre chose.

«Je ne peux pas vous répondre.» Il regarda nerveusement autour de lui. «Contactez notre service de sécurité si vous voulez aborder ces sujets.»

Erik le poussa encore dans ses retranchements.

«Qui serait intéressé par l'achat d'alcool bon marché?»

Des gouttes de sueur perlaient au front de Viking Strindberg.

«Je ne peux pas être au courant de toutes les combines du secteur de la restauration. À la fin, de toute façon, ils font ce qui leur chante. Ça ne me concerne pas.»

Pour la troisième fois en quelques minutes, il passa la main sur son front gris dégarni.

«Mais quel rapport avec la mort de Berggren? Vous disiez bien qu'il s'était noyé, non?»

Quelques pellicules s'écaillèrent de son crâne et décorèrent joliment le col de sa chemise.

Samedi, troisième semaine

38

« Baisse la musique ! cria Henrik de l'étage.
— Quoi ? lui répondit Nora.
— J'ai dit, baisse la musique ! »
Nora sourit toute seule. Bruce Springsteen résonnait dans toute la maison. Les vitres des voisins devaient certainement trembler. Il fallait bien sûr éviter de passer de la musique aussi fort dans une zone aussi densément lotie, mais aujourd'hui elle n'en avait que faire.

Les régates s'achevaient enfin et c'était une soirée de fête : d'abord remise des prix par le roi Harald de Norvège, qui avait participé aux courses, puis un banquet dans les locaux du club.

Nora porterait une nouvelle robe turquoise et des sandales blanches à talons. Après les horribles événements des derniers jours, elle avait bien besoin de fête et de glamour. Elle attendait avec impatience cette soirée en compagnie de son mari, qui n'avait pas précisément honoré sa famille de sa présence ces derniers temps. Nora ressentait une grande envie de s'amuser, de s'enivrer et d'oublier.

Elle s'était demandé s'il était convenable de se rendre à cette fête vu la situation. C'était aussi visiblement le cas de la direction du club nautique car elle avait entendu des rumeurs selon lesquelles on songeait à annuler l'événement. Mais on avait fini par décider de suivre le programme prévu. De fait, il s'agissait d'un championnat international de voile, dont les participants venaient du monde entier. Avec un peu de chance, tout ce remue-ménage sur l'île était passé inaperçu aux yeux des nombreux étrangers qui ne lisaient pas les journaux locaux, et ne regardaient pas la télévision suédoise.

Nora, quant à elle, voulait vraiment se changer les idées.

Une fois passé le choc de la découverte du cadavre de Jonny, elle avait tout fait pour ne plus y penser. Après avoir dormi presque douze heures d'affilée, elle s'était sentie beaucoup mieux. Une longue promenade en forêt l'avait aidée à se vider la tête. Mais le meilleur remède avait été de jouer au Monopoly avec les garçons, Simon sur ses genoux, et l'obligation de réfléchir pour savoir s'il fallait acheter ou non la rue de la Paix. Une vraie thérapie. Thomas avait soigneusement veillé à ne pas lâcher son nom en pâture aux médias, seules quelques personnes savaient que c'était Nora qui avait trouvé le corps et l'avait ramené à terre. Elle bénissait sa délicatesse et sa capacité à penser à ce genre de choses en situation d'urgence.

Nora alla à la cuisine et ouvrit le réfrigérateur pour se verser un verre de vin avant d'aller se changer. Les garçons devaient dormir chez ses parents, Henrik et elle avaient donc la soirée pour eux.

Depuis l'époque où, enfant, ses parents l'y emmenaient le dimanche, elle avait toujours aimé dîner dans l'ancien bâtiment du club nautique KSSS, dont les murs rappelaient les riches traditions maritimes. De merveilleuses photos anciennes montraient d'élégantes dames en robes de soie se promenant sous des ombrelles en admirant les magnifiques bateaux en bois, considérés en ce temps-là comme les princes des mers.

La différence avec ceux utilisés pour les régates modernes, où il n'y a même pas autant de couchettes que de membres d'équipage, puisqu'ils dorment par roulement, était presque risible.

Jadis, une régate consistait à faire s'affronter des navires qui rivalisaient en vitesse et en beauté. Aujourd'hui, les grandes régates étaient un montage commercial compliqué qui reposait à parts égales sur la technique et le sponsoring. Les locaux du club nautique étaient cependant empreints de l'atmosphère des temps anciens et c'était sans difficulté que l'on imaginait son inauguration en 1897 sous la protection d'Oscar II, avec ses gentlemen à la barbe soignée et ses voiliers en acajou brillant.

Avec les autres convives, Nora et Henrik dîneraient sur la véranda est d'où on avait une vue directe sur la mer. Par temps clair, on voyait jusqu'au phare d'Almagrund, situé à environ dix milles marins au sud-est de Sandhamn.

Toute à sa joie, elle esquissa quelques pas de danse.

Henrik et elle n'étaient pas sortis danser depuis une éternité. Désormais, ils allaient surtout dîner chez d'autres familles, où la conversation roulait toujours autour des enfants, de la fatigue permanente et de la difficulté qu'on avait à trouver le temps de tout faire. Une fois tombés d'accord sur ce point, chacun rentrait chez soi.

Elle prit son verre de vin et monta l'escalier. Allongé sur le lit, Henrik regardait distraitement le sport à la télévision.

«Tu ne devrais pas bientôt te changer?» demanda Nora.

Henrik sourit et lui fit un clin d'œil.

«J'ai une meilleure idée. Viens par ici!»

Nora s'assit au bord du lit.

«Je me demande bien ce que ça peut être! minauda-t-elle.

— Que dirais-tu d'accomplir ton devoir conjugal?

— Est-ce qu'on a le temps?»

Instinctivement elle regarda sa montre. Voilà ce que c'était que d'être une maman. C'était bien vrai: élever des enfants en bas âge était un moyen de contraception très efficace.

«Bien sûr qu'on a le temps…»

Il l'attira doucement à lui.

«Quand on est parents, il faut sauter sur l'occasion quand elle se présente!»

Une de ses mains se glissa sous son T-shirt.

Nora posa son verre de vin et se serra contre lui. Doucement elle embrassa la fossette de sa clavicule et huma son odeur familière. Il n'avait presque aucun poil sur le torse, n'en avait jamais eu. Elle avait coutume de le taquiner en lui disant qu'il était comme David Beckham, le rasoir en moins.

Tout irait bien, songea-t-elle, quoi qu'il advienne de son avenir professionnel.

39

En arrivant au club, ils trouvèrent le grand ponton couvert d'une foule bon enfant. On avait hissé les couleurs et les drapeaux claquaient au vent en haut du grand mât. Des serveurs chargés de plateaux circulaient en proposant du champagne. Tout le monde était sur son trente-et-un, il y avait dans l'air une ambiance électrique.

Plusieurs des régatiers portaient un uniforme de gala qui semblait à Nora tout droit sorti des années 1930. Un jour, Henrik avait parlé à moitié sérieusement de s'en procurer un, mais le commentaire acerbe de Nora sur ce costume de cirque l'avait fait changer d'idée.

La nostalgie, très bien, mais il y avait des limites. Et puis elle trouvait qu'en ce qui concernait le club nautique KSSS et ses traditions, elle avait déjà assez donné. Mais elle le gardait pour elle, bien sûr.

Pour Henrik, qui avait grandi dans une famille d'adeptes de la voile et dont le père avait occupé une position éminente au sein du KSSS, les baisers sur les deux joues, à la française, et la conservation des traditions allaient de soi. Nora, elle, ne s'était jamais vraiment sentie à l'aise dans ce milieu.

Bien sûr, depuis qu'elle était petite, elle avait passé tous les étés sur l'île, mais sa vision de Sandhamn était différente.

Pour Nora, Sandhamn, c'était l'archipel extérieur, la proximité de la mer, un épais silence brisé par les cris des mouettes. On pêchait soi-même son poisson et on allait sous les pins cueillir des myrtilles. Les beaux jours, on descendait goûter sur la plage. Le soir, on allumait un barbecue près du ponton. C'était cette vie simple que Nora aimait, le calme, la paix. Les enfants pouvaient courir librement sans qu'on s'inquiète de la circulation. Tout le monde se connaissait. Une ambiance de village devenue rare de nos jours.

Au fond, elle regrettait un peu l'évolution qui avait conduit à associer l'île aux voiliers de luxe et aux célébrités qu'ils traînaient dans leur sillage.

En même temps, cela contribuait à garder l'île vivante. Bien trop d'îles s'étaient déjà dépeuplées et il était très difficile de trouver une activité, aussi loin dans l'archipel. Les régates et autres événements de prestige faisaient exister Sandhamn sur la carte et assuraient des emplois toute l'année durant.

Il fallait voir le bon côté des choses.

Comme Henrik adorait la voile et se sentait comme chez lui au sein du KSSS, la messe était dite. Elle-même ne pouvait pas s'imaginer passer l'été ailleurs qu'à Sandhamn, alors de quoi se plaignait-elle ?

Sur une table s'alignaient des coupes d'argent de différentes tailles et des bouteilles de champagne. Quelques paparazzis rôdaient, en quête de vedettes.

Henrik aperçut les autres membres de son équipage et guida d'une main sûre Nora à travers la foule. Il attrapa en passant deux flûtes de champagne, sans ralentir l'allure.

Nora salua gaiement les autres navigateurs et leurs épouses respectives. Elle avait déjà eu l'occasion de rencontrer ces femmes, mais elles n'étaient pas du tout aussi proches que leurs maris entre eux. La plupart ne travaillaient pas, ou à temps partiel dans une boutique de décoration intérieure ou autres emplois *convenables* du même genre.

Nora, qui s'évertuait à concilier son plein-temps de juriste à la banque et son rôle de mère de famille, se sentait toujours comme le vilain petit canard. Elle y réfléchissait à deux fois avant de mentionner à quoi elle occupait ses journées. Après avoir écouté une de ces femmes raconter quel doigté il fallait pour convaincre un client difficile de choisir tel ou tel tissu pour son canapé, le contraste aurait été assez considérable si elle s'était mise à évoquer les négociations qu'elle menait, portant sur des prêts de plusieurs dizaines de millions de couronnes.

Elle avait toujours l'impression que les autres désapprouvaient en cachette son ambition de faire carrière.

Ils prirent place à table. Nora se sentait affamée. Elle avala en quelques bouchées le toast aux œufs de lompe, bien trop petit à son goût, tout en essayant de faire la conversation à Johan Wrede, assis à côté d'elle.

Johan et Henrik avaient fait médecine ensemble et leurs familles se connaissaient de longue date. À leur mariage, Johan avait fait un long et ennuyeux discours évoquant par le menu tous les incidents de voile qu'ils avaient vécus ensemble, ce qui n'intéressait personne d'autre.

« Et comment vont les enfants ? demanda Johan tout en levant son verre.

— Très bien, merci, répondit Nora en hochant poliment la tête en réponse au toast de son voisin de table. Ils adorent passer l'été à Sandhamn.

— Ils ont beaucoup de camarades ? continua Johan, qui avait des enfants plus jeunes, une fille de trois ans et un petit garçon de neuf mois.

— Plein. L'île grouille d'enfants. On ne manque jamais de camarades de jeux, ici.

— J'ai l'impression qu'un certain nombre de nouvelles familles sont venues passer l'été sur l'île. Il y a eu beaucoup de maisons à vendre ces derniers temps, n'est-ce pas ?»

Nora ne put que confirmer.

La flambée des prix de ces dernières années, alliée aux taux d'intérêt très bas, avait fait monter la valeur des biens immobiliers avec vue sur la mer à des niveaux astronomiques. Résultat, lors des successions, beaucoup de frères et sœurs n'avaient plus les moyens de s'assurer mutuellement des compensations financières en cas de partage et se voyaient forcés de vendre, offrant encore davantage de maisons en pâture à la meute des spéculateurs.

Souvent, les acheteurs étaient des Suédois fortunés vivant à l'étranger et ne passant que quelques semaines l'été sur l'île. Le reste de l'année, leurs maisons restaient vides, contribuant à l'ambiance sinistre qui s'emparait l'hiver de la petite communauté.

«C'est vrai. Plusieurs des vieilles maisons transmises depuis des générations se sont vendues ces derniers temps. C'est assez triste», commenta Nora.

Johan la regarda avec curiosité.

«On n'est pas monté jusqu'à six ou sept millions l'été dernier?» Il siffla, impressionné. «Pour une maison de vacances!»

Nora fit la grimace en hochant la tête.

«Si. Et une autre maison, en plein village, est partie pour presque autant. Quand on y pense, ça ne rime à rien.»

Elle embrocha un morceau de filet de bœuf sur sa fourchette et continua.

«Cette tendance est désastreuse. Bientôt, les gens normaux ne pourront plus du tout habiter ici.»

Johan tendit son verre à une serveuse pour le faire remplir.

«Et à quoi ressemblent-ils donc, ces gens qui dépensent tous ces millions pour une maison?»

Nora réfléchit un moment. Elle passa en revue les familles installées à Sandhamn ces dernières années.

«Eh bien, ils sont comme tout le monde. Mais avec plus d'argent. Certains essaient tant bien que mal de s'intégrer, d'autres n'ont aucun sentiment d'appartenance à la communauté. Certaines familles consacrent des sommes considérables à restaurer et rénover dans les règles de l'art. D'autres gâchent leurs maisons en voulant frimer et les adapter à la dernière mode. Ou construisent d'horribles annexes complètement à côté de la plaque.»

Elle se tut en songeant à une maison particulièrement décrépite.

«Certaines demeures ont été particulièrement bien arrangées, il faut le reconnaître. Dans ce cas, c'est une sorte d'œuvre culturelle.

— Si on a les moyens de payer ces sommes-là pour une résidence secondaire, on peut bien en faire ce qu'on veut», dit Johan.

Nora secoua la tête avec vigueur. Elle n'était pas du tout d'accord.

«Si on vient s'installer dans un endroit comme Sandhamn, il faut s'adapter et suivre les règles tacites. Par exemple, la tradition veut qu'on puisse toujours faire librement le tour de l'île. On ne peut donc pas débarquer et poser une clôture jusqu'à la mer, même si on vient d'acquérir un terrain côtier. Si on n'apprécie pas les usages locaux, on n'a qu'à prendre ses millions et s'acheter une île entière. Certains en ont visiblement les moyens.»

Elle avait pris un ton plus acerbe qu'elle n'aurait souhaité, mais elle ne pouvait vraiment pas refréner sa frustration devant le tour que prenaient les choses et la désinvolture avec laquelle beaucoup des nouveaux propriétaires traitaient les insulaires et ceux qui résidaient là l'été depuis des années.

Du jour au lendemain, des choses comme le droit de pêcher, chasser ou voter au sein de la communauté avaient commencé à se négocier. Ce qui allait de soi dans l'existence sur l'île de Sandhamn se voyait d'un coup évalué et affublé d'un prix.

Cela donnait à Nora l'impression désagréable que tout était à vendre. Pour la meute des spéculateurs, tout pouvait s'acheter ou se vendre.

Mais à quoi bon gâcher une aussi belle soirée à s'indigner? Elle s'empressa de porter un toast et de changer de sujet.

«Je lève mon verre à vos succès!» lança-t-elle en souriant.

Comme d'habitude, il se mit à faire très chaud au moment du plat de résistance. Le vénérable club n'avait pas d'air conditionné digne de ce nom. Les serveurs couraient d'une table à l'autre malgré la température qui avoisinait les trente degrés, et les messieurs avaient depuis longtemps tombé la veste.

Les rires et les conversations allaient bon train. L'ambiance était excellente.

Personne ne disait mot des morts récentes survenues à Sandhamn.

40

Après le dîner commença le bal. C'était le même groupe qui jouait au *Restaurant des Marins* depuis dix-huit ans. Au début, Nora était encore adolescente et les musiciens à peine plus âgés. À l'époque, le guitariste lui semblait le garçon le plus mignon de la planète.

Ça lui avait passé.

Henrik invita Nora à danser sur la mélodie de «*Lady in Red*». Elle avait toujours trouvé qu'ils dansaient bien ensemble. Ils avaient tous deux le sens du rythme. Tout irait beaucoup mieux à présent. Cette histoire de poste à Malmö s'arrangerait aussi, certainement. Si tout se combinait comme il fallait. Elle caressa le dos de Henrik en respirant son odeur. Elle ne se rappelait jamais le nom de son aftershave, mais elle l'aurait reconnu à des kilomètres. Les yeux clos, elle s'abandonna à la musique, jouissant de sentir la mélodie s'emparer de son corps.

Après une deuxième danse, ils sortirent sur la véranda prendre l'air et se rafraîchir.

L'air était doux. Les silhouettes de centaines de mâts se découpaient sur le bleu sombre du ciel. Quelques voiliers battaient encore pavillon, malgré l'ancien usage de ramener les couleurs à neuf heures tous les soirs d'été. Beaucoup de plaisanciers profitaient de la soirée à bord de leurs voiliers.

Plus loin, du côté des piscines, on apercevait des bateaux à moteur, dont les propriétaires s'étaient rassemblés pour faire la fête ce samedi soir, sans se soucier des événements dramatiques des dernières semaines.

Le long du ponton Viamare mouillaient côte à côte les plus gros yachts, le *Storebro* et le *Princess*. La frontière entre bateau et palace flottant était ténue. Certains bâtiments étaient si énormes qu'ils ne pouvaient accoster qu'à Sandhamn et Högböte, le port d'attache du Yachting Club Royal KMK.

Un jour, Nora avait demandé à un coéquipier de Henrik ce qu'un yacht comme le *Storebro* pouvait coûter. Il l'avait regardée d'un air ironique : « Demande déjà combien coûte un plein de carburant ! »

Après ça, elle n'avait plus posé de questions.

Henrik tira Nora de ses réflexions.

« Alors, tu as passé une bonne soirée ? »

Il la prit par l'épaule en la voyant frissonner dans la brise du soir.

« Pas mauvaise. Johan est de bonne compagnie, même si sa description des caractéristiques techniques de votre nouvelle grand-voile a occupé une partie du dîner. » Nora le regarda gaiement. « Mais c'est agréable de passer une soirée ensemble, pour changer. Ça me manquait. »

Elle se serra contre lui et lui caressa la joue.

« Tu as pu réfléchir à notre déménagement à Malmö ? Tout ça est très excitant, tu ne trouves pas ? Ce serait vraiment une grande chance pour moi. »

La fierté de s'être vu proposer le poste lui faisait chaud au cœur. Elle sourit, sans quitter son mari des yeux.

Henrik la regarda, interloqué.

« Je pensais que la discussion était close. On ne peut quand même pas déménager tous à Malmö juste parce qu'on te propose un travail là-bas. »

Nora le regarda, stupéfaite.

«Comment ça? Pourquoi ne pourrions-nous pas déménager à Malmö juste parce qu'on me propose un travail là-bas?

— Mais je ne peux pas et ne veux pas déménager. Je me plais beaucoup à l'hôpital de Danderyd. Je n'ai aucune envie de recommencer à zéro.»

Il se détourna à demi pour saluer une connaissance qui passait.

«Et si on rentrait? Les autres vont se demander où nous sommes passés.»

Nora était complètement décontenancée.

Elle se dégagea d'un geste furieux. Finie, la bonne ambiance. Tout à coup, la fête et tous ces gens qui riaient et dansaient lui semblèrent à des années-lumière.

«Comment peux-tu dire que la discussion est close? Nous n'en avons pas encore parlé sérieusement. As-tu seulement entendu ce que j'ai essayé de te dire? demanda-t-elle en s'étonnant que sa voix tremble autant. Je croyais que nous vivions une relation moderne, un mariage équitable, comme on dit, où le travail de chacun est important, pas seulement le tien.

— Calme-toi, dit Henrik. Ce n'est pas si grave. Je voulais juste dire qu'il fallait être un peu réaliste. C'est tout de même moi qui gagne le plus dans cette famille. Nous avons nos parents et amis à Stockholm. Et puis mon voilier est ici.»

Il recula d'un pas et la regarda.

«Pas besoin de faire une scène dès que je ne suis pas d'accord avec toi.»

Henrik avait pris son ton clinique de médecin. Sa voix était froide et distanciée, et il la traitait comme un petit enfant.

«Je ne fais pas de scène.»

Nora cligna de l'œil pour chasser une larme qui pointait et fut d'autant plus furieuse d'avoir commencé à pleurer. L'injustice l'étouffait.

Elle déglutit, à la fois pour faire passer la boule qui lui nouait la gorge et pour empêcher ses larmes de couler.

Henrik la regarda, impassible. Il fit quelques pas vers l'entrée.

«Oh si, tu en fais une. Ressaisis-toi, que nous puissions rentrer.»

Il fit encore un pas vers la porte.

Nora serra les poings, folle de colère. Chaque fois que Henrik devait participer à une compétition, la chose allait de soi. Ses courses et entraînements occupaient déjà une bonne partie des week-ends au printemps et à l'automne, et les vacances d'été se pliaient entièrement au calendrier de ses régates.

Mais dès que son travail se retrouvait un peu sous les feux de la rampe, c'était elle qui faisait une scène.

Henrik s'adossa impatiemment au cadre de la porte.

«Allez, quoi… Tu ne peux quand même pas gâcher une soirée comme celle-ci? On ne pourrait pas rentrer et passer un bon moment? C'est trop demander?»

Nora le dévisagea.

«Oui, lâcha-t-elle, furieuse. C'est trop demander.»

Elle essuya rageusement une nouvelle larme.

«Je rentre à la maison. Pour moi, ce dîner est fini.»

Nora descendit les marches à petites foulées. Henrik pouvait bien raconter ce qu'il voulait à ses amis, elle s'en fichait.

La semaine avait été épouvantable. C'était peut-être normal qu'elle s'achève par une soirée épouvantable.

Dimanche, troisième semaine

41

Sa tentative pour se changer les idées sur l'île de Harö n'avait pas été un franc succès.

À son arrivée dans l'après-midi du samedi, l'adrénaline l'avait empêché de se détendre. Thomas était parti faire un grand jogging qui s'était terminé en baignade rafraîchissante au pied du ponton.

Le soir venu, il s'était couché tôt pour récupérer le retard de sommeil accumulé au cours de la semaine. En vain. Impossible d'arrêter de ressasser. Fragments de conversations avec des témoins potentiels, procès-verbaux et images sans suite des victimes virevoltaient sans fin dans sa tête.

Vers deux heures du matin, il avait renoncé et était descendu s'asseoir avec une bière sur le ponton.

Le soleil commençait déjà à se lever, quelques heures seulement après avoir disparu sous l'horizon.

Thomas avait réfléchi aux trois morts qu'il avait sur les bras, avant de s'assoupir dans sa chaise longue. Sa mère l'avait réveillé en descendant pour son bain matinal.

« Mais qu'est-ce que tu fais ici, Thomas ? » s'était-elle étonnée.

Thomas avait levé les yeux, à moitié endormi.

«J'avais du mal à m'endormir, alors je suis venu m'asseoir ici cette nuit.»

Il s'était redressé sur la chaise longue, en passant machinalement la main dans ses cheveux. Il avait ensuite étiré son dos courbaturé.

C'était un beau matin calme avec de légères rides à la surface de l'eau. Une famille d'eiders avec trois petits arrivait de derrière le ponton. Une des petites boules de duvet avait failli rester coincée dans des algues jaunes flottant à la surface de l'eau.

Sa mère avait secoué la tête, l'air inquiet.

«Il faut que tu te reposes un peu. Tu dors mal et tu manges mal, si tu me permets de te dire ce que je pense. Maintenant, je compte bien te préparer un solide petit déjeuner, dès que j'aurai pris mon bain.»

Thomas lui sourit chaleureusement. Il savait que ses parents se faisaient du souci pour lui. Ils avaient très mal vécu la mort d'Emily. Ils avaient tant attendu leur premier petit-enfant, ce qui s'était passé les avait démolis.

Il réalisa soudain qu'ils avaient tous deux plus de soixante-dix ans. Avoir ses deux parents en vie et en bonne santé n'avait plus rien d'une évidence.

Il se leva et prit sa mère dans ses bras. Elle lui parut si petite et fragile.

«Un morceau à manger, ce serait royal. J'ai vraiment une faim de loup.»

Après le déjeuner, il abandonna toute tentative pour se changer les idées.

Il sortit son ordinateur et se connecta. Étala tous les actes et procès-verbaux sur la table de la cuisine. Les indications recueillies auprès de la population, les rapports reçus au cours de la semaine. Lentement, méthodiquement, il relut tout.

Il s'avérait que rares étaient ceux qui avaient remarqué la visite de Kicki Berggren à Sandhamn. Dans la foule des estivants, des navigateurs et des touristes, peu avaient fait attention à une femme seule de cinquante ans.

Ils avaient eu beau frapper à toutes les portes, plutôt deux fois qu'une, cela n'avait rien donné de valable. Thomas se frotta les yeux en bâillant. La seule chose intéressante était un témoignage recueilli par Erik. La veille, il avait parlé avec une dame qui habitait la partie ancienne du village. Elle pensait se souvenir avoir vu Kicki Berggren passer devant la boulangerie en direction de Fläskberget, c'est-à-dire vers l'ouest. La femme l'avait remarquée à cause de ses talons hauts. Marcher dans le sable avec des chaussures pareilles semblait assez problématique.

«Mieux vaut en porter des comme ça», avait pontifié la vieille dame en montrant ses tennis blanches soigneusement lacées.

Selon le rapport, Kicki Berggren regardait autour d'elle comme si elle ne savait pas bien où elle allait. Toute son attitude indiquait qu'elle cherchait son chemin.

La dame avait aussi remarqué que Kicki avait parlé avec quelqu'un, sans pouvoir se rappeler qui. Elle était absolument incapable de dire quoi que ce soit de cette personne. Elle ne se rappelait même pas si c'était un homme ou une femme, et encore moins son âge ou son apparence. Juste que Kicki semblait lui avoir posé des questions.

«Désolée, mais ça s'est passé si vite. Je l'ai juste vue du coin de l'œil. J'étais surtout occupée à me demander comment elle arrivait à marcher avec des chaussures pareilles, vous comprenez ? » avait-elle expliqué quand Erik avait essayé de lui faire se rappeler d'autres détails.

Thomas se leva de son ordinateur et alla se préparer un café à la cuisine. Deux cuillerées de café en poudre dans de l'eau chaude, deux sucres et un peu de lait. Il remua pensivement tandis que le sucre se dissolvait. Puis il ouvrit le placard pour voir s'il y avait quelque chose à grignoter avec le café. Les étagères n'offraient pas grand-chose, mais il finit par dégoter dans un coin un vieux paquet ouvert de biscuits fourrés.

Sa tasse à la main, il revint s'asseoir devant l'ordinateur avec les biscuits. Il relut le rapport d'Erik et se mit à réfléchir.

Si Kicki Berggren venait voir quelqu'un sans savoir où cette personne habitait, il était logique qu'elle demande son chemin. La boulangerie était un lieu de réunion naturel à Sandhamn. Tous ceux qui résidaient sur l'île s'y rendaient régulièrement.

La dame avait vu Kicki Berggren dans l'après-midi du vendredi. À supposer qu'elle soit venue voir un résident de l'île, c'est aussi à un résident qu'elle avait demandé son chemin. Un plaisancier ou un touriste aurait été incapable de la renseigner. Il devait donc exister quelqu'un qui avait parlé avec Kicki Berggren et savait ce qu'elle avait demandé.

Malheureusement, ils n'avaient pas pu jusqu'à présent retrouver cet inconnu. Personne ne s'était non plus manifesté spontanément.

Thomas savait aussi qu'il ou elle ne se trouvait pas forcément encore sur l'île. Beaucoup d'estivants se partageaient une ancienne maison de famille et ne passaient donc que quelques semaines de leurs vacances à Sandhamn. Si cette mystérieuse personne avait entre-temps quitté l'île pour une autre région ou peut-être même l'étranger, cela pouvait expliquer qu'ils ne l'aient pas encore retrouvée. Elle pouvait aussi tout simplement ne pas avoir compris que c'était avec Kicki Berggren qu'elle avait parlé avant son assassinat et que cela pouvait intéresser la police. Dans ce cas, leurs chances de l'identifier étaient minimes.

Thomas finit son café. Kicki cherchait à se rendre chez quelqu'un. S'ils parvenaient à savoir qui, ce serait une pièce importante du puzzle.

Il décida de placer Erik toute la journée suivante devant la boulangerie avec la photo de Kicki Berggren. Il aurait pour mission de demander systématiquement à tous les clients s'ils l'avaient vue ou lui avaient parlé une semaine plus tôt.

Il fallait en outre retourner voir le personnel de la boulangerie. Il n'était pas du tout certain que les filles interrogées par la police étaient les mêmes que lors du passage de Kicki Berggren. Une année, Thomas avait eu un job d'été d'assistant boulanger, et il se souvenait que les filles qui servaient en boutique se relayaient assez souvent.

Il ferma les yeux en s'imaginant devant la boulangerie. Si, de là, on se dirigeait vers l'ouest, où arrivait-on ?

Il visualisa la petite rue qui passait devant le bâtiment rouge de la boulangerie. Elle conduisait à l'un des plus vieux bâtiments de Sandhamn, une maisonnette du XVIIIe siècle, où avait jadis vécu une certaine C.J. Sjöblom. Le nom était gravé sur un rocher, devant le perron. D'après ce qu'on savait, la vieille femme qui vivait là subsistait en travaillant comme blanchisseuse.

La seule idée de rincer des vêtements l'hiver dans l'eau glacée de Sandhamn donnait des frissons à Thomas.

Il poursuivit sa promenade imaginaire.

Si l'on continuait dans la même direction, on arrivait à une petite proéminence rocheuse très appréciée pour ses pentes lisses en forme de toboggan où les enfants de tous âges venaient user leurs fonds de culottes.

On passait ensuite devant une série de maisons anciennes, puis on avait, au nord, le vieux port, suivi de Kvarnberget.

On arrivait alors à Fläskberget, une adorable plage de sable, préférée par beaucoup de familles à celle de Trouville, qui grouillait si souvent de touristes.

Après la plage venait la pointe ouest de l'île, Västerudd, couverte de pins et de myrtilles, avec çà et là quelques maisons éparses. C'était là, sur la plage entre Koberget et Västerudd, qu'avait été retrouvé le corps de Krister Berggren, juste à côté de la maison des Åkermark. Une étendue de sable sans aucune autre construction.

Thomas réalisa que s'il s'avérait que Kicki se rendait vers la pointe ouest de l'île, on pouvait exclure toute la zone de Trouville. Le périmètre des recherches se réduisait significativement.

Une perspective encourageante qui était la bienvenue. Il décida, pour le lendemain, de se concentrer sur la zone comprise entre la boulangerie et Västerudd. On pouvait espérer localiser quelqu'un qui aurait vu une femme blonde, avec des chaussures à talons, en route vers un but pour le moment inconnu.

Thomas s'étira. À présent, il avait bien mérité sa bière sur le ponton. Il avait au moins l'impression d'avoir un peu avancé.

42

«Quand est-ce qu'on y va, maman?»

Simon donna une petite tape sur le bras de Nora et l'embrassa sur la joue.

Nora ouvrit l'œil, mal réveillée. Le réveil digital n'affichait que sept heures vingt. Bien trop tôt pour se lever, de son point de vue en tout cas.

«Où ça, mon chéri?

— Sur Alskär. On doit y aller aujourd'hui avec la famille de Fabian. Tu l'as dit hier.»

Nora étouffa un soupir.

Elle avait complètement oublié sa promesse d'emmener les enfants sur l'îlot situé au nord-est de Sandhamn, à dix minutes en bateau.

Sur Alskär, on trouvait une petite plage de sable, avec une minuscule île juste en face, où l'on pouvait se rendre à gué. Les enfants adoraient franchir ce détroit miniature.

La veille, dans l'après-midi, quand elle était de si bonne humeur, elle avait convenu avec Eva Lenander de passer ensemble le dimanche sur Alskär. Eva était la maman de Fabian, le meilleur copain de Simon à Sandhamn, qui habitait à quelques minutes seulement de chez eux.

Une agréable excursion avec pique-nique sur la plage. Aujourd'hui, cela ne lui disait plus trop.

Elle tourna la tête et vit Henrik, toujours endormi.

La veille, elle était rentrée déçue et en colère. Henrik n'avait pas tardé, mais elle avait fait semblant de dormir. Elle n'avait pas la moindre envie de lui parler.

Elle était tellement retournée.

Cette excursion avec la famille de Fabian les empêcherait de vider l'abcès au sujet de leur dispute de la veille. Ils seraient forcés de faire bonne figure, comme si tout allait bien. Cela ne lui semblait pas une bonne chose.

«Allez, maman, réponds, quand est-ce qu'on y va?

— Mon chéri, tu as vu l'heure? Essaie de dormir encore un peu dans mon lit. Il est beaucoup trop tôt.»

Nora tira Simon à elle et le borda sous la couette. Elle sentit arriver un mal de crâne rampant, dont elle ne savait trop s'il fallait l'attribuer au manque de sommeil ou à la colère.

«Allez, juste un petit moment», tenta-t-elle.

Nora ferma les yeux et tenta de se rendormir. Facile à dire.

Simon, parfaitement réveillé, ne tenait pas en place. Quand il ne lui donnait pas des coups de pied dans les reins, il lui enfonçait sa petite tête dans les côtes. Un peu avant huit heures, elle renonça.

«Allez, viens. On s'habille pour aller à vélo chercher du pain frais pour le petit déjeuner.»

À la boulangerie, une bonne odeur de pain et de brioche chaude les accueillit. Quelques autres clients matinaux s'attroupaient en attendant l'ouverture. Nora bavarda avec plusieurs connaissances en attendant son tour.

Elle acheta des petits pains tout chauds et une miche du marin. Simon put choisir lui-même les brioches pour l'excursion : deux torsades à la cardamome et deux viennoiseries croustillantes fourrées avec beaucoup de crème pâtissière jaune.

Simon sur son porte-bagages, elle poussa jusqu'au kiosque pour acheter le journal du matin.

C'était désert de ce côté, il y avait juste un chien qui courait dans tous les sens queue au vent, ignorant les ordres de son maître. Dans le ciel tournaient des mouettes affamées en quête de quelque détritus dont se repaître.

«Bonjour.»

Nora salua la fille du kiosque, dont elle connaissait la famille depuis qu'elle était petite.

«Peut-on avoir un journal bien frais?» Elle passa l'argent par le guichet.

Un sourire dubitatif lui répondit.

«Ça devrait être possible. Si on tient à lire les journaux. C'est fou tout ce qu'ils peuvent trouver à raconter sur ces meurtres à Sandhamn. Et on ne sait pas ce que nous mijotent les journaux du soir. On verra après déjeuner.»

Nora prit son journal et le glissa sous son bras.

«Ces trois décès ont-ils affecté le commerce?

— Assez nettement hélas. Normalement, à cette époque de l'année, il y a la queue, l'après-midi. Mais en ce moment, c'est tranquille, et ça ne va pas s'arranger avec la fin des régates. J'espère que la police arrêtera bientôt le coupable. Sinon les entreprises vont avoir du mal, par ici. C'est qu'on compte sur la haute saison pour joindre les deux bouts.»

Nora resta un moment à bavarder. Puis elle réinstalla Simon sur le porte-bagages et retourna à la maison. Elle espérait que Henrik dormirait encore. Elle aurait presque aimé qu'il soit parti en régate. Il fallait qu'elle réfléchisse bien à la situation avant de lui reparler.

Aussitôt le petit déjeuner débarrassé, Nora commença à préparer ce qu'il fallait emporter.

Ce n'était pas qu'un petit sac ! Quatre draps de bain, un plaid, une montagne de jouets multicolores, un grand panier avec des sandwiches, des brioches, la Thermos de café et la gourde de sirop. Au dernier moment, elle pensa à ajouter un rouleau de papier toilette, c'était toujours utile. De la crème solaire, quatre gilets de sauvetage, elle était fin prête.

Le téléphone sonna.

Elle attrapa le combiné sans fil.

« Nora, mon petit. » La voix perçante de sa belle-mère emplit l'écouteur. Nora se figea. Le ton dominateur de Monica Linde suffisait à l'emplir de dégoût.

« Nora, je veux parler à Henrik. Vous allez prendre les enfants et venir immédiatement sur Ingarö. J'ai déjà préparé l'annexe. Vous ne pouvez pas rester sur cette île avec un assassin en liberté. »

Nora poussa un profond soupir et se fit violence pour ne pas perdre son calme. Elle préférait encore rester à Sandhamn avec dix assassins aux trousses plutôt que de passer une seule nuit chez Monica Linde dans leur maison de campagne sur l'île d'Ingarö.

Y fêter tous les ans Noël avec le clan Linde suffisait amplement. Monica régnait alors sur son petit monde tandis que Nora serrait les dents à s'en faire mal aux mâchoires. Comme d'habitude, Henrik ne se rendait compte de rien. Chez ses parents, il se transformait en ado gâté qui laissait tout faire à maman. Pendant ce temps, Nora courait partout pour tenir les garçons et mettre de son mieux la main à la pâte. Son beau-père avait l'habitude de se retrancher au sauna avec un énorme grog, mais elle ne pouvait pas s'offrir ce luxe.

« Désolée, Monica, Henrik est déjà descendu au ponton. Nous sommes sur le départ. Je lui dirai de rappeler à notre retour. »

Elle raccrocha assez vite malgré les protestations de Monica. Henrik était effectivement descendu préparer le bateau et vérifier qu'il y avait assez d'essence : au moins, elle n'avait pas menti à sa belle-mère.

Nora enfila son gilet de sauvetage et verrouilla la maison. D'habitude, elle ne fermait jamais. Au contraire, elle laissait toujours ouverte la porte de la véranda, à la fois pour aérer et indiquer qu'ils étaient là. Mais elle trouvait désormais cela trop risqué, surtout s'ils devaient s'absenter toute la journée.

Comme elle passait devant chez Signe, un visage familier se pointa à la fenêtre de la cuisine.

« Vous sortez en mer ?

— Ça en a tout l'air », répondit gaiement Nora. Elle aimait vraiment beaucoup sa si gentille voisine. « On va sur Alskär. Les garçons adorent. On sera avec les Lenander, tu sais, les parents de Fabian.

— Vous faites bien. C'est une excursion formidable. »

Nora sourit à Signe. La perspective du tour en bateau suffisait à la mettre de meilleure humeur.

« Prends ça pour les enfants. »

Signe lui passa par la fenêtre un sachet de cakes à la framboise.

« Je sais qu'ils les adorent et je suppose que Henrik et toi pourrez leur en extorquer quelques-uns.

— Comme c'est gentil. Merci beaucoup. »

Nora fourra les gâteaux dans son sac puis remercia Signe en agitant la main avant de repartir vers le ponton.

Henrik avait déjà largué les amarres et les garçons s'étaient installés à l'avant. Comme d'habitude, Adam avait insisté pour qu'on le laisse conduire le bateau, et on lui avait promis qu'il le pourrait, dès qu'on serait sorti du port.

Nora s'assit au milieu, à bonne distance de Henrik.

Toute la matinée, ils s'en étaient tenus à un ton neutre et poli, ne parlant que de choses pratiques. Aucun des deux n'avait abordé la dispute de la veille. Heureusement, les enfants avaient sauté dans tous les sens, excités par l'excursion, et il n'avait pas été difficile de se cacher derrière leur babillage.

Arrivés à destination, ils trouvèrent la famille Lenander déjà sur place. Ils manœuvrèrent dans le port naturel d'Alskär pour trouver le bon rocher où s'amarrer. On évitait de remonter les bateaux sur le sable pour ne pas bloquer la petite plage où les enfants construisaient des châteaux de sable.

Après le pique-nique, Nora alla se promener avec Eva. De l'autre côté de l'îlot, on trouvait des rochers parfaitement plats, si polis par le vent qu'on avait l'impression de tapoter des fesses d'enfant en passant la main sur la pierre chauffée au soleil.

Nora et Eva s'assirent là un moment.

L'endroit était très beau. Au loin, on apercevait la tour de Korsö et, à l'horizon, quantité de voiliers. Le ciel était bleu roi, avec ici et là quelques nuages, comme un très fin coton étendu au firmament. Une mouette plongea, en quête de nourriture.

« Et toi, comment tu vas ? » demanda Eva, qui était devenue une amie proche ces dernières années. Nora la voyait presque tous les jours, Fabian et Simon fréquentant le même cours de natation. Eva était une de ces personnes rares qui se soucient vraiment des autres et sont toujours de bonne humeur.

Nora croisa le regard préoccupé d'Eva. Elle avait bien remarqué son air inhabituellement éteint.

« Ça pourrait aller mieux. Comme semaine, ce n'était pas formidable, non ? dit tout bas Nora.

— Vous avez passé une bonne soirée, hier ? »

Nora fit la grimace.

« Pas vraiment. On s'est sérieusement pris la tête avec cette histoire de poste à Malmö, tu sais.

— Tu veux en parler ? »

Eva l'encouragea d'une tape sur l'épaule.

Nora ramena ses jambes sous son menton. Elle réfléchit un moment avant de répondre.

« Henrik ne comprend pas que je puisse avoir envie de travailler à Malmö. Il ne se donne même pas la peine de m'écouter. Il ne veut pas entendre parler de quitter Stockholm, il trouve que nous sommes très bien comme ça. »

Distraitement, elle ramassa un caillou qu'elle lança : il fit un, deux, trois ricochets avant de couler. Elle en trouva un autre plus plat et réessaya. Cette fois, elle en compta quatre. Son record personnel était sept ricochets, mais c'était quinze, voire vingt ans plus tôt.

« C'est comme s'il n'y avait que son travail qui comptait.

— Mais vous êtes assez bien, non ? hasarda Eva.

— Ce n'est pas la question, répliqua Nora. Bien sûr, on est assez bien, mais on devrait au moins pouvoir en discuter avant qu'il rejette tout en bloc. Comment crois-tu que ça se serait passé si c'était à lui qu'on avait proposé un poste intéressant à l'hôpital Sahlgrenska à Göteborg?»

Elle ramassa aussitôt un nouveau caillou qu'elle jeta rageusement. Il coula aussitôt.

«La seule idée de retourner après les vacances travailler avec Ragnar me rend malade. Ce type est un idiot», siffla Nora.

Elle se passa la main dans les cheveux d'un geste furieux.

«Et moi, je serais une idiote de ne pas partir. Surtout avec une telle proposition de la banque.»

Eva lui donna une nouvelle tape sur l'épaule en signe de sympathie. Puis elle rajusta une bretelle de son maillot de bain rouge et se coucha sur le ventre sur la pierre chaude.

«Tu n'as pas eu une semaine facile, dis donc. Au fait, où en est l'enquête? Thomas t'a dit quelque chose?»

Nora secoua la tête.

«Je ne lui ai pas reparlé, juste envoyé quelques SMS. Il est tellement occupé. Il m'a averti qu'il viendrait sur Harö ce week-end, surtout pour dormir, je pense. Il se tue au travail. La dernière fois que je l'ai vu, il avait vraiment mauvaise mine.

— Il y a quelque chose dont je voulais lui parler. Enfin, je crois.»

Nora regarda avec curiosité Eva, qui fronça les sourcils en se mordant pensivement l'ongle du pouce.

«Qu'est-ce que tu veux dire?

— Dimanche dernier, nous avions une famille d'amis de Stockholm en visite. Malin, la mère, m'a téléphoné hier soir pour me remercier de l'invitation.»

Elle se tut, hésitante. Puis reprit.

«Malin était presque certaine d'avoir voyagé à quelques places de Jonny Almhult dans le bateau du retour.»

Nora se redressa pour mieux voir Eva malgré la violente lumière du soleil.

«Elle en est sûre?

— Elle a dit qu'elle s'en souvient parce qu'il ne sentait vraiment pas bon, il puait la vieille cuite, en gros. Ils n'étaient assis qu'à quelques mètres. Sa grande fille a demandé tout haut pourquoi le monsieur sentait aussi mauvais. Tu sais comment sont les enfants…

— Continue.»

Nora était toute ouïe.

«C'est tout. Ensuite ils sont descendus du bateau, et elle n'y a plus repensé jusqu'à ce qu'on retrouve son corps et que sa photo soit dans le journal. C'est alors qu'elle a compris à côté de qui elle avait fait le voyage.»

Elle se tut un instant et jeta vers Nora un regard inquiet.

«Elle a prévenu la police?

— Je ne crois pas. Tu penses que je devrais en parler à Thomas?

— Absolument, dit Nora. Bien sûr, qu'il faut l'en informer. Thomas m'a dit que tout renseignement était important. Tu sais, ils essaient de savoir où se trouvait Jonny avant sa mort. Ton amie a-t-elle vu vers où il se dirigeait, une fois débarqué à Stockholm?

— Je ne sais pas. Je n'ai pas pensé à lui demander», dit Eva.

Nora se leva d'un bond.

«Viens, rentrons. Il faut que j'appelle Thomas.»

Lundi, quatrième semaine

43

Margit était revenue, laissant sa famille sur la côte ouest. D'humeur exécrable, elle avait parcouru l'ensemble du dossier rassemblé sur son bureau. Tous ses espoirs de vacances s'étaient envolés. Le fait que ses filles ados n'avaient pas tardé à trouver des âmes sœurs de leur âge et semblaient ravies d'échapper à l'œil inquisiteur de leur mère n'arrangeait rien.

Thomas et Margit avaient tout repris depuis le début, résumant les événements des dernières semaines.

Le problème était qu'on n'avait encore trouvé aucun lien entre les cousins Berggren et Sandhamn. Rien, ni leur passé, ni la fouille de leur domicile n'avait permis de remonter à un habitant de Sandhamn. Les renseignements fournis par le public n'avaient rien donné de décisif.

C'était à Sandhamn qu'était l'argent, avait dit Agneta Ahlin. Thomas retournait cette phrase dans tous les sens. Quel argent ? Et où ?

Le rapport du labo avait, comme on s'y attendait, confirmé que le sang séché sur le radiateur de Jonny Almhult était bien celui de Kicki Berggren. La veste pendue dans l'entrée était aussi la sienne. Elle avait donc séjourné chez lui, mais on n'avait pas pu démontrer qu'elle y avait absorbé le poison mortel.

Thomas se demandait quand il s'était senti reposé pour la dernière fois. Son manque de sommeil était en train de prendre des proportions inouïes. Il se souvenait de sa fatigue, les premiers temps après la naissance d'Emily. Mais alors, tout était plus facile. Le miracle d'être papa le tirait vers l'avant.

Aujourd'hui, il était épuisé de n'avoir pas pu assez dormir: tantôt accaparé par le porte-à-porte à Sandhamn, tantôt occupé à recomposer le puzzle de l'enquête. Des renforts étaient venus leur prêter main-forte pour passer une fois de plus au peigne fin tous les résultats obtenus jusqu'alors.

Thomas se rendit à la machine à café. Il avait l'impression de capituler mais, de fait, seule une forte dose de caféine lui permettait désormais de garder les idées claires.

À contrecœur, il s'en fit couler un, puis un autre pour Margit, qu'il rejoignit dans son bureau, les deux tasses à la main.

«Tiens, fit-il en lui en tendant une, ça fera peut-être passer la pilule. Pourquoi rester en vacances alors qu'on peut cuire dans un commissariat surchauffé avec des meurtres sur les bras?»

Margit lui lança un regard noir.

«La bonne blague! J'avais promis aux filles de passer quatre semaines avec elles cette année. Et ça a été un vrai casse-tête de trouver en juillet une location qui ne coûte pas la peau des fesses.»

Thomas se cala au fond de son fauteuil.

«Mais ta famille au moins en profite, non?

— Bien sûr, avec les filles, pas de problème. En revanche, comme tu l'imagines, Bertil n'était pas ravi quand il a su que je devais rentrer.»

Margit jeta un regard contrit à la photo de son mari posée sur son bureau. Elle se prit la tête entre les mains en soupirant.

«Je ne comprends pas ce que ce Jonny Almhult vient faire dans le tableau. Tous ceux qui vous en ont parlé le décrivent comme quelqu'un d'assez inoffensif, d'un caractère non violent. Définitivement pas un homme à femmes. On a du mal à l'imaginer violenter Kicki Berggren, et noyer son cousin par-dessus le marché.

— Et même s'il l'a fait, réfléchit tout haut Thomas, sa mort demeure inexpliquée.» Il joignit les mains derrière sa nuque, pensif. «Et s'il y avait un quatrième homme? Peut-être quelqu'un pour qui Almhult travaillait, avant que les choses tournent mal. S'il agissait pour le compte d'un autre, cela pourrait expliquer sa mort. Dans ce cas, nous avons un meurtrier qui a tué trois personnes, dont Almhult, sans doute supprimé pour effacer les traces. Ce qui nous ramène à la question: pourquoi Krister Berggren et sa cousine ont-ils été tués?»

Thomas se cala au fond de sa chaise et contempla la surface scintillante de la baie de Nacka. Le ciel était d'un bleu insolent. La journée idéale à passer sur son ponton avec une bière bien fraîche. Plutôt que de boire du café lyophilisé dans un bureau surchauffé.

Il se fit violence pour rassembler ses idées.

«Nous n'arriverons à rien comme ça, fit-il, découragé. Pas même à retrouver cette personne avec qui Kicki Berggren est censée avoir parlé devant la boulangerie. Et s'il s'agit de quelqu'un de passage sur l'île, nos chances sont infimes. »

Margit but une gorgée de son café tiédi et commença à fouiller dans les rapports de la semaine écoulée.

« Si ta théorie selon laquelle Kicki Berggren se dirigeait vers l'ouest de Sandhamn tient la route, ça limite en tout cas la zone où nous devons concentrer nos recherches. Et puis c'est aussi de ce côté que s'est échoué le corps de Krister Berggren », ajouta-t-elle en parcourant le texte du rapport qu'elle tenait à la main.

Thomas sortit une carte cadastrale. Il la déplia et entoura d'un grand cercle la partie nord-ouest, de la boulangerie à l'extrême pointe de l'île.

« Il y a environ cinquante maisons dans ce périmètre », dit-il en examinant la carte de près.

Il se leva et sortit appeler Carina, qui accourut.

« Alors, qu'est-ce que ça a donné, ce passage en revue de tous les propriétaires de Sandhamn dont nous avons parlé vendredi ? demanda-t-il. Tu as trouvé quelque chose qui corresponde avec le nom dont la gérante de la Mission s'est souvenue ? »

Carina secoua la tête.

« Malheureusement, rien. Le service du cadastre était fermé vendredi. Ils ouvrent aujourd'hui à neuf heures. Je vais les appeler dès que possible. »

Elle ressemblait à un chaton abandonné, avec son visage en forme de cœur et ses fossettes. Thomas l'encouragea d'un regard, et elle sembla un peu se détendre.

« Ce n'est pas si grave, dit-il gentiment. Mais préviens-nous dès que tu as quelque chose. Nous allons rester là un bon moment. »

Il fut remercié d'un sourire rayonnant. «Je vous mets tout de suite au courant, promis.

— Essaie aussi de distinguer les insulaires et les estivants, si c'est possible, lui dit Margit. J'imagine que c'était plutôt un estivant qu'était venue voir Kicki. J'ai du mal à croire qu'un insulaire soit mêlé à ça. Dans ces petites communautés règne un fort contrôle social. S'il s'agit d'un trafic d'alcool, je ne vois pas comment on pourrait le gérer depuis l'archipel. Ce serait en tout cas assez compliqué.

— Jonny Almhult était un insulaire, ça va plutôt dans le sens inverse, remarqua Thomas.

— Mais nous pensons plutôt qu'il était un simple exécutant, non? Il travaillait beaucoup au service des estivants, n'est-ce pas?»

Thomas réfléchit à la question.

Son activité de menuisier sur l'île lui avait certainement donné de multiples occasions de traiter avec quelqu'un souhaitant lui confier des tâches un peu plus délicates. Au fil du temps, Jonny avait dû rencontrer la plupart des propriétaires de l'île.

Mais Jonny aurait-il d'abord empoisonné Kicki Berggren avant de la frapper, à tout hasard? Ça ne collait pas.

«Dans quelle mesure Jonny peut-il nous conduire au vrai meurtrier? continua Margit. Tout indique que Kicki Berggren a absorbé le poison avant de le rencontrer. Elle s'est peut-être juste fait draguer par Jonny au pub, ou le contraire, sans qu'il ait rien à voir avec la personne qui l'a empoisonnée.»

Margit le regarda avec insistance.

Thomas dut admettre qu'elle avait peut-être raison.

« Oui, c'est possible. Nous n'avons pas de preuve que Jonny soit de mèche avec la personne qui a assassiné Kicki Berggren et probablement aussi son cousin. Mais considérer les coïncidences comme un pur hasard, n'est-ce pas un peu tiré par les cheveux ? »

Un regard sceptique lui répondit du tac au tac.

« Pour moi, la plupart des choses sont tirées par les cheveux dans cette affaire. Jusqu'ici, nous n'avons toujours aucun vrai résultat, constata Margit, amère.

— Je pense que nous devons malgré tout nous en tenir à l'hypothèse que Jonny a d'une façon ou d'une autre un lien avec l'empoisonneur, qui est lui-même mêlé à la mort de Krister Berggren, dit Thomas. Vois par exemple l'aiguille accrochée au filet où était pris le corps. Elle était aux initiales de son père. J'ai du mal à croire que la mort de Krister n'ait pas à voir avec les autres événements. »

Margit n'ajouta aucune autre objection. Elle déboucha un marqueur et s'approcha du chevalet de conférence dressé dans un coin. Elle gribouilla côte à côte deux bonshommes et une bonne femme.

Au-dessus, FAITS CONNUS en majuscules.

Les morts sont d'une part un cousin et une cousine, de l'autre quelqu'un sans lien avec eux. Tous célibataires. Tous avec des bas revenus. Deux semblent n'avoir aucun lien avec Sandhamn, l'autre est insulaire. Nous n'avons aucun mobile évident pour aucun des cas, nous en sommes réduits aux spéculations.

Thomas regarda le tableau d'un œil dubitatif.

« Tu n'écris pas qu'il nous manque aussi un meurtrier ? demanda-t-il avec du sarcasme dans la voix.

Margit le regarda, découragée.

« Je n'ai pas encore fini. »

Elle prit un autre marqueur et continua d'écrire.

Causes du décès : deux morts par noyade, une par empoisonnement combiné à des coups.

Domiciles : deux vivaient à Stockholm, un à Sandhamn.

Relations : deux se connaissaient très bien, le troisième n'a sans doute fait que croiser Kicki.

Professions : cariste, croupier, menuisier.

Quand elle eut fini, elle recula d'un pas et considéra l'ensemble. Puis alla se rasseoir et reposa le marqueur. Les informations dont ils disposaient étaient certes différemment présentées, mais cela ne menait à aucune piste nouvelle.

Thomas regarda ce résumé d'un air pensif. Il mordit un moment le bout du marqueur avant de s'approcher à son tour du tableau. Il inscrivit en caractères appliqués le mot sexe, resta un instant immobile, puis ajouta un point d'interrogation.

« Testons cette théorie : l'assassin administre à Kicki Berggren autant de poison qu'il peut. Mais il n'est pas certain que cela suffise. Et puis il ne veut pas prendre le risque qu'elle aille raconter un peu partout sur l'île ce qu'elle sait. Alors, pour en avoir le cœur net, il demande à Jonny de la retrouver et de la tenir à l'œil. Ce n'est pas bien dur sur l'île. Jonny tombe sur elle au pub. Ils prennent quelques bières. Elle le suit chez lui. C'est alors que ça dérape. »

Margit regardait Thomas avec attention.

« Jonny se dit peut-être qu'il va se faire un petit extra. Remplir sa mission et coucher avec elle par-dessus le marché.

— Et quand il s'avère qu'elle n'est pas intéressée…

— Il se fâche. Et la frappe.

— Non qu'on lui ait ordonné de le faire, mais parce qu'elle le repousse.

— Et le résultat est de toute façon celui recherché : Kicki Berggren meurt.

— Et tout le monde est content.

— Peut-être pas Jonny, dit Margit. Un sale coup à la place d'un bon coup, il ne fait pas une affaire. »

Thomas ne trouva rien à objecter.

« Si nous retrouvons le contact de Jonny, nous aurons vraisemblablement l'assassin, dit-il.

— Très probablement. Il faut continuer de reconstruire son emploi du temps, savoir qui il a rencontré.

— Mais nous aurions vraiment besoin de savoir chez qui se rendait Kicki. Espérons que les recherches de Carina vont donner quelque chose. Et vite. »

44

La pression était énorme et augmentait sans arrêt.

Au cours des derniers jours, le Vieux avait tenu plusieurs conférences de presse et fait de son mieux pour que les bureaucrates de la direction générale qui le souhaitaient soient informés.

Le responsable du service de presse de la police de Stockholm se donnait un mal de chien pour répondre à tous les appels téléphoniques qu'il recevait tout en laissant l'enquête suivre son cours en paix. Mais ses demandes répétées d'être tenu informé en temps réel n'avaient pas eu l'heur de plaire au Vieux.

Il grognait dès qu'il entendait sonner le téléphone.

Cette série de morts en plein été avait secoué tout le monde. Le flux des touristes à destination de Sandhamn avait diminué et les associations patronales restaient pendues aux basques du chef de la police régionale. L'affaire devait être résolue au plus vite.

Les bateaux de la compagnie Waxholm commençaient à avoir nettement moins de passagers que d'habitude à la même période.

Le président du conseil communal de Värmdö avait convoqué sa propre conférence de presse pour exposer son point de vue sur les événements. C'était une théorie du complot sur mesure, avec intervention de la mafia des pays de l'Est.

Voilà qui ne risquait pas de faire avancer l'enquête.

Mais bien plutôt de contribuer à la confusion générale, en donnant aux médias davantage de matière pour spéculer et échafauder toutes sortes de théories.

«Rappelez-moi de ne pas voter pour ce crétin aux prochaines élections communales», avait dit, visiblement excédé, le Vieux qui habitait l'île d'Ingarö. D'une main rageuse, il avait réduit en boule le journal où le président du conseil communal exposait ses analyses inventées de toutes pièces et l'avait jeté à la corbeille.

Le Vieux avait par-dessus le marché reçu un appel du président du club nautique KSSS, un homme d'affaires bien connu qui, d'une voix autoritaire, avait demandé à être informé de l'évolution de l'enquête.

Il était essentiel, soulignait-il, pour la bonne réputation de Sandhamn, capitale de la voile, que l'enquête débouche sans délai sur une solution. Il avait insisté sur la longue tradition de régates à Sandhamn et les importantes activités du club sur l'île de Lökholmen. Des jeunes de toute la région de Stockholm s'y rassemblaient pour des stages de voile et des camps d'été. Il recevait de nombreux appels de parents inquiets qui ne voulaient plus envoyer leur progéniture sur l'île.

«La situation est très préoccupante», avait affirmé le président du club nautique.» Que la police comprenne la gravité de la situation et fasse tout son possible.» Le KSSS avait même abordé la question lors de son conseil d'administration cette semaine. Une motion avait été inscrite au procès-verbal : il fallait au plus vite que la police trouve le coupable.

Le Vieux s'était fait violence pour ne pas exploser et son teint rougeaud avait pris une couleur prune.

En serrant les dents il avait assuré son interlocuteur que la police était bien consciente de l'urgence de la situation. Toutes les ressources disponibles avaient été mises sur cette affaire, dont une personne connaissant très bien le terrain. Il n'y avait aucun lieu d'en douter, une priorité absolue était donnée à l'enquête.

Mais quand le président du KSSS exigea d'être tenu au courant quotidiennement, il faillit craquer.

«J'ai une enquête à conduire, moi, je ne suis pas le bureau des renseignements. Vous n'êtes pas le seul à m'appeler pour exiger des informations dont je ne dispose pas, beugla-t-il dans le combiné.

— Là, là, mon ami, dit le président, ne nous échauffons pas. Il est important que s'instaure une relation de confiance entre la police et le KSSS. Nous n'avons rien à gagner à perdre notre calme.»

Le Vieux était au bord de l'apoplexie.

« Comme je le disais l'autre jour à mon bon ami le directeur de la police nationale, continua sans sourciller le président, j'ai la plus grande confiance dans la façon dont cette enquête est menée. Mais je tiens naturellement à être tenu informé. Dans la position que j'occupe, je dois bien entendu être en mesure de suivre votre travail. Vous devez bien le comprendre ? N'hésitez pas à me contacter dès qu'il y a du nouveau. On peut toujours me joindre par le bureau du KSSS. Ne vous gênez surtout pas pour me déranger si c'est important. »

Le Vieux serrait si fort le combiné qu'il semblait disparaître dans sa main crispée. Il parvint non sans mal à articuler ce qui pouvait à la rigueur passer pour des salutations polies, et raccrocha.

Quand il gagna, furieux, la salle de réunion, il était deux heures et toute l'équipe était là pour faire le point.

Même Carina, sa propre fille, n'osa pas demander ce qui s'était passé.

Tous ceux qui avaient saisi des bribes de la conversation téléphonique, qui s'était entendue jusqu'au bout du couloir, avaient compris qu'il valait mieux faire profil bas.

« Le prochain crétin qui me demande encore comment avance l'enquête prendra mon poing dans la gueule, je vous le promets », finit par lâcher le Vieux.

Personne ne douta qu'il était capable de tenir parole. Il s'assit en bout de table. La chaise, inévitablement trop petite, craqua dangereusement sous le poids de sa lourde carcasse.

« Bon, alors, on en est où ? Thomas, au rapport. »

Ce n'était pas une question mais un ordre.

Thomas plongea dans ses notes et rassembla un instant ses idées avant de résumer de son mieux la situation.

« Carina a passé en revue tous les propriétaires de la partie de l'île vers laquelle nous pensons que Kicki Berggren se rendait. Nous avons deux noms potentiellement intéressants : Pieter Graaf et Philip Fahlén. Tous deux habitent l'été sur l'île et ont un nom qui correspond plus ou moins à l'indication donnée par la gérante de la Mission. Philip Fahlén a une maison toute proche de l'endroit où le corps de Krister Berggren a été trouvé. La propriété de Pieter Graaf est située non loin de la Mission, sur le chemin de la plage de Fläskberget. Margit et moi allons nous rendre dès que possible à Sandhamn pour rencontrer ces deux hommes. »

Le Vieux sembla légèrement moins fâché et se cala au fond de sa chaise, qui vacilla de façon inquiétante.

« Bon, dit-il, c'est au moins quelque chose. Que sait-on des autres contacts de Kicki sur l'île ?

— Erik passe toute la journée devant la boulangerie pour essayer de trouver avec qui elle a parlé », dit Thomas.

Le Vieux le regarda sévèrement.

« Et jusqu'ici, qu'est-ce que ça a donné ? »

Thomas baissa les yeux.

« Rien qui vaille. En revanche, j'ai reparlé à cette fille, Inger, qui travaillait au pub le soir où Kicki Berggren y était. »

Il feuilleta son carnet.

« Inger Gunnarsson. Il y a une chose dont elle ne s'était pas souvenue la semaine dernière. Apparemment, Kicki Berggren s'est plainte d'avoir mal au ventre. Et avant de partir, elle a demandé au bar s'ils n'avaient pas un cachet de Samarin. »

Margit croisa les bras et se pencha en arrière. Elle balaya du regard la salle de réunion impersonnelle, que seule une malheureuse impatience à moitié fanée dans son pot tentait d'embellir. Sans la vue sur les eaux bleues du golfe de Nacka, la froideur de la pièce aurait été déprimante.

« Elle sentait probablement les effets du poison, dit Margit d'un ton objectif. Cela correspondrait assez bien avec le rapport du légiste. S'il était plus de huit heures, elle devait commencer à se sentir mal. Mais elle avait bu beaucoup de bière, ce qui lui a peut-être fait confondre les symptômes avec autre chose. »

Le Vieux changea son fusil d'épaule.

« Avons-nous un rapport d'autopsie pour Almhult ? Quelle est la cause du décès ? »

Thomas prit un document arrivé par fax le matin même.

« D'après eux, il est mort noyé. Il avait beaucoup d'alcool dans le sang. Il devait être très éméché au moment de sa noyade, pour ne pas dire ivre mort.

— Des traces de poison ? » Le Vieux adressa à Thomas un regard las. Il était clair qu'il espérait l'inverse.

« L'examen préliminaire n'a révélé la présence d'aucune substance chimique. Mais ils ont envoyé des prélèvements à Lindköping, et avant leurs conclusions, difficile d'être sûr.

— Autre chose ?

— Des hématomes.

— Quoi ?

— Des hématomes à la tête et sur le reste du corps. Comme s'il avait très violemment heurté quelque chose, ou que quelqu'un l'avait frappé avec un gros objet contondant. Il avait plusieurs fractures et des bleus.

— Une idée de l'objet ? » demanda Margit en se tournant vers Thomas.

Il replongea dans ses papiers.

« Le rapport se contente de décrire les lésions, pas ce qui les a provoquées.

— On dirait que nos amis légistes ne se sont pas foulés. Il faudra les appeler pour savoir s'ils ont au moins une théorie sur la question », grommela Margit.

Bras croisés sur la poitrine, elle s'était penchée en arrière, l'expression de son visage indiquant clairement qu'elle attendait mieux des légistes. Elle ne faisait aucun effort pour cacher sa mauvaise humeur chronique.

Le Vieux lui non plus n'était pas content. Il soupira bruyamment et se tourna vers Margit et Thomas.

« Et maintenant ?

— Apparemment, quelqu'un a vu Almhult à bord du bateau pour Stockholm dimanche dernier. On va vérifier au plus vite. Nous avons également affiché à Sandhamn un avis de recherche pour retrouver toute personne ayant parlé avec Kicki Berggren. Peut-être pourra-t-on identifier d'éventuels contacts. Nous allons aussi chercher s'il existe un lien entre les deux propriétaires et le Systembolaget. Quelque chose qui les lie à Krister Berggren.

— Très bien, on fait comme ça, dit le Vieux. Comme vous savez, j'avais prévu de prendre mes vacances la semaine prochaine, alors s'il vous plaît, essayez de me résoudre cette affaire avant samedi prochain. »

Sa tentative maladroite de faire de l'humour tomba complètement à plat. Il se leva et s'épongea le front avec un mouchoir qui semblait avoir déjà beaucoup servi.

La réunion était terminée.

45

La femme qui vint ouvrir au troisième coup de sonnette portait un T-shirt constellé de ce qui ressemblait à de la purée de légumes. Elle semblait stressée et tenait un torchon à la main. On entendait en arrière-fond des cris d'enfants.

« C'est vous le policier qui avez appelé ? » fit-elle tout en regardant par-dessus son épaule vers l'intérieur de la maison, où les cris s'étaient transformés en hurlements de colère.

Thomas hocha la tête.

« Thomas Andreasson. Et voici ma collègue, Margit Grankvist. Pouvons-nous entrer quelques minutes ? Nous aimerions vous parler, si c'est possible, bien sûr. »

Les hurlements ne s'étaient pas calmés, et la femme sembla encore plus stressée.

« Entrez. Ma fille est seule à la cuisine, il faut que j'y retourne. »

Elle disparut dans un étroit couloir à droite de l'entrée, suivie par Margit et Thomas.

C'était une maison agréable, chaleureuse et bien tenue, située au centre d'Enskede, un faubourg ancien de Stockholm. Une maison typique, à l'ancienne, avec façade en bois jaune, angles peints en blanc et petit jardin plein sud. Thomas avait dénombré quatre pommiers et un prunier.

Un chat gris passa, majestueux, sans se soucier des visiteurs.

Dans la cuisine, un petit enfant très en colère dans sa chaise haute frappait la table avec sa cuillère. Des restes orange étaient répandus à terre. La même couleur que les taches sur le T-shirt de sa maman.

Cette maman sous haute pression repoussa du revers de la main une mèche sur son visage. Elle s'essuya avec le torchon et tendit sa main droite.

«Je m'appelle Malin. Excusez le désordre. Ma fille s'est décidément réveillée du pied gauche. Asseyez-vous.» Elle leur indiqua les chaises autour de la table de cuisine. Margit vérifia discrètement qu'il n'y avait rien d'orange dessus avant de s'asseoir.

«Vous vouliez me parler de ce retour en bateau vers Stockholm, c'est ça?»

Margit la regarda et hocha la tête.

«On nous a dit qu'avec votre famille vous étiez à bord du même bateau que l'homme qu'on a retrouvé mort peu après à Sandhamn, dit-elle.

— Je crois.» Une ombre d'incertitude passa sur le visage de la femme. «À quelques places de nous, il y avait un homme qui ressemblait exactement à la photo du journal.

— Pouvez-vous nous le décrire?»

La femme réfléchit un instant. Machinalement, elle essuya sur la table une tache de purée de carottes avant de répondre.

«Il avait l'air très débraillé. Pas frais, quoi. Il avait rabattu la capuche de sa veste, alors je n'ai pas très bien vu. Mais il puait, ça, oui.»

Elle fit une grimace involontaire et sembla gênée.

«Pardon. Je ne veux pas dire du mal d'un mort. Mais il sentait vraiment mauvais, la vieille cuite. C'est pour ça que mon aînée de quatre ans, Astrid, a posé une question à son sujet.

— A-t-il fait quelque chose de particulier pendant la traversée ?

— Pas que je me souvienne. Mais je n'y ai pas fait trop attention. » Elle regarda avec un sourire las la petite fille qui s'était un peu calmée et tenait à présent sa tasse à deux anses. « Ils vous accaparent, à cet âge.

— Avez-vous remarqué autre chose ?

— Je suis désolée, mais je n'ai pas grand-chose à dire. Il est resté assis dans son coin pendant tout le voyage, si je ne me trompe pas. Ça prend environ deux heures jusqu'à Stockholm.

— Donc il est allé jusqu'au terminus ? Il n'est pas descendu avant ?

— Non. Nous étions dans les derniers. Il a fallu rassembler tout notre bazar. Il est descendu à peu près en même temps. Je m'en souviens très bien. »

Elle jeta un regard attendri sur sa fille occupée maintenant à tenter d'ouvrir le couvercle de sa tasse pour en répandre le contenu sur la table.

Thomas réfléchit un instant. Si Jonny Almhult avait une capuche rabattue sur la tête, cela expliquait sans doute pourquoi aucun membre d'équipage des différents bateaux de la ligne ne l'avait reconnu.

Il se baissa pour ramasser la tasse que la fillette venait de faire tomber. Elle la reprit et la jeta à nouveau par terre.

Un nouveau jeu amusant.

« Et ensuite, vous ne l'avez plus vu ?

— Non, je ne crois pas. »

Elle hésita un peu.

«Ou peut-être que si? Je ne suis absolument pas sûre. Je l'ai peut-être vu prendre le pont de Skeppsbron. Mon mari est venu nous chercher au bateau et au feu rouge devant le *Grand Hôtel*, il m'a semblé le voir se dirigeant vers Skeppsbron.»

Elle ramassa la tasse que sa fille venait de jeter pour la cinquième fois.

«Mais ce n'est pas sûr que c'était lui. Ça pouvait très bien être n'importe qui d'autre avec une capuche grise.»

Elle s'excusa d'un sourire.

Thomas sortit sa Volvo à reculons de la petite impasse et prit le même chemin qu'à l'aller. Enskede était vraiment idyllique avec ses maisons de bois et ses vergers. Tout à fait le genre d'endroit où l'on voulait habiter avec une famille.

Et des enfants.

Margit rompit le silence.

«Ça valait vraiment la peine d'aller lui parler. Tu n'es pas d'accord?

— Tout à fait. Maintenant, nous savons qu'Almhult s'est rendu en ville quatre jours avant qu'on retrouve son corps. Mais où est-il passé pendant ce temps?»

Margit réfléchit un moment, puis ouvrit la boîte à gants et se mit à fouiller dedans.

«Qu'est-ce que tu cherches?

— Un plan de Stockholm. Tous les policiers en ont un dans leur voiture, non?»

Thomas rit en levant les sourcils.

«Comment ça? Tu en as un, toi, dans la tienne?»

Margit ignora sa remarque et continua à fouiller. Thomas lui jeta un regard las.

«Essaie plutôt dans la portière», finit-il par lâcher.

Margit pêcha un tas de pages cornées rouges sur la tranche, qu'un trombone tenait ensemble.

« Quoi, tu as arraché les cartes d'un annuaire ? s'exclama-t-elle en secouant la tête.

— Pernilla a pris l'atlas quand nous nous sommes séparés. Je vais en acheter un neuf dès que j'aurai le temps. Mais on se débrouille très bien avec ça. Qu'est-ce que tu veux en faire ? »

Margit ne répondit pas. Elle passa la main dans ses cheveux courts et se concentra sur l'index des rues. Une fois trouvé ce qu'elle cherchait, elle se reporta à la bonne carte.

« Arrête-toi, je vais te montrer.

— Quoi ?

— Arrête la voiture. Tu ne peux pas regarder en conduisant. Tu es de la police. Les policiers respectent le code de la route. »

Thomas lui adressa un regard noir, mais se gara au premier arrêt de bus. Quand Margit s'était mis une idée en tête, il était inutile de discuter.

« Qu'est-ce que tu as trouvé ?

— Regarde la carte », dit-elle.

Elle lui montra la page qu'elle avait ouverte, le quartier de Stockholm autour de Skeppsbron.

« Si on prend Skeppsbron, on arrive où ? »

Thomas réfléchit. Il s'imagina devant le *Grand Hôtel*, avec les bateaux de l'archipel et Skeppsbron devant lui. Si on suivait le pont, où arrivait-on ?

« La vieille ville ? Slussen ? »

Il haussa les épaules et regarda Margit.

Elle s'impatienta en voyant son regard perplexe.

« Continue. Tu es de Stockholm, non ? Tu n'as donc aucun sens de l'orientation ? Si tu passes Slussen et que tu continues en longeant l'eau, où arrives-tu ?

— Stadsgården, en bas de Fjällgatan.

— Tout à fait. Et qu'est-ce qu'on trouve, là ? »

Soudain, le déclic.

« Le terminal des ferries pour la Finlande ?

— Bingo, Einstein ! »

Thomas sourit bêtement. Il aurait dû trouver ça tout seul. Margit était forte.

« Si on veut fuir la justice, ou en l'occurrence un commanditaire mécontent, qu'on cherche à disparaître quelque temps, et qu'on n'est pas le genre à s'offrir un séjour de rêve au Brésil, où va-t-on ?

— En Finlande, en ferry. »

Thomas se serait botté les fesses. C'était tellement simple !

« Et si on est poussé par-dessus bord au moment où l'on fait au passage ses adieux à son Sandhamn natal, continua Margit, à quoi on ressemble ?

— On a des hématomes et des fractures qui apparaissent à l'autopsie.

— Exact. Tomber du pont supérieur d'un ferry pour la Finlande, c'est comme se jeter du haut du belvédère de Katarinahissen. Quand on plonge de si haut, la surface de l'eau est dure comme la pierre. »

Thomas hocha la tête.

« Et où est-il alors très vraisemblable qu'on vous retrouve ? » dit Margit.

C'était une question rhétorique, mais Thomas y répondit quand même.

« Sur la plage de Trouville, quelques jours plus tard.

— Tout à fait.
— Il faut aller parler au personnel du terminal de Stadsgården. Et contrôler leurs listes de passagers entre dimanche et jeudi.
— Tout à fait.
— Nous savons sans doute à présent comment est mort Jonny Almhult.
— Tout à fait. »
Margit se cala au fond de son siège en arborant une mine triomphale.
Thomas se sentit comme un écolier pris en faute.

Mardi, quatrième semaine

46

Un épais brouillard couvrait la passe de Sandhamn. Entre les îles de Telegrafholmen au nord et Sandö au sud se trouvait un détroit constituant la voie d'accès naturelle à Sandhamn depuis la terre ferme. Le détroit était à pic, mais n'avait pas plus de soixante mètres de large dans son goulot d'étranglement. Il suffisait à peine pour tous les bateaux qui l'empruntaient quotidiennement.

Pendant la nuit, le temps s'était couvert et le magnifique ciel nocturne de la veille n'était plus que purée de pois. À son réveil, Nora entendit au loin le faible son de la corne de brume du phare de Revengegrundet, qui annonçait à coup sûr du brouillard. Son écho plaintif constituait un repère rassurant pour les navigateurs. Chaque phare émettait en effet comme signal la première lettre de son nom en morse. A pour Almagrundet, R pour Revengegrundet, et ainsi de suite. Toutes indications bien utiles aux embarcations perdues dans la brume.

Depuis le soir où elle s'était perdue en mer au large de Sandhamn, Nora nourrissait un profond respect pour le service des phares et balises. Cette fois-là, elle devait se rendre avec son bateau jusqu'à Skanskobb, un îlot juste en face du ponton de Trouville, qui servait de ligne d'arrivée pour les régates. Ce n'était qu'à quelques encablures à peine du club nautique KSSS. Elle allait donner un coup de main pendant quelques heures, pour l'arrivée du Tour de Gotland, une grande régate en mer organisée chaque année à Sandhamn.

Elle avait beau connaître les abords de Sandhamn comme sa poche et s'être déjà rendue sur Skanskobb des douzaines de fois, elle avait complètement manqué l'îlot. Soudain, elle s'était retrouvée face à un grand phare. Elle avait dépassé Skanskobb et s'apprêtait à heurter Svängen, le phare flottant au sud de Korsö. S'il n'avait pas été là pour l'avertir de son erreur, elle aurait très bien pu se retrouver au large, dans la Baltique. Après ça, elle n'était plus jamais sortie en mer à la légère par temps de brume.

Nora regarda l'heure.

Les chiffres rouges du réveil affichaient six heures et quart. Trop tôt pour se lever, trop tard pour se rendormir. Elle avait mal dormi ces dernières nuits. L'ambiance à la maison était un peu moins glaciale mais toujours tendue.

Après bien des tergiversations, elle avait finalement décidé de se rendre en ville pour se présenter à l'agence de recrutement le lendemain. Elle en était arrivée à la conclusion que ce n'était pas une bonne idée d'en reparler à Henrik. Mieux valait attendre les résultats de cet entretien avant de remettre ça sur le tapis.

Elle se glissa hors du lit et enfila un jean et un T-shirt. Une paire de vieilles bottes de marin qu'elle avait depuis l'adolescence ferait l'affaire. Leur caoutchouc se fendillait à la cheville, mais elles étaient faciles à mettre. Elle enfila ensuite un vieux ciré que quelqu'un avait oublié un jour chez eux et attrapa une pomme dans la coupe à fruits.

Dehors, l'air était frais. De fines gouttelettes d'humidité lui recouvrirent aussitôt le visage. Le silence était total, tous les sons absorbés par l'épais brouillard, on n'entendait pas une mouette. Elle se tourna vers le large, sans rien voir.

Les contours familiers des îles qui faisaient face à Sandhamn étaient comme avalés par l'humide grisaille. Au-delà des pontons, le monde s'effaçait en un horizon fantomatique. Nora rabattit sa capuche et enfonça ses mains dans ses poches. Elle traversa à grands pas l'étendue sablonneuse qui la séparait de la forêt.

Avec la mousse, la bruyère formait un tapis moelleux qui amortissait ses pas. On n'entendait que le craquement des aiguilles de pin tombées sur le sentier. Elle ferma les yeux et inspira profondément.

Personne.

La paix était totale.

Après une longue promenade dans la forêt, elle déboucha sur la côte nord-ouest de l'île. Il n'y avait là que quelques maisons isolées. Les terrains y étaient très vastes, couverts de pins et de myrtilles. Un grand contraste avec les parcelles minuscules dans le village, où les jardins se réduisaient à quelques plates-bandes.

Le vent sifflait doucement au sommet des grands pins. La brume semblait s'être un peu levée, la vue était meilleure et on apercevait le rivage.

Nora tourna à droite et s'engagea sur l'étroit sentier forestier qui reconduisait au village. Sur le chemin du retour, elle passa devant le petit cimetière entouré d'une simple clôture blanche. Elle poussa la grille et entra pour contempler ce lieu paisible.

Le cimetière de Sandhamn datait de la grande épidémie de choléra des années 1830. Beaucoup de tombes étaient belles et luxueuses, souvent en marbre ou en granit. Certaines étaient tellement rongées de lichens que leurs inscriptions usées étaient à peine lisibles.

Les pierres tombales en apprenaient long sur la population des siècles passés : chaque pierre indiquait le nom et la profession du défunt. De nombreux maîtres pilotes et autres fonctionnaires des douanes reposaient dans ce cimetière, souvent en compagnie d'une « épouse dévouée », selon l'expression consacrée, dont le nom était toujours mentionné tout en bas.

Nora reconnaissait beaucoup de patronymes. Ces familles possédaient toujours des maisons à Sandhamn. Des maisons transmises depuis des générations, souvent bâties en réutilisant des matériaux d'habitations plus anciennes en provenance d'îles voisines.

Une atmosphère paisible régnait en ce lieu, situé juste derrière la plage de Fläskberget. Les tombes étaient entourées de sable couvert d'aiguilles et de pommes de pin. Ici et là couraient les racines noueuses des conifères, qui donnaient l'impression d'un dessin irrégulier tracé au hasard. Comme un échiquier bancal.

Un beau cytise poussait à côté de la modeste tombe du vieil Avén, le gardien de phare de Korsö à la fin du XIXe siècle. On racontait de lui qu'il avait la main verte et avait fait de Korsö un royaume fleuri d'un éclat sans pareil, couvert de rosiers et de plates-bandes.

Nora passait lentement d'une tombe à l'autre.

Elle avait toujours apprécié l'atmosphère du cimetière et le sentiment de paix qui gagnait le visiteur.

Dans le coin gauche de l'enclos, on avait aménagé une pelouse du souvenir pour les morts sans sépulture. Une solide chaîne en fonte délimitait le périmètre. Près de la grande ancre posée dans le sable, des fleurs fraîches et quelques lumignons. Un instant, elle se demanda qui les avait placés là. Peut-être une âme bienveillante, en souvenir de la pauvre Kicki Berggren, qui venait de mourir à Sandhamn. Ou un insulaire, pour honorer la mémoire d'un aïeul depuis longtemps disparu.

Nora s'arrêta devant la tombe de la famille Brand. Ici reposaient tous les ancêtres de Signe morts depuis la fondation du cimetière. Le dernier nom inscrit sur la grande pierre tombale était celui de Helge Brand, le frère de Signe, victime d'un cancer au milieu des années 1990.

Nora n'avait pas de souvenirs très nets de Helge. Il avait quitté sa famille et passé beaucoup de temps en mer, à l'étranger. Quand Helge était revenu à Sandhamn, il était déjà marqué par la maladie qui devait l'emporter. Signe l'avait soigné jusqu'à la fin dans la maison où ils avaient grandi. Elle avait refusé de le laisser transporter à l'hôpital.

Nora s'inclina devant la tombe en signe de respect et s'éloigna pensivement.

Comme la vie des gens basculait vite. Un jour marin sur les mers du vaste monde, le lendemain malade et mourant. Helge Brand était revenu à Sandhamn alors que sa vie tirait à sa fin. Kicki Berggren était morte à peine arrivée sur l'île. Krister Berggren l'était déjà en y échouant. Aucun d'entre eux n'avait imaginé le peu de temps qu'il lui restait à vivre.

Auraient-ils fait d'autres choix, s'ils avaient su ce qui les attendait ? Auraient-ils su apprécier autrement la vie en devinant à quelle vitesse elle allait leur échapper ?

Dans un instant de clairvoyance glaciale, Nora réalisa qu'elle n'était pas prête au compromis juste pour complaire à Henrik.

L'injustice de voir ses propres aspirations balayées du revers de la main la torturait. La colère de ne pas être prise au sérieux lui restait en travers de la gorge. Jamais les choses ne lui avaient été signifiées avec une telle dureté.

Perdue dans ses pensées, elle trébucha sur une racine qui dépassait dans le sable et faillit perdre l'équilibre. La brume avait à nouveau épaissi et elle sentait de fines gouttelettes de pluie sur son visage. Elle décida qu'il n'y aurait pas de cours de natation aujourd'hui. Avec un temps pareil, les garçons pouvaient bien faire la grasse matinée.

47

Margit et Thomas sortirent sur le parking du commissariat pour se rendre à Stavsnäs, où ils devaient prendre le bateau du matin pour Sandhamn. Il avait beau n'être que neuf heures et demie, le soleil éclatant avait transformé la Volvo en sauna. La chaleur étouffante leur monta au visage par les portières ouvertes.

Thomas démarra. En passant la marche arrière, il se tourna vers Margit.

« Tu te souviens de ce que font dans la vie ces deux propriétaires de Sandhamn ? Je pensais vérifier, mais j'ai été interrompu.

— Je ne m'en souviens pas. J'aurais dû moi aussi vérifier. »

Thomas s'engagea sur l'autoroute en direction de Stavsnäs. À l'approche du canal de Strömma, son téléphone sonna. Thomas mit le haut-parleur. La voix de Kalle résonna dans la voiture. Il avait du nouveau sur la mort-aux-rats qui avait tué Kicki Berggren.

« J'ai fini par avoir quelqu'un chez Anticimex. À l'hôpital de Huddinge, j'ai eu beau passer je ne sais combien de coups de fils, personne n'a voulu se mouiller. Ils me renvoient tous à un type, un pharmacologue, c'est comme ça qu'on dit, mais il est évidemment en vacances à l'étranger et ne répond pas sur son mobile.

— Qu'a dit le gars d'Anticimex ? le coupa Margit.

— Il était assez sceptique quant à la possibilité de mourir suite à l'ingestion de warfarine. Il a dit que quelqu'un qui ingurgiterait de la mort-aux-rats devrait soit être aveugle, soit avoir vraiment très envie de mourir. La mort-aux-rats se présente sous forme d'assez gros grains de blé qu'on colore d'habitude en bleu ou en rouge pour bien indiquer le danger. »

Margit se pencha vers le téléphone.

« Qu'est-ce qu'il a dit d'autre ?

— Il faut en avaler de grandes quantités pour que ce soit mortel.

— Il semble donc peu probable qu'on puisse en ingurgiter autant sans s'en rendre compte, murmura Thomas vers le téléphone.

— Exact, dit Kalle. En plus, le produit n'agit apparemment qu'au bout d'un ou deux jours, selon Anticimex. L'idée étant que les rats sortent de la maison, pour éviter l'odeur de rat crevé. »

Margit leva vers Thomas un regard perplexe.

« Je suppose que nous pouvons donc exclure la possibilité que Kicki Berggren ait volontairement cherché à se suicider en prenant de la mort-aux-rats, dit-elle. Si on veut se suicider, il y a au moins dix autres façons plus rapides et plus simples. D'habitude, avec une bonne dose de somnifère et une bouteille de whisky, l'affaire est vite réglée. »

Thomas passa du coq à l'âne.

« Au fait, Kalle, tu pourrais vérifier les professions des deux propriétaires que nous allons voir à Sandhamn ? Dans la précipitation, j'ai oublié de le faire.

— Attends, je regarde. »

On entendit dans le téléphone le bruit des papiers qu'il feuilletait.

« Voilà. Pieter Graaf est consultant Internet. Philip Fahlén a une entreprise qui vend des équipements professionnels pour cuisines. »

Margit siffla.

« Équipements professionnels, ça veut dire restaurants. Je me demande juste si ce Philip Fahlén ne livrerait pas autre chose que des équipements de cuisine à ses clients. » Elle regarda sa montre. « Il est grand temps que nous rencontrions ces deux messieurs. »

Ils arrivèrent au débarcadère de Sandhamn au bout de trois bons quarts d'heure. Parfois, le bateau était direct de Stavsnäs à Sandhamn et ne mettait que trente-cinq minutes. Mais certaines fois, il semblait prendre plaisir à s'arrêter à tous les pontons du sud de l'archipel. Ce jour-là, il avait laissé des passagers à Styrsvik, Mjölkkilen et Gatan avant d'arriver à destination.

Le port se déployait sous leurs yeux.

Thomas et Margit attendirent patiemment leur tour dans la queue des familles et des touristes de passage. Après avoir montré leur ticket en haut de la passerelle, ils purent enfin quitter le bateau.

À terre, des estivants attendaient les nouveaux venus. Quelques jeunes traînaient avec leurs vélos en suçant des glaces. Plus loin, près du kiosque, plusieurs personnes feuilletaient les journaux du soir. Du coin de l'œil, Thomas vit que la plupart des gros titres concernaient toujours les meurtres de Sandhamn. Le port avait cependant son apparence ordinaire.

Mais il y avait plus de place. Moins de bateaux.

Une fois à terre, ils se dirigèrent d'un bon pas vers la partie ouest de l'île, où habitaient les deux personnes qu'ils étaient venus voir. Dès qu'il avait vu le plan cadastral, Thomas avait repéré de quelles maisons il s'agissait.

Ils prirent la ruelle qui conduisait jusqu'au centre du village et en traversait la partie ancienne. En chemin, ils passèrent devant une maisonnette peinte au rouge de Falun, qu'on aurait dit en pain d'épices. Tout y était en parfait état, propre et pimpant – mais en miniature. Le terrain s'étendait à peine deux mètres alentour. Le drapeau était hissé et la façade sud couverte de grosses mûres presque noires qui pendaient en lourdes grappes alors qu'on était seulement en juillet. De jolis pots de fleurs remplis de plantes diverses étaient disposés le long de la clôture. Une minuscule terrasse en teck avait été collée dans un coin, juste assez grande pour une table et deux chaises contre un hangar à bois minimaliste dont les tuiles étaient couvertes de lichen gris. On aurait dit un film publicitaire vantant l'été suédois.

Ils traversèrent la place Adolf, où avaient lieu les traditionnelles fêtes de la Saint-Jean. Le mât de juin dernier y était toujours dressé, désormais un peu fané. Sur la façade d'une des maisons qui donnaient sur la place grimpait un rosier, qui s'épanouissait tel un feu d'artifice rose. Pas une maison dont les plates-bandes ne croulent sous les fleurs somptueuses.

Thomas se demanda un instant si Sandhamn ne jouissait pas d'un microclimat particulièrement favorable aux plantes pérennes. Ou alors tous les habitants de l'île passaient leur temps à jardiner. Rien que l'arrosage devait prendre une éternité.

Il se tourna vers Margit.

« Tu es déjà venue à Sandhamn ?

— Oui, mais c'était il y a longtemps. Mes gamines y sont venues de temps en temps avec leurs copains, ça a l'air d'être un endroit apprécié par les jeunes. Ni Bertil ni moi n'y avons été depuis un bail. La dernière fois c'était il y a vingt ans, un soir de Saint-Jean. Tout Sandhamn était envahi par des jeunes bourrés comme des coings. C'était horrible à voir. Des ados ivres qui titubaient entre les pontons et pas un seul adulte dans les parages.

— Je vois ce que tu veux dire, opina Thomas. Quand je travaillais dans la police maritime, il m'est arrivé de devoir en embarquer quelques-uns pour les raccompagner chez eux. Mais il me semble que l'alcoolisme a nettement diminué ces dernières années. Aujourd'hui, presque tout est fermé le soir de la Saint-Jean et il n'y a plus beaucoup d'endroits où camper.

— Ça a dû porter ses fruits.

— Tu n'imagines pas. Un jour où il faisait particulièrement mauvais, des jeunes sont même entrés par effraction à l'antenne de police pour qu'on s'occupe d'eux. Le monde à l'envers en somme.»

Ce souvenir fit rire Thomas. Ils continuèrent de marcher à vive allure vers la pointe ouest de l'île. En chemin, Thomas fit un détour pour indiquer la maison de Nora et expliquer à Margit que c'était là que vivait son filleul avec sa famille.

«Jolie clôture, remarqua Margit, je n'avais jamais vu auparavant ce motif solaire.

— Je crois qu'elle date du grand-père maternel de Nora. Elle a hérité de cette maison il y a environ dix ans et cette clôture a toujours été là, aussi loin que je me souvienne.»

Margit hocha la tête, admirative.

«Belle décoration. J'aime bien quand on conserve l'artisanat ancien.

— On pourra peut-être passer quand on aura fini, proposa Thomas. J'aimerais bien en profiter pour voir mon filleul si on a le temps.»

Margit opina du chef.

Ils continuèrent leur chemin en silence, chacun absorbé par ses pensées.

48

La maison de Pieter Graaf était une villa typique des années 1950, entourée d'un grand terrain sablonneux avec une balançoire et quelques pins nains. On aurait pu se croire dans n'importe quelle banlieue sur le continent. Elle ressemblait à toutes ces maisons individuelles classiques, si populaires après la Seconde Guerre mondiale, quand tout le monde cherchait à quitter les centres-ville.

Deux chambres, des petites fenêtres, une cuisine et un séjour. Une façade en bois jaune sur des fondations en béton. Clôture blanche tout autour.

Thomas expliqua à Margit que la zone avait été lotie juste après la guerre. Il s'agissait alors de construire des logements pour les familles des pilotes installés à Sandhamn.

Pieter Graaf avait la trentaine. Il portait un jean et un polo couvert de taches d'un vert qui ressemblait fortement à la peinture de la petite cabane de jardin placée dans un coin du terrain. Sur sa tête était vissée une casquette publicitaire pour un magasin de sport.

Quand Margit et Thomas s'approchèrent de la maison, il était en train de jouer au football avec un petit garçon de trois ans environ. Le garçon ne portait qu'un T-shirt et sa peau bronzée avait la couleur d'un spéculoos. Il riait aux éclats chaque fois que son papa faisait exprès de rater le ballon. Margit et Thomas se présentèrent et expliquèrent qu'ils souhaitaient lui poser quelques questions liées aux morts survenues sur l'île ces derniers temps. Avait-il un peu de temps à leur consacrer ?

Pieter Graaf sembla étonné. Il avait déjà été interrogé par un policier une semaine plus tôt. Il cessa pourtant de jouer et les invita à s'asseoir. Il leur demanda aimablement s'ils voulaient boire quelque chose de frais et leur assura qu'il répondrait de son mieux à leurs questions.

La conversation fut brève et assez peu fructueuse.

Pieter Graaf n'avait jamais rencontré Kicki Berggren. Il ne se trouvait pas sur l'île le week-end où elle avait été assassinée. Il était en effet descendu quelques jours dans la province de Småland rendre visite à sa belle-famille. Il n'avait jamais non plus rencontré le cousin de Kicki Berggren. Tout ce qu'il savait d'eux, il l'avait lu dans les journaux.

Thomas le regarda pensivement.

L'après-midi s'avançant, les ombres s'allongeaient. Il n'y avait presque plus de soleil là où était assis Pieter Graaf. Il se balançait légèrement sur sa chaise de jardin, qui vacillait au rythme des mouvements imperceptibles de son corps. De temps à autre, des aiguilles de pin tombaient dans le sable.

Pieter Graaf faisait bonne impression. Il paraissait honnête, sincèrement étonné que la police revienne le voir.

Ses nombreuses années dans la police avaient bien sûr appris à Thomas à se méfier de la première impression. Mais il sentait viscéralement qu'il avait affaire à un père de famille ordinaire plutôt qu'à un assassin.

«La veille de sa mort, Kicki Berggren a demandé l'adresse d'une personne dont le nom ressemble au vôtre. Pouvez-vous imaginer une raison pour laquelle elle aurait pu vouloir vous parler?»

L'homme sembla soucieux. Il baissa la tête et effleura des lèvres le front de son fils, qui avait grimpé sur ses genoux où il trônait, satisfait. Bronzé, avec ses cheveux blond blanc, il ressemblait au garçon sur la fameuse étiquette des allumettes qu'on trouvait en vente partout.

« Non, aucune. Je n'ai absolument pas la moindre idée de qui elle est, ni de ce qu'elle venait faire à Sandhamn. »

Son sourire était désarmant.

« J'espère que vous me croyez, car je ne saurais pas comment le prouver. La première fois que j'ai entendu parler de Kicki Berggren, c'était dans le journal. » Il vérifia la date sur sa montre. « Ça devait être il y a environ une dizaine de jours.

— Vous êtes bien certain de ne jamais l'avoir rencontrée ? insista Thomas.

— Autant que je sache, oui.

— Vous habitez près de la Mission.

— C'est vrai, mais je ne suis pas le seul. Et je n'étais même pas là le week-end de sa mort.

— Où étiez-vous à Pâques ? C'est là que son cousin a disparu, précisa Thomas.

— À Åre. Au ski. »

Il regarda Margit et Thomas d'un air inquiet.

« Je n'ai jamais eu le moindre contact avec ces gens. J'en suis absolument certain.

— Vous venez souvent ici en hiver ? demanda Thomas.

— Non, jamais. Nous fermons la maison en octobre pour n'y revenir qu'en mai. Nous ne sommes sur l'île qu'à la belle saison. »

Margit se racla la gorge.

« Connaissez-vous quelqu'un qui travaille au Systembolaget ?

— Personne en particulier. Pourquoi ? »

Elle lui expliqua que Krister Berggren y avait travaillé jusqu'à sa mort. Tout type de lien entre lui et Sandhamn pouvait être intéressant.

«C'est surtout le vendredi soir que j'ai affaire au Systembolaget, avoua Pieter Graaf. Je me retrouve à y faire la queue comme tout le monde, en me disant que j'aurais dû venir plus tôt dans la semaine.» Un clin d'œil ironique accompagna cette dernière phrase.

«Et par votre travail? Des commandes du Systembolaget? demanda Margit.

— Absolument pas. Nous n'avons aucune entreprise publique parmi nos clients. Nous travaillons surtout avec des PME. Le secteur privé», se dépêcha-t-il d'ajouter.

Thomas se tut.

Pieter Graaf sourit en agitant les mains.

«J'aimerais pouvoir vous aider, mais je ne pense pas avoir la moindre information.»

Thomas décida de changer son fusil d'épaule.

«Et Jonny Almhult? Est-ce que vous le connaissiez?»

L'homme le regarda, hésitant.

«Qui est-ce?

— La personne qu'on a retrouvée noyée devant la plage de Trouville la semaine dernière. Il résidait sur l'île, où il gagnait sa vie comme menuisier. Il peignait aussi des tableaux, d'ailleurs.

— Désolé. Je ne l'ai jamais rencontré. Nous sommes assez nouveaux, ici, et nous n'avons jamais eu beaucoup d'occasions de rencontrer la population locale. Nous avons acheté la maison en bon état, nous n'avons jusqu'à présent pas eu besoin de faire appel aux services d'un artisan.» Il frappa du doigt le bord de la table. «Je touche du bois.»

La conversation commençait visiblement à agacer le petit garçon, qui se mit à se tortiller comme un ver.

« Je veux jouer au ballon, papa. Pourquoi ils ne partent pas, la dame et le monsieur ? » Il tira sur le pull de son père. « Je veux qu'ils partent ! » répéta-t-il.

Thomas sourit au petit garçon.

« On a bientôt fini, promit-il. Juste une chose encore. »

Il étudia quelques secondes l'homme qu'il avait en face de lui.

« Avez-vous de la mort-aux-rats chez vous ? demanda-t-il alors.

— De la mort-aux-rats ? »

Pieter Graaf sembla perplexe.

« De la mort-aux-rats, répéta Margit. Nous voulons savoir si vous avez de la mort-aux-rats chez vous. »

L'homme réfléchit, puis posa doucement son fils dans le sable et se leva.

« Il faut que je demande à ma femme. Il est très possible que nous en ayons. »

Il alla appeler dans la maison. Une femme mince avec une tresse apparut à la porte. Interloquée, elle regarda son mari et les deux étrangers assis dans le jardin. Pieter Graaf expliqua rapidement de quoi il s'agissait.

Elle secoua d'abord la tête, puis s'interrompit. « Tu sais quoi, dit-elle, je me demande s'il n'y en aurait pas quand même à la cave, dans le petit cagibi ? »

Elle se tourna vers Thomas et Margit.

« Le précédent propriétaire a laissé des tas de choses à la cave, en nous disant de prendre ce qui nous intéressait. Je crois qu'il y en a peut-être une boîte. Vous voulez que j'aille la chercher ? »

Elle disparut dans la maison et revint quelques minutes plus tard avec une petite boîte en plastique dur marquée d'un triangle rouge.

L'étiquette annonçait, en caractères noirs : ANTI-RONGEURS. Elle tendit la boîte à Thomas qui ouvrit doucement le couvercle de sûreté. C'était plein de grains bleus.

Après quelques dernières questions sur les gens que Pieter avait rencontrés sur l'île au cours de l'été, ils achevèrent l'entretien en le remerciant. Entre-temps, le petit garçon, lassé des adultes, était retourné jouer avec le ballon. Il était à présent très occupé à essayer de s'asseoir dessus.

« Ça n'a pas donné grand-chose, constata Margit dès qu'ils se furent un peu éloignés. Il n'y a pas de lien évident, il n'a pas de mobile et un excellent alibi. Que désirer de plus ? Contre lui, il n'a que cette mort-aux-rats.

— Je suis bien d'accord avec toi, dit Thomas. Et on n'est pas un assassin juste parce qu'on a de la mort-aux-rats dans sa cave. »

Il s'essuya le front avec un coin de sa chemise. Il faisait très chaud. Le vent était à présent complètement tombé, et on était encore loin de pouvoir compter sur la brise du soir pour se rafraîchir.

Thomas se tourna vers Margit, un peu hésitant.

« Alors, prête à aller saluer Philip Fahlén ?

— Et comment ! Montre le chemin, je te suis. »

49

Ils se dirigèrent vers Fläskberget et le cimetière, en passant devant plusieurs maisons plus modernes. Des résidences secondaires construites à partir des années soixante, qui avaient vraiment l'air de maisons de vacances, loin du style un peu vieillot qui caractérisait le village.

Les chaussures de Thomas se remplirent de sable, c'était inévitable.

On voyait que la fin juillet approchait. Les lilas avaient depuis longtemps fané, relayés par des tournesols jaune sombre et des groseilliers fatigués. Ici et là, des touffes d'herbe jaunie pointaient dans le sable. Témoignage d'audacieuses tentatives d'enracinement en milieu hostile. Dans quelques jardins, on apercevait des ébauches de pelouse, mais la plupart se contentaient de plates-bandes cernées par le sempiternel sable.

Philip Fahlén habitait la partie nord-ouest de Sandhamn, où la langue de terre était si étroite qu'on voyait d'un côté à l'autre de l'île.

Jusqu'à la plage où le malheureux Krister Berggren s'était échoué quelques semaines plus tôt.

Ils n'étaient qu'à dix minutes à pied du port avec son va-et-vient de bateaux et de visiteurs, mais sur ce versant de l'île régnait un grand calme. On entendait les oiseaux gazouiller parmi les arbres et le soleil filtrait à travers les cimes des grands pins. Les myrtilles commençaient à mûrir.

La maison Fahlén était bien située, sur des rochers, à quelques mètres seulement d'un ponton qui avançait loin sur la mer. Un imposant bateau à moteur de marque Bayliner y était amarré. Un grand jacuzzi en bois sombre se dressait au bord de l'eau avec une vue superbe. Un hangar à bateaux percé de deux étroites fenêtres l'abritait des regards de l'autre côté. Par une des fenêtres carrées, Thomas aperçut plusieurs filets pendus à des crochets.

Le drapeau était hissé, signe de la présence du propriétaire sur l'île.

Margit se figea, comme si elle n'en croyait pas ses yeux. La maison était vert pomme. Littéralement. Thomas, qui était prévenu, se contenta de la regarder, un sourire malicieux aux lèvres.

En plein archipel, où toutes les maisons étaient peintes du même rouge de Falun, on avait choisi de peindre celle-ci en vert. Sans les angles et l'escalier blancs, on se serait cru devant un gigantesque gâteau en pâte d'amande. Il ne manquait que la rose en sucre.

Margit regarda Thomas, qui se contenta de secouer la tête.

«Chacun se fait plaisir à sa façon. C'est comme ça depuis assez longtemps, si ma mémoire est bonne.

— Mais comment peut-on avoir une idée pareille? Ici? s'exclama Margit abasourdie en embrassant la chose du regard.

— Ils trouvent peut-être ça joli. Ou alors ils sont daltoniens, tenta Thomas.

— Il n'y a pas une commission d'urbanisme, à la commune de Värmdö, qui aurait son mot à dire? Ça ne peut quand même pas être permis?»

Thomas haussa les épaules.

«Ils ont sans doute tenté le coup. Et on n'a pas eu le courage de les poursuivre. Les gens arrivent finalement à faire à peu près ce qu'ils veulent, par ici. Tu n'imagines même pas le nombre de constructions allant complètement à l'encontre des règles d'urbanisme.»

Margit toucha la façade, comme pour s'assurer que c'était une vraie couleur, qu'elle n'allait pas se détacher sous son doigt.

«Doux Jésus. Je crois que je n'ai jamais rien vu de pareil!»

Sur la porte d'entrée, une pancarte BIENVENUE, aux couleurs, bleu et blanc, plus traditionnelles.

Une fenêtre était entrebâillée mais personne ne vint leur ouvrir quand ils frappèrent. Ils firent le tour et constatèrent que la porte de la véranda était fermée. On ne voyait aucun signe de vie.

Une vaste terrasse en bois longeait tout un côté de la maison. Y trônaient une grande table en teck et un barbecue à roulettes de taille inhabituelle. Un peu plus loin s'alignaient plusieurs chaises longues à rayures. Par de larges baies vitrées, on apercevait un généreux groupe de canapés, une table de salle à manger et sur un mur un écran plasma. Des haut-parleurs Bang & Olufsen étaient disposés aux quatre coins de la pièce.

«Il y a tout ce qu'il faut pour passer une bonne soirée d'été», constata Margit.

Elle regarda avec envie le jacuzzi qu'un tuyau blanc reliait à la mer. On utilisait sans doute l'eau de mer pour le remplir. Dedans flottait un plateau carré en bois sur lequel étaient posés trois verres à grog et une bouteille de whisky. Le propriétaire ne s'inquiétait visiblement pas de laisser son alcool à la merci d'un visiteur indélicat.

Margit était mi-fascinée, mi-effrayée devant le train de vie confortable qui se révélait sous ses yeux.

«Je me demande qui peut avoir de tels moyens. Ça n'a pas l'air donné. Il faut avoir gagné au loto ou être chef d'entreprise. Qu'est-ce que tu en dis?

— Chef d'entreprise. Beaucoup de ces trucs ont sûrement été facturés au nom de sa société, dit Thomas. Maquillés, bien sûr : on n'aura pas mis "jacuzzi pour villa au bord de la mer", mais quelque chose du genre : "cuve en plastique".»

Rire tranchant de Margit.

«Selon son degré d'honnêteté, bien sûr.» Thomas lui fit un clin d'œil ironique. «Mais il ne s'est pas payé tout ça avec de l'argent déclaré au fisc. J'en mettrais ma main à couper.»

Margit regarda alentour. Pas un signe de vie.

«Que fait-on? dit-elle. Personne n'est là, et la famille Fahlén peut mettre du temps à se pointer.

— S'ils sont sortis en mer, ils ne vont pas tarder. S'ils étaient partis pour la nuit, ils auraient sûrement pris leur Bayliner. Ils ont dû prendre un bateau plus petit.» Il désigna plusieurs amarres jetées sur le ponton. Elles semblaient appartenir à un autre bateau. «Le genre avec lequel on peut poser des filets, ajouta-t-il, surtout pour lui-même.

— Tu veux attendre? demanda Margit.

— On peut revenir un peu plus tard. Je préférerais ne pas téléphoner avant. Il vaut mieux poser ce genre de questions sans s'être annoncé.»

Il regarda l'heure.

« On va manger un morceau, puis on peut passer chez Nora en attendant. On ne va pas laisser tomber, maintenant qu'on est là. »

Il fit quelques pas vers le portail, puis se tourna en souriant vers Margit.

« Comme ça, tu feras aussi la connaissance de mon filleul. »

50

« Thomas ! »

Simon franchit le portail ventre à terre pour se jeter dans les bras de son parrain.

« Tu as un cadeau pour moi ? »

« Mais enfin, Simon, ça ne se dit pas ! » Nora fit les gros yeux à son fils. « On est content d'avoir la visite de Thomas, avec ou sans cadeau. Non ? »

Thomas présenta Margit et accepta volontiers la bière qu'on leur proposait. Mais légère de préférence, ils étaient en service.

Ils s'installèrent dehors, profitant du parfum des rosiers qui embaumaient depuis le jardin de Signe, juste à côté. Les hirondelles volaient haut, annonçant le beau temps.

« Comment va l'enquête ? » demanda Henrik en remplissant les verres de bière bien fraîche.

Nora remplit un saladier de chips qu'elle posa sur la table. Simon en attrapa aussitôt une pleine poignée avant qu'elle puisse l'en empêcher. Puis son visage se fendit d'un large sourire qui dévoilait un trou dans la rangée de dents du bas. Impossible de ne pas sourire à son tour.

Thomas se tourna vers Margit, qui fit une petite grimace.

«Ça dépend comment on voit les choses, dit-il. Nous savons de quoi est morte Kicki Berggren, mais pas pourquoi.

— Et qu'est-ce qui l'a tuée? demanda Henrik avec curiosité.

— De la mort-aux-rats.»

La déclaration de Thomas eut un effet plus dramatique qu'escompté. Nora et Henrik le regardèrent, bouche bée.

«Je n'aurais pas cru qu'on puisse tuer quelqu'un avec de la mort-aux-rats, dit Henrik, songeur.

— On peut tuer n'importe qui avec n'importe quel poison, à condition d'administrer la bonne dose», dit Thomas.

Henrik fronça les sourcils.

«Si je me rappelle bien mes études de médecine, il y a quelques cas connus de tentatives de suicide à la mort-aux-rats, mais rarement couronnées de succès. Juste douloureuses. Il faut des doses très élevées pour qu'elles soient mortelles.

— Tout à fait, dit Thomas. D'après le labo de Lindköping, la mort-aux-rats n'aurait pas suffi, mais la victime a reçu des coups à la tête qui ont provoqué une hémorragie cérébrale mortelle.

— Ceci explique cela, dit Henrik. Si elle a commencé à saigner et que le mécanisme de coagulation était hors-jeu à cause de la warfarine, il n'y avait plus grand-chose à faire pour la sauver. Elle n'a pas dû mettre longtemps à mourir. »

Il prit quelques chips et continua.

« Avait-elle d'autres symptômes indiquant que son sang ne coagulait plus ?

— Elle avait reçu un coup à la tempe qui semblait beaucoup plus grave qu'il n'était en réalité. »

Henrik opina du chef.

« Cela correspond tout à fait aux effets prévisibles. Quand le sang ne coagule plus, le moindre saignement prend des proportions impressionnantes. »

— De la mort-aux-rats, répéta Nora. Drôle de façon de faire.

— D'un autre côté, ajouta Henrik, il est assez facile de s'en procurer. Pour un empoisonneur amateur qui n'a pas accès aux poisons plus classiques qu'on trouve dans le circuit médical, ça peut sembler efficace. Demandez à Monsieur Tout-le-monde, la grande majorité des gens sont persuadés qu'on peut l'utiliser comme poison. »

Il avait captivé l'attention de Thomas.

« Qu'est-ce que tu veux dire par poisons plus classiques ? demanda celui-ci en se penchant en avant.

— De l'arsenic, par exemple, ou de la digitale, qui est une fleur très courante. On l'utilise pour soigner les problèmes de cœur, mais c'est mortel à haute dose. Les moines se servaient autrefois de cette fleur pour camoufler des assassinats, car la substance laisse peu de traces. »

Henrik se tut, prit encore quelques chips et continua.

« La morphine fonctionne de la même façon. Un peu de morphine soulage la douleur, trop tue. Beaucoup de médicaments deviennent des poisons mortels s'ils sont mal dosés.

— L'utilisation de mort-aux-rats suggère donc un meurtrier peu au fait des poisons, dit Margit. Un amateur, en d'autres termes.

— Tout à fait. La mort-aux-rats est facile à trouver et semble très dangereuse. Mais c'est loin d'être efficace à coup sûr. »

Thomas réfléchit à la théorie de Henrik.

« Cela signifierait donc que nous avons affaire à un meurtrier qui agit certes avec préméditation, mais sans bien savoir comment s'y prendre. »

Henrik secoua la tête.

« Non, pas forcément. Cela pourrait tout aussi bien être un meurtrier pris au dépourvu. Il a tout simplement utilisé ce qu'il avait sous la main.

— Tu veux dire qu'il a pris le premier poison venu ? dit Thomas, un léger doute dans la voix.

« Mais oui, dit Henrik. Si on n'a pas prévu d'assassiner quelqu'un, mais qu'on se retrouve soudain dans une situation où on est obligé de le tuer, on va utiliser ce qu'on a à la maison. Faire feu de tout bois, comme on dit.

— On peut acheter de la mort-aux-rats, par ici ? » demanda Margit en se tournant vers Nora.

Nora semblait dubitative.

« Je ne saurais pas dire si on peut s'en procurer sur l'île. Mais sinon il suffit d'en apporter de Stockholm.

— Il n'est pas facile d'en faire absorber à quelqu'un à son insu, souligna Thomas. Comment s'y prend-on pour lui faire avaler une assiette entière de graines bleues sans qu'il se doute de quelque chose ? Cela semble impossible. »

L'air absent, Nora arracha un brin d'herbe qu'elle fit tourner entre le pouce et l'index. Elle fronça les sourcils, comme si elle essayait de se souvenir.

«Quand j'étais petite, il me semble qu'il y avait de la mort-aux-rats liquide, dit-elle lentement. Je me souviens que ma mère s'en servait ici, car elle avait l'habitude de ranger le flacon tout en haut d'un placard et de nous menacer d'être privés des bonbons du samedi si nous avions ne serait-ce que l'idée d'y toucher. C'était un flacon en verre brun, avec une tête de mort sur l'étiquette.»

Margit se redressa et adressa un regard admiratif à Nora.

«De la mort-aux-rats liquide. Nous aurions dû y penser. C'est l'explication, naturellement. Il suffit d'en verser dans du thé, du café ou toute autre boisson. Il est alors très facile de tromper quelqu'un qui n'est pas sur ses gardes.»

Elle se tourna vers Thomas.

«On téléphone à Carina. Qu'elle regarde ça de plus près. Il faut reconsidérer le scénario.»

Elle donna une légère tape sur l'épaule de Nora. «Bien vu, Nora.»

Nora parut gênée, mais reçut bien volontiers le compliment. Puis fronça à nouveau les sourcils.

«Pourquoi le meurtre de Kicki Berggren serait-il spontané, si le meurtrier a déjà tué Krister Berggren?»

La question resta en suspens.

«Nous ne savons toujours pas si Krister Berggren a été assassiné, objecta Thomas.

— Non, dit lentement Margit, mais s'il l'a été, personne ne devait jamais le savoir. L'assassin pensait sûrement qu'on ne le retrouverait jamais. Cette amarre qu'il avait passée autour du corps était sûrement reliée à un poids. Destiné à le faire couler. Si la corde ne s'était pas rompue et que la hausse de la température de l'eau n'avait pas ramené le corps à la surface, il ne se serait jamais échoué à

Sandhamn, et personne n'aurait jamais su qu'un meurtre avait été commis.»

Thomas hocha la tête.

«Sans le meurtre de Kicki Berggren, la mort de son cousin aurait très certainement été classée sans suite comme un accident», dit-il.

Margit poursuivit son raisonnement sans se laisser distraire.

«L'assassin n'a pas eu de chance avec le corps de Krister Berggren. Puis débarque Kicki Berggren. D'une façon ou d'une autre, elle sait, ou croit savoir qui a tué son cousin. Elle arrive à Sandhamn pour se confronter à l'assassin.

— Qui panique, compléta Thomas, et décide de la tuer elle aussi.

— Exactement, dit Margit.

— Et comme l'assassin ne s'attendait pas à la visite de Kicki Berggren, il utilise ce qu'il trouve dans son placard, de la mort-aux-rats», acheva Thomas.

Margit se cala au fond de sa chaise, l'air satisfait.

Plus ils comprenaient l'assassin, plus ils augmentaient leurs chances d'élucider le meurtre, pensa Thomas. Ils le savaient d'expérience, un mode opératoire non prémédité laisse toujours plus de traces. Décidément, dans cette enquête, toutes les contributions étaient utiles.

Ils n'eurent pas à attendre longtemps que Carina rappelle. Thomas entendit tout de suite qu'elle avait trouvé quelque chose, impossible de ne pas remarquer l'excitation de sa voix.

«Je n'ai trouvé personne chez Anticimex à cette heure-ci, mais je suis allée faire un tour sur Internet. J'ai trouvé des informations sur sept sortes de mort-aux-rats contenant de la warfarine, toujours sous la forme habituelle de grains de blé teintés en bleu.

— C'est tout ? »

Thomas ne put cacher sa déception.

« Ne sois pas si impatient, dit Carina, visiblement contente d'elle. J'ai découvert autre chose. Quelque chose de très intéressant. Il a en effet existé un produit à la warfarine sous forme liquide, mais il a été interdit à partir de fin 1990. En revanche, il s'est vendu jusqu'à cette date.

— Là, ça commence à prendre tournure. »

Un large sourire se dessina sur le visage de Thomas.

« Ce produit était aussi beaucoup plus concentré que la mort-aux-rats en vente aujourd'hui, continua Carina. Quatorze fois plus environ. Beaucoup plus efficace, en d'autres termes. »

Thomas siffla d'admiration. Il imagina le visage radieux de Carina et s'étonna de sentir une joie inhabituelle se répandre dans son corps.

« Bon boulot, Carina », lâcha-t-il un peu gauchement avant de raccrocher. Il resta là quelques instants, téléphone à la main, bouleversé par sa réaction. Le commentaire de Margit le ramena à la réalité.

« Tout s'explique, dit-elle. Si l'assassin disposait de mort-aux-rats liquide, il lui a été beaucoup plus facile d'en administrer par surprise une dose mortelle à Kicki Berggren.

— Assez simple, en effet, renchérit Thomas, il suffisait de le mélanger à une boisson quelconque. » Il finit sa bière et se leva.

« Je crois que maintenant nous sommes prêts pour aller bavarder avec Philip Fahlén. Nous pourrons toujours lui demander s'il a de la mort-aux-rats chez lui. Sous forme liquide », ajouta-t-il en adressant un clin d'œil à Nora.

Carina resta songeuse après sa conversation avec Thomas. Elle avait rougi, ravie, quand il l'avait complimentée au téléphone. Ces dernières semaines, il lui avait prêté bien plus d'attention qu'auparavant.

Et puis ils s'étaient beaucoup parlé. Il était souvent venu la voir pour lui demander des services divers, ou de contacter des gens pour l'enquête. Ce qui leur avait donné des occasions de bavarder.

Elle avait vraiment l'impression de s'être rapprochée de lui.

Dès qu'elle avait trouvé ces informations sur la mort-aux-rats liquide, elle avait su qu'il serait content. Très content. Elle l'avait rappelé aussitôt.

En entendant sa voix, elle avait ressenti un émoi incroyable. Et elle était certaine que lui aussi. Elle ne pouvait pas l'avoir inventé.

Elle décida de lui proposer de déjeuner ensemble un des prochains jours, quand il serait rentré au commissariat. Il fallait bien déjeuner, et ce n'était pas comme une invitation à dîner.

Elle n'osait pas encore lui proposer de sortir avec elle, pas encore.

Elle prit en sifflotant son sac de sport pour se rendre à la salle de gym. Il fallait être en bonne condition physique pour entrer à l'École de Police. Ce soir, même les dix kilomètres sur vélo d'entraînement qui l'attendaient lui semblaient une perspective réjouissante. Elle s'adressa un sourire triomphal en passant devant le miroir de l'entrée et sortit de chez elle.

51

La plage de Fläskberget était presque vide. Le calme était revenu après l'invasion de vacanciers, plus tôt dans la journée. Une pelle en plastique rouge oubliée près de l'eau témoignait du passage des hordes d'enfants venus en famille. Un peu plus loin, une petite chaussure bleue émergeait du sable.

Margit et Thomas traversèrent la petite plage à grandes enjambées et s'engagèrent sur le chemin qui menait à la pointe ouest de l'île et à la maison des Fahlén.

En approchant, ils constatèrent la présence d'un hors-bord bleu amarré près du bateau à moteur. Une femme vêtue d'un short et d'un top qui lui laissait la plus grande partie du ventre nue se montra à la fenêtre. Ses grosses lunettes de soleil remontées sur le front lui donnaient l'air d'une mouche. Elle sortit de la maison et vint à leur rencontre alors qu'ils n'étaient plus qu'à quelques mètres du portail.

« Vous cherchez quelqu'un ?

— Nous sommes de la police. Nous aimerions parler à Philip Fahlén, s'il est chez lui. »

Thomas sortit à tout hasard sa carte de police.

La femme le regarda, d'un air surpris, puis se retourna pour appeler à l'intérieur.

« Phil ! Il y a deux policiers qui veulent te parler ! »

Elle les regarda à nouveau, inquiète.

« Il s'est passé quelque chose ? C'est grave ?

— Nous souhaitons juste lui poser quelques questions. Ce ne sera pas long. »

Thomas lui adressa un sourire rassurant. Margit se tut. Philip Fahlén apparut dans l'embrasure de la porte, un verre à la main.

C'était un homme gras d'environ soixante-cinq ans. Il était très bronzé, avec de rares cheveux coupés très court, ce qui faisait ressortir ses oreilles un peu décollées. Il portait un pantalon bleu et une chemise blanche ouverte. Autour du cou, un foulard bleu et rouge.

Thomas s'amusa à l'idée qu'il ne lui manquait plus qu'une casquette pour jouer au capitaine de yacht en Méditerranée.

Sans se douter de ces réflexions, Philip Fahlén les conduisit dans le grand séjour avec vue sur la mer. Il les invita à prendre place dans d'opulents fauteuils débordant de coussins. La vue par la grande baie vitrée était splendide. Des îlots et des rochers se dessinant à l'infini sur la mer scintillante.

Sur la table basse en verre, des journaux étrangers et plusieurs livres sur la côte suédoise. Thomas reconnut un ouvrage sur les phares du fameux photographe de l'archipel Magnus Rietz. Toute la pièce était placée sous le signe de l'archipel. Des tableaux de marines étaient accrochés aux murs et les coussins dans les fauteuils bleu roi avaient pour motif des pavillons de signalisation. Dans chaque coin de la pièce, les abat-jour des lampes figuraient des cartes marines. Un tapis de laine carré aux rayures bleues et blanches complétait l'ameublement, ainsi qu'une énorme lampe à pétrole électrifiée qui pendait du plafond.

Comme si on avait acheté toute une boutique de mobilier marin.

Pendant que Margit s'asseyait dans un fauteuil et considérait la décoration sans un mot, Thomas se présenta et expliqua la raison de leur visite. Il résuma ce qui les avait conduits jusqu'à lui et demanda pour commencer à Fahlén s'il avait eu la moindre relation avec Krister ou Kicki Berggren.

«Je ne connais absolument pas ces gens, répondit l'homme, catégorique. Je ne sais rien de plus que ce que j'ai lu dans les journaux. Je ne les ai jamais rencontrés».

Il fixa Thomas et Margit en fronçant les sourcils comme pour exprimer son étonnement qu'ils puissent croire qu'il existait un quelconque lien entre lui et les victimes.

«Vous en êtes certain? dit Margit.

— Bien sûr. Sinon je ne vous aurais pas dit ça.»

Thomas décida de changer de sujet.

«Pouvez-vous nous parler un peu de votre activité? Les affaires marchent?»

Philip Fahlén sembla surpris, comme s'il ne s'attendait pas à ce que la police s'y intéresse.

«La société va très bien. Vraiment très bien, en fait. Nous vendons du linge de maison et des lave-vaisselle à des restaurants dans tout le pays.

— Combien de personnes travaillent chez vous? dit Margit.

— J'ai environ cinquante employés, répondit Fahlén. J'ai pris la succession de mon père, mais je me suis bien entendu diversifié. Il faut vivre avec son temps.

— Où êtes-vous installé? demanda Thomas.

— Nous avons nos bureaux à Sickla. Mais nous livrons dans toute la Suède. Nous avons beaucoup de restaurants connus parmi nos clients.»

On voyait que Philip Fahlén était très fier de son entreprise. Sans la moindre gêne, il se vantait de ses succès et du standing de ses clients.

Après un moment, Thomas essaya d'orienter la conversation vers Sandhamn.

« Comment en êtes-vous venu à habiter ici l'été ? Avez-vous un lien avec l'île ?

— Pas de raison particulière. Je suis tombé sous le charme de l'archipel dans les années 1970 et j'ai commencé à venir ici.

— Vous avez toujours habité cette maison ?

— Non, les quinze premières années, quand mes filles étaient petites, je louais du côté de Trouville.

— Puis vous avez acheté ici ?

— C'est ça. Je l'ai achetée à cette vieille Mme Ekman quand elle est devenue veuve et n'avait plus la force de l'entretenir. Je l'ai eue pour une bouchée de pain au début des années 1990. C'était bien avant que les prix montent en flèche et que n'importe qui se mette à vouloir acheter dans le coin. » Il se pencha en arrière. « Aujourd'hui je pourrais certainement vendre pour plusieurs fois le prix. Ça a été un bon investissement, ça oui. Mais il faut dire que j'ai du nez pour les affaires, ajouta-t-il avec un sourire satisfait.

— Dites-moi, votre entreprise a-t-elle des contacts avec le Systembolaget ? » demanda Margit.

Philip Fahlén blêmit.

« Pas sur le plan professionnel.

— Vos clients ne seraient-ils pas intéressés par autre chose que de l'équipement de cuisine ? continua Margit.

— Qu'est-ce que vous voulez dire ? Quoi par exemple ?

— De l'alcool bon marché. De l'alcool de contrebande.

— Mais qu'est-ce que j'en sais, moi ? Et où êtes-vous allée chercher ça ? » s'indigna Fahlén.

Le regard de Margit se fit pénétrant. Au point que Fahlén commença à tripoter nerveusement son verre. Une petite goutte de sueur perla à sa tempe droite.

Thomas décida de changer de sujet.

«Passez-vous beaucoup de temps dans votre maison de vacances?

— Pas mal. On est bien ici.

— Et vous venez aussi hors saison? Avez-vous fêté Pâques ici cette année?

— Comme je vous l'ai dit, nous sommes ici assez souvent, répondit-il d'un ton neutre.

— Vous n'avez pas répondu. Étiez-vous ici à Pâques?»

Philip Fahlén sembla désemparé, comme s'il cherchait à comprendre pourquoi on lui posait cette question.

«Nous devions sans doute y être cette semaine-là. Nous passons souvent Pâques à Sandhamn.

— Krister Berggren a disparu à cette période, expliqua Thomas d'un ton froid. Son corps a été rejeté sur la plage juste là, à côté. Vous pouvez la voir de la fenêtre de la cuisine, en regardant bien, n'est-ce pas?»

Il se leva et s'approcha de la fenêtre. Au-delà des pins, on apercevait la bande de plage où le corps de Berggren avait été retrouvé.

Fahlén secoua la tête avec véhémence.

«Je n'ai pas rencontré ce Berggren à Pâques. Et je n'ai pas rencontré cette femme non plus. Je n'ai rien à voir avec ces gens, je vous l'ai dit.

— Et vous ne connaissiez pas Jonny Almhult? Il vivait pourtant sur l'île», dit Thomas en haussant le ton.

Philip Fahlén secoua la tête.

«Est-ce bien sûr?» insista Thomas.

Il crut voir son interlocuteur se tasser un peu sur lui-même. Les secondes passèrent tandis que Fahlén réfléchissait.

« Je l'ai peut-être rencontré une ou deux fois. Je ne peux absolument pas dire que je le connaissais.

— Donc vous avez déjà rencontré Jonny Almhult ?

— C'est possible. Je ne comprends pas pourquoi vous voulez le savoir. »

Philip Fahlén but une gorgée de son verre décoré d'une couronne de demi-boules dorées.

« Tout ce qui concerne les personnes qu'on a retrouvées mortes à Sandhamn nous intéresse, vous vous en doutez. »

Thomas articula ces mots très lentement pour qu'ils fassent leur effet.

« Jonny Almhult vous a-t-il rendu des services ?

— Quel genre de services ?

— Vous le savez mieux que moi. Alors ?

— Il nous a peut-être donné un coup de main pour des bricoles, je ne me souviens pas bien. »

Margit le regarda avec scepticisme.

« C'est tout ?

— Je ne vois rien d'autre.

— Vous aurait-il aidé à transmettre des messages à d'autres personnes ? Des messages dont vous ne vouliez pas vous charger personnellement ?

— Là, je ne vois pas ce que vous voulez dire. »

Philip Fahlén avait abandonné sa posture décontractée. Il était à présent assis droit dans son fauteuil.

« Vous ne l'auriez pas par hasard chargé de contacter Kicki Berggren à votre place ?

— Absolument pas ! »

La réponse fut rapide et outrée.

Thomas fut tenté d'enfoncer le clou mais estima qu'il n'arriverait à rien de plus, à moins de procéder à un interrogatoire en règle. Ce qu'il faudrait peut-être envisager.

Il le regarda à nouveau droit dans les yeux.

« Avez-vous de la mort-aux-rats chez vous ?

— Je n'en sais rien. Demandez à ma compagne. C'est Sylvia qui s'occupe des courses.

— Avez-vous eu des rats ? Vous devez quand même être au courant ?

— C'est peut-être arrivé cet automne. Je ne sais pas bien.

— Mais à l'époque, vous ne vous êtes pas procuré de la mort-aux-rats ?

— Je n'en sais rien, je vous l'ai déjà dit.

— Que faisiez-vous vendredi, il y a dix jours ? » glissa Margit.

Une expression incertaine se répandit sur la face grasse de Philip Fahlén. Il fronça les sourcils, comme s'il essayait de se souvenir.

« Je crois que je me suis occupé de mon bateau. Le point mort ne passait pas bien, alors j'ai essayé de régler le problème. Ça devait être ce week-end-là.

— Quelqu'un peut-il le confirmer ?

— Sylvia était là.

— Tout le week-end ? » demanda Thomas.

Le regard de Philip Fahlén se troubla.

« Je pense. En tout cas presque toute la journée. Si je ne me trompe pas, elle a dû prendre son vélo pour aller boire un verre avec des amies au *Bar des Plongeurs*. Mais vous feriez mieux de le lui demander directement. C'est difficile de se rappeler exactement une semaine et demie après. »

Thomas se pencha en avant et se retrouva vraiment très près de Philip Fahlén, à quelques centimètres seulement de son visage. Il sentait très fort la cigarette.

«Vous ne connaissiez donc vraiment pas Krister Berggren ni sa cousine Kicki Berggren? Aucun des deux n'est passé vous rendre visite?

— Non, je vous l'ai dit. Vous croyez que je ne sais pas qui vient chez moi? dit Philip Fahlén d'une voix stridente.

— À l'instant, vous disiez ne pas connaître Jonny Almhult, puis vous avez changé d'avis.

— Ce petit jeu commence à me fatiguer. Qu'est-ce que vous insinuez? Si vous avez l'intention de continuer à poser ce genre de questions, j'exige la présence de mon avocat.»

Fahlén défia Thomas du regard.

«C'est bien sûr une possibilité, admit Thomas. Mais il serait beaucoup plus simple de répondre directement à nos questions, maintenant que nous sommes là.»

Philip Fahlén n'était pas de cet avis.

Il se leva pour signifier la fin de l'entrevue et s'essuya le front avec un mouchoir rouge. Il gagna ensuite le hall, où il ouvrit la porte en grand d'un geste démonstratif.

«Merci de votre visite. Bonne journée.»

Thomas regardait, fasciné, cet homme gras qui leur tenait la porte. Il n'aurait pas cru qu'il leur tiendrait tête à ce point. L'homme semblait sournois et grande gueule, mais pas courageux pour un sou. Thomas était assez impressionné du ton qu'il avait pris.

Ils se levèrent et gagnèrent la porte.

Philip Fahlén s'essuya à nouveau le front avec son mouchoir rouge. Thomas le dévisagea une dernière fois avant de sortir.

«Au revoir», dit-il d'un ton aimable.

Fahlén ne leur serra pas la main.

Margit et Thomas poussèrent le portail et sortirent sur le sentier. Le vent s'était un peu levé. On l'entendait siffler à la cime des grands pins, dont les troncs gris contrastaient avec le vert des touffes de myrtilles. Des îlots de mousse vert-de-gris formaient comme des oreillers moelleux entre les pins.

Margit regarda sa montre.

«Il se fait tard. Attention, il ne faut pas rater le bateau du retour.»

Elle se retourna vers la maison qu'ils venaient de quitter.

«Qu'est-ce que tu en dis, de ce type? Dans le genre nouveau riche, j'ai rarement vu mieux. Mais je me demande s'il est capable de trois meurtres?»

Thomas se gratta la nuque.

«Difficile à dire. Il avait l'air très nerveux. Je pense vraiment qu'il faut creuser la piste. Pieter Graaf, en revanche, on peut le laisser de côté pour le moment, mais il y a quelque chose de louche chez ce Fahlén.»

Il jeta un dernier regard à la maison en massepain vert et regarda l'heure.

«Je crois qu'il y a un bateau dans une demi-heure. Si on y va maintenant, on l'attrapera sans problème.»

Mercredi, quatrième semaine

52

Nora regarda autour d'elle avec curiosité. L'adresse de l'agence de recrutement l'avait conduite jusqu'à un immeuble ancien en pierre dans un des quartiers les plus chics de Stockholm, Öfre Östermalm. Le porche était monumental, et il y avait même un tapis rouge dans l'entrée. L'agence occupait au troisième étage un appartement bourgeois, sans doute le domicile d'une riche famille à l'époque.

Elle avait pris le premier bateau, à six heures dix. Elle avait beau ne pas être du matin, elle avait apprécié ce départ aux aurores : l'air avait cette pureté qu'on ne trouve qu'avant huit heures à Sandhamn. C'était merveilleux de respirer la fraîcheur du matin et de profiter du calme de l'archipel encore endormi.

Les garçons devaient aller chez ses parents pendant qu'elle serait en ville. Henrik serait occupé avec son bateau. Comme d'habitude. Nora avait prévu d'en profiter pour faire les soldes. Elle n'avait pas souvent l'occasion de flâner en ville sans contraintes horaires.

Elle avait dit à Henrik qu'il fallait qu'elle retourne au bureau pour régler une affaire imprévue. Elle n'avait pas l'impression de mentir. Plutôt d'attendre un moment plus propice pour dire la vérité.

Le nouveau poste pouvait très bien s'avérer ne pas lui convenir. Dans ce cas, elle se serait inutilement disputée avec Henrik.

La réceptionniste l'introduisit dans une salle de réunion où du café et de l'eau minérale étaient servis sur un plateau. Nora faillit éclater de rire tant le lieu correspondait à ses attentes : c'était tout à fait ainsi qu'elle imaginait les locaux d'un chasseur de têtes.

Au centre de la table en acajou, un magnifique bouquet. Plusieurs beaux tableaux aux murs. On se serait presque cru chez un particulier, tant l'ensemble dégageait une impression d'intérieur habité.

Nora se demanda ce qui se passerait si elle rencontrait une connaissance. Ils convoquaient peut-être d'autres collègues juristes de la banque. Elle supposait qu'il devait arriver que les gens se croisent, si l'entretien traînait en longueur. Elle espérait que cela n'arriverait pas aujourd'hui.

Quand Rutger Sandelin entra et se présenta, elle reconnut aussitôt la voix qu'elle avait entendue au téléphone.

C'était un prénom peu commun. Rutger. Cela lui évoquait un cavalier anglais. Elle avait imaginé une personne mince et musclée en bottes de cuir et culotte d'équitation. C'était au contraire un homme dans la soixantaine, poivre et sel et légèrement enveloppé, très distingué.

« Merci de vous être déplacée, dit-il poliment. La banque nous a demandé de vous rencontrer pour avoir une image objective de vos qualifications. L'idée est que cette évaluation ne soit pas altérée par des problématiques internes.

— Je comprends », répondit Nora.

Ils parlèrent d'abord du poste à Malmö et des qualifications requises pour être responsable juridique de la région sud.

Tout en répondant à ses questions, Nora remarqua une tache de gras sur la cravate en soie mauve que Sandelin avait soigneusement assortie à sa chemise. Sans doute un accident au déjeuner, qui le rendait plus humain à ses yeux, même si lui s'en serait probablement passé.

Nora se présenta, indiqua ses expériences professionnelles. Elle avait fait son droit à Uppsala, s'était impliquée dans la vie étudiante. Son diplôme en poche, elle avait été rattachée au barreau, avant de commencer comme stagiaire au sein de la banque, où elle avait évolué vers son poste actuel.

Son curriculum figurait dans son dossier, mais Sandelin semblait vouloir tout reprendre au début, comme s'il s'agissait d'un tout autre poste, hors de la banque.

Nora dut aussi indiquer ce qu'elle estimait être ses points forts et ses points faibles, et comment ses collègues pourraient la décrire. Elle dut parler des difficultés et des défis qu'elle pouvait rencontrer et de sa façon de gérer le stress et les conflits.

En son for intérieur, elle songea qu'il était assez absurde de demander à une mère de jeunes enfants si elle savait gérer le stress et les conflits. Si on était incapable d'y faire face, on ne survivait pas une seconde au sein d'une famille comme la sienne. Pas d'enfants qui ne se volent régulièrement dans les plumes.

Deux emplois à plein-temps, plus deux garçons de six et dix ans, avec la ribambelle de sorties scolaires, pique-niques et collectes qui allaient avec, constituaient un générateur de stress assez efficace.

Merci pour la question.

Soudain, Rutger Sandelin lui demanda de décrire sa relation avec son chef actuel. Nora fut aussitôt sur ses gardes.

Que dire ?

Que Ragnar Wallsten était un enfant gâté occupant un poste bien au-dessus de ses compétences ? Que sa langue de vipère faisait que la plupart évitaient de le contredire, mais que peu recherchaient sa compagnie ? Qu'à son arrivée dans le département elle l'avait vu harceler un collègue plus âgé jusqu'à ce que celui-ci demande à partir ?

Quelques secondes durant, elle tenta désespérément de décider sur quel pied danser.

« Nous avons une relation correcte, à peu près comme tout le monde », dit-elle prudemment. Sa voix s'éteignit tandis qu'elle cherchait quelque chose de neutre à dire. « Ce n'est pas le genre de chef qui s'impose. Il nous laisse nous occuper nous-mêmes de nos affaires. »

Cette dernière phrase semblait idiote, elle la regretta aussitôt.

« Il faut dire qu'il est bien entendu très occupé par les grandes questions au sommet de la banque », ajouta-t-elle mollement.

Rutger Sandelin sembla remarquer son embarras et la rassura d'un sourire. Il se pencha et regarda Nora droit dans les yeux.

« Je vais être honnête avec vous. Les avis sont partagés sur Ragnar Wallsten et sa capacité à diriger l'équipe juridique. »

Nora se mordit les lèvres. Cela semblait trop beau pour être vrai. Elle en avait tellement assez de travailler avec lui.

Après environ une heure d'entretien, Rutger Sandelin changea de point de vue. Quelle était la profession de son mari ?

« Il est radiologue à l'hôpital de Danderyd. Il s'y trouve très bien, répondit Nora.

— Que dirait-il de devoir déménager à Malmö ?

— Nous n'en avons pas encore beaucoup parlé, mais il ne devrait sûrement pas avoir de difficulté à trouver du travail dans un des hôpitaux de la région. »

Rutger Sandelin se cala au fond de son fauteuil et joignit les mains. Cela lui donna des airs de vieux maître d'école.

« Il est important d'être d'accord dans ce genre de situation. Déménager est un bouleversement considérable. Il est nécessaire que chacun y mette du sien pour que tous retrouvent leurs marques dans le nouveau milieu. »

Son regard se fit pénétrant.

« Croyez-vous votre mari prêt à un tel bouleversement ? »

Nora déglutit.

Tout ce qu'il lui avait dit de ce nouveau poste était fantastique. Des missions stimulantes, des bonnes conditions de travail et une importante promotion. La banque paierait le déménagement et les aiderait à trouver un nouveau logement. Et puis toute la région de l'Öresund était bouillonnante de vie. Le nouveau pont vers le Danemark avait provoqué un bond en avant pour tout le sud de la Suède. Soudain le pays s'ouvrait au continent. En quelques heures de route, on était au cœur de l'Europe. Les garçons adoreraient habiter si près de Legoland. D'un coup de voiture, on pourrait aller à Copenhague se promener en amoureux sur l'avenue Strøget.

« Nous devons bien sûr en reparler plus en détail, mais Henrik trouvera certainement passionnant pour toute la famille de prendre un nouveau départ. »

Nora croisa les doigts sous la table, même si elle savait que c'était puéril.

Rutger Sandelin lui sourit, ravi, et conclut l'entretien.

« Vous avez les meilleures recommandations au sein de la banque. Le nouveau directeur de la région sud, Magnus Westling, a entendu beaucoup de bien à votre sujet et pense que vous conviendriez parfaitement à ce poste. Réfléchissez-y quelques jours et recontactez-nous. Si vous êtes intéressée, il vous faudra le rencontrer. Entre-temps, j'écris un rapport à votre DRH. »

Une fois ressortie dans la rue, Nora était à la fois enthousiaste et abattue. Comment convaincre Henrik de déménager à Malmö ? Elle avait tellement envie d'accepter ce nouveau poste.

Elle se dirigea vers un café et s'installa devant un cappuccino. Si c'était à Henrik qu'on avait fait une proposition de ce genre, il n'y aurait pas eu la moindre discussion. Tout le monde aurait été d'accord avec lui : la famille n'avait qu'à le suivre. Mais c'était l'inverse et rien n'allait de soi.

Sur un coup de tête, elle composa le numéro du portable de Henrik, rien que pour entendre sa voix. Ces derniers jours, ils n'avaient pas échangé trois mots sur un autre sujet que les enfants. Mais son portable était éteint et elle tomba directement sur sa boîte vocale.

Cela signifiait probablement qu'il était en mer. Comme d'habitude.

53

Selon le légiste que Thomas parvint finalement à joindre dans l'après-midi, l'hypothèse la plus vraisemblable était que Jonny Almhult était tombé d'un ferry pour la Finlande dès le dimanche soir.

Un corps tombé à l'eau mettait normalement presque une semaine avant de remonter à la surface. En été, pourtant, si l'eau était comme cette année inhabituellement chaude, cela pouvait ne prendre que quelques jours.

Comme le corps avait été trouvé dès le jeudi, il était peu probable qu'Almhult soit passé par-dessus bord plus tard que le dimanche, dernier jour où il avait été vu en vie.

Cela signifiait qu'il devait être monté à bord du ferry partant à dix-neuf heures du quai de Stadsgården.

Le *Cinderella* était arrivé à l'embarcadère de Strandvägen à dix-sept heures. Cela laissait largement le temps à Almhult de traverser le pont de Skeppsbron jusqu'au ferry.

Dans la matinée, de retour au commissariat, Margit et Thomas étaient revenus sur leur entretien de la veille avec Fahlén. Ils étaient tombés d'accord : cela valait la peine de creuser un peu son cas. Kalle avait contacté l'autorité de lutte contre la délinquance économique pour qu'on les aide à examiner de près les affaires du suspect. Cette unité était aussi déserte que le commissariat de Nacka, à cause des vacances, mais on leur avait promis de l'aide dans le courant de la semaine. En attendant, ils entreprirent de vérifier les allées et venues de Fahlén.

Thomas alla chercher un nouveau thé et regagna son bureau. Il était un peu plus de quatre heures. Il avait décidé de téléphoner à Fahlén pour lui demander où il se trouvait entre le dimanche et le jeudi de la semaine précédente. La période entre la disparition de Jonny Almhult et la découverte de son corps devant la plage de Trouville.

L'homme répondit à la première sonnerie, comme s'il avait attendu près du téléphone.

Quand il sut qui l'appelait, il prit un ton nettement plus froid.

« Pouvez-vous me dire ce que vous avez fait, la semaine dernière, entre dimanche et jeudi ? demanda Thomas.

— En quoi cela regarde-t-il la police ? siffla Fahlén.

— Vous n'avez pas à le savoir, lâcha Thomas. Veuillez s'il vous plaît répondre à ma question.

— J'étais ici, à Sandhamn, de mardi à jeudi.

— Et de dimanche à mardi ? insista Thomas.

— J'avais une affaire en ville, je suis parti dimanche avec le bateau de l'après-midi.

— Et qu'avez-vous fait ?

— Un tour au bureau. J'avais deux ou trois choses à régler. »

— Combien de temps y êtes-vous resté ? »

Philip Fahlén soupira de façon démonstrative.

« Je ne sais pas exactement. Quelques heures, peut-être. Ma secrétaire peut l'attester, elle est venue m'aider, même si c'était le week-end.

— À quelle heure avez-vous quitté le bureau ?

— Vers cinq heures et demie, si je me souviens bien.

— Et qu'avez-vous fait ensuite ?

— Rentré à l'appartement. Dîné. Zappé la télé.

— Où se trouve votre domicile ?
— Vasastan.
— Êtes-vous resté chez vous toute la soirée ?
— Oui. Je ne suis pas sorti.
— Et quand êtes-vous rentré à Sandhamn ?
— Lundi.
— Vous souvenez-vous exactement de l'heure de votre retour ?
— Ça devait être après déjeuner. »
Philip Fahlén perdit son calme.
« Mais à quoi ça rime ? C'est un interrogatoire, ou quoi ? Je vous ai déjà dit que dans ce cas j'exigeais mon avocat. »
Thomas s'efforça de le calmer.
« Je n'ai plus que quelques petites questions. N'est-il pas plus simple de nous répondre maintenant au téléphone, plutôt que de devoir venir jusqu'à Stockholm ? »
Pas de réponse. Thomas se demanda un instant si son interlocuteur était toujours là, mais il ne pouvait quand même pas avoir raccroché au nez de la police.
« Une dernière question, alors, finit-il par dire avec une extrême réticence.
— Quelqu'un peut-il attester de votre présence dans votre appartement toute la soirée et la nuit du dimanche ?
— Non, personne. »
Un clic. Fahlén avait raccroché.

54

Nora était à son bureau à la banque. On voyait qu'on était en pleines vacances : tout était désert. Aucun de ses collègues juristes en vue, la plupart des ordinateurs éteints.

Il régnait un calme libérateur au huitième étage, où le service juridique occupait un angle du bâtiment. L'étage juste au-dessus était celui de la direction : les grands fauves y rôdaient entre des murs couverts de portraits d'anciens patrons de la banque.

Près de l'ordinateur, elle avait posé le gobelet de cappuccino tiède qu'elle avait acheté au café en passant. Il ne lui avait pas fallu plus de quinze minutes pour venir à pied, par les rues étouffantes d'un Stockholm envahi de touristes frénétiques, appareil photo à la main.

Elle n'arrivait pas à s'ôter de la tête ce Philip Fahlén, que Thomas lui avait mentionné la veille. Puisqu'elle était là, elle pouvait bien regarder d'un peu plus près son activité. Les soldes attendraient.

Elle se connecta. Par l'intermédiaire de l'annuaire, elle trouva le numéro de téléphone du cadastre de la commune de Värmdö.

Un jeune homme lui demanda très poliment ce qu'il pouvait faire pour elle.

« Pouvez-vous m'indiquer le propriétaire d'un bien immobilier si je vous donne ses références ?
— Bien sûr. Aucun problème. Où est-il situé ?
— À Sandhamn. »

Nora lui indiqua les références qu'elle avait notées sur la carte cadastrale de Sandhamn.

«Un instant.»

Le silence se fit à l'autre bout du fil. Nora en profita pour boire une gorgée de son cappuccino à présent froid. La voix revint.

«À ce que je vois, c'est une société qui possède le bien.»

Nora leva les sourcils. Ça alors! Fahlén avait laissé sa société endosser les frais de sa belle maison. Elle se demanda si, conformément à la législation fiscale en vigueur, il s'acquittait personnellement auprès de sa société d'un loyer au prix du marché pour avoir la jouissance de cette villa en pleine période estivale.

Probablement pas.

«Comment s'appelle cette société?

— Fahlén & Co AB.

— Avez-vous l'immatriculation de cette société?

— Bien sûr.»

Nora nota soigneusement le numéro à dix chiffres. Il serait désormais possible de se procurer des informations très intéressantes. Elle se rendit d'abord sur le site du Bolagsverket. On y trouvait le registre commercial des entreprises, avec une section fournissant des données chiffrées sur les sociétés suédoises. Comme la banque était abonnée, elle eut un accès direct à la base de données.

Elle se dépêcha de saisir le numéro d'immatriculation qu'on lui avait communiqué.

Après seulement quelques secondes s'afficha à l'écran le dernier bilan comptable de la société. Elle l'imprima, puis recommença pour les dix dernières années. Elle sortit également les cinq derniers certificats annuels d'immatriculation, pour connaître les noms des membres du conseil d'administration.

Ce certificat indiquait aussi le type d'activité de l'entreprise.

Elle quitta le registre général et se connecta au Central des renseignements, CR, auquel la banque avait également accès. Que ce soit pour les entreprises ou pour les particuliers, on y trouvait les montants des impôts versés et mention des éventuels accrocs avec le fisc. C'était une source d'informations très précieuse pour évaluer le crédit d'une entreprise. On ne pouvait pas cacher grand-chose à quelqu'un qui avait accès au CR.

D'après le CR, Fahlén & Co semblait une société bien gérée. Aucun problème, aucun signalement au fisc. Le crédit de la société se trouvait en outre dans la fourchette haute : beaucoup de liquidités, peu de dettes. Les affaires marchaient visiblement très bien.

Dès qu'elle eut rassemblé les informations qu'elle cherchait, elle rangea l'épaisse liasse de papier dans une chemise bleue qu'elle fourra dans son sac. Puis elle éteignit son ordinateur et se dirigea vers l'ascenseur.

Il était grand temps de retourner à Strandvägen si elle voulait attraper le prochain bateau pour Sandhamn.

55

Le *Cinderella* était comme d'habitude plein de gens en partance pour l'archipel. Mais comme c'était un ferry du soir, surtout emprunté par ceux qui rentraient de leur travail en ville, Nora n'eut pas de mal à trouver une table isolée dans un coin où elle put étaler tous ses papiers.

Elle sortit sa chemise bleue et commença à étudier de près les résultats déclarés par Fahlén & Co ces dix dernières années.

Juriste d'affaires, elle n'avait aucune difficulté à interpréter les bilans comptables et elle avait toujours eu des facilités avec les chiffres. Elle avait aussi avec elle la petite calculatrice dont elle se servait toujours dans ces cas-là.

Nora décida de commencer par l'étude des recettes au cours des cinq dernières années. Elle regarderait ensuite les dépenses pour se faire une idée de la marge dégagée.

La branche de la restauration n'était pas connue pour générer beaucoup de marge. Cela devait également valoir pour ses sous-traitants.

Rapidement, avec méthode, elle éplucha les résultats annuels. Ses doigts pianotaient avec aisance sur le petit clavier et son bloc-notes se noircissait de chiffres.

Au bout d'une heure, elle alla à la cafétéria se chercher une bière bien fraîche. Elle salua de la tête quelques connaissances de Sandhamn et bavarda quelques minutes avec le garçon du guichet où elle alla acquitter le ticket de la traversée. Lui non plus ne put s'empêcher de commenter les meurtres de Sandhamn.

L'affaire était encore sur toutes les lèvres.

Revenue à sa place, elle reprit l'analyse des comptes. Un schéma commençait à se faire jour et plus Nora pianotait sur sa calculatrice, plus il se précisait.

Il fallait qu'elle en parle à Thomas.

Elle sortit son portable et l'appela.

Il répondit à la première sonnerie.

« Thomas.

— C'est Nora. Je crois avoir trouvé quelque chose de très intéressant au sujet de la société de Philip Fahlén. Il faut que tu voies ça dès que possible.

— Où es-tu ?

— À bord du *Cinderella*, en route pour Sandhamn. J'y serai dans environ une demi-heure. Quels sont tes plans pour ce soir ? »

Sa réponse tarda.

« Je pensais rester en ville... En même temps, j'aimerais bien fuir cette chaleur étouffante.

— Je t'invite à dîner au club. Au *Bistro* », proposa Nora pour le tenter.

Il y avait autre chose que la société de Philip Fahlén. Elle voulait en profiter pour lui parler de son entretien avec Rutger Sandelin. Il lui fallait un point de vue masculin sur tout ça avant que vienne le moment de mettre Henrik au pied du mur.

« Il faudrait vraiment que tu voies ces chiffres. Je ne peux pas t'expliquer au téléphone, c'est trop compliqué », ajouta-t-elle.

Thomas rit doucement à l'autre bout du fil.

« Soit. Mais je n'arriverai qu'avec le dernier bateau. Il part de Stavsnäs à sept heures et demie, si je ne me trompe pas. Ce sera un dîner tardif, alors.

— Parfait, se réjouit Nora. Je t'attends là-bas à huit heures et demie. »

56

Le *Bistro* était abrité dans une extension discrète du vénérable siège du club nautique, dont la silhouette dominait le port depuis plus de cent ans.

Dans la bâtisse peinte en rouge surmontée d'une tour couronnée d'un drapeau, on trouvait le bureau des régates du KSSS et la capitainerie du port. Le bâtiment abritait en outre plusieurs restaurants. D'innombrables navigateurs avaient fréquenté ces lieux depuis plus d'un siècle. Si les murs avaient pu parler, combien d'histoires croustillantes auraient-ils pu raconter, dont les acteurs étaient parfois des rois et des gentilshommes ! Le *Restaurant des Marins* avait connu bien des patrons, du légendaire Åke Kristerson dans les années 1970-1980 au sulfureux Fleming Broman et ses trafics de drogue.

Nora l'attendait déjà sur les marches du *Bistro* quand Thomas arriva du débarcadère. Elle reconnut de loin son pas décidé et, comme d'habitude, elle fut frappée par sa belle allure. Il avait beau se désintéresser complètement de son apparence vestimentaire, tout ce qu'il mettait lui allait parfaitement. Il portait ce soir un polo bleu clair, un jean délavé juste comme il fallait et une paire de lunettes noires de pilote.

Nora vit quelques filles d'une vingtaine d'années se retourner en pouffant sur son passage. Thomas en était bien sûr parfaitement inconscient.

Son visage se fendit d'un large sourire quand il rejoignit Nora. Ce qui lui valut une longue accolade.

« Comment ça va ? Tu es fatigué ? Qu'est-ce que tu veux manger ? » dit Nora, le bombardant de questions sans attendre ses réponses. « Moi, je suis morte de faim. Viens, on monte. »

Sur ce, elle tourna les talons et précéda Thomas dans l'escalier. Une serveuse en tailleur noir leur indiqua une table avec vue sur tout le port. Elle leur tendit à chacun un menu et s'éloigna. Nora, affamée, s'y plongea. Beaucoup de poissons bien sûr, mais aussi quelques plats de viande appétissants.

« Qu'est-ce que tu prends ? demanda Nora. Souviens-toi, c'est moi qui t'invite, une promesse est une promesse.

— Je sais très bien ce que je veux. Il n'y a en fait qu'une chose qui vaille ici.

— Et on peut savoir ce que c'est ? » Nora lui sourit : elle avait bien compris ce qu'il avait derrière la tête.

« Le toast du marin, bien sûr. Tu t'en doutais ? »

Le fameux toast du marin était servi depuis la nuit des temps. Il s'agissait d'une grosse pièce de filet de bœuf sur une tranche de pain grillé, le tout nappé d'une bonne louche de sauce béarnaise. Une généreuse portion de pommes frites complétait le tout.

« Ce n'est pas très régime, dis donc, le gronda Nora.

— Mais putain que c'est bon », protesta Thomas.

Quand la serveuse eut pris leur commande et leur eut servi à chacun un verre du merlot australien rouge sombre qu'avait choisi Nora, Thomas ne put retenir son impatience plus longtemps.

« Allez, raconte. Qu'est-ce que tu as trouvé sur Philip Fahlén ? »

Nora sortit la chemise bleue et le bloc où elle avait fait les comptes. Elle lui résuma comment elle avait procédé et ce qui avait attiré son attention.

« Regarde, dit-elle en lui mettant sous le nez un papier où s'alignaient des additions au crayon. Pendant une longue période, la société a à peu près le même chiffre d'affaires et la même marge de profit. Aucune différence d'année en année. Mais voilà cinq ans, le chiffre d'affaires a nettement grimpé et, dans le même temps, la marge de profit a augmenté de plus de trois cents pour cent. »

Elle lui montra du bout de son stylo le nombre 300 pour souligner son propos.

« Et qu'est-ce que ça signifie ? dit Thomas.

— Que soudain la société a beaucoup plus de recettes, sans qu'augmentent ses frais. »

Nora but une gorgée d'eau et continua.

« La plupart des sociétés qui voient augmenter leurs recettes connaissent aussi une augmentation proportionnelle de leurs frais. Normalement, cela va ensemble. Même si on peut gratter un peu à la marge, il n'est pas très habituel qu'on puisse brutalement augmenter ses recettes sans que cela influence aussi les frais. Il y a bien un moment où il faut livrer quelque chose et, normalement, cela entraîne des frais supplémentaires. Mais Philip Fahlén a fait exactement le contraire. »

Elle sortit un autre papier.

« Regarde toi-même : tout d'un coup, la colonne des recettes est bien plus importante que celle des frais. Et impossible de trouver une explication plausible. D'après ce que je peux voir dans les bilans annuels, il n'a pas acheté d'autres sociétés, ni signé de contrats importants. Pas de vente d'actifs ni d'autres entrées extraordinaires qui expliqueraient cette augmentation. C'est comme si une fée, d'un coup de baguette magique, lui avait fait gagner beaucoup plus d'argent qu'avant. »

Nora s'interrompit pour prendre une bouchée de sa paella, qu'elle n'avait encore pas touchée dans son enthousiasme à faire part de ses découvertes.

Thomas la regarda, concentré.

« Continue. Je t'écoute.

— En plus, on observe aussi une forte augmentation de la part versée au propriétaire, c'est-à-dire Philip Fahlén lui-même. Jusqu'à présent il s'est contenté d'émoluments assez modestes, mais voilà qu'il commence à toucher des gros sous chaque année. Ce qui après tout n'est pas un problème puisque les profits ont eux aussi beaucoup augmenté.

— Mais comment expliquer ça ? »

Nora leva la tête et regarda Thomas droit dans les yeux.

« Voici ma théorie. Imagine qu'il livre à ses clients restaurateurs quelque chose en plus de ses livraisons normales.

— Comme de l'alcool de contrebande », s'exclama Thomas.

Nora hocha la tête.

« Par exemple. Dans ce cas, il lui serait difficile de comptabiliser les frais que lui occasionnent ces nouvelles entrées. »

Thomas opina du chef tout en enfournant ses dernières frites. Son assiette était à présent vide et propre, il n'y restait plus une goutte de sauce.

« Je comprends, ce serait très difficile à justifier auprès du fisc.

— Précisément. Mais en même temps, il faut faire circuler cet argent pour le blanchir. C'est assez gênant d'avoir de grosses sommes d'argent sale qui stagnent. Où les garder sans se faire prendre ? Toutes les banques sont aujourd'hui tenues d'indiquer au fisc les avoirs de leurs clients. Il faut donc trouver un moyen de faire circuler cette tranche supplémentaire de revenus. »

Thomas posa ses couverts et but une gorgée de vin.

« Cela semble logique.

— Ce que je peux imaginer, c'est que Philip Fahlén a salé les factures des restaurants qui lui achètent sa contrebande – s'il s'agit bien d'alcool. Il augmente donc les prix de ses fournitures normales, ce qui est tout à fait légal. De cette façon, les restaurants concernés ont la possibilité de comptabiliser ce que leur coûte cet alcool de contrebande sur de vraies factures. De son côté, la société de Philip Fahlén voit ses recettes augmenter, et avec elles son profit. Lequel profit revient en partie au propriétaire, Philip Fahlén, qui en soustrait les sommes nécessaires pour payer ses fournisseurs d'alcool clandestin. »

Nora lança à Thomas un regard triomphant en sortant un autre papier couvert d'additions.

« Et abracadabra, l'argent sale a disparu ! »

Thomas se cala au fond de sa chaise, les mains derrière la nuque. C'était une théorie intéressante, qui semblait tout à fait plausible. Il se souvint d'Agneta Ahlin : « C'est là-bas qu'est l'argent. » La phrase était de Kicki Berggren. Pensait-elle à l'argent de Fahlén ?

Nora sortit encore un autre papier.

« Il y a plus. Les émoluments des administrateurs ont eux aussi nettement augmenté.

— Pendant la même période ? »

Nora confirma d'un hochement de tête.

« Pendant une longue période, les membres du conseil d'administration doivent se contenter chacun d'un jeton de présence de cinquante mille couronnes par an. Voilà quatre ans, cette somme est grimpée à six cent mille couronnes. Et c'est encore le cas aujourd'hui. »

Thomas siffla. Six cent mille couronnes. Ce n'était pas rien. Bien plus que le salaire annuel de la plupart des gens.

« Et qui siège au conseil d'administration ? » dit-il en laissant son regard glisser sur les papiers épars.

Nora lui tendit le certificat d'immatriculation de la société.

« Ils ne sont que trois. Philip Fahlén, son père, et une certaine Marianne Strindberg. »

Thomas examina de plus près le document.

Il était tellement absorbé qu'il n'entendit pas la serveuse lui demander pour la troisième fois s'il désirait un café ou un dessert. Il s'interrompit et commanda un double espresso. Pas de dessert. Nora l'imita, tristement consciente que la mousse au chocolat n'était pas conseillée pour une diabétique.

« Strindberg, marmonna-t-il, ce nom me dit quelque chose. À part August, bien sûr, sourit-il.

— Elle est entrée au conseil d'administration en 2000, indiqua Nora. Coïncidence étonnante, non ? L'année où le profit de la société explose. Jusqu'alors, il n'y avait que Fahlén, son père, avec sa mère comme suppléante. »

Thomas sirota l'espresso corsé qu'on venait de lui apporter.

Tout à coup il se souvint.

«Viking Strindberg! s'exclama-t-il en reposant sa tasse. Le chef de Krister Berggren s'appelle Strindberg. Mais c'est bien sûr!

— Et si sa femme s'appelait Marianne? fit gravement Nora.

— Il semblait anormalement tendu quand je l'ai rencontré, continua Thomas. Je me demande si c'était un hasard.»

Il leva son verre.

«À ta santé, Nora! Bravo! Je suis content de m'être laissé convaincre de venir. Tu es vraiment une détective hors pair.»

Jeudi, quatrième semaine

57

« Comment ça va ? »

Carina leva la tête vers Margit qui venait d'apparaître dans l'entrebâillement de la porte. La journée avait à peine commencé. Les couloirs étaient encore parfaitement silencieux. Carina était là depuis sept heures et demie. On pouvait dire qu'elle était motivée.

Son bureau était encombré de piles de documents.

« L'armateur a fait porter tout ça hier, mais je n'ai pas encore fini de tout passer en revue. »

Elle se frotta les yeux et s'étira.

« Tu as trouvé quelque chose ? » demanda Margit.

Carina secoua la tête.

« J'ai à peine commencé. Tu sais combien il y a de passagers à bord d'un ferry pour la Finlande ? Un millier à chaque fois. Et ils sont indiqués dans l'ordre où ils ont acheté leur billet. Le type à qui j'ai parlé m'a expliqué qu'à cause d'un problème informatique ils n'avaient pas pu classer les noms par ordre alphabétique, et je n'ai qu'un tirage papier, rien de numérique. »

Elle montra à Margit une liasse de listes.

« Je cherche tous les noms qui ressemblent à Almhult ou Fahlén. Ça pourrait être mal orthographié. »

Elle plongea les yeux dans la liste de noms et prénoms qu'elle tenait à la main.

« Et puis on ne sait pas si ce Fahlén aura donné son vrai nom, marmonna-t-elle en considérant la pile de papiers. Il serait presque plus simple que j'attende de disposer d'un fichier numérique pour faire tout ce tri par ordinateur.

— Mais nous ne pouvons pas nous permettre d'attendre. Il va malheureusement falloir chercher comme ça », compatit Margit.

Elle fit mine de partir, mais repassa la tête par la porte.

« Tu commences bien avec les départs de dimanche, hein ? »

Carina haussa un sourcil.

« Bien sûr. »

Margit sourit pour s'excuser.

« Pardon, ça va de soi. Je sais que tu te donnes à fond. »

Carina secoua la tête.

« C'est OK. Je te dis dès que j'ai trouvé quelque chose. »

Margit alla chercher un autre café. Elle regarda sa montre : neuf heures moins vingt. Thomas devait retourner voir Fahlén ce matin pour lui mettre la pression. Il avait appelé tard dans la soirée, la veille, pour lui faire part de l'analyse qu'avait faite Nora des comptes de Philip Fahlén.

Ils avaient décidé ensemble que Thomas resterait dans l'archipel pour aller dans la matinée confronter Fahlén à ce qu'avait trouvé Nora. Mieux valait essayer de le surprendre une dernière fois plutôt que de le convoquer à un interrogatoire dans les formes, où il serait avec son avocat.

Ça commençait à sentir le roussi pour ce bon Fahlén, songea Margit. Dès qu'elle avait vu sa maison vert pomme, elle avait senti que quelque chose clochait. Ça sonnait faux.

Elle devait ce matin se charger d'obtenir la liste de ses communications téléphoniques récentes. Et peut-être même envisager une mise sur écoute.

Elle composa le numéro du procureur.

58

Thomas avait volontiers accepté la proposition d'emprunter la *Toupie* de la famille Linde pour regagner Harö et être de retour à Sandhamn assez tôt le lendemain pour aller voir Philip Fahlén.

Il amarra le petit canot au ponton des Linde et se dirigea d'un bon pas vers la pointe ouest. Il faisait un peu plus frais qu'au début de la semaine. L'air matinal était clair et vif. C'était beaucoup plus agréable que la chaleur étouffante de la semaine précédente.

En route, il appela Carina pour qu'elle vérifie si Marianne Strindberg avait pour mari Viking Strindberg, et s'ils habitaient bien à Tyresö, à l'adresse indiquée dans le certificat d'immatriculation de la société Fahlén & Co. Quand elle le lui confirma, Thomas ne put retenir un large sourire.

Philip Fahlén ouvrit dès que Thomas frappa.

En traînant les pieds, il l'introduisit dans la cuisine et lui indiqua une chaise. Il n'avait pas l'air en forme : visage rouge, poches sous les yeux.

« Alors ? grommela-t-il. Qu'est-ce que vous me voulez encore ?

— Vous poser quelques nouvelles questions. »

Thomas ignora la réticence qui lui était ouvertement opposée. Cette fois, il était fermement décidé à mettre Fahlén au pied du mur. Il s'assit sur la chaise de cuisine indiquée. Fahlén s'assit de l'autre côté de la table, aussi loin de Thomas que possible.

« Il s'agit de votre société. D'après ce que j'ai compris, elle va beaucoup mieux ces dernières années. Vous avez réalisé d'importants profits depuis les années 2000, si je ne me trompe pas.

— En quoi cela vous regarde-t-il ?

— Pouvez-vous s'il vous plaît répondre à ma question ? »

Philip Fahlén regarda nerveusement autour de lui.

« Les affaires ne vont pas mal. Ça n'a rien d'étonnant, nous marchons bien depuis plusieurs années.

— Comment expliquez-vous le triplement de vos profits ?

— On a bien bossé. Si on se retrousse les manches, on gagne de l'argent. Ce n'est pas plus compliqué.

— Vous devez les avoir beaucoup retroussées : si j'ai bien compris, votre marge est nettement supérieure à la moyenne de votre secteur.

— C'est interdit ?

— Je n'ai pas dit ça, répondit doucement Thomas. Mais c'est assez inhabituel. Il serait intéressant que vous m'expliquiez comment vous faites. »

Il se cala contre le dossier en attendant la réponse.

Philip Fahlén se leva brusquement pour aller se servir un verre d'eau à l'évier. Il le but en continuant de tourner le dos à Thomas.

« Il faut vous faire un dessin ? » demanda Thomas.

Le dos resta silencieux.

Thomas haussa le ton.

« Maintenant, j'aimerais que vous répondiez. »

Philip Fahlén se tourna et regarda Thomas avec agressivité.

« Vous êtes sourd, ou quoi ? J'ai juste travaillé plus pour gagner plus. Trouvé de nouveaux clients, obtenu des commandes importantes. C'est comme ça que ça se passe, dans le monde des affaires. »

Il se tourna à nouveau vers l'évier.

« On ne peut donc pas travailler tranquillement dans ce foutu pays sans qu'un crétin vienne vous fliquer avec ses questions stupides ? » lâcha-t-il à mi-voix.

Un silence pesant s'installa. Thomas attendit sans broncher.

On entendit Fahlén déglutir quand il but un autre verre d'eau.

« Qui est Marianne Strindberg ? » demanda Thomas.

Philip Fahlén sursauta.

« Comment ça ?

— J'ai dit : pouvez-vous me dire qui est Marianne Strindberg ?

— Elle siège à mon conseil d'administration.

— Et comment cela se fait-il ?

— Quelle importance ?

— J'aimerais bien savoir pourquoi elle fait partie du conseil. Elle n'y est pas depuis longtemps, n'est-ce pas ?

— Elle est économiste. Je trouvais que ça pouvait être utile d'avoir quelqu'un comme elle.

— Et vous avez eu l'idée il y a quatre ans, après vous en être très bien sorti avec juste votre papa comme administrateur ?

— Et alors ? Vous n'allez quand même pas mêler mon père à tout ça ? »

Philip Fahlén regarda Thomas, indigné.

Thomas changea de tactique.

« Comment se fait-il que vous ayez à ce point augmenté ce que vous versez aux membres de votre conseil d'administration depuis l'arrivée de Marianne Strindberg ?

— Ça n'a rien à voir, répondit Philip Fahlén en arrachant un morceau d'essuie-tout pour s'éponger le front. Si vous voulez tout savoir, j'ai trouvé que le moment était venu de rémunérer un peu mieux les membres du conseil d'administration. C'est interdit ? »

Il regardait Thomas d'un air faussement naïf.

« Non, mais c'est inhabituel, répondit Thomas en étudiant l'expression du visage de cet homme gras. Vous voulez savoir ce que je pense ? continua-t-il sans se soucier de l'atmosphère délétère qui régnait dans la pièce.

— Pas forcément. »

Thomas décida d'aller droit au but.

« Je pense que vous avez dû augmenter les jetons de présence pour payer à Marianne Strindberg les services rendus par son mari. »

Philip Fahlén accusa le coup. Il blêmit et tendit la main pour s'appuyer au bord de l'évier.

Thomas se pencha en avant, le regard rivé sur son interlocuteur.

«Je sais que votre administratrice Marianne Strindberg est mariée à un certain Viking Strindberg, qui travaille au Systembolaget. Le même Viking Strindberg qui vous aide pour vos livraisons spéciales. Du vin et de l'alcool de contrebande que vous fourguez à vos clients en gonflant la facture de vos fournitures. Une source de revenus supplémentaires qui a brusquement fait augmenter votre chiffre d'affaires, ce qui explique vos profits beaucoup plus élevés que la moyenne de votre branche.»

Thomas s'appuya au dossier de sa chaise, bras croisés. Il défia Fahlén du regard.

«Voilà ce que je pense.»

Ses paroles flottèrent dans l'air, comme si elles continuaient à vibrer longtemps après avoir été prononcées.

Philip Fahlén s'épongea à nouveau le front, il suait abondamment. D'une main tremblante, il montra la porte.

«Dehors, siffla-t-il. Quittez ma maison. Vous n'avez aucun droit de venir ici porter de telles accusations. J'appelle mon avocat.»

Thomas le regarda calmement. L'homme qu'il avait en face de lui était si indigné qu'il bavait un peu. Son menton tremblait et un muscle tressautait nerveusement au bord de son œil gauche.

Thomas décida d'en rester là. À quoi bon l'irriter d'avantage ? Mieux valait le convoquer au commissariat dès qu'ils auraient la confirmation de ses liens avec Viking Strindberg et la liste de ses contacts téléphoniques.

Il se leva et gagna la porte. Il posa la main sur la poignée et ouvrit.

«Je vous recontacte, dit-il en guise d'adieu. Bientôt.

— Du vent ! haleta Fahlén. Du vent !»

59

Henrik déboula dans la cuisine, le visage sombre. Nora, qui était en train de faire des crêpes pour l'excursion à Grönskär prévue le lendemain, resta interloquée.

« Mais qu'est-ce qu'il y a ? demanda-t-elle.

— Ce qu'il y a, c'est que notre filet à perches tout neuf a un gros trou, siffla Henrik. Que les gosses sont allés jouer dans le hangar et que nous avons un filet inutilisable et plusieurs accrocs dans celui à flétans. Qu'il faudra des heures pour les réparer. Voilà ce qu'il y a ! Et moi qui devais aller les poser aujourd'hui avec Hasse Christiansson ! »

Nora essaya de compatir. Ce n'était pas bien grave.

« Ce n'est pas la fin du monde », hasarda-t-elle.

Voyant son regard irrité, elle battit en retraite.

« Je comprends que tu sois fâché, mais on pourra toujours en acheter un autre. C'est à ça que servent les allocations familiales, non ? À réparer les dégâts causés par les enfants », essaya-t-elle de plaisanter.

Henrik était toujours fâché.

« Il faut qu'ils apprennent à faire attention aux choses. J'en ai assez de ces gosses qui n'arrêtent pas de tout déranger et de tout casser. »

Il se posta en bas de l'escalier et appela les garçons.

« Simon ! Adam ! Descendez immédiatement. Il faut que je vous parle. Tout de suite !

— On n'a rien fait ! entendit-on en chœur dans leur chambre.

— Venez ici, j'ai dit !

— Tu ne pourrais pas demander à Signe de te prêter un filet ? Elle en a plein », tenta Nora, désireuse d'éviter le conflit.

Henrik se laissa fléchir et baissa d'un ton.

« Tu pourrais lui demander, toi ? Tu la connais mieux.

— Bien sûr, dit-elle, soulagée d'avoir désamorcé la crise. J'y vais tout de suite. Laisse-moi juste finir les crêpes. »

Nora poussa le joli portail à deux battants qui conduisait à la villa Brand. Elle gravit les quelques marches du perron et frappa.

À Sandhamn, on ne connaissait pas les sonnettes. Soit la porte était ouverte et il fallait alors prendre la précaution de s'annoncer en criant « Il y a quelqu'un ? » avant d'entrer, ou bien on frappait bien fort à la porte. Les deux façons étaient admises, pourvu qu'on signale clairement son arrivée.

Signe vint ouvrir vêtue de son éternel tablier. Parfois, Nora se demandait si elle n'en avait pas toute une panoplie, tous identiques, qu'elle jetait à mesure qu'ils s'usaient.

Nora la salua gaiement.

« Je me demandais si nous ne pourrions pas t'emprunter un filet à perches. Adam et Simon ont déchiré le nôtre en jouant avec. Sans partie de pêche, le dîner de ce soir tombe à l'eau. »

Elle fit un clin d'œil à Signe.

« Henrik n'est pas content, tu comprends. Il vient juste de punir les garçons en les privant de deux heures d'ordinateur. Et ils n'auront plus le droit de jouer dans le hangar de pêche sans permission.

— Mais bien entendu, Nora, tu n'as qu'à descendre prendre ce dont tu as besoin. »

Kajsa pointa sa truffe humide dans l'embrasure de la porte. Kajsa était la plus gentille chienne du monde. Nora se pencha pour caresser l'animal. Les poils grisonnaient autour de son museau : elle n'était plus toute jeune, comme sa maîtresse.

Signe lui tendit la clé du hangar de pêche.

« Mais n'oublie pas de nettoyer le filet avant de le rendre ! »

Nora sourit. Il ne fallait pas plaisanter avec les filets souillés d'algues. Signe savait de quoi elle parlait. On pouvait passer des heures à fouetter le filet avec des branches de genévriers sans qu'il soit vraiment propre.

C'était Signe qui avait enseigné à Nora que la meilleure façon de venir à bout d'un filet vraiment sale était de l'enterrer quelques semaines. Les algues finissaient par être dissoutes par les micro-organismes de l'humus. Le filet ressortait miraculeusement propre, comme neuf.

Un vieux truc de pêcheur, parfois bien utile.

Nora descendit au hangar. Il jouxtait le ponton de la propriété. Un hangar de pêche typique, rouge avec une porte verte.

Beaucoup, sur l'île, regardaient avec jalousie le vaste ponton de Signe. La demande de places de stationnement pour les bateaux était en permanence supérieure à l'offre. Sur le port, le tableau d'annonces était toujours couvert de demandes de plaisanciers qui n'avaient nulle part où amarrer leur bateau. Ces derniers temps, le prix d'une place d'amarrage pour l'été avait atteint des sommets. Il fallait désormais débourser plusieurs billets de mille.

Nombre d'insulaires arrondissaient leurs fins de mois en louant des places restées libres sur leurs pontons. Signe permettait à deux familles qui venaient depuis une éternité passer l'été à Sandhamn de mouiller au ponton Brand moyennant une somme assez modique.

Nora introduisit la grosse clé dans la vieille serrure du hangar. Il faisait très sombre là-dedans, et la petite lampe au plafond permettait tout juste de s'orienter.

Bon, où étaient les filets à perches ?

Elle inspecta le mur le plus long. La plupart des filets étaient en bon état, mais il y en avait aussi quelques vieux très abîmés. Nora retourna distraitement l'aiguille à ramender de l'un des plus usés et remarqua qu'elle portait les initiales KL et non SB. Visiblement, quelqu'un d'autre remisait ses filets dans le hangar de Signe. Peut-être un des estivants qui lui louaient une place de stationnement ?

Tout au fond, sur la droite, elle trouva ce qu'elle cherchait. Elle décrocha deux filets qu'elle sortit au soleil avec précaution. Après avoir refermé derrière elle, elle gagna son ponton, où Henrik faisait les derniers préparatifs.

« Voilà tes filets. »

Elle les lui passa en s'appliquant à ne pas les emmêler.

« Bonne pêche, alors. Il faut qu'on dîne tôt si tu veux être dans les temps pour les vingt-quatre heures de voile. Ça commence bien à minuit ?

— Si on mange vers cinq heures, j'aurai tout le temps. Je n'ai pas besoin d'y aller avant neuf heures environ », répondit Henrik, nettement plus calme à présent.

Il lui sourit gentiment, comme s'il cherchait à arrondir les angles après les frictions des derniers jours.

« Au fait, j'ai des bonnes nouvelles, dit-elle en croisant les doigts dans le dos. Je voudrais t'en parler plus tard dans la soirée. Mais vas-y, maintenant, avant qu'il ne soit trop tard. »

Henrik aida Adam à descendre à bord. À force d'insister, il avait obtenu d'accompagner son père. De loin, Nora lui souffla un baiser.

« Promets d'être sage ! »

Adam la regarda gravement et se mit au garde-à-vous.

« À vos ordres, mon capitaine, dit-il avec le plus grand sérieux. Je serai très gentil. Surtout si je peux conduire le bateau… » fit-il en regardant en douce Henrik, inquiet que ses bêtises avec les filets n'aient réduit à néant ses chances d'être autorisé à s'asseoir aux commandes.

Henrik éclata de rire et lui ébouriffa les cheveux. La bonne humeur était de retour.

« Allez, viens, petit monstre, on y va. Bien sûr, que tu pourras conduire un peu. »

Nora remonta du ponton, pensive. Quelle était la meilleure façon de dire à Henrik qu'elle avait bien envie d'accepter ce poste à Malmö ?

Depuis leur dispute de samedi soir, ils n'en avaient plus reparlé. Elle n'avait pas trouvé l'occasion de lui raconter son entretien à l'agence de recrutement, à Stockholm.

Nora sentait d'instinct qu'il fallait lui en parler avant qu'il parte en mer, pour qu'il ait tout le temps de le digérer pendant la régate.

Ce soir. Après le dîner.

Ce serait le bon moment.

60

Appeler Marcus Björk, Finland Ferries. Thomas trouva le *post-it* sur son bureau en rentrant au commissariat avec le bateau de onze heures, le bon vieux *Solöga*.

Je devrais prendre un abonnement à la compagnie Waxholm, songea-t-il, quelle corvée de tenir à chaque voyage le compte des frais de déplacement ! Bien sûr, il avait parfois pu profiter des bateaux de la police maritime, mais ils étaient trop peu nombreux et l'horaire convenait rarement.

Un numéro de portable était indiqué.

Il fit venir Margit dans son bureau. Elle composa le numéro après avoir activé la fonction haut-parleur.

« Marcus Björk, bienvenue à Finland Ferries. »

Une voix jeune et dynamique. Thomas imagina un jeune homme joufflu et des dents qui rayaient le plancher.

« Margit Grankvist, de la police de Nacka. Mon collègue Thomas Andreasson écoute également. Vous avez cherché à nous joindre ?

— Tout à fait. Merci de rappeler. Je travaille à l'administration. C'est nous qui vous avons transmis les listes de passagers hier. Désolé que ça ait mis tout ce temps, mais une panne informatique nous a empêchés de les sortir plus vite.

— Je comprends.

— En fait, j'ai parlé avec le capitaine en service ce fameux dimanche, il y a presque deux semaines. Il m'a dit, qu'en effet, deux jeunes ont signalé que quelqu'un était peut-être passé par-dessus bord justement ce soir-là. Mais ils n'ont déclaré la chose qu'au moment de descendre le lendemain matin, et rien ne l'attestait. Comme ils avaient l'air d'avoir beaucoup bu, le capitaine n'a pas donné suite. »

Marcus Björk eut un rire nerveux.

« Et donc ? demanda Margit en regardant le téléphone.

— Hélas pas grand-chose. Il était difficile de prêter foi à ces jeunes. Vous n'imaginez pas tout ce que les gens vont inventer. »

Cette dernière phrase avec de l'inquiétude dans la voix, comme si Marcus Björk redoutait qu'une grosse erreur ait été commise.

« Mais comme vous avez demandé à consulter les listes de passagers, je me suis dit que vous voudriez quand même savoir ce qui s'était passé ce soir-là », ajouta-t-il.

Thomas et Margit se regardèrent. Margit leva le pouce en direction de Thomas.

« Leurs noms ? » articula-t-elle en silence.

Thomas se pencha vers le téléphone.

« Avez-vous les noms de ces deux jeunes ?

— Oui. Leurs noms et adresses. Le capitaine a tout noté, à tout hasard. Heureusement. »

Marcus Björk semblait à présent soulagé d'avoir parlé.

« Parfait, dit Thomas en faisant un signe de tête à Margit.

— Pouvez-vous nous envoyer ça tout de suite par email ?

— Bien entendu. » Un bref silence se fit au bout du fil. « N'hésitez pas à nous demander si nous pouvons encore vous aider en quoi que ce soit, proposa Marcus Björk.

— Avez-vous des caméras de surveillance à bord ? demanda Margit.

— Oui. À pas mal d'endroits.

— Alors nous aimerions beaucoup avoir tous les enregistrements de ce dimanche. Et aussi ceux du lundi au jeudi, si c'était possible. Et au plus vite.

— Bien sûr, dès que le bateau rentre à Stockholm, je vous arrange ça. »

Margit regarda l'heure en soupirant.

« Et ce sera quand ?

— Attendez voir. »

À en juger par le bruit, Marcus Björk feuilletait des documents. « Il devrait savoir ça par cœur », grommela tout bas Thomas.

« En fin d'après-midi. Le bateau repart à dix-neuf heures. »

Pensive, Margit se mit à faire tourner un stylo entre deux doigts tandis que Thomas achevait la conversation et raccrochait.

« Et si on avait un coup de bol, et que ces caméras de surveillance nous livraient Jonny Almhult et son assassin sur un plateau ? » rêva tout haut Margit.

Elle arracha la feuille de son carnet qu'elle avait couverte de griffonnages, la roula en boule et l'envoya d'une main sûre dans la corbeille, dans le coin opposé.

Puis elle adressa à Thomas un regard sceptique.

« Ou bien est-ce tirer des plans sur la comète ? »

Il feuilleta son carnet où il avait noté quelque chose au sujet de la mise sur écoute téléphonique de Viking Strindberg.

« Qu'a dit le procureur des écoutes dont nous avions parlé ? »

Margit se cala au fond de sa chaise en levant les yeux au ciel.

«Évidemment, elle n'était pas trop pour. Ils n'aiment jamais tellement ça. Mais il n'y avait qu'à se reporter au chapitre vingt-sept du code pénal.»

Margit connaissait le texte par cœur.

«La télésurveillance secrète peut être utilisée dans le cadre d'une enquête préliminaire concernant un délit passible d'une peine d'au moins six mois de prison.»

Son visage s'éclaira.

«Organiser au Systembolaget un coulage d'alcool pour plusieurs millions, pour ensuite le revendre sans taxes à des restaurants, ça vaut au moins six mois, non?»

La réticence du procureur Öhman à autoriser les écoutes fit sourire Thomas. Pour beaucoup, la mise sur écoute était incompatible avec une certaine idée d'une société démocratique. Mais c'était un outil puissant dans une enquête policière, qui apportait souvent des pièces décisives au puzzle.

Cette fois-ci, le procureur semblait s'être décidé avec une rapidité inhabituelle.

«La bretelle doit être activée aujourd'hui, si les collègues font ce qu'on leur a demandé. J'ai mis Kalle sur le coup, dit Margit. Il épluche aussi toutes les conversations des dernières semaines.»

Elle haussa la paupière d'un air entendu.

«Tu crois qu'il a une chance de trouver trace d'une conversation entre Viking Strindberg et Philip Fahlén?» Elle soupesa son mobile en réfléchissant. «Ça m'étonne toujours autant de voir combien les malfrats sont imprudents au téléphone. Ils savent quand même tous qu'aujourd'hui il est possible de trouver la trace du moindre appel. On peut même déterminer la position du type au moment de l'appel. Commettre des crimes était quand même plus simple autrefois. »

61

Thomas regarda de travers son portable qui sonnait. Il était au téléphone avec Margit qui avait déclaré forfait pour la soirée et était rentrée manger un morceau. Elle passait à table quand Thomas l'avait appelée : il venait de rencontrer le capitaine du ferry à bord duquel avait probablement voyagé Jonny Almhult.

« Margit, ne quitte pas, j'ai un message, je regarde juste ce que c'est. »

Silence au bout du fil tandis que Thomas ouvrait le SMS.

Philip Fahlén transféré à l'hôpital en hélicoptère. État critique.

Le message avait été envoyé à 18h57 du mobile de Carina.

« Thomas ? dit Margit. Qu'est-ce que c'était ? »

Thomas sursauta. Il avait presque oublié Margit à l'autre bout du fil.

Il lui lut le message.

« Est-ce qu'on sait pourquoi ? demanda-t-elle aussitôt.

— Non, rien. »

Thomas hésita.

Allait-il rendre compte de sa conversation avec le capitaine du ferry — l'homme avait répété presque mot pour mot ce que Marcus Björk leur avait déjà raconté – ou plutôt se renseigner en priorité sur ce qui était arrivé à Philip Fahlén ?

Il choisit cette dernière option.

« Écoute, je te rappelle dès que j'ai vérifié avec Carina. »

Il se dépêcha de raccrocher et composa le numéro abrégé de Carina. Elle répondit à la première sonnerie.

« J'ai essayé de t'appeler, s'excusa-t-elle, mais c'était occupé. J'ai pensé que tu voudrais être mis au courant au plus vite.

— Qu'est-ce qui s'est passé ? la coupa Thomas.

— Philip Fahlén a été évacué de Sandhamn par hélicoptère vers seize heures aujourd'hui. On l'a transporté à l'hôpital de Danderyd. Il est en soins intensifs.

— Qu'est-ce qu'il a ?

— On ne m'a pas dit grand-chose. Tu sais, le secret médical… »

Thomas s'efforça de cacher son impatience.

« Et donc, qu'est-ce qu'ils ont dit ?

— Apparemment une hémorragie cérébrale. Il était visiblement inconscient à l'arrivée de l'hélicoptère.

— Une hémorragie cérébrale ? » Sa voix trahissait sa surprise.

Carina continua.

« Je vais rappeler d'ici une heure pour voir si je peux en apprendre un peu plus. »

Thomas était perdu dans ses pensées.

Philip Fahlén avait-il eu une banale attaque ? Ou quelqu'un était-il parvenu à lui administrer assez de mort-aux-rats pour provoquer une hémorragie mettant sa vie en danger ?

Comme Kicki Berggren ?

« Rappelle-moi dès que tu sais quelque chose, peu importe l'heure, dit Thomas. Attends. Demande-leur aussi quand nous pourrons venir lui parler. »

Carina soupira.

« C'est déjà fait. Son état est très grave. On ne sait même pas s'il va reprendre conscience. Je me suis presque fait insulter pour avoir posé la question.

— Redemande quand même. S'il se réveille, il est extrêmement important que nous puissions lui parler.

— OK », répondit-elle d'une voix sourde.

« Avant qu'on ait un autre meurtre sur les bras », ajouta Thomas à voix basse.

62

La pêche avait été bonne. De grosses perches s'étaient prises dans le filet resté presque six heures dans l'eau.

Adam était rentré au port fier comme un coq. Debout au milieu du bateau, le filet plein d'algues et d'herbes tout autour, un grand sourire aux lèvres.

« Regarde, maman, tu as déjà vu autant de poissons ? »

Après avoir vidé des poissons à n'en plus finir, il en restait encore un plein seau qu'ils laissèrent dans le vivier attenant au ponton, où les rescapés pourraient survivre encore quelques jours. Un dispositif très pratique que Nora avait toujours vu là.

Les perches grillées sur la braise accompagnées de pommes de terre nouvelles et de chanterelles revenues au beurre constituaient un vrai repas d'été. Nora avait mis la table dans le jardin pour profiter de la belle soirée.

Henrik n'avait pas voulu boire avant de prendre la mer, mais Nora s'était servi un verre de chardonnay à la robe jaune d'or. Des fraises avec de la glace avaient conclu le petit festin.

Ils prirent le café en attendant qu'il soit l'heure pour Henrik d'y aller. Il restait encore plusieurs heures avant le coucher du soleil. Les fanions qui tout à l'heure battaient dans le vent frais pendaient à présent à leurs hampes. Les bourdons vrombissaient.

Les garçons avaient filé chez leurs grands-parents : ils se retrouvaient seuls.

C'était le moment de parler à Henrik.

Nora prit son courage à deux mains.

« Il faut que je te dise quelque chose. J'espère que tu seras content, parce que je trouve que c'est une très bonne nouvelle. »

Elle se pencha pour serrer la main droite de son mari.

Henrik but une gorgée de café et la regarda, intrigué.

« Ça a l'air passionnant. Raconte, je t'écoute. »

Nora décida d'ignorer l'inquiétude sourde qui couvait en elle et s'efforça de paraître aussi positive que possible.

« Hier, en ville, j'en ai profité pour passer voir ce consultant dont je t'avais parlé. L'entretien s'est très bien passé. Le poste a l'air super intéressant. Exactement le genre de défi dont j'ai envie. Et dire que je n'aurais plus à supporter mon nul de chef. Fini, Ragnar ! »

Un sourire éclaira son visage et elle entreprit de lui décrire par le menu l'entretien de la veille. Elle accompagnait son récit de gestes enthousiastes des deux mains. Elle ne put s'empêcher de s'emballer.

Jusqu'à ce qu'elle remarque qu'elle parlait dans le vide.

Henrik n'écoutait plus.

Quand elle se tut, un lourd silence s'installa entre eux. Il se répandit dans tout le jardin à mesure que les minutes passaient.

Henrik finit par ouvrir la bouche.

«Tu veux dire que tu es allée en ville pour le voir, dans mon dos?»

Nora se figea. La voix de Henrik était glaciale. Il se tenait assis très droit et la regardait comme s'ils se connaissaient à peine.

«Je voulais le rencontrer d'abord tranquillement, fit lentement Nora, juste pour savoir si ça valait la peine d'en reparler.

— Dans mon dos, donc?»

Ses mots étaient cinglants comme des coups de fouet.

«Ne le prends pas comme ça. J'avais déjà décidé de rencontrer Rutger Sandelin avant de t'en parler. C'est si grave que ça?» chuchota-t-elle.

Elle sentit sa gorge se nouer.

Ce n'était plus Henrik, son mari. De l'autre côté de la table, c'était un étranger, un étranger aux yeux noirs, qui la condamnait du regard.

«Je n'accepte pas ça, lâcha-t-il sèchement. Si tu crois que tu peux disposer de ta famille comme ça t'arrange pour faire carrière, tu te trompes.»

Le ventre de Nora se noua et une vague de peur la prit à la gorge.

Elle s'attendait à le voir désarçonné en apprenant sa visite chez ce consultant, mais elle était sûre de parvenir à le raisonner. Comment pouvait-il le prendre si mal?

«Tu ne peux pas m'interdire de voir qui je veux.»

La phrase lui échappa, plus cassante qu'elle n'aurait voulu.

Le ton d'une enfant têtue.

« Je vais me gêner, tiens ! Tu n'en fais bien qu'à ta tête, toi, et il n'y a que ton foutu boulot qui compte ! »

Henrik était hors de lui, les lèvres blanches. « Ne compte pas sur moi pour ça, continua-t-il. Tu me déçois terriblement, sache-le. Y a-t-il des limites à l'égoïsme ? Tu as deux enfants, tu as oublié ?

— Toi aussi ! rétorqua Nora, entre ses dents. Mais tu vas faire du voilier, pour changer, pendant que je m'échine à faire tourner la boutique. » Elle se leva si violemment que la table se renversa. « Comment peux-tu parler comme ça ? Tu devrais être fier de moi. Content qu'on propose à ta femme un poste passionnant. »

Elle respira profondément, cherchant à contrôler sa voix qui se brisait.

« Au lieu de quoi tu n'es que mesquin et méchant.

— J'essaye de protéger ce que nous avons. Et de veiller aux intérêts des enfants. Mais toi, tu te comportes comme une enfant gâtée à qui on a refusé un nouveau joujou. Nous ne sommes pas des marionnettes que tu peux manipuler comme ça t'arrange ! »

Henrik la fixait, en croisant les bras. Ses muscles étaient tendus, ses poings fermés.

Nora le dévisagea, effondrée.

Elle cherchait en vain sur son visage la moindre lueur de compréhension. Quelque chose qui le reliât à cet Henrik qu'elle aimait.

Cet Henrik qui était son époux.

Il regarda sa montre et se leva.

« Il faut que j'y aille, sinon je serai en retard. »

Nora resta muette. Que dire ? Continuer cette conversation était au-dessus de ses forces. Elle était déchirée : elle aurait voulu laisser libre cours à sa colère et lui crier d'aller au diable, mais elle savait en même temps combien elle se sentirait mal s'il partait sans qu'ils se soient réconciliés.

La raison l'emporta à grand-peine sur la colère.

Elle se mordit si fort les lèvres qu'un goût de sang envahit sa bouche. Elle inspira à fond, et chuchota presque :

« Tu ne peux quand même pas t'en aller comme ça ?

— Tout ça ne nous mène à rien, et j'ai un rendez-vous, dit-il avec une colère rentrée.

— Henrik. » Ce nom semblait un sanglot. « Il faut que tu restes jusqu'à ce que l'abcès soit vidé. »

Sa voix tremblait dans l'effort qu'elle faisait pour se contrôler. Elle respira à nouveau profondément pour refouler le sanglot qui montait. Ne pas pleurer lui semblait tout à coup capital.

La distance entre eux était vertigineuse. Infranchissable.

Pour toute réponse, il lui adressa un regard vide.

L'homme qui avait juré de l'aimer pour le meilleur et pour le pire retourna vers la maison. Elle le vit rassembler ses affaires et prendre son gilet de sauvetage qui pendait dans l'entrée.

« Salue les garçons », dit-il en ressortant, sans la regarder dans les yeux. Je serai de retour demain vers minuit, si les vents sont favorables. »

Il s'était à peine arrêté, il était déjà passé quand elle enregistra ses paroles.

« Je ne veux plus parler de ça. Pour moi, la discussion est close. Il faut que tu retrouves la raison, Nora. »

Il ouvrit la grille et quitta la maison d'un pas rapide et décidé. Il enfila son gilet de sauvetage tout en marchant. Son sac de marin se balançait au rythme de ses pas. Il ne se retourna pas.

Nora resta dans le jardin à le regarder partir. Les larmes lui brûlaient les yeux. Elle les essuya du revers de la main.

Si les garçons n'étaient pas revenus en courant, elle aurait éclaté en sanglots.

63

Nora était assise sous la véranda. Les enfants couchés, elle tentait à présent de comprendre ce qui avait bien pu se passer entre Henrik et elle. Ils n'avaient jamais connu une telle mésentente. Même aux moments les plus difficiles après la naissance des enfants, quand il fallait enchaîner les nuits blanches, elle ne s'était pas sentie aussi mal dans son couple.

Comment était-on passé d'une aussi bonne nouvelle à une telle crise ?

Elle songea à appeler Thomas, mais hésita, d'instinct, à s'ouvrir de ses problèmes conjugaux à un ami commun, même si elle le connaissait depuis des années.

Et puis il avait déjà bien assez à faire avec l'enquête pour le moment. La dernière fois qu'elle l'avait vu, il semblait au bout du rouleau.

La colère et le choc provoqués par la réaction de Henrik lui pesaient sur la poitrine, elle le ressentait presque physiquement. Ses bras et ses jambes étaient comme engourdis, elle avait mal à la gorge, comme si elle allait tomber malade. Les larmes lui brûlaient les yeux.

Elle ne savait absolument pas comment prendre les mots très durs de Henrik. S'il parlait sérieusement, elle devait renoncer à ce poste. Ou envisager de déménager seule à Malmö, sans son mari.

L'idée la faisait plus souffrir qu'elle n'aurait imaginé.

Le poste de juriste responsable de la région sud valait-il le naufrage d'un mariage ?

Naturellement non. Mais le renoncement n'allait pas de soi.

En allant à la cuisine se servir une sérieuse dose du whisky préféré de Henrik, elle en vint à souhaiter n'avoir jamais reçu ce coup de téléphone du DRH.

Son verre à la main, elle enfila son ciré et descendit au ponton. Les garçons dormaient profondément. Elle pouvait sans risque les laisser seuls un moment. Elle s'assit là, tournée vers la mer. D'habitude, elle se sentait toujours mieux au bord de l'eau. Mais ce soir, c'était peine perdue.

Le poids sur sa poitrine était toujours aussi oppressant.

Des pas dans le gravier la firent sursauter.

« Mais qu'est-ce que tu fais là, toute seule ? »

Signe la regardait, étonnée.

« C'est une si belle soirée, je voulais juste voir le coucher du soleil. »

Sa courageuse tentative de sourire ne donna qu'une grimace. Sans qu'elle n'y puisse rien, ses larmes se mirent à couler.

« Mais ma chérie, qu'est-ce qui se passe ? » demanda Signe, inquiète.

« Rien, rien de spécial. »

Elle entendit à quel point son ton sonnait faux.

« Je vois bien qu'il y a quelque chose. Allez, raconte ce qui s'est passé. » Signe s'assit à côté d'elle et lui effleura le bras. «Ça ne peut pas être si grave. Un problème avec Henrik? Mais au fait, où est-il passé, celui-là?

— Parti en mer.» Nora sanglota. «La course des vingt-quatre heures.»

Les larmes aux yeux, Nora lui raconta les événements de la soirée. Le nouveau poste, son entretien avec l'agence de recrutement, la réaction de Henrik.

Signe la dévisagea. Le soleil s'était couché, les ombres gagnaient. Nora vit toutes les peines d'une vie se refléter dans les yeux de Signe.

«Et toi, qu'est-ce que tu veux?

— Je ne sais pas.» Nora renifla. «Si, je voudrais que Henrik veuille que je prenne ce poste.

— Et s'il ne veut pas?

— Alors je ne sais pas ce que je veux. Mais comment refuser une chance pareille? Que diront-ils, à la banque, si je fais ça? Et je déteste travailler pour mon chef actuel!»

Ses larmes se remirent à couler.

«Je vais le regretter le reste de ma vie.»

À présent, Nora sanglotait.

Signe sortit de sa poche un mouchoir qu'elle lui tendit.

«Allons, allons. Ma petite, il y a beaucoup de choses qu'on regrette amèrement toute sa vie. Je te promets que refuser un poste n'en fait pas partie.»

Signe la regardait d'un air impénétrable. Elle lui caressa doucement la joue.

«Tu es si jeune. Tu as toute la vie devant toi, et tu peux te réjouir de tes merveilleux enfants.

— Tu ne regrettes jamais de ne pas avoir eu d'enfants?»

La question lui avait échappé. Elle regarda Signe, effrayée. Elle ne lui avait jamais posé ce genre de questions.

«Ma chérie, bien sûr que j'aurais aimé en avoir. Mais parfois, les choses ne se passent pas comme on voudrait.»

Elle regarda vers le large et se tassa un peu.
«Il y a beaucoup de choses qui ne se passent pas comme on voudrait. Et qu'on regrette après, quand il est trop tard.»

Nora rentra, pensive.
Elle mit machinalement à l'abri les coussins des fauteuils de jardin et referma derrière elle. Ses géraniums eurent droit à leur rasade habituelle, maintenant que le soleil était couché. Puis elle éteignit au rez-de-chaussée et monta voir dans la chambre des enfants.
On entendait leurs respirations régulières.
Simon était comme toujours en chien de fusil, la tête profondément enfoncée dans l'oreiller. Elle se pencha pour caresser sa joue lisse. Il suait un peu en dormant, ses cheveux bouclaient autour des oreilles.
Sans faire de bruit, elle le souleva et le porta doucement dans son propre lit. Il se retourna sans se réveiller. Lentement, elle se déshabilla et se coucha contre lui, aussi près que possible de son corps tout chaud. Tandis que ses larmes se remettaient à couler, elle caressa son ventre doux qui montait et descendait au rythme de sa respiration paisible, les yeux perdus dans le noir.

Vendredi, quatrième semaine

64

Quand le réveil digital afficha 06h23, Nora abandonna toute tentative de s'endormir.

Simon était roulé en boule près d'elle. Il avait rejeté la couverture mais son front était encore en sueur. Par la fenêtre ouverte, elle vit un ciel d'un bleu pur.

Ce serait une magnifique journée d'été.

Mais la nuit avait été effroyable.

Elle n'avait dormi que par intermittence. Ses muscles étaient tendus à se rompre. Comme si elle avait passé des heures au garde-à-vous, raide comme un piquet. À chaque fois, elle se réveillait et, avant même de se souvenir pourquoi, était submergée par la douleur qui lui oppressait la poitrine. Puis elle se rappelait sa conversation catastrophique avec Henrik, et ses larmes recommençaient à couler.

Toute la nuit, elle avait fait des cauchemars : ils se séparaient, il fallait vendre la maison, les enfants devaient déménager.

Elle essayait de se raisonner, ce n'était qu'une dispute passagère, mais son corps lui disait autre chose.

Leur vie tout entière était en jeu. C'en était là.

Elle enfouit son visage contre le dos chaud de Simon. Ce chaud parfum d'enfant la fit sourire à travers ses larmes. Quoi qu'il puisse arriver, il lui restait les petits.

Elle se força à penser à autre chose.

Aujourd'hui était prévue une excursion sur Grönskär. Elle attendait depuis longtemps de visiter ce phare, point de repère connu dans l'archipel. Les excursions organisées par l'association des amis de Sandhamn étaient toujours réussies, et puis Signe et ses propres parents viendraient eux aussi.

Mais comment parviendrait-elle à se maîtriser toute la journée ? Si sa mère devinait un problème, elle serait forcée de raconter encore une fois toute cette triste histoire.

C'était impensable, surtout en présence des enfants.

Mieux valait se taire, faire comme si de rien n'était. Curieusement, le fait que Signe soit au courant ne la gênait pas. Elle ne regrettait pas de s'être confiée à sa voisine. Elle avait vraiment eu besoin de parler à quelqu'un. Et puis Signe n'était pas du genre à dispenser des bons conseils à tort et à travers.

Contrairement à sa mère.

Nora respira profondément et, une fois de plus, décida de mettre ses soucis entre parenthèses. Henrik rentrerait bien assez tôt de sa régate. Il faudrait alors qu'ils essaient de régler ça.

D'ici là, il n'y avait qu'à enclencher le pilote automatique.

Le bateau pour Grönskär partait de l'embarcadère principal à neuf heures et demie. C'était un bateau taxi affrété pour transporter les quarante participants jusqu'à l'île. Il fallait prévoir un casse-croûte et un bon plaid pour s'asseoir. Après un tour de l'île, on pique-niquerait tous ensemble sur les rochers au pied du phare.

Elle regarda à nouveau le réveil et constata qu'il restait encore près de trois heures avant le départ. Mais elle pouvait aussi bien commencer à préparer le panier. Ce n'était pas comme si elle avait mieux à faire. Un sourire amer aux lèvres, elle descendit à la cuisine.

Les crêpes de la veille se transformeraient en rouleaux fourrés de confiture pour les garçons. Elle se contenterait de tartines. Des morceaux de concombre et des carottes tiendraient compagnie aux rouleaux. Une Thermos de café et une gourde de sirop compléteraient le festin, avec quelques brioches.

Nora regarda sa montre. Sept heures et quart. Plus de deux heures encore avant le départ.

Avec un soupir, elle entreprit de préparer le petit déjeuner, histoire de s'occuper. Elle se demanda si elle arriverait à camoufler ses yeux rougis de larmes à coup de mascara et de fond de teint. Probablement pas.

Elle porterait donc ses lunettes de soleil toute la journée. Heureusement, il faisait beau, personne ne se demanderait pourquoi.

65

Les passagers impatients s'entassaient à bord du bateau taxi. Plus de la moitié d'entre eux étaient des enfants : le niveau sonore était très élevé. Nora connaissait presque tout le monde. Signe avait embarqué avec sa chienne Kajsa et s'était installée à côté des parents de Nora. On largua bientôt les amarres, cap sur Grönskär.

Le bateau accosta le long du solide quai en béton aménagé juste sous le phare, le vieux port sur la face nord de l'île n'ayant plus assez de fond.

Le spectacle à Grönskär était magnifique.

Le phare était surnommé la Reine de la Baltique à cause de son élégante silhouette. Il appartenait à la Fondation de l'Archipel, qui se chargeait de son entretien. Le gardien était un homme passionné qui veillait jalousement sur le phare et son avenir.

La tour de près de vingt mètres de haut dominait tout l'îlot, qui n'avait pas plus de quatre cents mètres de long. Le phare datait de l'époque de la marine à voile où, pendant des siècles, les bateaux avaient besoin de repères pour se mettre à l'abri dans le port protégé de Sandhamn.

Campé sur le quai, le gardien accueillit les visiteurs. La guide, une femme joviale résidant à Sandhamn, entreprit de raconter avec entrain l'histoire du phare tout en conduisant le groupe vers son entrée.

«Le phare de Grönskär, dessiné par le célèbre architecte Carl Fredrik Adelcrantz en 1770, a été construit en granit et en grès. Il est de section octogonale, la base un peu plus large que le sommet. On utilisait à l'origine un feu au charbon, remplacé en 1845 par un système de lentille triple avec lampe à huile. En 1910 a été installé le système Lux au pétrole lampant, avec un dispositif de volets d'occultation permettant d'émettre différents types de signaux.»

Elle se tut et se pencha vers Simon et Adam.

« Imaginez, les garçons. Avant qu'on installe le monte-charge, le pauvre gardien de phare devait hisser lui-même les sacs de charbon dans l'escalier. C'était un travail très dur, vous savez. »

Simon regarda la guide, bouche bée. Elle lui sourit.

« Tu devines combien il y a de marches ? »

Simon réfléchit, puis montra ses dix doigts.

« Plus que ça ?

— Beaucoup plus.

— Tu vois bien qu'il doit y en avoir plusieurs centaines », dit Adam en regardant son petit frère avec condescendance.

Il se tourna vers la guide.

« Mon petit frère ne sait pas bien compter, il n'a pas encore commencé l'école. »

La guide lui donna une petite tape sur l'épaule en riant.

« Désolée, vous avez faux tous les deux. Il y a en tout quatre-vingt-dix marches, et c'est déjà bien assez, croyez-moi. Attendez voir d'être grimpés là-haut. »

Elle se retourna vers le groupe et poursuivit.

« Le phare a été éteint en 1961, quand on l'a remplacé par le signal au sol de Revengegrundet, juste devant Korsö. Il a été restauré dans les années 1990 avec l'aide de l'État, et une faible lumière verte luit désormais au sommet du phare de Grönskär. Ainsi la vieille dame a-t-elle repris vie. »

Elle désigna l'escalier.

« Vous pouvez entrer, par petits groupes, c'est assez étroit. Attention à ne pas trébucher sur les marches irrégulières. »

Quand vint leur tour, Nora attrapa fermement la main de Simon.

Malgré la chaleur estivale, il faisait frais et humide à l'intérieur de la tour. Il y avait quatre paliers, mais l'ascension restait assez éprouvante.

Les marches étaient un peu plus hautes que celles d'un escalier normal, il fallait à chaque pas faire un effort supplémentaire. Ils réussirent en plus à se tromper en chemin et se retrouvèrent par erreur dans un cul-de-sac.

Presque au sommet, Nora constata qu'il fallait une meilleure forme physique que la sienne pour arriver en haut sans haleter. Avec toute la marche à pied de cet été, le vélo, sans parler du jogging, ce n'était pas brillant.

Après le dernier palier, ils arrivèrent à un petit espace où une échelle étroite en fonte peinte en blanc conduisait au lanternon, tout en haut. Au pied de l'échelle, une porte verte ouvrait sur un balcon en coursive qui faisait le tour du phare.

«Je peux aller voir dehors, maman?»

Simon supplia Nora du regard.

«Moi aussi!», fit la voix d'Adam.

Nora ouvrit la porte et regarda dehors. C'était vertigineux. Elle se tourna vers les garçons.

«Alors il faut être très prudents. Je ne veux pas vous voir courir et faire les fous. Compris?

— Viens, Adam, tiens-moi par la main. À mon âge, on peut avoir besoin d'un jeune homme pour vous aider à ne pas perdre l'équilibre.»

Signe, juste derrière Nora, attrapa fermement Adam par la main pour sortir sur la coursive.

La vue était fantastique.

Comme le temps était clair, la mer s'étendait à perte de vue. Les centaines d'îles et d'écueils dispersés dans l'eau étaient d'une beauté indescriptible. On apercevait à l'horizon le phare d'Almagrundet, qui était pourtant à plusieurs milles marins.

Au pied de la tour, on voyait les anciens logements de service, récemment rénovés avec soin. Tous les gardiens du phare avaient jadis vécu là avec leur famille.

Cela devait être une vie rude, surtout pour les femmes, songea Nora. Toutes les tâches ménagères devaient s'effectuer sans eau courante ni électricité. Et il fallait surveiller le fonctionnement du phare en permanence pendant les longues nuits d'hiver, par tous les temps, malade ou non.

Aujourd'hui, on arrivait à peine à imaginer ce que c'était de vivre dans ces conditions, année après année. Une vie dont le plus grand événement devait être de se rendre à Sandhamn, qui n'était pourtant qu'un pauvre poste avancé aux confins de l'archipel.

«C'est exceptionnel, non?» Signe soupira d'aise en se tournant vers Nora. «Je viens ici depuis que je suis gamine, et pourtant je ne me lasse pas de la vue.

— Je suis bien d'accord», dit Nora en se délectant du paysage.

Leur guide les avait rejoints et s'accouda à la rambarde.

«Savez-vous que la pierre grise du phare vient directement de l'îlot? On l'a extraite et taillée sur place. Pour les joints on a utilisé un mortier contenant entre autres de la poudre de brique et du calcaire de Gotland. C'est ce qui donne de loin au phare ce joli aspect de mosaïque. Seule la partie centrale a été construite en grès de Roslagen.

«Pourquoi cet étage de pierre grise tout en haut? demanda Nora.

— Il y a plusieurs théories. La plus probable est que les derniers convois de grès ont tardé à arriver et que les constructeurs en ont eu assez d'attendre. Alors ils ont pris ce qu'ils avaient sous la main, de la pierre grise, ajouta-t-elle avec un clin d'œil.

— C'est extraordinaire d'avoir pu construire un bâtiment si haut en plein archipel sans les techniques d'aujourd'hui, dit Nora.

— Encore plus extraordinaire si l'on pense que le plan d'origine n'était qu'une jolie aquarelle, dit la guide.

— Comment? Il n'y avait pas de vrai plan? s'étonna Signe. Je n'avais jamais entendu dire ça.

— Eh non. C'est au maître maçon C. H. Walmstedt que nous devons l'aspect actuel du phare. C'est lui qui s'est chargé de mettre en œuvre le chantier en s'inspirant de l'aquarelle, sans plus de précisions techniques.

— Extraordinaire. Qui l'eût cru?» dit Nora, impressionnée.

Simon la tira par la main.

«On peut rentrer, maman? Je veux monter tout en haut.

— Mais oui, viens.»

Ils rentrèrent dans la tour par la porte verte. Simon commença à grimper sur la petite échelle de fonte. Elle conduisait à une passerelle circulaire en fer forgé qui occupait presque tout l'espace du lanternon, qui était étroit, à peine deux mètres de diamètre. Tout le tour était vitré sur la hauteur, avec une petite aération à la base. On n'y tenait qu'à quelques personnes.

Il ne faudrait pas avoir le vertige, songea Nora.

«Regarde, c'est cool, on voit Sandhamn! s'exclama Simon. Adam, il faut que tu montes voir ça!» cria-t-il vers le bas de l'échelle.

Au milieu du lanternon était fixée la nouvelle lampe qui avait été mise en service au tournant du siècle.

« Simon, sais-tu pourquoi la lampe du phare est verte ? »
Nora montra les prismes colorés.
« Parce que c'est une jolie couleur ?
— Non, mon garçon. C'est parce que le phare est sur Grönskär, l'île verte comme son nom l'indique. »

Après la visite du phare et le pique-nique, Nora décida d'aller voir le petit musée installé dans l'ancienne remise à pétrole lampant. Sa mère l'accompagna, tandis que les enfants restèrent avec leur grand-père et Signe.

Là, tout en feuilletant les jolis livres documentaires, elle se rappela sa conversation de l'autre jour avec Thomas et son collègue. Ils avaient parlé de la mort-aux-rats utilisée pour tuer Kicki Berggren.

Depuis plusieurs jours, elle voulait demander à sa mère où elle avait acheté la mort-aux-rats liquide qu'ils avaient autrefois à la maison. Mais les derniers événements, et surtout sa dispute avec Henrik, le lui avaient fait sortir de la tête.

La réponse qu'elle reçut lui fit saisir immédiatement son téléphone. Il fallait tout de suite que Thomas sache ça.

66

Thomas répondit dès la première sonnerie. Il était au commissariat de Nacka, devant son bureau recouvert de documents. Il vit tout de suite que c'était Nora.

«Tu sais ce que maman vient de me dire? dit-elle en allant droit au but. La mort-aux-rats que nous avions à la maison quand j'étais petite venait bien de Sandhamn. Maman l'avait achetée dans le magasin général qu'il y avait autrefois là où se trouve aujourd'hui le *Bar des Plongeurs.*

— Bon. Le poison que nous pensons responsable de la mort de Kicki pouvait donc autrefois s'acheter à Sandhamn.

— C'est ça. Dans le magasin qui a fermé à la fin des années 1970. Et maman m'a précisé qu'elle utilisait encore cette mort-aux-rats en cas de besoin.

— Ce qui signifie que le poison serait toujours actif après plus de vingt-cinq ans.» Thomas se cala au fond de son fauteuil en fronçant les sourcils. «Est-ce possible?

— Je n'en sais rien. Il faudrait demander ça chez Anticimex, mais maman, en tout cas, dit que ça marche encore.»

Thomas essaya de formuler sa pensée.

«Cela pourrait donc vouloir dire que le meurtrier, si nous supposons qu'il a acheté le poison à Sandhamn, est installé sur l'île depuis au moins vingt-cinq ans.»

Il se tut avant de poursuivre.

«D'un autre côté, il a très bien pu se procurer la mort-aux-rats n'importe où. On devait en trouver partout. Pas qu'à Sandhamn.»

Philip Fahlén possédait sa maison à Sandhamn depuis tout juste quinze ans. Avant, il avait loué assez longtemps une maison près de la plage de Trouville. En tout, cela faisait bien vingt-cinq ans. D'un autre côté, il était actuellement en réanimation suite à un possible empoisonnement à la warfarine. Mais il fallait forcément creuser de ce côté.

Il attrapa un carnet pour y jeter quelques notes.

«Merci pour ton appel, Nora. Je vais faire examiner une fois de plus les registres du cadastre. Cela peut valoir le coup de vérifier qui possède une maison à Sandhamn depuis plus de vingt-cinq ans. On va peut-être trouver quelque chose d'intéressant.»

La conversation terminée, Thomas fila voir Carina dans son bureau.

Il était beaucoup moins impersonnel que le sien. Sur sa table, un vase de fleurs jaunes et bleues. À côté, une grande photo du chien de la famille. Des dessins humoristiques, découpés dans les journaux, étaient punaisés à un tableau d'affichage.

Un sentiment de manque saisit Thomas, le désir d'un lieu plus accueillant et habité que la pièce impersonnelle où il ne laissait pas la moindre trace de lui-même.

Il lui exposa rapidement son problème et lui demanda de l'aider dès que possible.

Elle le regarda et sembla hésiter un instant. D'une main, elle rajusta ses cheveux, puis ouvrit la bouche.

«On déjeune ensemble?

— Déjeuner?»

Thomas n'avait pas l'air de comprendre.

«Tu sais, ce truc qu'on fait d'habitude, au milieu de la journée, plaisanta-t-elle. Vers midi, quoi. Je m'étais dit qu'on pourrait y aller ensemble, toi et moi.»

Elle sourit. On voyait qu'elle en avait très envie. Le ton insistant de sa voix la trahissait et elle semblait nerveuse. Très clairement, ce n'était pas une idée venue comme ça.

Thomas était étonné. Un peu pris au dépourvu. Il rit, vaguement gêné, en regardant sa montre pour justifier sa première réaction. Mais ensuite, il se sentit le cœur léger. Pourquoi pas ? D'emblée, l'idée lui sembla agréable.

« Volontiers. Il faut juste que je parle d'une chose à Margit, puis je repasse. On dit dans un quart d'heure ? »

Un sourire rayonnant lui répondit.

« D'accord. On pourrait aller au *Restaurant J*. Après tout le mal qu'on s'est donné, je trouve qu'on a bien mérité un bon repas. Qu'est-ce que tu en dis ? Et puis c'est vendredi. On peut bien s'offrir un petit extra. »

Thomas se surprit à siffloter dans le couloir. Cela faisait longtemps.

Il avait été convenu que Margit prendrait le train dans l'après-midi pour regagner la côte ouest et passer le week-end en famille. Elle rejoindrait l'équipe lundi matin.

L'hôpital avait fait savoir qu'il ne fallait pas compter pouvoir parler à Philip Fahlén dans la journée. Il était toujours inconscient après une importante opération subie dans la nuit. On avait constaté une grosse hémorragie cérébrale, sans qu'on puisse pour l'heure en déterminer la cause. On en saurait plus dans la soirée. D'ici là, il fallait prendre son mal en patience.

Un bref entretien avec la compagne de Fahlén n'avait pas spécialement clarifié les choses.

Sylvia l'avait retrouvé sur le sol de la cuisine, mais il était incapable de parler et avait très vite perdu connaissance. Elle devait venir au commissariat pour davantage de précisions dès qu'elle pourrait quitter l'hôpital.

Thomas résuma à Margit sa conversation avec Nora.

« Cela va peut-être nous permettre de resserrer le cercle autour du meurtrier. Quelqu'un qui aurait une maison à

Sandhamn depuis les années 1970. Une personne d'âge mûr, dans ce cas.

— Sauf s'il s'agit d'un résident plus récent qui aurait trouvé la mort-aux-rats laissée par un précédent propriétaire. Comme par exemple Pieter Graaf », nota Margit avec un certain scepticisme dans la voix.

« Philip Fahlén est dans la bonne tranche d'âge, dit-il, et il vient l'été à Sandhamn depuis près de trente ans.

— Mais il est à l'hôpital, peut-être empoisonné lui aussi, remarqua Margit.

— Ça ne va pas de soi pour l'instant, mais c'est quand même une piste à suivre. »

Il s'étira à se faire craquer les articulations.

« Au fait, comment ça s'est passé avec ces jeunes du ferry pour la Finlande, avec qui tu devais parler ? Tu les as eus ? »

Margit secoua la tête.

« Pas terrible. Le mobile de la fille ne répondait pas. Rien non plus sur son fixe. Je vais essayer de trouver le numéro d'un autre membre de la famille. Le petit copain ne savait en tout cas pas où la contacter, d'après lui elle était cette semaine en Norvège chez des parents.

— Et lui, qu'est-ce qu'il avait à dire ?

— Il n'était au courant de rien. C'est sa copine qui a vu tomber un corps. Quand elle a crié, c'était déjà trop tard. Mais il n'était pas certain que ça ait vraiment eu lieu. Il avait l'air de se demander si elle n'avait pas eu une vision. Et puis ils avaient pas mal bu ce soir-là. C'est seulement parce qu'elle a insisté qu'il l'a accompagnée faire la déclaration le lendemain. J'ai pris des notes pendant la conversation, si tu veux regarder. »

Thomas vit Margit dissimuler un bâillement. Il savait qu'elle avait passé la moitié de la nuit plongée dans le dossier pour compenser le fait qu'elle partait cet après-midi.

« Quand part ton train ?

— Dans une heure. J'arrive vers les six heures. J'emporte mes notes et je regarde encore une fois tout ça pendant le voyage.

— Appelle si tu trouves quelque chose.

— Bien entendu. Toi aussi, d'ailleurs. À quoi vas-tu occuper ton après-midi ?

— Je pensais retourner voir l'appartement de Krister Berggren. Juste pour être sûr de n'avoir rien raté, même si le labo a déjà fait son boulot.

— Bonne idée. Tu devrais prendre Carina avec toi, c'est bien d'être deux. Elle s'en est bien tirée ces dernières semaines, je trouve. Ça peut faire une bonne recrue, si elle arrive à entrer à l'école de police. »

Thomas était d'accord. Carina avait été une ressource précieuse dans cette enquête, et il n'avait rien contre cette suggestion.

« Bonne idée. Après, je pense rentrer sur Harö. Il faut que je me change un peu les idées, si j'y arrive. »

Un énorme bâillement lui échappa. Il s'étira et secoua la tête.

« C'est contagieux, on dirait », fit-il avec une grimace amicale.

67

Le *Restaurant J* de Nacka Strand était plein à craquer de clients bronzés en tenue de vacances. Le long du ponton privé de l'établissement s'alignaient des embarcations de toutes tailles.

Le restaurant était fréquenté à la fois par ceux qui travaillaient dans les environs et ceux qui voulaient faire admirer leurs bateaux tape-à-l'œil.

Tout au bout du ponton, le propriétaire d'un gros yacht tentait désespérément de manœuvrer pour se garer dans un espace trop étroit entre deux hors-bord blancs. L'homme beuglait des ordres à son épouse stressée qui courait d'un bout à l'autre du pont avec une gaffe pour éviter d'emboutir les autres bateaux. Les clients du restaurant assistaient au spectacle avec un plaisir évident.

Les malheureux serveurs slalomaient entre les tables pour satisfaire les clients. Carina sortit ses lunettes de soleil et regarda Thomas.

« Je me demande si on va pouvoir s'asseoir ? Ça a l'air bondé.

— Ne t'inquiète pas. J'aperçois une place libre là-bas, dans le coin. Suis-moi. »

Thomas partit à grandes enjambées.

Ils s'installèrent à une table, à l'ombre d'un parasol rayé. À côté d'eux, une famille avec une enfant de deux ans dans une chaise haute et une fillette qui avait quelques années de plus. Elle tenait un gros cornet de glace et gambadait sur le ponton malgré les exhortations de sa mère et les injonctions de son père.

« Ils sont mignons, non ? » dit Carina.

Le sourire de Thomas s'éteignit. Une ombre passa sur son visage et il ne répondit qu'en hochant la tête.

Carina aurait voulu se mordre la langue. Qu'est-ce qui lui avait pris de dire ça à Thomas ? Elle s'empressa de parler d'autre chose, en choisissant un sujet neutre.

« J'ai parlé au cadastre. Ils ont promis de vérifier dans le registre aussi vite que possible. Sinon aujourd'hui, dès lundi. J'ai bien précisé que c'était urgent. »

Il se détendit un peu.

« Parfait. Dans l'état actuel de l'enquête, il ne faut négliger aucune piste. »

Le regard de Thomas glissa à la surface de l'eau, où passait justement un énorme bateau de croisière. « Surtout maintenant qu'il semble qu'il y ait quelqu'un d'autre derrière Fahlén.

— Dès que possible, ils nous envoient les renseignements. C'est ce qu'a promis le type avec qui j'ai parlé. Malheureusement, je n'ai rien trouvé dans les listes de passagers fournies par l'armateur, mais nous aurons peut-être plus de chance avec le cadastre. »

Carina se tut. Elle se mit à tripoter nerveusement ses couverts en cherchant un sujet de conversation qui ne soit pas trop personnel mais qui aille plus loin qu'une discussion purement professionnelle sur l'enquête en cours.

Elle s'arrêta sur la maison de Harö. Elle savait que Thomas y allait dès qu'il en avait l'occasion. Quand il parlait de l'archipel, son visage s'éclairait toujours.

« Parle-moi de ta maison de vacances. Ça doit être très joli, là-bas, dans l'archipel. »

Tandis que Thomas lui décrivait la maison et la vie sur Harö, Carina le regardait en douce derrière ses lunettes noires.

Thomas était sympathique et agréable à tous points de vue, mais inaccessible dès qu'il s'agissait de sa vie privée. Elle ne se souvenait pas l'avoir jamais entendu parler spontanément de lui. Il pouvait parler infatigablement du moindre détail de l'enquête mais se refermait comme une huître dès qu'on lui posait une question personnelle. L'ambiance entre eux était pourtant décontractée et il s'était ouvert au cours de ce mois de juillet plus que jamais auparavant. Il semblait aussi beaucoup plus gai, malgré le stress de l'enquête.

« Tu pourras m'accompagner ? »

La question de Thomas prit Carina au dépourvu. Elle le regarda avec des yeux ronds, tout en cherchant quoi dire.

Elle finit par renoncer et lui sourit, prise sur le fait.

« Pardon, je pensais à autre chose. »

Thomas éclata de rire.

« Pas grave. Je pensais retourner chez Krister Berggren cet après-midi. Jeter encore un coup d'œil. On a peut-être quand même raté quelque chose la dernière fois. J'aimerais que tu viennes toi aussi. Deux paires d'yeux valent mieux qu'une. Enfin, si tu arrives à te concentrer cet après-midi. »

Il la taquina en lui agitant son index sous le nez.

« Bien sûr, je peux venir », répondit-elle avec enthousiasme. Elle n'avait rien contre un après-midi entier avec Thomas pour elle toute seule.

Elle se pencha sur sa salade et essaya d'embrocher quelques crevettes au bout de sa fourchette. Elle progressait. Et puis on lui demandait de participer à un vrai travail d'investigation. Exactement ce qu'il lui fallait pour préparer son entrée à l'école de police.

« On y va quand ?

— Dès que tu as fini de manger. »

68

Quand Thomas et Carina arrivèrent à l'appartement de Bandhagen, il n'y avait pas âme qui vive. Ils ne virent qu'un chat noir à queue blanche qui traversa la rue sans se retourner.

L'appartement, au troisième étage, était toujours aussi silencieux et abandonné. Les scellés de la police avaient empêché toute intrusion intempestive.

Thomas ouvrit et fit entrer Carina.

L'air sentait peut-être encore plus le renfermé et le moisi que la fois précédente. Ils traversèrent l'étroit vestibule et entrèrent dans le séjour aux papiers peints fatigués. Le mobilier bon marché et le canapé de cuir taché avaient le même aspect désolé.

Carina regarda alentour.

« C'est assez sinistre.

— Ça, on peut le dire.

— Krister Berggren devait être quelqu'un de très seul. »

Elle frissonna.

Par la fenêtre, on entendait le chant joyeux d'un rouge-gorge, indifférent aux immeubles qui l'entouraient. Un rappel de la solitude typique de la grande ville l'été. Tous ceux qui le pouvaient fuyaient l'asphalte brûlant et l'air étouffant. Ne restaient que ceux qui n'avaient pas les moyens ou la force de partir.

Thomas désigna la plus petite pièce.

« Si je m'occupe de la chambre, tu peux prendre le séjour ?

— Bien sûr. Je dois chercher quelque chose en particulier ?

— Non, j'ai juste l'impression que nous avons raté quelque chose. La clé d'un coffre de banque, par exemple, où il aurait caché son argent sale, ou autre chose qui puisse le relier à Sandhamn. » Thomas haussa les épaules, comme pour s'excuser. « J'aimerais pouvoir être plus précis. »

Carina enfila les gants de plastique blanc qu'ils avaient pris au commissariat et d'un air sérieux en tendit une paire à Thomas. On voyait qu'elle voulait se montrer professionnelle, mais Thomas trouvait surtout ça charmant.

Une nouvelle fois, il inspecta méthodiquement la chambre. Vida l'un après l'autre sur le lit chaque tiroir du meuble gris clair. En examina et classa le contenu. Rien de remarquable. Quelques pantalons noirs, plusieurs jeans usés, un blouson coupe-vent avec le sigle du Systembolaget sur le dos.

Le tiroir de la table de nuit subit le même traitement, comme les étagères du placard.

Sous le lit, deux caisses à bière remplies de revues pornos. Des femmes, blondes pour la plupart, posaient dans des postures qui laissaient peu de place à l'imagination. C'était plus triste qu'excitant.

Une heure plus tard, Thomas avait examiné le moindre objet de la petite chambre. Il n'avait rien trouvé de nouveau, mais à quoi s'attendait-il ? L'examen de la police scientifique n'avait déjà rien donné.

Il se redressa en soupirant et entra dans la salle de bains. Ni le petit placard blanc, ni l'étroit rangement derrière la baignoire ou les toilettes ne réservaient aucune surprise. Il n'était pas étonné. Il était très rare, sauf dans les films, qu'on retrouve des papiers secrets scotchés derrière des toilettes.

Il se gratta la nuque et s'étira à nouveau le dos, puis rejoignit Carina dans le séjour. Assise par terre, elle passait systématiquement en revue tout ce qu'il y avait sur les rayonnages de la bibliothèque. Sur ses genoux, un des albums photos qui occupaient l'étagère du bas. Elle avait déjà inspecté les films vidéo, à présent empilés sur la table. Les tiroirs de la bibliothèque étaient posés sur le canapé.

Thomas en déplaça doucement un rempli de papiers et de bibelots divers et s'assit.

« Comment ça va ?

— Comme ça.

— Comment se présentent ses finances ?

— J'ai regardé ses factures plusieurs années en arrière, mais il n'y a rien d'anormal. On a déjà contrôlé les mouvements de son compte bancaire, rien à signaler. S'il recevait de l'argent sale, il ne le mettait pas sur son compte, c'est clair.

— Je me souviens. C'est pour ça qu'il devrait y avoir la clé d'un coffre, ou quelque chose de ce genre, que nous n'avons pas encore trouvé. »

Carina lui montra une pile de journaux.

«J'ai épluché plusieurs douzaines de magazines automobiles et des piles de catalogues d'agences de voyage, sans rien trouver.

— Je vois ça.»

Thomas saisit un numéro de *Motosport*, année 2004, qu'il feuilleta au hasard.

«Je pensais parcourir encore une fois ses albums photos, expliqua Carina. Pour en avoir le cœur net. Tu peux en prendre un toi aussi. À moins que tu veuilles revisiter plutôt la cuisine?»

Thomas prit sans répondre un album dans la bibliothèque. Il n'avait pas l'air neuf. Les pages en étaient légèrement jaunies et quelques clichés étaient décollés. On y trouvait de nombreuses photos de la femme dont le portrait était encadré sur le bureau. Une écriture appliquée indiquait chaque fois les noms des personnes présentes et la date.

Cela devait être l'œuvre de la mère de Krister Berggren, car l'écriture semblait féminine. Et puis on imaginait mal Krister Berggren classer et annoter soigneusement des dizaines de photos dans des albums.

Il en avait probablement hérité à la mort de sa mère.

Thomas tourna doucement quelques pages. Plusieurs photos avaient commencé à jaunir. Sur l'une d'elle, Krister et sa mère à bord d'une vieille Volvo Amazon. Comme elle était en noir et blanc, on ne pouvait pas deviner la couleur de la voiture. Ils étaient assis sur la banquette arrière, fiers et un peu empruntés, en train de faire le V de la victoire.

Soudain, Thomas vit que quelque chose avait retenu l'attention de Carina. Elle essayait d'attraper une enveloppe glissée sous un grand portrait de la mère de

Krister, qui occupait une page entière de l'album. Elle la sortit précautionneusement et l'ouvrit avec soin. Elle commença à lire, fronçant de plus en plus les sourcils. Quelques minutes plus tard, elle leva les yeux, un large sourire aux lèvres.

«Thomas, annonça-t-elle, je crois que j'ai trouvé le chaînon manquant que nous cherchons depuis le début.

— Qu'est-ce que tu veux dire?»

En réponse, elle lui tendit la lettre et l'enveloppe qui la contenait.

À mon fils, Krister. À lire après ma mort.

69

Thomas resta un instant la lettre à la main, avec le sentiment de tenir enfin la clé de l'énigme.

Puis il déplia le papier et se mit à lire.

Mon cher Krister, tu n'as jamais su qui était ton père. La lettre faisait deux pages. La même écriture appliquée que sous les photos. Elle était datée d'un an plus tôt. L'enveloppe n'était pas timbrée. Elle n'avait probablement pas été envoyée par la poste, mais directement remise à Krister.

Thomas la lut lentement en entier. Quand il eut fini, il resta un moment silencieux. Il se tourna alors vers Carina qui ne l'avait pas quitté des yeux pendant sa lecture.

«Maintenant, nous connaissons le lien de Krister Berggren avec Sandhamn.»

Carina hocha la tête.

«Et le nom de son père», ajouta-t-elle.

Thomas tint la lettre devant lui.

«Il avait de très bonnes raisons de se rendre sur l'île.

— Oui, surtout s'il a appris ça après la mort de sa mère, dit Carina. Elle est morte fin février et il a disparu début mars. Il a dû se décider à prendre contact peu de temps après l'enterrement.»

Thomas examina une photo de Krister. Son regard semblait se perdre au loin derrière l'objectif, comme s'il attendait quelque chose ou quelqu'un qui ne s'était jamais manifesté.

«Il a appris tout d'un coup qui était son père, et qu'il avait d'autres parents en vie que Kicki», dit-il.

Carina était penchée sur une photo de Cecilia Berggren, qui tenait son fils dans ses bras et regardait gravement l'objectif.

«Quel choc ça a dû être, dit-elle. Après toutes ces années. Étrange que sa mère ne lui en ait jamais parlé.

— Elle avait peut-être honte.

— Ou voulait protéger le père.

— Ou Krister, remarqua Thomas. Nous ne savons pas comment s'était comporté son père. Et s'il n'avait plus voulu entendre parler d'elle quand elle était tombée enceinte? Sa famille avait déjà coupé les ponts. Le seul qui la soutenait était son frère, le père de Kicki.»

Thomas s'efforça de se rappeler ce que Kicki lui avait dit lors de leur entretien au commissariat. Cecilia avait élevé son fils sans aucune aide de ses parents. Elle s'était durement battue pour joindre les deux bouts. Elle avait arrêté l'école pour commencer à travailler au

Systembolaget dès qu'elle avait pu après la naissance de Krister.

«Après avoir lu la lettre, il a dû décider de se rendre à Sandhamn à Pâques pour rencontrer sa famille, dit Thomas.

— Qui ne connaissait peut-être même pas son existence.

— C'est vrai. Il n'est pas sûr que quiconque ait été au courant.

— Sauf son père, glissa Carina.

— Mais quelque chose se passe en route, ou une fois là-bas, dit Thomas.

— Qui entraîne sa mort, dit Carina.

— Puis celle de sa cousine.

— Si les deux morts ont un rapport.»

Thomas sembla interloqué. «Pourquoi n'auraient-elles pas de rapport?

— La mort de Krister Berggren peut très bien être une noyade accidentelle. Il est peut-être malgré tout passé par-dessus bord. Pas de chance, justement en se rendant à Sandhamn.

— Et Kicki?

— Je ne sais pas.» Carina fit une grimace. «Je suppose qu'il est très peu vraisemblable que sa mort soit intervenue aussi peu de temps après par le seul fait du hasard.

— Et là-dessus Jonny Almhult est mort et Philip Fahlén est à l'hôpital sans qu'on ait d'explication solide», rappela Thomas.

Il examina la lettre d'un air pensif.

«Cela soulève indéniablement un certain nombre de questions nouvelles. Mais il est tout de même étrange que...»

Il se tut soudain.

«Que quoi? dit Carina.

— ... qu'il n'y ait jamais eu le moindre signe de la part de cette famille. Après tout ce qui s'était passé.

— Tu peux bien sûr poser la question, dit Carina. Mais il n'est pas certain que quiconque ait eu vent de son existence. Et de toute façon, ils devaient avoir honte. À l'époque, c'était un gros scandale.

— Sûrement. Une naissance illégitime, on ne plaisantait pas avec ça dans les années 1950, dit Thomas. En tout cas, j'imagine que ce sera une conversation tendue.

— Tu penses y aller dès ce soir? demanda Carina.

— Je vais voir.» Il étouffa un bâillement. «Ça n'a pas beaucoup d'importance. Personne ne va prendre la fuite, de toute façon. Je ne suis même pas sûr que ce soit possible ce soir.»

Il se leva du canapé avec un soupir las.

«Je suis crevé. Je crois que je vais rentrer comme prévu sur Harö. Cette conversation peut très bien attendre demain matin.»

Il regarda une dernière fois la lettre manuscrite avant de la replier soigneusement et de la glisser dans l'enveloppe.

70

Une soirée entière à soi. Son besoin de solitude était physique. Son corps cherchait son rythme. Nora voulait réfléchir calmement à la situation. Être tranquille, ne pas avoir à faire bonne figure ni à donner des explications.

Après la conversation de la veille, elle avait besoin de reprendre ses esprits. Décider ce qu'elle voulait au plus profond d'elle-même.

Henrik ne rentrerait pas de sa régate de vingt-quatre heures avant minuit. Cela lui laissait un bon moment pour songer à ce qu'elle lui dirait à son retour.

Les garçons avaient d'eux-mêmes demandé à aller dormir chez leurs grands-parents.

Elle ne s'était pas fait prier.

Nora y avait déjà apporté leurs affaires pour la nuit et se retrouvait toute seule à la maison. Il était à peine plus de huit heures et demie. Il faisait encore tout à fait jour.

Même si son esprit ne trouvait pas la paix, elle avait décidé d'apaiser au moins son estomac. Elle avait acheté un joli filet de poulet qu'elle avait fait mariner dans du citron vert et du soja avant de le griller au four. Elle avait préparé aussi une salade de couscous à l'avocat et une sauce au yaourt bulgare mêlée de piments doux. Pour couronner le tout, elle avait acheté une tablette de chocolat noir belge, son préféré.

Il fallait bien sûr qu'elle fasse attention au sucre, à cause de son diabète, mais elle pouvait parfois se permettre une petite entorse.

Dans ce genre de moments, par exemple.

Elle prendrait un peu plus d'insuline avant le repas, car elle avait négligé sa piqûre au déjeuner, sur Grönskär. Le chocolat entrerait vaille que vaille dans la dose autorisée. Et puis on dit que le chocolat noir est bon pour le moral. C'était exactement ce qu'il lui fallait.

Ce soir, un bien-être même artificiel serait le bienvenu.

Elle décida de soigner le couvert, même si elle était seule : elle sortit un verre en cristal. C'était assez ridicule mais, sur le moment, cela lui sembla important.

Elle finit ses préparatifs puis alla chercher l'insuline au réfrigérateur. Les ampoules étaient à leur place, sur l'étagère du haut.

Elle remplit doucement la seringue avec une première ampoule. Puis elle ajouta la moitié d'une seconde. Elle tapota la seringue puis se l'injecta comme d'habitude dans le pli du ventre, sous le nombril. L'ampoule vide alla à la poubelle, celle à moitié vide resta pour le moment sur l'évier.

Nora posa son plat de poulet sur la table et enclencha le dernier CD de Norah Jones – le même prénom qu'elle, au *h* près.

Au moment de s'asseoir, elle décida malgré tout d'appeler Henrik. Même s'ils n'étaient pas exactement dans les meilleurs termes, elle voulait savoir comment il allait et quand il pensait rentrer. Peut-être aussi entendre le ton de sa voix.

Elle chercha son mobile dans la poche de son short, sans le trouver. Elle alla à la cuisine, mais il n'y était pas non plus. Bizarre. Elle monta quatre à quatre l'escalier pour voir s'il était dans la chambre.

Elle décrocha le fixe et composa son numéro de portable, mais ne l'entendit pas sonner dans la maison.

Nora s'immobilisa, la main sur la rampe.

Quand avait-elle utilisé son mobile pour la dernière fois ? Elle réfléchit. Rembobina le film de la journée.

Sur Grönskär.

Elle avait appelé Thomas pour lui parler de la mort-aux-rats qu'utilisait sa mère. Mais qu'avait-elle fait ensuite de son téléphone ? Elle devait l'avoir posé quelque part. Elle ne l'avait quand même pas oublié sur Grönskär ? Les poches de son short étaient assez peu profondes... Quelle idiote !

Il était presque neuf heures. Si elle se dépêchait, elle pouvait prendre la *Toupie* et être sur Grönskär avant qu'il ne fasse nuit. En une demi-heure, elle serait rentrée.

Avec un soupir de regret, elle regarda le bon dîner qu'elle s'était préparé.

Le mobile était plus important. Beaucoup plus. Pas le téléphone en lui-même, mais sa mémoire. Saisir à nouveau les quelque deux cents numéros qu'il contenait semblait presque insurmontable.

Elle enfila rapidement son gilet de sauvetage et prit une lampe de poche. Elle décrocha la clé du bateau du tableau suspendu contre la porte d'entrée.

Le gardien cachait toujours une clé de secours sous une pierre près du phare. Ils en avaient parlé au cours de l'excursion, quand elle lui avait demandé ce qui se passerait si quelqu'un perdait la clé.

« Ce ne serait pas grave, avait-il répondu d'un ton léger. Il y a toujours une clé de secours dans les parages. »

Et il avait indiqué une pierre plate à droite de l'entrée.

« Mais si quelqu'un en profitait pour s'introduire à l'intérieur ? s'était-elle inquiétée.

— Et quand bien même ? » Il avait ri. « Il n'y a rien à voler, là-haut. Le pire qu'il puisse arriver, c'est que quelqu'un profite de la vue sans payer son ticket. »

Elle descendit rapidement au ponton. Près des hangars de pêche, Signe contemplait la mer, les mains dans les poches de son blouson.

« Mais où vas-tu, à cette heure ? demanda-t-elle en voyant Nora s'approcher.

— Il faut que je retourne sur Grönskär. Je crois que j'ai fait tomber mon portable là-bas. C'est malin ! Comme les garçons sont chez mes parents, je pensais faire un saut pour le chercher.

— Je peux t'accompagner, dit Signe, ça t'évitera d'y aller seule. »

Nora lui sourit.

« C'est gentil. Mais ce n'est pas la peine. Je vais me débrouiller, il n'y en a pas pour très longtemps. Je serai rentrée avant la nuit.

— Ça ne me dérange pas. De toute façon, je n'ai rien prévu. Attends juste que j'aille mettre mon gilet. »

Elle posa sa main sur l'épaule de Nora.

« Et puis je n'ai pas envie que tu y ailles seule, vu l'état où tu étais hier soir.

— Eh bien d'accord pour la compagnie, ce ne sera pas de refus », dit Nora avec gratitude.

Elle s'installa devant le tableau de bord, mit le contact et largua les amarres. Machinalement, elle contrôla le réservoir. Elle n'avait pas envie de se retrouver à sec en pleine mer.

Signe revint avec son gilet de sauvetage, grimpa à bord et d'un coup sec écarta le bateau du ponton. D'une main sûre, Nora mit le cap sur Grönskär.

71

En passant le détroit de Sandhamn, Nora jeta un coup d'œil par-dessus son épaule. Les lumières de la ville disparaissaient dans le sillage de la *Toupie*. Les maisons familières devinrent des petits points qui bientôt s'estompèrent au loin. Elle se demanda si elle n'aurait pas dû passer prévenir ses parents qu'elle partait pour Grönskär. Ils pouvaient s'inquiéter s'ils trouvaient la maison vide. Mais ce n'était qu'un bref aller-retour. Cela ne prendrait pas longtemps.

Le bruit du moteur empêchait la conversation, aussi se concentra-t-elle sur le pilotage du hors-bord qui fendait le miroir de l'eau. Elle dépassa bientôt Telegrafholmen et contourna Björkö par tribord. Après dix minutes à peine, elle vit se profiler devant elle la silhouette bien connue de Grönskär.

Il flottait dans l'air une odeur fraîche de mer et de varech. On apercevait au loin quelques voiliers isolés qui n'avaient pas encore trouvé de port pour la nuit. Au sud, Svängen et Revengegrundet, les deux phares qui marquaient l'entrée du chenal de Sandhamn, allaient bientôt se mettre à clignoter.

En approchant de Grönskär, Nora décida d'accoster au quai sous le phare plutôt que dans le petit port de plaisance peu profond. Autant prendre ses précautions. Elle n'avait pas envie d'avoir à dégager dans la pénombre son bateau échoué.

Presque arrivée à quai, Nora mit le moteur au point mort. Le bateau parcourut sur son erre les derniers mètres.

Le quai, un simple cube de ciment qui dépassait des rochers, avait deux anneaux de fer scellés de chaque côté. Nora amarra le bateau avec le solide nœud de grappin que lui avait enseigné son grand-père quand elle était toute petite. Il y avait toujours des amarres en plus à bord, pour mieux s'attacher le cas échéant.

Elle tira en arrière les cheveux que le vent avait arrachés à sa queue-de-cheval et se tourna vers Signe.

«Attends-moi ici si tu veux, dit-elle, je me dépêche.»

Signe secoua la tête d'un air décidé.

«Pas question, je viens avec toi. Tu ne vas pas grimper toute seule au phare dans le noir!»

Nora lui sourit. À vrai dire, elle était très contente que Signe soit là avec elle.

«D'accord. On y va.

— Comment vas-tu entrer?

— Je sais où est la clé de secours. Mais je crois que c'est dehors que j'ai perdu mon portable. Je n'ai plus qu'à chercher. C'est le meilleur moyen de trouver, non?»

Les rochers plats au-dessus du quai luisaient dans la rosée du soir. Une mousse humide les couvrait d'un tapis vert-de-gris. Nora regardait bien où elle posait les pieds. On pouvait facilement glisser, et ce n'était pas le moment de se fouler la cheville.

Tout en marchant, elle vint à songer au vieux conte de Raiponce, la belle jeune fille aux longs cheveux enfermée dans une tour, sauvée par un beau jeune homme qui grimpe jusqu'à elle en s'agrippant à ses longs cheveux.

Un frisson traversa Nora. Le phare de Grönskär n'était pas un endroit où elle aimerait être enfermée, quelle que soit la longueur de ses cheveux.

Prudemment, Nora et Signe montèrent jusqu'au phare. Signe ne faisait pas ses presque quatre-vingts ans. Souple et sèche, elle avançait lestement sur le terrain accidenté. Comme toujours dans l'archipel extérieur, la végétation était rare. Des pins bas torturés par le vent et quelques bouleaux.

Nora s'efforça de se souvenir par où elle était passée tout en parlant au téléphone. Elle se trouvait juste devant l'entrée quand elle avait appelé Thomas. À son habitude, elle avait ensuite marché en long et en large pendant la conversation. Le téléphone devait être quelque part près du phare.

Elle chercha à tâtons dans les buissons alentour, mais on n'y voyait guère dans la pénombre. La lampe de poche n'était pas d'une grande utilité. Par acquit de conscience, elle fit un deuxième passage entre la tour et la petite remise transformée en musée, sans rien trouver.

Peut-être l'avait-elle malgré tout perdu à l'intérieur du phare ?

Elle y était remontée une dernière fois avec Adam juste avant le départ. Ils s'étaient pressés, et le téléphone avait très bien pu dégringoler de sa poche pendant la descente, sans qu'elle s'en aperçoive.

Elle se pencha et chercha à tâtons la clé de secours, en effet cachée sous la pierre que lui avait indiquée le gardien. Elle ouvrit sans difficulté le cadenas et tira la grille noire.

« Il y a pas mal de marches, dit-elle à Signe. Tu as le courage d'y remonter ?

— Bon, ça va ! La vieille n'est pas encore croulante. Allez, viens ! »

Elles gravirent lentement l'escalier en s'arrêtant à chaque palier pour regarder. Pas de téléphone au premier ni au deuxième étage. Si elle avait eu un deuxième téléphone, elle aurait pu s'appeler et se guider au son. Mais elle n'y avait pas pensé en partant.

Au troisième palier, il y avait un cul-de-sac de sept marches. Nora essaya de se souvenir si elle s'y était arrêtée. Elle s'y était engagée par erreur en montant la première fois, mais pas la seconde. Par acquit de conscience, elle éclaira pourtant soigneusement avec sa lampe de poche.

Elles s'engagèrent dans l'escalier menant au dernier palier, une simple rotonde d'à peine deux mètres de diamètre. C'était là que la petite échelle de fonte peinte en blanc grimpait au lanternon proprement dit. À côté de l'escalier, la petite porte verte qui donnait sur la coursive extérieure.

Nora se tourna vers Signe.

« Attends-moi là, je grimpe voir. Je ne veux pas que tu te casses une jambe par-dessus le marché, juste pour avoir eu la gentillesse de m'accompagner. »

La vue depuis le lanternon était à couper le souffle. Elle avait beau l'avoir déjà contemplée plus tôt dans la journée, elle avait du mal à s'en arracher.

C'était comme regarder la mer depuis un nuage. C'était déjà extraordinaire en plein jour mais, au crépuscule, la vision était magique. Les rayons du couchant peignaient tout l'archipel en rose et or et, à l'horizon, le ciel se confondait avec la mer vert sombre.

Quelques secondes, elle oublia ses soucis avec Henrik. La beauté qui s'étendait sous ses yeux lui redonnait du courage.

Malgré tout, la vie était belle.

Au pied du phare, on voyait l'ancien logement de fonction habité par le gardien. À côté, plusieurs autres bâtiments, désormais propriété de la Fondation de l'Archipel. Toutes les lumières étaient éteintes. Peut-être était-on allé passer la soirée du vendredi à Sandhamn ?

« Tu trouves quelque chose ? »

La voix de Signe résonna dans le lanternon.

Nora regarda autour d'elle. Après l'extinction du phare en 1961, on avait conservé la lampe et ses prismes, soigneusement protégés sous un drap en lin. Une autre lampe clignotait, émettant une faible lumière verte.

« Non, rien, lui cria Nora. Absolument rien. »

Le soleil avait presque disparu derrière Harö et la lumière avait encore baissé. Elle fit prudemment le tour de la passerelle en guettant le reflet métallique d'un portable.

« Attends, je te passe la lampe », cria Signe.

Elle la lui passa par la trappe étroite, à bout de bras.

Nora balaya le lanternon avec le faisceau lumineux. Un coup à gauche, un coup à droite. Elle se sentait presque comme un vieux gardien de phare. Elle inspecta une fois encore le sol. Puis abandonna. Pas de portable dans la tour. Elle commença à redescendre.

« Je pense qu'il faut laisser tomber. Le mobile peut être n'importe où. Je reviendrai demain pour chercher à la lumière du jour. Il n'y a rien à faire. »

Elle maudit sa propre négligence.

Une fois descendue de l'échelle, elle s'arrêta devant la porte de la coursive.

« C'est tellement beau, ici. On croirait presque que Dieu habite là-bas, à la jonction de la mer et du ciel. »

Elle se retourna vers Signe.

« Les eaux de pêche autour de Grönskär appartiennent bien à la famille Brand, n'est-ce pas ? »
Signe hocha la tête.
« Oui, presque tout ce que tu vois là est à nous. Comme tu sais, je vais souvent pêcher. Il faut bien trouver quelque chose à se mettre sous la dent », ajouta-t-elle avec un sourire amer.
Elle secoua la tête en attrapant la rampe en haut de l'escalier.
« Mais il y a un braconnage terrible de nos jours. Beaucoup ne respectent plus le droit de pêche. »
Nora la regarda, étonnée.
« C'est bien triste. Tu crois que ce sont des gens de Sandhamn ?
— Je sais très bien de quelles familles il s'agit. » Signe fit une pause. « Après toutes ces années, tu imagines bien que je sais qui sont les pique-assiettes. »
Elle continua, de l'indignation dans la voix.
« Prends ce pauvre Jonny Almhult, par exemple. Je ne veux pas dire du mal des morts mais, dans cette famille, on braconnait de père en fils dans mes eaux, sans se gêner. Ces deux-là, je les ai attrapés plusieurs fois. »
Nora la regarda, interloquée.
« Comment peux-tu savoir que c'était eux ? Tu les as pris sur le fait ?
— Pas la peine, quand ils sont trop feignants pour enlever leurs aiguilles à ramender. J'ai plus d'une fois pris les filets de Georg Almhult.
— Comment ça, pris ?
— Tu ne savais pas ? Si quelqu'un pêche sans autorisation, on a le droit de saisir ses filets. C'est la coutume depuis des années et des années.

— Comme une sorte d'amende ?
— Oui, tout à fait. On peut dire ça.
— C'est donc pour ça que tu avais dans ton hangar des filets marqués à d'autres initiales que les tiennes », réfléchit tout haut Nora.

Signe fronça les sourcils.

« Comment le sais-tu ?
— Je l'ai vu quand je suis allée hier t'emprunter tes filets à perches. Tu as oublié ? Les garçons avaient déchiré les nôtres », lui rappela Nora.

Elle resta à réfléchir dans la porte de la coursive. Puis se tourna vers Signe.

« Mais pourquoi n'as-tu pas signalé à Thomas que tu avais des filets appartenant aux Almhult ? Ça aurait sûrement intéressé la police. Le filet dans lequel était pris ce Berggren portait les initiales G. A. »

Signe ouvrit la bouche, puis la referma.

À part des mouettes qui criaient au loin, tout était silencieux dans la tour.

Nora comprit aussitôt.

« Ce n'est pas le filet d'Almhult dans lequel Krister Berggren s'est pris quand il est mort, c'était le tien, chuchota-t-elle à moitié pour elle-même. C'était un filet que tu avais saisi une fois que Jonny et son père étaient venus braconner. »

Signe détourna le regard. Puis hocha lentement la tête.

« C'est exact.
— Mais pourquoi ne pas en avoir parlé à Thomas ? C'est important pour l'enquête. Il faut l'appeler dès notre retour pour lui dire comment les choses se sont passées. »

Signe ne répondit rien, et Nora chercha à atténuer ses paroles.

«Mais ce n'était qu'un accident. Tu n'as rien à voir avec sa mort, n'est-ce pas ? Personne ne peut te reprocher qu'il se soit emmêlé dans tes filets. »

Signe se tenait raide en haut de l'escalier, sans rien dire.

« Signe ? » tenta Nora.

Sa question résonna dans la tour du phare.

72

Le silence se répandit et enveloppa Nora et Signe. Un silence terrible qui les paralysa toutes les deux.

Sur le visage blême de Signe, Nora lut une vérité qu'elle n'osait pas comprendre.

Le choc la fit reculer d'un pas et tomber assise sur la marche qui menait à la coursive. À grand-peine, elle s'arracha quelques mots.

« Mais c'était bien un accident, Tante Signe ? »

Dans sa confusion, elle l'avait appelée comme quand elle était toute petite.

Signe secoua la tête en silence.

Son visage s'était affaissé en un masque impénétrable où seules bougeaient ses lèvres minces. Sa voix détimbrée déchira l'air comme un couteau.

« C'est à cause de moi que Krister Berggren s'est noyé.

— Mais pourquoi ? Qu'est-ce qu'il t'avait fait ? Tu ne le connaissais même pas ? »

Signe lui répondit, le regard implacable.

« Krister Berggren était le fils illégitime de Helge. »
Nora la dévisagea.
« Vous étiez donc parents ? Tu as tué ton neveu ? »
Signe hocha la tête.
« Mais il ne savait rien de notre parenté avant la mort de sa mère. Après, il est venu me voir en exigeant la villa Brand en héritage. »
Nora n'avait jamais entendu Signe avoir une voix aussi dure. Comme si elle parlait de quelqu'un d'autre qu'elle.
Nora commençait à avoir très froid. Un malaise l'envahissait. Elle aurait voulu se réveiller bien vite de ce mauvais rêve.
« Il m'aurait fallu quitter ma maison, Nora. Il m'aurait forcée à la vendre pour avoir son argent. Je n'aurais jamais eu les moyens de le dédommager. »
De colère, elle serra les poings.
« Je n'avais pas prévu de le tuer. Mais c'était la seule solution. Lui mort, tout redevenait comme avant. »
Signe se tut un instant en fermant les yeux, comme pour effacer quelque chose.
« C'était en tout cas ce que je pensais », ajouta-t-elle.
Elle respira profondément et continua. On sentait dans ses mots une sorte de soulagement à confier ce qui s'était passé.
« Après, son corps s'est échoué à Sandhamn. J'ai tout de suite compris que c'était lui. Je ne savais pas quoi faire. Je pensais ne plus jamais en entendre parler. »
Nora cacha son visage dans ses mains. Elle osait à peine poser la question.
« Qu'est-il arrivé à sa cousine ? Celle qu'on a retrouvée morte à la Mission ? »

Signe croisa les bras sur sa poitrine. Elle serra très fort les poings avant de répondre.

« Cette horrible femme ! Elle a débarqué, sortie de nulle part. En prétendant être la cousine de Krister. Sa seule parente et héritière. Elle exigeait sa part. »

Nora avait du mal à respirer.

« Alors tu l'as tuée elle aussi ? »

Signe se détourna.

« Je ne pouvais pas la laisser me prendre ma maison. C'était leur faute, à eux deux. S'ils n'étaient pas venus à Sandhamn, il ne se serait rien passé. » Sa voix tremblait de colère contenue. « Pour qui ils se prenaient ? De quel droit venaient-ils détruire ma vie ? »

Nora ne savait pas quoi dire. Sa langue était comme une masse inerte, incapable de rien formuler d'intelligible.

« Et Jonny Almhult ? » finit-elle par lâcher.

Ses mots étaient comme chuchotés, des syllabes perdues dans l'espace étroit de la tour à présent presque entièrement plongée dans l'obscurité.

Signe secoua la tête avec insistance.

« Je n'ai rien à voir avec la mort de Jonny Almhult. Je n'ai aucune idée de ce qui a pu lui arriver, je te le jure. »

Nora ne savait que croire.

Signe, sa chère Signe, avait tué deux personnes ? Tante Signe, qu'elle connaissait depuis son enfance.

Sa grand-mère d'adoption.

Signe avait tourné les talons et descendait l'escalier.

« Il commence à faire sombre. Tu n'as pas de feux de position sur ce petit bateau ? » demanda Signe.

Nora secoua la tête en silence. Elle avait si froid qu'elle grelottait. Après quelques minutes, elle se leva et commença doucement à descendre les degrés usés de l'escalier. Signe était déjà au deuxième palier.

Nora passa devant le cul-de-sac. Elle allait lentement pour ne pas glisser sur les marches inégales. On n'y voyait presque plus rien, et la faible lampe de poche n'y changeait pas grand-chose.

Nora entendit alors une porte se fermer en bas.

«Signe, tu es là?» cria-t-elle dans le noir tout en accélérant l'allure autant qu'elle l'osait.

Soudain, elle trébucha et tomba du haut des dernières marches. Il faisait si sombre qu'elle ne sut pas se rattraper. Elle heurta le sol de pierre la tête la première. Sa tempe cogna avec un bruit effrayant. Elle entendit la voix sourde de Signe à travers la porte.

«Désolée, Nora, mais j'ai un problème à régler. Je ferai en sorte qu'on vienne te chercher demain.»

Nora sombra dans l'obscurité. La dernière chose qu'elle entendit fut les pas de Signe qui disparaissaient au loin.

73

Quand Nora revint à elle, il faisait noir comme dans un four. Elle se demanda combien de temps elle avait pu rester évanouie. Impossible de savoir s'il s'agissait de minutes ou d'heures.

Elle localisa la porte au jugé et tenta de se lever. Aussitôt, elle se sentit mal et fut saisie de vertiges. Elle se mit péniblement à genoux et rampa jusqu'à la porte Elle essaya de l'ouvrir, mais elle ne bougeait pas d'un millimètre.

Elle était enfermée dans le phare de Grönskär.

Les larmes lui montèrent aux yeux. Elle se mordit très fort les lèvres.

Ne pas pleurer, s'intima-t-elle, ne pas pleurer. Il fallait plutôt réfléchir. Comment sortir de là ?

Son malaise se manifesta à nouveau. Elle réprima à grand-peine une envie de vomir. Tout son corps tremblait, sans qu'elle sache si c'était à cause de sa chute ou de son taux de sucre en baisse.

L'engourdissement des lèvres et de la langue confirmait plutôt cette seconde hypothèse. C'était un signe avant-coureur d'hypoglycémie.

Elle essaya désespérément de se souvenir. Quand avait-elle pris son insuline ? Vers les neuf heures du soir, et une forte dose.

Tout à fait normal, avant un bon repas.

Mais à présent, cette insuline n'avait pas de glucides nouveaux à transformer en sucre. Elle allait donc dégrader ceux que contenait déjà le corps. Glucides par ailleurs consommés plus vite que d'habitude à cause de l'effort fourni pour grimper en haut du phare. Sans nouvel apport de glucides, le cerveau est frappé par une sorte de crampe. Sans ingestion de sucre, c'est le coma hypoglycémique.

Puis on meurt.

Nora ne le savait que trop bien.

On commençait par trembler et se ramollir, puis venaient des palpitations et des convulsions. Arrivaient alors des difficultés de concentration, puis la confusion mentale. Tandis que le taux de sucre baissait, on commençait à somnoler, puis on s'assoupissait irrésistiblement pour perdre finalement connaissance.

Cette perte de connaissance conduisait au coma, puis à la mort. C'était une question d'heures.

Ce n'était pas une mort désagréable, songea Nora, désespérée. Mais elle ne voulait pas mourir. Pas maintenant, pas comme ça. Seule et enfermée sur Grönskär.

Elle se força à ne pas penser aux enfants, pour ne pas se mettre à pleurer.

Combien de temps avait-elle? S'il était autour de minuit, elle ne tarderait pas à perdre conscience. Si seulement elle avait quelque chose à manger!

Normalement, elle avait toujours du glucose ou quelque chose de sucré dans ses poches, mais là, elle n'avait rien pris, puisqu'elle ne partait pas pour longtemps.

De rage, elle aurait pu se botter les fesses. Avait-elle donc tout fait de travers, ce soir?

Où était sa lampe de poche? Lentement, elle rampa pour essayer de la trouver dans le noir. Elle pourrait peut-être attirer l'attention avec? Habituée à la mer, elle connaissait par cœur le signal SOS. Trois courts signaux, trois longs, et encore trois courts. Avec la lampe, elle pourrait signaler sa présence.

Elle tâtonna encore. Enfin. Là. D'un doigt tremblant, elle pressa l'interrupteur.

Rien.

Elle examina la lampe de son mieux dans le noir. Le verre était cassé, elle se coupa légèrement l'index. Elle la secoua doucement près de son oreille pour entendre si l'ampoule était cassée. Aucun bruit, mais toujours pas de lumière. La lampe ne fonctionnait plus.

Les larmes lui montèrent à nouveau aux yeux. Il devait bien y avoir un moyen de faire savoir où elle était. Elle se dit soudain que si elle trouvait son mobile, elle pourrait appeler à l'aide. Peut-être avait-elle mal cherché. Et s'il était malgré tout quelque part dans le phare ?

Elle rampa à genoux en tâtonnant partout autour d'elle. Méthodiquement, centimètre par centimètre.

Toujours pas de téléphone.

Essoufflée, elle remonta jusqu'au premier palier et fit plusieurs fois le tour de la pièce. Tâtonna dans le cul-de-sac en passant les doigts sur chaque marche, mais il n'était nulle part.

À quatre pattes, elle se hissa jusqu'au dernier palier où une étroite échelle menait au lanternon. Là, elle s'affaissa sur le sol. Elle avait ouvert la porte de la coursive, ce qui faisait un peu de lumière, mais en vain.

Personne ne savait où elle était.

Elle ne put plus retenir ses larmes. Ses sanglots se firent de plus en plus violents et Nora ne put s'empêcher de penser aux garçons, même si cela la faisait pleurer de plus belle.

Comment avait-elle pu être aussi négligente ?

Pourquoi avoir perdu son mobile ? Pourquoi avoir laissé Signe l'accompagner ? Pourquoi n'avoir prévenu personne qu'elle allait sur Grönskär ?

Elle se recroquevilla en position fœtale sur le dur sol de pierre. On n'entendait que le bruit saccadé de sa respiration aux abois.

Les bras autour de la poitrine, elle tenta de se calmer pour essayer de réfléchir, mais ses pensées lui échappaient.

Elle se vit, morte sur les dalles en pierre. Abandonnée, oubliée.

Mon Dieu, comme j'ai peur!

Les ténèbres s'étaient épaissies. Les phares alentour, Svängen et Renvengegrundet, s'étaient allumés. Leur lumière clignotait régulièrement.

Comme un cœur battant.

74

Nora regarda sa montre. Elle avait du mal à distinguer les aiguilles dans l'obscurité. Apparemment minuit et demie, mais impossible d'être sûre.

Elle essaya de respirer calmement pour ne pas se laisser submerger par la panique. Se força à ne pas s'abandonner aux tremblements qui secouaient tout son corps. La seule personne qui pouvait faire quelque chose, c'était elle. Il fallait qu'elle se ressaisisse, il n'y avait pas d'autre solution.

Après un moment, elle décida de se hisser jusqu'au lanternon, d'où elle aurait une meilleure vue d'ensemble. Peut-être quelqu'un était-il revenu sur l'île, et pourrait l'aider? Elle scruta la nuit en plissant les yeux à la recherche du moindre signe de vie du côté des maisons.

Rien. Pas âme qui vive.

Pourquoi personne n'était-il là ce soir? C'était trop injuste.

Elle tenta d'estimer la distance entre la coursive et le sol. Pouvait-on sauter ? Il devait bien y avoir vingt, ou même vingt-cinq mètres. Elle s'écraserait probablement sur les rochers si elle essayait.

Il devait être possible d'indiquer sa présence d'une façon ou d'une autre. Il y aurait forcément quelqu'un dehors pour recevoir son signal ? Nora fouilla les poches de sa veste, où elle avait un peu plus tôt cherché du glucose. Dans la première, juste une paire de gants. Dans l'autre, un emballage de glace, une pièce de cinq couronnes, un stick de baume à lèvres et des allumettes.

Des allumettes.

Était-il possible de mettre le feu à quelque chose qui signalerait sa présence ?

Elle sentait ses bras et ses jambes s'alourdir. Encore le signe d'un surplus d'insuline dans le corps. Elle essaya d'ignorer cette sensation. De se concentrer sur son objectif.

La lumière dans le lanternon était un soulagement. Elle était fantomatique, mais rassurante. Un signe de vie. Dans la lueur verte brillaient les prismes, protégés sous un drap de lin.

Nora regarda le tissu.

Le lin brûlait. Et très bien. Pouvait-on trouver un autre combustible ? Elle s'efforça de se souvenir à quoi ressemblait le reste de la tour. Les portes de chaque palier n'étaient-elles pas soutenues par des cales en bois ? N'y avait-il pas des copeaux à côté ?

Elle redescendit l'échelle et explora à tâtons le bas de la porte. Une cale en bois était bien coincée dessous. Sous l'échelle en fonte, elle trouva plusieurs bouts de planches et quelques copeaux. Elle rassembla le tout en tas et descendit au palier du dessous. Là aussi, une cale en bois, et encore davantage de copeaux et de tasseaux à côté. Doucement, elle se dirigea avec ses trouvailles vers le cul-de-sac, juste en face. Bingo ! Il y avait là un gros bout de bois, de presque trente centimètres, au juger. Il brûlerait certainement un bon moment.

Mais elle commençait à être vraiment fatiguée. Ses membres étaient de plus en plus lourds. De la sueur froide commençait à lui couler dans le dos.

Elle enleva sa veste et s'en servit pour remonter tous les bouts de bois et les copeaux dans le lanternon. Elle disposa le tout autour du drap de lin. D'abord le tissu, puis les copeaux. Toutes les dix secondes, la lampe verte s'allumait, juste assez pour lui laisser à peu près voir ce qu'elle faisait.

À bout de forces, elle disposa son petit bûcher en hauteur, sur les prismes. Péniblement, elle vérifia que la petite aération au niveau du sol était ouverte. Elle craignait d'être intoxiquée par la fumée, mais sentait approcher le choc insulinique. Pourtant elle était encore assez consciente du risque pour se forcer à vérifier que l'aération n'était pas fermée.

Elle avait à présent du mal à fixer son regard et devait sans arrêt cligner des yeux pour chasser le flou qui envahissait son champ de vision. Elle comprenait bien qu'elle devrait descendre du lanternon dès que le feu prendrait. Puis s'éloigner le plus possible.

Les doigts tremblants, elle craqua une allumette. À la lueur de la flamme, elle vit son reflet dans la paroi vitrée.

Elle croisa des yeux écarquillés, apeurés. Son visage était tendu, presque gris.

Ressemblait-on à ça, à l'article de la mort ?

Elle approcha l'allumette du drap de lin. Elle se consuma sans qu'il ne se passe rien. Elle en alluma une autre. Et encore une. Toujours rien.

En désespoir de cause, elle en alluma trois d'un coup qu'elle approcha du tissu, serrées l'une contre l'autre. D'abord elles semblèrent elles aussi sur le point de s'éteindre, mais soudain le lin s'embrasa.

Nora souffla. Elle ne put retenir un sanglot de soulagement. Maintenant, ça brûlait. Et bien ! Le feu mordit un des morceaux de bois et les flammes orange se propagèrent.

Sa tête tournait. Elle recula et descendit au bas de l'échelle. Chaque mouvement était douloureux. Comme si tout son corps était coulé dans le plomb. Elle attrapa la rampe à deux mains pour ne pas perdre l'équilibre.

«Ne t'endors pas, marmonnait-elle comme une litanie. Ne t'endors pas pour l'amour de Dieu. Reste éveillée.»

Elle descendit à reculons jusqu'au premier palier, là où Signe avait verrouillé la porte. La fumée de plus en plus âcre la suivit.

Elle était très lasse à présent. Tout ce qu'elle voulait, c'était se coucher et fermer les yeux. Une seconde, elle songea à l'aération du lanternon. Pourvu qu'elle laisse entrer assez d'air pour que la fumée ne l'étouffe pas. Puis elle cessa de s'en inquiéter.

Avec ses dernières forces, elle se traîna contre la porte fermée, aussi loin du feu que possible.

Samedi, quatrième semaine

75

Le portable de Thomas sonna avec insistance. Le radio-réveil au bord du lit indiquait 01 h 43.

« Allô ? murmura-t-il encore tout endormi.

— C'est Henrik. »

Thomas se redressa. Son instinct de policier prit aussitôt le relais. Henrik ne l'aurait jamais appelé en pleine nuit sans raison valable.

« Qu'est-ce qui s'est passé ? »

Une courte pause, puis à nouveau la voix de Henrik.

« Je sais qu'il est tard. Mais je viens de rentrer de la régate des vingt-quatre heures. Nora a disparu. Elle n'a pas dormi dans le lit. Il n'y a pas de mot dans la cuisine. Elle n'est plus là, c'est tout.

— Vous vous êtes disputés ? »

La question lui avait échappé. Il savait que le climat dans la famille Linde n'était pas au beau fixe depuis une semaine. Nora n'avait pas voulu entrer dans les détails, mais il avait compris que le poste qu'on lui proposait à Malmö n'avait pas suscité l'enthousiasme à la maison.

« Tu te trompes. » Son irritation était perceptible au ton de sa voix. « Nous nous sommes disputés avant que je parte à la régate, mais ça ne lui ressemble pas. Nora ne disparaîtrait pas comme ça. Vu ce qui s'est passé ici ces derniers temps, je ne veux pas prendre de risques. C'est sérieux. »

Thomas n'insista pas.

« Tu as appelé son portable ?

— Évidemment que je l'ai appelé, mais ça ne répond pas. Je tombe toujours sur la boîte vocale. Par contre il sonne, donc il n'est pas éteint. »

Thomas sentit son ventre se nouer. Henrik avait tout à fait raison. Ça ne ressemblait pas du tout à Nora. En bonne juriste, elle était plutôt du genre organisé et donnait toujours de ses nouvelles.

« Elle n'est pas allée manger au *Restaurant des Marins*, ou à l'*Auberge* ? As-tu parlé avec ses parents ?

— Oui, ils dormaient quand je suis arrivé. Susanne m'a dit que les garçons passent la nuit chez eux et doivent aller poser des filets avec leur grand-père demain matin. Nora leur avait dit qu'elle était fatiguée et allait se coucher tôt avec un livre.

— Tu es vraiment sûr qu'elle n'est pas juste allée boire un verre de vin chez des voisins ?

— À cette heure ? Nora n'est pas du soir. Elle s'effondre avant minuit, tu sais bien, non ? Il a dû se passer quelque chose. »

L'irritation dans la voix de Henrik avait fait place à la peur.

Thomas entreprit d'enfiler un jean tout en continuant à parler à Henrik. Tout son corps était tendu.

« Votre bateau est-il toujours là ? »

La réponse affirmative arriva aussitôt.

« J'ai vérifié. La *Toupie* est au ponton. »

Thomas était déjà en route.

« J'arrive tout de suite. Avec le Buster j'en ai pour quinze minutes au plus. Pendant ce temps, fais un tour au *Bar des Plongeurs* et au Club, pour être sûr. Si ça se trouve, elle est quand même là-bas en train de boire un verre.

Thomas enfila un T-shirt et gagna son ponton à petites foulées. Il était bien content de s'être décidé à acheter un gros hors-bord à direction hydraulique l'été précédent. Son Buster Magnum était stable et fiable. Il pouvait facilement monter à trente-cinq nœuds quand c'était nécessaire.

Comme ce soir.

Il détacha rapidement le bateau et mit les gaz. Après seulement quelques minutes, il aperçut les lumières de Sandhamn. La peur qui lui rongeait le ventre l'envahit tout entier. Le policier en lui avait appris à se fier à son instinct. Et il sentait bien à présent que quelque chose ne tournait pas rond.

Avec une autre, il aurait pu s'agir d'une aventure pendant que Henrik était parti naviguer. Mais dans le cas de Nora, c'était impensable. Elle avait trop le sens du devoir pour s'abandonner à un flirt d'été. Et puis elle savait bien que Henrik allait rentrer pendant la nuit.

Le ponton des Linde apparut dans le noir. Il ralentit et se rangea. Après avoir amarré son bateau d'une main sûre, il gagna à grandes enjambées la maison de Nora et Henrik.

Henrik vint à sa rencontre à la grille.

« Entre, dit-il. Il faut que je te montre quelque chose. »

Ils allèrent à la cuisine. Le couvert était élégamment mis pour une personne. Un plat de poulet était posé sur la table. Il avait l'air d'être là depuis un moment.

«Est-ce que ça ressemble à quelqu'un qui a décidé de passer la nuit ailleurs?»

Thomas secoua la tête.

«Je vais te montrer autre chose.»

Henrik lui indiqua une petite ampoule au bord de l'évier.

«Regarde, dit-il, une ampoule d'insuline à moitié pleine. Dans la poubelle, j'en ai trouvé une autre.»

Thomas le regarda, interloqué.

«Qu'est-ce que ça veut dire?

— Nora prend toujours son insuline juste avant de manger. C'est ce qu'il faut faire quand on est diabétique. Sinon l'organisme n'arrive pas à assimiler tous les glucides ingérés au cours du repas.

— Mais elle semble pourtant avoir pris son insuline.»

Thomas ne comprenait pas où Henrik voulait en venir. Henrik souleva le plat.

«Oui, mais elle n'a pas mangé. Personne n'y a touché. Et là, il y a une tablette de chocolat. Nora adore le chocolat noir. Mais elle n'en a pas mangé.»

Thomas ne comprenait toujours pas.

«Et alors?»

Henrik le regarda, agacé. Lentement, comme s'il s'adressait à un enfant, il lui expliqua.

«Un diabétique qui a pris son insuline doit aussi manger. Assez vite. Sinon il risque un choc insulinique. Et il peut tomber dans le coma.» Il se tut et déglutit. «Si on reçoit trop d'insuline sans les glucides correspondants, on perd connaissance et on meurt. Dans le meilleur des cas, on s'en tire avec des lésions cérébrales. Tu comprends ce que j'essaie de te dire?»

Thomas pâlit. Il saisissait à présent la gravité de la situation.

Henrik s'effondra sur une chaise de la cuisine, la tête entre les mains.

« Mais bordel, où est-elle passée ?

— Combien de temps avons-nous pour la retrouver ? dit Thomas.

— Ça dépend quand elle a pris l'insuline. Après quelques heures, les dégâts peuvent être significatifs, même si on la retrouve vivante. »

Thomas sentit des gouttes de sueur perler sur sa lèvre supérieure.

« Retourne voir ses parents, ils ont peut-être une idée de l'endroit où elle peut être. Va ensuite frapper chez les voisins pour demander si quelqu'un l'a vue. »

La lettre lui vint soudain à l'esprit. Cette lettre trouvée l'après-midi même chez Krister Berggren.

Le chaînon manquant.

Il se tourna vers Henrik.

« Signe Brand est mêlée à tout ça. J'y vais tout de suite. »

Thomas courut jusqu'à la maison voisine. La villa Brand était isolée sur son promontoire. Toute la zone de Kvarnberget était déserte à cette heure de la nuit. Les jeunes qui avaient un job à Sandhamn y venaient volontiers les beaux soirs d'été, mais tout était à présent vide et silencieux.

Il frappa à la porte. Personne ne bougea à l'intérieur. La lumière extérieure était éteinte. Il frappa encore.

« Signe, appela-t-il, Signe, c'est moi, Thomas. Ouvre, s'il te plaît. »

Pas de réponse.

Déconcerté, Thomas regarda la fenêtre obscure. Puis il fit le tour de la maison en courant. La porte de la véranda côté mer restait parfois ouverte. Il pourrait peut-être entrer par là.

Mais la porte était fermée et la véranda plongée dans le noir.

Par la fenêtre, il devina une silhouette. Quelqu'un semblait assis dans le fauteuil en rotin. Thomas frappa encore. Pas de réaction. Il avait l'impression que la chienne Kajsa était là elle aussi, couchée par terre, inerte.

Thomas hésita. Entrer chez les gens par effraction n'était pas recommandé dans la police, mais c'était une situation d'urgence.

Il tira sur la manche de son T-shirt et cassa une vitre. Puis passa la main et ouvrit la porte.

Signe était renversée dans son fauteuil, inconsciente. Elle ne réagissait pas, mais quelle paix sur son visage... Elle était comme soulagée d'un poids. Un vieux plaid élimé lui couvrait les jambes.

Thomas avait toujours considéré Signe comme un être atemporel. Il lui semblait au fond qu'elle n'avait pas changé depuis l'époque où il l'avait connue, enfant, par la famille de Nora. Mais elle semblait à présent fragile, diaphane.

Une femme âgée.

Une femme seule.

Kajsa était couchée à côté d'elle, une patte posée sur l'autre. Sa queue s'était immobilisée en demi-cercle. Elle ne respirait plus. Son poil noir était tout à fait immobile.

Thomas se pencha pour prendre le pouls de Signe. Faible, à peine perceptible sous sa peau sillonnée de veines. Sa respiration était brève, ténue.

Il sortit son portable et appela Carina.

«C'est Thomas. Oui, je sais, on est en pleine nuit.»

Thomas rejeta d'un geste impatient les protestations ensommeillées de Carina.

«Écoute-moi bien maintenant. Je viens de trouver Signe Brand inconsciente chez elle à Sandhamn. Je ne sais pas ce qui s'est passé. Fais en sorte qu'un hélicoptère vienne la chercher et envoie immédiatement une patrouille. En plus, Nora Linde a disparu, nous la cherchons. Lance un avis de recherche national et appelle-moi dès que tu as du nouveau, quoi que ce soit.»

Il raccrocha et courut chez les parents de Nora. Ils étaient dans l'entrée avec Henrik.

«Henrik, il faut que tu ailles chez Signe Brand. Elle est sur la véranda, inconsciente. J'ai fait appeler un hélicoptère.»

La mère de Nora le regarda.

«Qu'est-ce qui se passe, Thomas? s'inquiéta-t-elle. Qu'est-ce qui est arrivé à Nora?

— Je ne sais pas Susanne, répondit-il. Reste avec les enfants. On va continuer à la chercher. Ne t'inquiète pas, on va sûrement la trouver très vite.»

Thomas aurait aimé en être aussi sûr.

76

À bord de son Arcona 36 tout neuf, l'homme sifflait en ajustant l'écoute de la grand-voile. Des années durant il avait désiré un grand voilier et jouissait à présent de chaque seconde passée en mer. En se rasseyant dans le cockpit, il dut se retenir de flatter la barre de la main.

Sur un voilier, il avait toujours préféré la barre au volant. On avait une meilleure perception des mouvements du bateau. En tenant fermement la barre, on pouvait facilement contrer les sautes de vent, les vagues, tout en maintenant le cap.

Conduire un voilier, c'était presque mieux que le sexe, pensa-t-il, ravi.

En tout cas pas loin.

Quand il avait proposé à sa femme une sortie nocturne pour relier Horsten à Runmarö, elle avait trouvé l'idée mauvaise et avait secoué la tête.

« Vas-y tout seul. Pourquoi partir en pleine nuit ? Et si on heurtait un autre bateau ? »

Mais elle avait fini par céder, lassée de protester. Elle était à présent blottie sur un coussin dans le cockpit, une tasse de thé à la main tandis que le voilier se frayait un chemin entre rochers et îlots.

« Pas mal, non ? » dit l'homme avec un sourire satisfait.

Sa femme lui sourit à son tour.

« Oui, c'est vraiment sympa. »

L'homme vérifia à nouveau l'écoute.

Un léger vent arrière soufflait, à peine plus de trois ou quatre mètres par seconde. Mais suffisant pour donner au bateau une allure régulière.

L'Arcona était un voilier maniable, qui fendait sans effort la surface de l'eau. La grande génoise capturait et utilisait pleinement la brise légère.

« Tu peux me passer la carte ? dit l'homme à sa femme. On devrait très bientôt approcher de Revengegrundet. »

Sa femme posa sa tasse de thé et sortit la carte marine. L'homme la prit et l'étudia quelques minutes à la lueur d'une lampe de poche. Puis il la reposa.

« C'est comme je pensais. On est exactement là où il faut. »

Il indiqua une direction sans cesser de se concentrer sur son cap ni lâcher la barre.

« Si tu regardes par là, tu verras le vieux phare de Grönskär. Tu sais, celui qui date du XVIIe ou du XVIIIe siècle, ou dix-huitième, je ne sais plus.

— Tu veux dire la *Reine de la Baltique* ?

— C'est ça. »

Sa femme se tourna vers la haute tour du phare. Elle tendit le cou pour mieux voir.

« Dis donc, ça éclaire beaucoup. Je croyais qu'il était désaffecté ?

— Oui, depuis les années 1960, il me semble. »

La femme quitta son coussin confortable et ouvrit la trappe de l'habitacle. Elle y plongea la tête et attrapa des jumelles pendues à un crochet juste à gauche de l'escalier. Elle se rassit et les sortit de leur étui.

« Tu sais quoi, on dirait que ça brûle dans le phare. »

L'homme éclata de rire.

«Qu'est-ce que tu racontes? Tu te fais des idées, ou quoi?

— Mais regarde donc toi-même!»

L'air offensé, elle lui tendit les jumelles. Son mari les attrapa d'une main, sans lâcher la barre. Il les approcha de ses yeux et siffla.

«Putain, tu as raison. Le vieux phare est en train de brûler.

— Qu'est-ce que je te disais! Pourquoi tu ne me croyais pas?» Elle se cala sur son coussin, la mine triomphante.

«Je crois qu'il faut appeler les secours maritimes, dit l'homme en regardant encore dans ses jumelles pour en avoir le cœur net.

— Les secours maritimes?

— On ne peut pas le laisser brûler comme ça. Et si personne n'avait remarqué l'incendie? Peut-être que plus personne n'habite là-bas.

— On ne peut pas juste faire le 112?»

L'homme regarda sa femme avec condescendance.

«On est en mer, ma chérie. Alors on appelle les secours maritimes.»

La femme le dévisagea d'un air renfrogné, sans rien ajouter. Il lui fit signe de venir à l'arrière du cockpit.

«Tu vas tenir la barre pendant que je lance un appel radio.»

Ils échangèrent leur place, puis l'homme descendit rapidement dans l'habitacle.

L'émetteur VHF était accroché à la structure du toit. L'homme l'alluma et commuta très vite le bon canal. Le sifflement des ondes radio remplit aussitôt l'habitacle. Un grésillement qui monta vers le ciel.

L'homme saisit le micro.

« Stockholm, Stockholm, Stockholm, ici S/Y Svanen. »

Il répéta deux fois son appel. Un craquement dans la radio puis, soudain, une voix de femme.

« S/Y Svanen, S/Y Svanen, S/Y Svanen, ici Stockholm.

— Nous sommes juste au large de Grönskär, au nord-est de Sandhamn. Il y a apparemment un incendie dans le phare, en haut de la tour proprement dite.

— S/Y Svanen, répétez. Nous vous entendons mal.

— J'ai dit : le phare de Grönskär brûle. Je répète : le phare de Grönskär brûle.

— S/Y Svanen, êtes-vous certain ? »

La voix de l'opératrice semblait perplexe. Comme si elle ne savait pas trop quoi faire de cette information.

« Affirmatif. Nous avons observé aux jumelles. Je vois des flammes en haut de la tour.

— Voyez-vous des gens ?

— Personne. Ça a l'air complètement abandonné, là-bas. Tout ce que je vois, ce sont des flammes dans le lanternon. »

La voix féminine se tut quelques secondes tandis que le grésillement augmentait. Puis elle revint à travers l'éther.

« S/Y Svanen, merci pour l'information. Nous allons intervenir au plus vite. Merci de votre aide. »

L'homme ouvrit encore une fois son micro, avec le sourire satisfait de celui qui a accompli son devoir civique.

« Terminé. »

Il éteignit le poste VHF et raccrocha le micro. Remonta dans le cockpit et regarda en direction de Grönskär.

Dans les jumelles, les flammes semblaient avoir diminué, mais c'était peut-être juste une impression. Ils avaient fait un bout de chemin pendant qu'il donnait l'alerte. Grönskär était déjà derrière eux.

Il haussa les épaules.

Il ne pouvait pas faire grand-chose de plus. Soit le feu s'éteignait de lui-même, soit le phare brûlait tout entier. Mais s'il avait tenu trois cents ans, il devait quand même être assez résistant.

77

Henrik était malade d'inquiétude. En tant que médecin, il savait exactement quelle serait la réaction de Nora à une trop forte dose d'insuline. Il tenta de se convaincre qu'elle avait pris la précaution de manger suffisamment pour assurer ses arrières, où qu'elle soit.

Mais pourquoi n'était-elle pas à la maison ? Et pourquoi sur la table ce plat que personne n'avait touché ?

Il se reprochait leur mésentente des derniers jours. Vingt-quatre heures en mer n'avaient pourtant changé en rien son état d'esprit. Il était toujours fâché en revenant à terre. Mais il avait décidé d'ignorer la question. Il avait dit ce qu'il pensait une bonne fois pour toutes. Maintenant, la discussion était close.

Il n'arrivait pas à comprendre ce besoin qu'avaient les femmes de toujours se perdre en discussions interminables. Mieux valait aller droit au but et prendre une décision. Puis s'y tenir.

À présent, il regrettait son intransigeance.

Il revit le visage de Nora à la naissance d'Adam. Elle était si fière. Épuisée, bien sûr, mais indescriptiblement heureuse. Ses cheveux pendaient en mèches trempées de sueur sur son visage, comme si elle avait couru un marathon. Et d'une certaine façon, c'était le cas. Mais elle avait triomphé et elle tenait fièrement contre elle le nouveau-né, rayonnante.

«Hein, qu'il est merveilleux ? Hein, qu'il est fantastique ? Notre fils !»

Henrik avait un goût curieux dans la bouche. Un mélange métallique et aigre. Il ne l'identifia d'abord pas, puis comprit ce que c'était. Il avait senti la même chose quand Mats, son meilleur ami à l'école, était tombé de vélo. Mats était resté plusieurs minutes sans connaissance et Henrik avait eu à douze ans la frayeur de sa vie.

C'était le goût de l'inquiétude. De la peur à l'état pur.

Chez Signe, il avait constaté qu'il n'y avait rien d'autre à faire qu'attendre que l'hélicoptère la transporte au plus vite à l'hôpital.

Il était revenu chez ses beaux-parents. Thomas était aussi de retour. Henrik secoua la tête, impuissant, et se tourna vers lui.

«Personne ne semble avoir vu Nora. Comme si elle était partie en fumée.»

Une sonnerie stridente les fit sursauter. C'était le portable de Thomas.

La voix de Thomas éructa, presque méconnaissable.
«Allô?
— C'est Carina.
— Alors?

— J'ai parlé avec le central radio de Stockholm et les secours en mer. Rien à signaler de particulier, à part les beuveries habituelles du week-end. »

Elle sembla hésiter un instant.

« Mais le central indique qu'un plaisancier a signalé un incendie dans le vieux phare de Grönskär. Ils ont essayé de contacter le gardien pour avoir confirmation, mais évidemment il était sur une autre île. Il est en tout cas en route pour aller voir ce qui se passe. Je ne sais pas si c'est important. Mais tu m'as dit d'appeler à la moindre nouvelle. Alors, comme Grönskär est tout près de Sandhamn… »

Thomas regarda Henrik.

« Le phare de Grönskär brûle. Est-ce qu'elle peut être là-bas ? » Il se tourna et appela les parents de Nora. « Ça brûle sur Grönskär. Dans le phare. Est-ce que ça peut avoir un rapport avec Nora ? »

Le père de Nora sembla effrayé.

« Mais nous y sommes allés dans la journée avec les Amis de Sandhamn… C'était l'excursion de l'été. »

Susanne apparut dans l'embrasure de la porte. Bras croisés sur la poitrine. Son visage était blême.

« Mais qu'est-ce qu'elle fabriquerait là-bas ? À cette heure-ci ?

— Et merde ! »

Thomas réalisa ce qu'il avait manqué chez Signe. Dans la véranda, il y avait un gilet de sauvetage jeté à terre. Il n'avait rien à faire là. Ça ne ressemblait pas à Signe Brand, d'habitude si ordonnée. Mais si elle venait de sortir en mer, cela pouvait l'expliquer.

Comme la présence de la *Toupie* au ponton des Linde.

«Je crois qu'elle est sur Grönskär, dit Thomas. On y va avec le Buster.»

78

Henrik et Thomas descendirent très vite au ponton. Henrik eut à peine le temps de larguer les amarres que Thomas mettait déjà les gaz. Ses années dans la police maritime lui avaient heureusement appris à manœuvrer à grande vitesse et dans de mauvaises conditions de visibilité.

Il ne vit pourtant pas le Zodiac avant d'être sur lui.

Il déboucha du détroit comme un obus, sans feux de positions et sans respecter la limitation de vitesse à cinq nœuds. Il devait filer à quarante nœuds dans le calme de la nuit, voire plus.

Il planait au-dessus de la surface. Un monstre de vitesse que ne maîtrisait absolument pas son jeune conducteur éméché.

Les haut-parleurs crachaient du rock à plein volume, mais Thomas ne l'entendit qu'un instant avant la collision. En revanche il vit la terreur sur le visage du conducteur et entendit les rires des filles se transformer en cris hystériques. Ils étaient si proches qu'il sentit l'odeur de caoutchouc de l'autre bateau.

Thomas agrippa le volant. Instinctivement, il tenta d'éviter le Zodiac par un brusque virage à gauche. La manœuvre violente fit gîter le Buster, qui prit l'eau par bâbord. Le Zodiac semblait pourtant continuer à foncer droit sur lui. Désespéré, il comprit qu'il était trop tard.

À quelques millimètres près, il avait évité la collision frontale, mais l'autre bateau était si proche qu'il heurta la coque du Buster.

Le jeune conducteur terrorisé, qui avait tenté de virer à tribord, perdit le contrôle. L'avant fut soulevé par la collision, très violemment à cause de cette grande vitesse. L'effet catapulte renvoya le Zodiac sur son flanc tribord. Son moteur poussa un hurlement aigu tandis que sa coque s'immobilisait en position verticale au-dessus de l'eau noire.

Un instant, le boudin du bastingage droit flotta ainsi, tandis que les jeunes gens tentaient désespérément de s'accrocher comme ils pouvaient.

Puis la gravité l'emporta et le bateau se retourna avec un bruit sourd. Ses occupants furent projetés à la mer tandis que la coque retombait dans une gerbe d'éclaboussures.

« Bordel, entendit-il crier Henrik à côté de lui, d'où il sortait, ce Zodiac ? »

Le virage brutal avait projeté Henrik la tête la première sur le plancher du hors-bord. Il avait attrapé un taquet et s'y était accroché.

Thomas eut toutes les peines du monde à diriger le Buster qui s'était remis à tanguer dangereusement. Quand il eut repris le contrôle, il fit un demi-tour et revint vers le Zodiac entouré de jeunes qui criaient.

« Ça va ? cria Thomas à Henrik, qui s'était péniblement relevé.

— Secoué. Mais je tiens debout. »

Thomas tenta de percer l'obscurité en se dirigeant vers le bateau retourné.

«Tu vois quelque chose?» demanda-t-il à Henrik.

Henrik se pencha par-dessus bord pour mieux voir.

«Je vois sept, non huit ou peut-être neuf personnes à la mer, je crois, cria Henrik. Il peut y en avoir plus.

— Il nous faut de l'aide», dit Thomas en serrant les dents, douloureusement conscient de l'urgence de venir en aide à Nora. Mais impossible d'abandonner ces jeunes à leur sort.

Il sortit son téléphone et composa le numéro de Peter Lagerlöf, un de ses meilleurs amis au sein de la police maritime, en priant silencieusement qu'il soit de service ce soir-là. Et que son bateau se trouve à proximité de Sandhamn. Avec le nombre limité d'embarcations dont elle disposait, il n'était pas sûr que la police maritime puisse intervenir immédiatement.

Cette nuit, il avait de la chance.

La vedette de la police était près de Korsö, à seulement quelques minutes de là. Peter se chargea également d'alerter les secours en mer, pour que Thomas puisse s'occuper du plus urgent.

Thomas manœuvra doucement le Buster vers les jeunes gens. Trois filles hystériques battaient des pieds en essayant de s'accrocher au boudin du Zodiac. D'autres appelaient à l'aide un peu plus loin. Thomas se mit au point mort pour pouvoir recueillir à bord les filles trempées et en état de choc.

«Combien étiez-vous dans le Zodiac? demanda Thomas.

— Je ne me souviens pas, sanglota une des filles en s'effondrant sur le tableau de bord. Les autres étaient à peine conscientes.

«Combien étiez-vous à bord? répéta Thomas. C'est important, il faut te rappeler.»

La fille le regarda, l'œil vitreux.

«Je ne me souviens pas. On était tellement. On devait juste faire un tour.»

Mon Dieu, songea-t-il en frissonnant. Ce ne sont que des enfants. Des gamins qui jouent avec les jouets des adultes. Ils n'ont aucune idée de la façon de maîtriser la puissance du moteur sur ce genre de bateaux.

Henrik se pencha par-dessus bord pour repêcher un gosse. Il l'attrapa par le bras mais, au moment où il allait le hisser à bord, le camarade qui nageait à côté devint hystérique.

«Moi d'abord, moi d'abord!», cria-t-il en s'accrochant aux épaules du premier tout en lui enfonçant la tête sous l'eau.

Thomas n'osa pas lâcher le volant de peur que le bateau ne parte à la dérive. «Henrik! cria-t-il. Arrête-le, il est en train de noyer son copain!»

Henrik se pencha, attrapa de la main gauche le gamin par sa chemise trempée et de la droite lui asséna une grande gifle.

«Calme-toi tout de suite, hurla-t-il. Ou alors il faudra rentrer à la nage. On va vous sortir de là tous les deux.»

Le gamin se figea, puis lâcha prise. Les yeux écarquillés, il se tint à carreau tandis que Henrik les aidait à monter à bord.

Du coin de l'œil, Thomas vit s'approcher la vedette de la police. Il poussa un soupir de soulagement. Chaque minute perdue avant de retrouver Nora pouvait être fatale.

De loin, il vit la vedette sortir d'autres jeunes gens de l'eau.

« Sebastian, sanglota une des filles dans le Buster. Quelqu'un a vu Sebastian ?

— Quoi ? dit Henrik.

— C'est Sebastian qui conduisait. Je lui avais demandé de nous emmener faire un tour. Où est-il ? »

Henrik regarda Thomas. Il secoua la tête et Thomas regarda alentour. Il ne voyait personne d'autre dans l'eau.

« Vous devez retrouver Sebastian, tout ça est de ma faute ! pleura la fille.

— Est-ce qu'il serait resté sous le Zodiac ? » chuchota Henrik à Thomas.

Thomas n'hésita qu'un instant. Ce n'était pas impossible. S'il n'avait pas eu le temps de s'éloigner à la nage, il pouvait très bien être resté là-dessous. Avec un peu de chance dans une bulle d'air.

« Tiens le bateau, dit-il à Henrik en lui laissant le volant. En un tour de main, il ôta son T-shirt et son jean. Puis il plongea dans l'eau, qui était étonnamment chaude, malgré la vingtaine de mètres de fond là où ils se trouvaient. Il nagea en quelques brasses rapides jusqu'à la coque retournée. La main sur la surface de caoutchouc, il tendit l'oreille, cherchant le signe d'une présence. Puis inspira profondément et plongea sous le bateau.

L'obscurité était totale, il était presque impossible de distinguer quoi que ce soit. Il chercha quelques secondes à tâtons avant d'être contraint de remonter respirer. Quand il revint pour la troisième fois à la surface, la vedette de la police s'était rapprochée. À l'avant, Peter l'éclairait avec un projecteur.

« Tu n'aurais pas une torche étanche ? » cria Thomas.

Peter hocha la tête et cria quelque chose aux autres policiers. Il se coucha à plat ventre sur le pont avant et tendit la lampe à Thomas, qui replongea sous le Zodiac. Dans la lumière irréelle de la lampe torche, il vit le garçon, coincé entre le volant et le siège. Ses cheveux flottaient doucement dans le courant comme des algues.

Thomas tira tant qu'il put pour le dégager, mais il dut encore une fois remonter à la surface pour respirer.

« Tu as vu quelque chose ? demanda Peter en voyant réapparaître Thomas.

— Il y a un gars sous le bateau, haleta-t-il. Mais je n'ai pas réussi à le sortir. Il faut que j'y retourne. »

Il reprit son souffle quelques secondes et replongea. Maintenant qu'il avait localisé le garçon, il arriva plus vite jusqu'à lui. Soudain, il vit Peter à ses côtés. Thomas lui indiqua par gestes de prendre le garçon par une jambe et de tirer à son signal.

En unissant leurs forces, ils parvinrent à le dégager. Une fois revenus à la surface, les autres membres de l'équipage les aidèrent à remonter le corps.

« Il vit ? » demanda Thomas.

Au fond, il pressentait déjà quelle serait la réponse. Mais la question exigeait d'être posée.

Un des policiers le regarda d'un air désolé.

« On ne peut pas être plus mort, répondit-il en regardant avec compassion le jeune garçon étendu sur le pont avant. C'est terrible, mais il n'y a rien à faire. C'est trop tard. »

79

Le ciel commençait à s'éclairer à l'est. L'urgence prit Thomas au ventre. Que faire? Rester sur les lieux de l'accident? La police maritime, rejointe à présent par les secours en mer, semblait avoir la situation en main. Plusieurs autres bateaux qui passaient par là avaient également offert leur aide. Quant au malheureux conducteur, qui avait à peine plus de seize ans, personne ne pouvait plus rien pour lui. Il fallait au plus vite repartir vers Grönskär à la recherche de Nora.

«Henrik, qu'est-ce qui est le plus rapide, à ton avis? cria Thomas en prenant de la vitesse. Par le port et le détroit de Korsö ou par le nord de Korsö?

— Le nord de Korsö, hurla Henrik dans le bruit du moteur. Si tu passes par le port, on peut toujours tomber sur un autre crétin. On ne peut pas se le permettre.»

Thomas ne parvint pas à savoir s'il pleurait ou si c'était juste de l'eau de mer qui lui mouillait le visage. Ils avaient perdu au moins une demi-heure.

Mâchoires serrées, il accéléra. Il ne savait pas qu'il pouvait aller aussi vite.

Ils aperçurent bientôt le contour de Grönskär. À cette vitesse, ils avaient fait le trajet en à peine dix minutes. Cela semblait pourtant une éternité.

Il essaya de repérer cet incendie, mais en vain.

Le phare était comme d'habitude. Pas de feu ni de fumée.

Carina avait dit que le gardien était en route, mais il ne voyait aucun signe de vie sur l'îlot aride.

Ils s'amarrèrent au quai en ciment et montèrent aussi vite qu'ils purent jusqu'au phare sur les rochers glissants.

La tour semblait entièrement plongée dans le noir.

Henrik plaça ses mains en porte-voix et appela Nora. Pas de réponse.

Thomas se posta au pied du phare et appela lui aussi de toutes ses forces.

«Chut! fit Henrik en lui prenant le bras, je crois que j'ai entendu quelque chose.»

Ils se turent tous deux et tendirent l'oreille. On ne percevait que le ressac des vagues sur les rochers et le sifflement lointain d'un harle solitaire.

Thomas eut une idée.

«Appelle son portable, dit-il à Henrik. Si elle est inconsciente, elle ne pourra pas répondre, mais nous entendrons la sonnerie.»

Henrik composa le numéro raccourci de Nora. D'un buisson à gauche de l'entrée s'éleva le générique de *Mission Impossible*.

«C'est sa sonnerie, cria Henrik, tout excité. C'est le portable de Nora, elle est forcément là!»

Henrik courut jusqu'à la tour et trouva le téléphone. Mais la porte était close et le cadenas de la grille en place.

«Et si elle était dedans? dit Henrik. Il faut entrer. Est-ce que tu as quelque chose dans ton bateau pour forcer le cadenas?

— Rien, à part une ancre et une rame.» Il regarda tristement Henrik. «Mais j'ai autre chose.»

Il fouilla sa veste et en sortit son arme de service.

Puis il recula d'un pas.

«Écarte-toi, dit-il.

— Qu'est-ce que tu fais?

— À l'abri », hurla-t-il pour toute réponse. Il n'avait pas le temps de donner des explications.

Il saisit le pistolet à deux mains, ôta la sûreté et visa soigneusement le cadenas.

Le coup de feu claqua comme le tonnerre.

Le bruit roula parmi les rochers et disparut en mer. Le cadenas tomba dans la bruyère mauve.

« Viens, maintenant, vite, bordel ! »

Ils s'élancèrent dans l'escalier, Thomas en tête. Il montait les marches deux par deux. Il faisait sombre à l'intérieur du phare. Il y avait une forte odeur de fumée. Henrik toussa. Aucun doute, quelque chose venait de brûler.

Une fois au premier palier, Thomas s'arrêta net.

La porte était fermée par un gros loquet. Quelqu'un avait même coincé la poignée à l'ancienne avec une grosse clé en fer noir. Le genre qu'on utilisait jadis pour les écrous gros comme la paume de la main.

La clé était comme fixée dans le roc.

« Nora ! cria Henrik en tambourinant contre la porte. Nora, tu es là ? »

Thomas attrapa la clé et tira si fort qu'un goût de sang lui monta à la bouche. Henrik essaya de l'aider de son mieux, mais on n'avait aucune prise. La clé restait comme soudée à l'imposante porte en bois.

Les mains endolories, Thomas lâcha l'outil. Il examina la porte en se demandant s'il serait possible de l'enfoncer. C'était probablement peine perdue. Cette porte était conçue pour durer des siècles. Comme tout dans ce phare, elle avait été fabriquée avec le savoir-faire d'autrefois et un bois de premier choix. Il aurait fallu la force d'un géant pour la briser.

De rage, il lui donna un violent coup de pied.

Elle ne bougea pas d'un poil.

« Impossible. Elle est complètement coincée. Il faut la défoncer à la hache. »

Il se tourna vers Henrik.

« Va voir si tu trouves quelque chose. Il y a bien des maisons sur l'île. Il y aura peut-être quelqu'un qui pourrait nous aider. »

Il essaya encore une fois de tirer sur la lourde clé de fer, sans parvenir à la faire bouger. Son impuissance était insupportable.

Il revit l'image du petit corps d'Emily devant lui. Quand elle était là, absolument immobile, lèvres bleues, et qu'il était si douloureusement évident qu'elle ne respirerait plus. Il ressentait à présent le même désespoir.

Il ne pouvait pas perdre aussi Nora. Il y avait forcément quelque chose à faire.

Thomas tira si fort que ses articulations pâlirent. Banda ses muscles entraînés par tant de matchs de handball. La clé bougea légèrement, mais retrouva sa position initiale dès qu'il lâcha prise. Sa frustration était telle qu'il faillit exploser. L'air enfumé le faisait pleurer. Il tambourina à nouveau à la porte en appelant Nora, encore et encore, sans obtenir de réponse.

Henrik dévala l'escalier du phare. Une fois dehors, il regarda alentour.

Au nord de la tour, à moins de cent mètres, il y avait les anciens logements des gardiens du phare. À gauche, une grande maison en pierre. Aucune lumière. Une autre maison derrière et, un peu plus loin, l'ancien logement du gardien principal, peinte au rouge de Falun. Pas de lumière là non plus.

Il courut jusqu'à la maison en pierre et tira sur la porte. Fermée. Il tenta de regarder par la fenêtre, mais on avait du mal à distinguer quoi que ce soit dans les ténèbres opaques.

« Eh oh ! Réveillez-vous ! Il y a quelqu'un ? cria-t-il. Il tambourina et cria aussi fort qu'il put, mais il n'entendit en réponse que l'écho de sa propre voix.

Henrik se précipita vers la maison du gardien et attrapa la poignée de la porte. Il la tira de toutes ses forces. En vain. La maison était silencieuse et déserte.

Désespéré, il chercha autour de lui quelque chose avec quoi défoncer la porte. À l'horizon, à l'ouest, se dessinait déjà la silhouette de Sandhamn. C'était impensable. Quelques heures plus tôt, il avait accosté au port avec son voilier sans imaginer que sa vie allait tomber en mille morceaux.

Il imagina Nora enfermée dans la tour, environnée de flammes. Il se mordit très fort les lèvres pour chasser cette image. Il fallait qu'il garde son calme. Il était un médecin expérimenté et avait eu son lot de cas horribles.

Mais cette fois, c'était sa propre femme.

Que dirait-il aux enfants, s'ils ne la retrouvaient pas ? Comment pourrait-il vivre avec le souvenir des derniers mots qu'il avait dit à Nora ?

En cet instant, il aurait vendu son âme au diable pour trouver une hache.

En contrebas, vers l'ancien port, sur la face nord de l'île, il aperçut un toit. Peut-être y avait-il des outils dans les anciens hangars de pêche ?

Il courut, poings serrés, le souffle court. Soudain il glissa dans l'herbe humide de rosée et fit une culbute presque complète. Son coude heurta violemment un rocher. Il entendit le bruit sourd mais n'eut pas le temps de se demander s'il avait mal. Aussitôt remis sur pied, il continua.

Au bord de l'eau, tout était calme et silencieux.

Il tira sur la poignée noire du premier hangar. La porte était fermée. Et verrouillée.

Merde, merde, merde.

Sur le côté du hangar, une petite fenêtre.

Il lui fallait une grosse pierre. Au bord de l'eau, il en trouva une couverte d'herbes et de varech. Il la brandit et la jeta violemment contre la vitre. Le bruit du verre cassé claqua comme un coup de feu dans la nuit silencieuse. Vite, il glissa la main par l'ouverture et ôta le crochet de façon à pouvoir ouvrir en grand la fenêtre et entrer à l'intérieur.

Dans le hangar, il devina les contours de divers outils. Dans un coin, il aperçut une hache posée contre le mur. Il en aurait pleuré de soulagement. Il l'attrapa et escalada la fenêtre pour ressortir.

Dans sa hâte, il s'entailla profondément une cheville, une coupure nette longue de plusieurs centimètres. Machinalement, il nota que la blessure devrait être suturée pour éviter la formation d'une vilaine cicatrice.

Sa jambe gauche ensanglantée, il remonta en courant la pente jusqu'au phare. Il ouvrit la porte et monta quatre à quatre jusqu'au premier palier où Thomas attendait.

« Tiens, défonce la poignée », haleta-t-il.

Hors d'haleine, il pouvait à peine parler. Ses poumons le brûlaient, et l'air enfumé n'arrangeait rien.

Il dut pencher la tête en s'appuyant les bras sur les genoux pour ne pas s'évanouir.

Thomas empoigna la hache et frappa un grand coup. Un autre, et encore un autre. Au quatrième, la poignée sauta.

L'énorme clé tomba avec un bruit qui résonna dans tout le phare. Thomas enjamba l'outil et poussa la porte d'un coup. Henrik découvrit Nora à terre devant le seuil. Elle était recroquevillée sur le côté. La pièce était pleine de fumée et presque entièrement obscure.

Henrik entra et tomba à genoux à côté de son épouse pour prendre son pouls. En un instant, il s'était transformé de mari désespéré en médecin urgentiste.

« Elle a fait un choc hypoglycémique. Il faut la transporter sur-le-champ à l'hôpital. »

Il passa ses bras sous ses épaules et la souleva doucement de façon à appuyer sa tête contre ses genoux. Elle n'était plus consciente.

« Appelle l'hélicoptère. Il faut lui perfuser du glucose au plus vite. C'est le seul moyen de stopper l'hypoglycémie. Injecter du sucre directement dans le sang. »

Le regard plein d'angoisse, Henrik regarda Thomas.

« Je ne sais pas si on va y arriver. »

Sandhamn, juillet 2005
Où commencer ? Ce qui est fait est fait. Mais je dois raconter ce qui s'est passé.

Krister Berggren était mon neveu. Il est venu à Pâques me voir à Sandhamn. Il m'a expliqué qui il était, le fils inconnu de Helge que je n'avais jamais rencontré. Sa mère lui avait caché toutes ces années l'identité de son père.

À douze ans, mon frère Helge fut envoyé dans une école à Vaxholm. La distance faisait qu'il ne pouvait rentrer que les week-ends. Et, l'hiver, seulement quand la glace laissait passer le bateau. Pour cette raison, il avait été mis en pension dans la famille Berggren.

Leur plus jeune fille s'appelait Cecilia. Elle avait deux ans de plus et, avec le temps, Helge en tomba violemment amoureux. Cet amour porta ses fruits. Cecilia tomba enceinte de Helge quand elle avait dix-huit ans et lui seize.

Les parents de Cecilia contactèrent Père, qui fut bouleversé. Il fit immédiatement rentrer Helge à Sandhamn. Il paya ensuite une grosse somme aux parents de Cecilia. Il exigeait en échange que l'affaire soit étouffée et que l'enfant soit donné pour adoption dès sa naissance.

Juste avant de mourir, père m'a tout raconté. Helge en revanche ne m'a jamais rien dit. Nous n'en avons jamais parlé. Je crois même qu'il n'a plus jamais eu de contact avec Cecilia du jour où on l'a mis dans le bateau pour Sandhamn. Il ne savait peut-être même pas qu'il avait eu un fils et, peu après, il partit en mer suite à une violente dispute avec père.

En venant ici, Krister n'avait qu'un but. Exiger l'héritage de son père. Sans pitié, il m'a menacée d'une vente forcée de la villa Brand si je ne lui versais pas une compensation financière. Comme si je disposais de ce genre de somme! Il avait consulté un avocat. Il avait la loi de son côté.

Cela m'a mise hors de moi. Ma maison, c'est tout pour moi. C'est ici que j'ai poussé mon premier cri et que ma mère a rendu son dernier soupir. Ma vie aurait été mise en miettes s'il avait mis ses menaces à exécution.

J'ai proposé à Krister de rester dormir, espérant lui faire entendre raison le lendemain. Rongée d'inquiétude, je suis restée toute la nuit éveillée, à ressasser. Il devait bien y avoir une solution. Comment faire comprendre à Krister que la villa

Brand n'était pas une simple maison qu'on pouvait vendre pour un oui ou pour un non ?

Le lendemain, je lui ai proposé de m'accompagner en mer poser des filets, comme j'avais coutume de le faire avec Helge, quand il était encore en bonne santé. J'espérais le faire fléchir, le convaincre que ses exigences étaient démesurées.

C'était une journée merveilleuse. Un pâle soleil d'hiver brillait faiblement à l'horizon et tout était silencieux alentour. Je l'ai emmené du côté d'Ådkobb, où j'allais toujours avec Helge. C'était son endroit préféré pour poser des filets.

J'avais juste jeté un premier filet quand j'ai senti des secousses et vu briller des écailles de poissons sous l'eau. J'ai appelé Krister pour lui montrer. Quand il s'est penché pour mieux voir, il s'est appuyé sur le capot du moteur. Par erreur, j'avais oublié de le bloquer en position haute. Il s'est rabattu, Krister a perdu l'équilibre et il est tombé à l'eau, droit dans le filet.

J'ai attrapé la première amarre venue et j'y ai fait une boucle pour qu'il se la passe autour du corps et que je puisse le remonter. Je ne sais pas pourquoi, il avait refusé d'enfiler un gilet de sauvetage. C'est bon pour les gosses et les bonnes femmes, avait-il grommelé quand je lui en avais proposé un.

Soudain, j'ai vu que j'avais utilisé la corde de l'ancre. À l'autre bout était accroché le lourd grappin. J'ai tout de suite compris les implications de mon geste : si je ne le remontais pas, la vie reprendrait son cours normal. Personne ne pourrait me prendre ma maison. Tout redeviendrait comme avant.

Sans vraiment réfléchir, j'ai soulevé l'ancre et l'ai jetée par-dessus bord. Mes bras ont agi d'eux-mêmes. La dernière chose que j'ai vue, c'est sa tête aspirée par l'eau noire et glacée.

Après, cette journée s'est comme évanouie dans un brouillard d'hiver. J'avais presque l'impression que ce n'était pas arrivé. Mais le corps de Krister est venu s'échouer sur la plage. J'ai tout de suite deviné que c'était lui. Je ne savais pas quoi faire. J'ai passé des nuits et des nuits sans dormir, à réfléchir.

Puis est arrivée Kicki Berggren. Un jour, elle s'est pointée et a frappé à ma porte. Cette femme avide prétendait être la cousine de Krister et que sa mort en faisait son héritière. Si je n'acceptais pas de lui céder la moitié de la maison, elle m'y forcerait.

Je me suis entendue lui proposer une tasse de thé avant de continuer la discussion. C'était quelqu'un d'autre qui parlait.

En cherchant dans le placard de la cuisine mon mélange de thé maison, j'ai aperçu la bouteille de mort-aux-rats. Elle était depuis une éternité sur l'étagère du haut. Les mains tremblantes, je l'ai attrapée. L'étiquette rouge avec la tête de mort semblait phosphorescente dans la pénombre.

Alors, j'ai su ce que j'allais faire. Le thé prêt, j'ai servi deux tasses, avec presque un décilitre de poison dans l'une d'elles. Puis j'ai mis quelques-uns de mes biscuits à la confiture dans un plat et je suis retournée voir Kicki Berggren. Quand elle a eu bu, je lui ai demandé si elle pouvait revenir le lendemain. D'une voix creuse et absente, je l'ai priée de me laisser réfléchir à la situation. La même voix étrangère a promis de lui faire part de ma décision sous vingt-quatre heures. Nous avons convenu de nous revoir le lendemain à midi. Mais Kicki Berggren n'est jamais revenue.

L'ancien médicament de Helge est posé près de moi sur la table de la cuisine pendant que j'écris cette lettre. C'est la morphine que m'a fournie l'hôpital quand il était mourant. Elle va servir une dernière fois.

Kajsa se frotte contre moi en geignant, inquiète. Cette chienne intelligente a compris que quelque chose ne tournait pas rond. Elle me regarde avec des yeux tellement suppliants que j'ai du mal à continuer. Mais Nora est enfermée dans le phare de Grönskär et doit être récupérée dès que possible. Nous y sommes allées ce soir, et elle sait tout. Je ne pouvais pas risquer qu'elle m'empêche de faire ce qui devait être fait, aussi j'ai dû l'enfermer. Je ne sais pas où j'ai trouvé la force, mais j'ai réussi à bloquer la porte avec la lourde clé en fer que j'ai trouvée sur place. Puis je suis rentrée avec son bateau.

Dites à Nora que je suis vraiment désolée d'avoir dû l'enfermer.

Un dernier mot. Ceci est mon choix. Personne n'a le droit de m'ôter ma maison. Je suis née ici, ici je mourrai.

Signe Brand

Avec un léger soupir, Signe posa son stylo. Elle plia la lettre, la glissa dans une enveloppe et la posa contre un chandelier sur la table de la cuisine. Puis elle prit un autre papier, y écrivit quelques lignes rapides et le glissa lui aussi dans une enveloppe. Lentement, elle traversa la cuisine pour prendre une boîte d'allumettes.

«Viens, Kajsa», dit-elle doucement en flattant la tête de la chienne.

Elle prit alors la lampe à pétrole qui était sur la table de la cuisine, celle que grand-père Alarik avait un jour achetée à Stockholm pour la grande joie de toute la famille. Elle était toute petite à l'époque, mais elle se souvenait encore de la belle lampe qu'avait ramenée grand-père.

Elle alluma la mèche et l'ajusta avec soin, jusqu'à ce que la lampe diffuse sa chaude clarté.

La lampe dans une main et les médicaments dans l'autre, elle sortit sur la véranda. Elle prépara deux seringues de morphine. Elle avait gardé le coup de main après la longue maladie de Helge.

Kajsa s'était couchée tranquillement à ses pieds sur son tapis préféré.

En faisant la piqûre à la chienne, des larmes se mirent à couler le long de ses joues fanées. Elle caressa le museau soyeux de Kajsa en essayant de retenir ses sanglots. L'épagneule gémit mais se laissa faire.

Signe resta sans bouger, la tête de Kajsa sur ses genoux, jusqu'à ce qu'elle cesse de respirer.

Elle prit alors une poignée de cachets dans la boîte de médicaments et les avala l'un après l'autre avec une gorgée d'eau. Elle s'injecta ensuite l'autre seringue de morphine dans le bras. Enfin elle s'enveloppa d'un plaid qu'elle avait elle-même tricoté des années auparavant et s'assit dans son fauteuil en rotin. Elle avait un peu froid, mais cela n'avait plus d'importance. La dernière chose qu'elle fit fut d'éteindre la lampe à pétrole.

Elle distinguait à peine l'horizon et les îles familières dans la nuit. Elle ferma les yeux et se laissa aller au fond du fauteuil, pour la dernière fois.

Dimanche, cinquième semaine

80

La lune d'août monta derrière les arbres de Telegrafholmen, ronde et jaune sombre, si proche qu'on croyait pouvoir la toucher. Pour une fois, les enfants s'étaient couchés sans trop protester. Henrik et Nora étaient assis sur le ponton.

Nora frissonna. Elle ne savait pas si c'était l'humidité du soir ou les événements des dernières semaines. Beaucoup de questions étaient restées sans réponse.

Elle tournait sa tasse de thé dans ses mains, les yeux perdus dans le brouillard de mer où le soleil venait de disparaître.

La distance entre elle et Henrik était grande.

Nora sentait qu'elle se renfermait dans sa coquille, mais elle n'avait pas besoin qu'on soit proche d'elle. La tristesse et le choc après la mort de Signe étaient difficiles à surmonter. Elle était toujours gelée et épuisée par ce qu'avait subi son corps, mais avait refusé de rester à l'hôpital plus que le strict nécessaire. Tout ce qu'elle voulait, c'était rentrer à Sandhamn et retrouver les enfants.

Longtemps, longtemps elle avait serré les garçons dans ses bras.

Les médecins lui avaient dit qu'elle devait avoir un ange gardien. Une heure de plus, et elle n'aurait probablement pas survécu. En tout cas pas sans graves lésions cérébrales. Thomas et Henrik l'avaient retrouvée *in extremis.*

Signe Brand n'avait pas eu la même chance. Elle était morte paisiblement quelques heures après son transfert à l'hôpital.

La police avait trouvé deux lettres. Placées en évidence sur la table de la cuisine. L'une contenait une confession. L'autre un testament. Entré par la véranda, Thomas ne les avait pas vues.

Signe pensait qu'on irait chercher Nora le lendemain. Que son séjour forcé dans le phare puisse provoquer un choc insulinique mettant sa vie en danger, elle ne l'avait pas envisagé une seconde.

Thomas était passé la veille. Il avait dit à Nora qu'un témoin ayant rencontré Jonny à bord du ferry pour la Finlande s'était manifesté.

Ils étaient descendus au ponton, comme ce soir, et Thomas s'était assis en face d'elle. Le soleil était caché sous une mince couche de nuages, mais il ne faisait pas froid. Il était presque cinq heures.

Le témoin, un homme d'une cinquantaine d'années, avait engagé la conversation avec Jonny au bar du ferry. D'après lui, Jonny, très ivre, avait bafouillé qu'il avait quitté précipitamment Sandhamn après s'être disputé avec une fille. Il avait essayé de coucher avec elle, mais n'avait visiblement pas été à la hauteur de la situation. Quand elle s'était moquée de lui, il avait perdu son calme et l'avait frappée.

D'après ce que l'homme avait compris de son récit incohérent, le coup de poing avait fait perdre l'équilibre à la femme qui s'était cognée la tête en tombant. Elle s'était ensuite enfuie, mais comme on l'avait plus tard retrouvée morte, Jonny avait eu peur que la police ne lui fasse porter le chapeau et l'envoie au trou.

Plus tard, Jonny semblait être monté prendre l'air sur le pont avant. Il n'était pas impossible qu'il ait voulu apercevoir une dernière fois Sandhamn en passant devant l'île.

Une des caméras de surveillance l'avait filmé en train de monter en titubant l'escalier vers le pont supérieur. Dans son état d'ébriété, il avait probablement perdu l'équilibre et était tombé par-dessus bord.

Sa mort apparaissait donc comme un accident tragique. C'était en tout cas la conclusion de la police.

Thomas lui avait ensuite raconté ce qui s'était passé quand Philip Fahlén avait fini par revenir à lui, paralysé du côté gauche.

Dans cet état pitoyable, il avait sans détour avoué un important trafic dont Viking Strindberg tirait les ficelles, avec l'aide active de sa femme. Ensemble, ils avaient des années durant détourné du vin et de l'alcool du Systembolaget et amassé des sommes considérables.

Cet aveu, ajouté à l'analyse des relevés des appels fournis par les télécoms et aux écoutes téléphoniques avait largement suffi à contraindre Viking Strindberg et sa femme Marianne à abattre leurs cartes et à passer aux aveux.

« Philip Fahlén et les époux Strindberg n'ont vraiment pas eu de chance, avait conclu Thomas. Si le corps de Krister Berggren n'était pas venu s'échouer sur la plage non loin de la résidence secondaire de Fahlén, nous ne les aurions jamais pris. »

À ce moment précis, son téléphone avait sonné.

La conversation terminée, il avait regardé Nora avec un sourire gêné.

« C'était Carina, du commissariat, dit-il en remettant le téléphone dans la poche de son pantalon. On dîne ensemble ce soir, il faut que je file. »

Pour la première fois depuis longtemps, Thomas semblait vraiment content. Nora avait eu chaud au cœur. Elle lui souhaitait tant de retrouver le bonheur.

Nora poussa un petit soupir en serrant sa veste contre elle. La fraîcheur du soir se répandait.

« Tu sais ce qui est le plus triste ? » dit-elle lentement à Henrik.

Il la regarda, plein de sollicitude. On voyait qu'il cherchait à se rapprocher d'elle, mais elle ne venait pas à sa rencontre. Quand il tendit la main pour lui caresser la joue, elle réagit à peine.

« À quoi penses-tu ?

— Ils sont morts pour rien, Kicki Berggren, Signe, et Jonny aussi, bien sûr. Mais Signe ne l'avait pas compris. Krister mort, Kicki ne représentait aucune menace pour elle ou la villa Brand. »

Tandis que ses yeux s'emplissaient de larmes, elle s'efforça de ne pas laisser sa voix se briser.

« La loi est claire comme de l'eau de roche à ce sujet. On n'hérite pas de son cousin. »

Nora regarda le large tandis qu'une peine infinie l'envahissait. Signe était morte, elle ne la reverrait jamais plus. Cette certitude était douloureuse. La vie est si fragile, songea-t-elle. Pourquoi est-ce si dur à comprendre ?

médico-légal de Solna, à l'inspecteur Jim Näström de la police maritime de Nacka et au radiologue Kattis Bodén.

Quelques précisions s'imposent. Ma liberté d'écrivain m'a fait inventer quantité de personnages sans aucune ressemblance avec des personnes aujourd'hui en vie. J'ai aussi inventé un certain nombre de faits : la villa Brand n'existe pas, et il n'y a aucune maison vert pomme sur la pointe ouest de l'île. Les eaux autour de Grönskär sont une réserve naturelle. Le Systembolaget n'a pas d'entrepôt central en banlieue et les ferries pour la Finlande ne passent plus à neuf heures du soir devant Sandhamn.

Pour finir : ma merveilleuse fille Camilla a suivi toute la gestation du livre et en a discuté l'intrigue au cours d'innombrables promenades à Sandhamn. Camilla, tu es fantastique.

Je veux aussi remercier mon mari Lennart – parce que tu existes. Sans toi, mon rêve ne serait jamais devenu réalité.

Sandhamn, septembre 2007
Viveca Sten

Remerciements

Depuis que je suis venue bébé à Sandhamn, où ma famille a une maison de vacances depuis un siècle, j'ai toujours aimé cette île.

Quand, après plusieurs livres de droit, j'ai voulu m'essayer à la littérature, l'idée d'une intrigue policière se déroulant à Sandhamn s'est imposée d'elle-même.

Ce livre n'aurait pourtant jamais vu le jour sans l'aide de tant de personnes qui ont si gentiment mis leur temps et leur expertise à ma disposition.

Je veux tout d'abord remercier chaleureusement Gunilla Pettersson, installée sur l'île, qui a répondu à un nombre incalculable de questions sur Sandhamn et Grönskär.

Les amis et collègues qui ont pris le temps de lire les différentes versions du livre pour me donner leur avis précieux et leur assistance sont Anette Brifalk, P-H Börjesson, Barbro Börjesson Ahlin, Helen Duphorn, Per et Helena Lyrval, Göran Sällqvist ainsi que mon frère Patrik Bergstedt.

Mon éditrice Matilda Lund a sans relâche travaillé sur le manuscrit.

Grand merci également au commissaire Sonny Björklund, au docteur Rita Kaupila de l'institut

*Achevé d'imprimer par N.I.I.A.G.
en novembre 2012
pour le compte de France Loisirs, Paris*

N° d'éditeur : 70323
Dépôt légal : août 2012

Imprimé en Italie